Jenny Bünnig

Der Sommer hat vier Wände

Jenny Bünnig

Der Sommer hat vier Wände

Roman

Langen*Müller*

MIX
Papier aus verantwortungsvollen Quellen
FSC
www.fsc.org
FSC® C014496

Umschlag und Illustration: atelier-sanna.com, München
Satz: Buch-Werkstatt GmbH, Bad Aibling
Gesetzt aus: 11/14 pt Adobe Garamond Pro
Druck und Binden: GGP Media GmbH, Pößneck
Printed in Germany
ISBN 978-3-7844-3379-0
Auch als ebook

www.langen-mueller-verlag.de

Dem kleinen Mädchen zum Geschenk

Dónde está el niño que yo fui,
sigue adentro de mí o se fue?

Wo ist das Kind, das ich gewesen,
wohnt es in mir oder ist es fort?
PABLO NERUDA

»Hereinspaziert! Hereinspaziert! Der Sommer ist geöffnet!«, rief ich laut, und die Worte stoben mit meinem Atem als dicke weiße Wolke in die eiskalte Winterluft. »Treten Sie näher! Treten Sie näher! Und erleben Sie das Wunder der Wärme am eigenen Leib!« Mit einer weit ausholenden Handbewegung wies ich in Richtung Schuppentür, als handelte es sich dabei um den Eingang zu einer Schatzkammer aus *Ali Baba und die 40 Räuber* und nicht um eine schiefe, morsche Platte aus Holz, durch die der Wind pfiff.

Zögerlich traten Frau Andörfer und die Witwe Bindernagel näher, die Arme fest um ihre Mäntel geschlungen und die Gesichter bis zur Nasenspitze in den Kragen verborgen. Ihre Stiefel schmatzten bei jedem Schritt, weil der Schnee an diesem Samstag im Februar 1966 nass und pappig war. Sie musterten mich mit misstrauischen Blicken, deshalb versuchte ich, sie zu mir heranzurudern, indem ich den rechten Unterarm so entschlossen kreiste wie ein Schaufelrad.

»Tropische Temperaturen und die sengende Sonne der Karibik warten«, fügte ich hinzu und klopfte mit meinem rechten Fäustling überschwänglich gegen die Hüttenwand. Ich verzog das Gesicht, als das kleine Holzhaus gleich darauf ein mitleiderregendes Ächzen von sich gab.

»Ist das auch sicher?«, fragte die Witwe Bindernagel besorgt und so leise, dass ich mich anstrengen musste, ihre Worte zu verstehen. Ich überlegte, ob sie flüsterte, um nicht gehört zu werden oder damit die Menschen sich besonders um sie bemühen mussten. Sie betrachtete erst mich, dann den Verschlag.

»Aber natürlich.« Ich nickte eilig. »Das ist solide schwedische Bauweise mit Qualitätsgarantie.«

»*Schwedisch?*« Sie hob zweifelnd die Augenbrauen, so hoch, dass sie beinahe in ihrer Wollmütze verschwanden. »Ich dachte, diese ganze … ähm … *Schwitzhaussache* käme aus Finnland.«

»Ja, genau, genau«, mischte sich nun auch Frau Andörfer ein und sprach so schnell, als rollten sich ihre Silben von einer Spule ab. Die Töne klapperten dabei so dicht aneinander, dass für Luft kein Platz blieb. »Das hat zumindest Frau Böhme gesagt, die es von einer Cousine weiß, die schon mal in einem solchen Bad in Recklinghausen gewesen sein soll. Das hat Frau Böhme gesagt und sie muss es ja wissen. Ihr Mann ist immerhin Pfarrer. Pfarrer ist er und arbeitet für Gott«, erklärte sie und beide Frauen machten ernste Gesichter, als stünde Letzterer in diesem Augenblick neben ihnen.

Ich runzelte kurz die Stirn, dann beeilte ich mich zu sagen: »Das ist natürlich richtig, aber das Schwitzhausbauen haben die Finnen von den Schweden, die die Schuppen als Ställe für ihre Elche benutzen.«

»Für ihre *Elche?*«

»Aber klar.« Ich lächelte. »Die wollen es schließlich auch schön warm haben, oder nicht?«

»Wahrscheinlich«, murmelte die Witwe Bindernagel.

»Wenn Sie dann Ihre Mäntel und Ihren Schmuck hier bei Arthur abgeben würden, unserem offiziellen Mantel- und Schmuckbeauftragten.« Ich wies auf meinen kleinen Bruder, der unser Gespräch aufmerksam verfolgt hatte und die beiden Frauen nun mit großen, abwartenden Augen ansah. Ich konnte sehen, dass er schluckte.

»Unseren *Schmuck?*«, erwiderte die Witwe Bindernagel entsetzt. »Aber den habe ich von meinem Mann, Gott hab ihn selig«, fügte sie hinzu und schloss die Hände augenblicklich zu einer Faust, als fürchtete sie, wir würden ihr im nächsten Moment den Ring vom Finger ziehen. »Der ist viel wert.«

»Kommt gar nicht in die Tüte!«, erklärte auch Frau Andörfer entschieden. »Auf keinen Fall! Das könnte dir so einfallen, was? Die Ketten, die ich trage, sind Erbstücke und unbezahlbar. Unbezahlbar, hörst du? Ich hab es doch immer schon gesagt.« Sie wandte sich an die Witwe Bindernagel und zischte: »Ganz der Vater, die Kleine. Ganz der Vater.«

Ich presste den Mund zusammen und warf ihr einen zornigen Blick zu, doch gerade, als mir eine patzige Antwort über die Lippen flutschen wollte, trat Frau Habermann aus dem Schuppen und den beiden Frauen blieben die Münder offen stehen. Sie war vollkommen nackt, die Wangen hochrot, und die gefärbten Haare klebten ihr nass auf der Stirn und im Nacken. Die dicke Schicht Schminke hatte sich gelöst und war nach unten gerutscht, sodass es aussah, als hätte Frau Habermann zwei Gesichter auf einmal; das gewohnte, das weiter oben saß, und das gemalte, das sich bereits in Richtung Kinn auf den Weg gemacht hatte. Frau Habermann schien ihre eigene Erscheinung nicht zu stören. Unbekümmert musterte sie die Frauen aus zusammengekniffenen Augen.

»Sie sind ja nackt!«, stellte Frau Andörfer entsetzt fest.

»Was hat mich verraten?«, gab Frau Habermann ungerührt zurück.

»Aber …« Frau Andörfers Blick hüpfte von Frau Habermann zu mir und wieder zurück. Dabei schien sie angestrengt darum bemüht, nichts zu sehen, was üblicherweise durch Kleidung versteckt war. »Wir … wir müssen uns doch nicht ausziehen, oder? Wir müssen doch nicht vollkommen …« Sie machte einige ruckartige Bewegungen mit der Hand, als wollte sie eine Fliege von Frau Habermanns unbekleideten Brüste verscheuchen. »Ich meine, ich meine … ausziehen tue ich mich nicht!«, erklärte sie schließlich entschlossen.

»Das kannste halten, wie du lustig bist«, entgegnete Frau Habermann. »Aber mit Schmuck würde ich da schon mal nicht reingehen.« Sie wischte sich den Schweiß von der Stirn und ließ ihn zu Boden spritzen. Frau Andörfer verzog den Mund.

»Aber der ist wertvoll«, erwiderte die Witwe Bindernagel in diesem Moment kaum hörbar.

Frau Habermann schüttelte unwillig den Kopf. »Was sagste?«, fragte sie und beugte sich ein Stück vor.

»Sie hat ihren Schmuck noch von ihrem verstorbenen Mann, Gott hab ihn selig«, antwortete Frau Andörfer hastig. »Von ihrem verstorbenen Mann. Und meine Ketten sind Erbstücke. Die sind unbezahlbar. Unbezahlbar!«

»Von mir aus auch das.« Frau Habermann hob gleichgültig die Schultern. »Da drin wird es zwar heißer als in der Badewanne des Teufels«, sie wies hinter sich, »aber wenn ihr zwei euch die Brustwarzen wegbrennen wollt – tut euch keinen Zwang an.« Damit legte sie Arthur eine Hand auf den Kopf, als wäre diese ein Deckel, und stapfte ohne ein weiteres Wort durch den Schnee in Richtung Haus.

Die Witwe Bindernagel starrte ihr schockiert nach, und Frau Andörfer gab ein abfälliges Grunzen von sich. Einige Minuten verstrichen, doch dann sahen sich die Frauen gegenseitig an, langsam an sich herunter und schließlich fingen sie ebenfalls an, sich eilig ihre Ketten, Reifen und Ringe vom Leib zu zupfen.

1

»Ich zähle täglich meine Sorgen«

PETER ALEXANDER

Bei meiner Geburt fehlte mir genau ein Zeh. Zwar stellte sich dieser Umstand schon kurze Zeit später als Unachtsamkeit der Hebamme heraus, die ihre liebe Not mit dem Zählen hatte, aber seit diesem Tag hatte ich immer das Gefühl, dass mit mir irgendetwas nicht stimmte. Als wäre ich mein Leben lang auf der Suche nach dem einen vermissten Zeh und als müsste ich auf meine Zehen immer ein bisschen besser aufpassen als alle anderen.

Auch heute zog ich die Füße schnell wieder zurück, als die Kälte in sie biss. Denn der Januar 1966 war so kalt, wie ich es bis dahin noch nicht erlebt hatte, und die Welt schien wie angehalten. Es war die Zeit, in der niemand über den Krieg reden wollte und die Leute stattdessen von einem wichtigen Mann sprachen, der ermordet worden war, von einer Musikgruppe, die irgendetwas mit Pilzen zu tun hatte, und von einer Mauer, die noch größer zu sein schien als die von Bauer Zeleschke, über die ich nicht einmal gucken konnte, wenn ich mich auf die Zehenspitzen stellte. Es war die Zeit der Kuba-Krise, die den Leuten noch in den Knochen steckte, wie die Frau des Metzgers oft sagte, die Zeit des Kalten Krieges, der die Welt mit seinem eisigen Atem anblies und die Temperatur in der Nacht unter Minus 20 Grad hatte fallen lassen. Und es war die Zeit, in der mein Vater weg, meine Mutter krank und ich zwölf Jahre alt war.

Ich zog die Knie an die Brust, vergrub das Gesicht unter der Decke und zögerte den Moment hinaus, in dem ich mich dem Morgen geschlagen geben musste. Schließlich gab ich ein ergebenes Knurren von mir, setzte mich auf und in derselben Sekunde schlang sich die erstarrte Luft im Raum um mich wie ein gefrorener Schal, der mir den Atem nahm. Ich japste, obwohl ich im Januar 1966 an den andauernden Frost eigentlich hätte gewöhnt sein sollen. Als ich die Füße zum Boden ausstreckte, fühlte sich dieser so kalt an, als tippte ich mit dem dicken Zeh in Eiswasser. Ich fuhr mir mit der rechten Hand über das Gesicht, während meinen linken Arm ein dicker weißer Gips zierte, der an meiner Schulter hing wie der Anker eines Schiffes und unter dem es schrecklich kribbelte. Vier Buntstifte hatte ich bereits an das Brennen und Prickeln unter dem Verband verloren.

Nachdem ich wieder atmen konnte, galt mein erster Gedanke meinem Nachttisch, genauer dessen oberster Schublade, und noch genauer einem Einmachglas, das sich in dieser versteckte, zu einem stolzen Drittel gefüllt mit Knöpfen jeder Form, Farbe und Größe. Ich hatte einmal gehört, dass Einbrecher auf der Suche nach Bargeld und Wertgegenständen immer mit dem untersten Fach eines Schranks anfingen, um die Schubladen nicht wieder schließen zu müssen und dadurch Zeit zu sparen. Nicht, dass es in unserer Gegend jemals einen Diebstahl gegeben hatte. Solche Geschichten kannte ich nur von Orten wie New York City, London oder Düsseldorf und nicht von einem gewöhnlichen 1000-Seelen-Dorf, wie es am Niederrhein so viele gab. Aber sicher war sicher, deshalb bewahrte ich alles, was wichtig war, ganz oben auf: ein kleines Stück übrig gebliebenes verkohltes Holz, eine Feder, den Abdruck eines Lippenstifts auf einem Stück Verband, eine Trüffelpraline in einer durchsichtigen Tüte, einen Brief, ein Bonbonpapier, einen kleinen geschnitzten Vogel, *Wunderbare Reisen zu Wasser und zu Lande, Feldzüge und lustige Abenteuer des Freiherrn von Münchhausen,* ein dünnes Buch aus dem Jahr 1960 mit gelbem Einband, und natürlich das Glas mit Knöpfen, das ich jeden Morgen herausnahm, schüttelte und es dann oben auf das Tischchen stellte. Neben den alten Wecker, der manchmal so laut tickte, dass ich kaum denken konnte, vom Schlafen ganz zu schweigen.

Neunzehn große Knöpfe befanden sich in dem Behälter, dreiundzwanzig mittlere und siebzehn kleine, das machte neunundfünfzig insgesamt. Das war nicht schlecht, aber lange nicht genug. Ich ahnte bereits damals, dass der Mond sehr viel mehr kostete.

Ich bildete mir ein, ein leises Knirschen zu hören, als ich endlich aufstand. Ein leises Knirschen, als würde ich auf Schnee gehen. Nicht sehr wahrscheinlich, aber ich tat oft Dinge, die nicht sehr wahrscheinlich waren. Mein erster Weg führte mich zum Fenster. An dessen Oberfläche pressten sich schimmernde weiße Eiskristalle, ob von außen oder innen ließ sich nicht sagen. Sie streckten die feinen Ärmchen zueinander aus, als wollten sie sich bei den Händen halten, und wuchsen so in einem zarten, aber gleichmäßigen Geflecht aus Kälte über die Scheibe. Ich stellte mir manchmal vor, dass es Bilder waren, die eine junge Eisprinzessin in der Nacht an das Glas gemalt hatte. Möglicherweise waren es die Blumen aus einem Land voller Schnee und Wind und warteten darauf, gepflückt zu werden. Es konnten aber auch kleine Feen sein, die in einem Ringelreigen über die Scheibe tanzten. Oder die zerbrechlich wirkenden Linien waren eine geheime Schrift, die ein finsterer Geselle mit einem spitzen Messer in mein Fenster gekratzt hatte.

Mir kam es oft so vor, als bestünde die Welt aus zu vielen Möglichkeiten, als dass ich mit Sicherheit hätte sagen können, welche von ihnen wirklich war.

Als ich ein Geräusch aus dem Nachbarraum hörte, löste ich mich aus meinen Geschichten um Elfen und böse Buben, öffnete meine Zimmertür und trat auf den Flur hinaus.

Draußen schien es mir noch kälter als zwischen meinen eigenen Tapeten. Außerdem hing hier eine schwere Stille unter der Decke, dickflüssig und zäh wie Kleister. Ich tastete mich an der Wand entlang auf die Tür zu, die links neben meiner lag. Sie war geschlossen. Sie war meist geschlossen in letzter Zeit. Als ich vor ihr stand, zögerte ich einen Moment, in meinem Nachthemd zitternd, schließlich drückte ich die Klinke nach unten und schlüpfte durch den Spalt.

Im Inneren des Raumes war es dunkel, und ich hörte meine Mutter atmen, leise und flach. Seit mein Vater gegangen war, hatte niemand die Vorhänge geöffnet und meine Mutter die Sonne nicht gesehen. Ich war mir nicht sicher, ob sie wach war oder schlief. Einen Moment überlegte ich, ob ich etwas sagen, vielleicht an ihr Bett treten sollte, wie ich es früher getan hatte. Aber ich wusste, dass es nicht mehr früher war, und wagte es nicht, sie zu stören. Ich hielt deshalb noch einige Minuten inne, ehe ich mich wieder nach draußen stahl.

Seit es vor Wochen zu schneien angefangen hatte, war die Welt vor unseren Fenstern eine Welt aus den Nuancen der Farbe Grau. Über den Bäumen, Dächern und Straßen lag herabgefallenes Weiß, über uns wölbte sich ein glatter Himmel, der nachts schwarz und tagsüber fahl und bleiern war. Dazwischen hing Nebel, den man selbst fühlen konnte, wenn er nicht zu sehen war. Die einzigen Farbtupfer waren der gelbe Postwagen, der sich einmal die Woche durch den Winter schob, und Frau Habermanns obligatorisch orangefarbener Filzhut. Die Bäume trugen längst dicke Mäntel aus Eis. An bunte Blumen war nicht zu denken. Alles schlief oder hielt die Luft an und wartete auf den Frühling, auf die Wärme, das Licht und einen Neuanfang.

Doch es gab einen Ort, dem Frost und Schnee nichts anhaben konnten, in dem die Wiesen saftig grün und die Blüten hellrosa, strahlendblau, leuchtendrot und sonnengelb waren und in dem ich mir sogar das Summen von Bienen einbilden konnte, wenn ich besonders angestrengt lauschte. In Oma Floras Zimmer war das ganze Jahr über schönes Wetter. Nicht, weil es dort wärmer gewesen wäre als in den anderen Räumen des Hauses, sondern weil ihre Wände mit Gerbera, Rosen, Gladiolen, Nelken, Tulpen, Osterglocken, Freesien, Chrysanthemen und Amaryllis bewachsen waren. Diese rankten sich auf glänzend schimmernden Klebebildern von der Fußleiste bis hinauf zur Decke, an den Fenstern entlang, um den Türrahmen herum, und bedeckten jeden freien Zentimeter ihrer Tapete. Ihre selbst gemachte Blumenwiese war im Januar 1966 längst so üppig, dass Oma Flora an einigen Stellen damit begonnen hatte, neue Blüten über alten zu befestigen. Ich war mir damals sicher, dass sich zwischen den farbenprächtigen Pflanzen kleine Kobolde versteckten, die nachts über den Fußboden tobten, und ich hatte keinen Zweifel daran, dass ich die unterschiedlichen Düfte riechen und die Blätter, Knospen und Dornen an meinen Fingerspitzen fühlen konnte, wenn ich die Hände nach den Bildern ausstreckte.

Oma Floras Schlafzimmer war mit Abstand der schönste Platz des ganzen Hauses und es gab keinen Ort, an dem ich lieber gewesen wäre. Zumindest nicht bis zu diesem Winter.

Auch jetzt war ich wieder überwältigt von dem Bunt der unzähligen Blumen, als ich kurz klopfte, dann die Tür auf- und mich hindurchschob. Es war frostig, wie überall vom Keller bis zum Dach, aber hierhin hatten sich die Farben und die Frische des Frühlings gerettet.

»Guten Morgen«, sagte ich zu dem Sessel, über dessen Lehne ein weißer Haarknoten hinausragte wie ein Häubchen Sahne auf einem Kuchenstück.

Meine Oma wandte sich nicht um, sondern sah weiter aus dem Fenster, wie sie es immer tat, die Augen leicht zusammengekniffen, als würde sie das Leben aus der Ferne betrachten, könnte es aber nicht scharf genug sehen. Und genau genommen war es auch so, denn Oma Flora hatte schon vor langer Zeit aufgehört, ihr Zimmer zu verlassen. Sie sagte, sie hätte in der Welt schon alles gesehen. Manchmal glaubte ich ihr, manchmal glaubte ich, sie meinte nicht alles, sondern eigentlich zu viel, und manchmal wurde mir nur klar, wie wenig ich sie eigentlich kannte. Ich hatte keine Ahnung, wie alt sie war, aber die Altersflecken auf ihren Händen sahen aus wie eine geheime Karte, die einen zum Schatz vergangener Jahre führen konnte, wenn man herausfand, wie man die einzelnen Punkte richtig verband. Ich wusste nicht, wie der Mann geheißen hatte, mit dem sie verheiratet gewesen und der nicht aus dem Krieg zurückgekommen war, wie sie mir einmal gesagt hatte. Er war der Vater meiner Mutter, doch niemand sprach über ihn. Früher hatte mir das keine Angst gemacht. Heute war das anders. Ich konnte nicht sagen, warum sie manchmal zornig aussah, wenn sie in die Ferne blickte, wieso sie oft weinte oder nie etwas von ihrer Vergangenheit erzählte. Ich wusste, dass sie zwei Töchter und einen Sohn hatte, auf dessen Briefe sie jeden Tag wartete und der ihr niemals schrieb. Ich wusste, dass sie abends nach Rumpralinen roch. Ich wusste, dass sie unter all ihren Blumen die Rose *La Reine Victoria* am liebsten hatte, die nach einer britischen Königin benannt war. Ich wusste, dass ihre Wangen sich aufblasen konnten wie ein Ballon, wenn sie schlief. Ich wusste, dass ich ihr vorlesen musste, weil ihre Augen schlecht waren, vielleicht weil sie zu oft und zu lange Dinge betrachtete, die zu weit weg waren. Und ich wusste, dass mein Kopf perfekt in die Kuhle an ihrem Hals passte.

Sie war meine Oma Flora, aber das hieß nicht, dass ich sie kannte.

»Guten Morgen«, wiederholte ich, als ich neben dem Sessel stand.

Nun bemerkte sie mich. »Guten Morgen, meine Freddi«, erwiderte sie lächelnd und streckte die Hände nach mir aus.

Ich kletterte auf die Armlehne, zog die nackten Füße unter das Nachthemd, kauerte mich zusammen und kuschelte mich in Oma Floras Berührung. Ihre weichen, warmen Finger tätschelten mein kaltes Gesicht, ihre Lippen küssten meine Stirn. Gemeinsam hielten wir einige Minuten inne und genossen es, dass der Tag noch nicht begonnen hatte, der Morgen noch nicht vollständig erwacht war, die Nacht die Welt nicht gänzlich freigeben wollte. Es war der Moment, in dem alles groß und klein zugleich schien. Der Moment, in dem alles vergangen, alles noch nicht geschehen, alles möglich war.

»Dann erzähl mal, meine Freddi. Was hast du heute vor?«, fragte Oma Flora in meine Gedanken hinein. »Du hast doch sicher viel zu tun, oder nicht?« Sie sagte das mit einem Schmunzeln.

»Und ob«, erwiderte ich. »Jede Menge.« Ich spähte über das Fensterbrett nach draußen in die erstarrte Welt, als könnte ich dort den Tag erkennen, wenn ich nur genau genug hinsah, und ich fragte mich, ob dieser Winter jemals zu Ende gehen würde.

»Soll heute nicht …?«, setzte meine Oma an, doch ich unterbrach sie lächelnd und wandte mich ihr zu: »Ich hole sie um ein Uhr vom Zug ab. Vielleicht bringe ich ihr auch was mit!«

»Das wäre sehr nett von dir.«

»Findest du?« Ich legte die Wange an meine Schulter. »Ich weiß nur noch nicht, was. Was glaubst du, könnte ihr gefallen? Ich meine … Wie ist sie so? Ich hatte ja noch nie eine Tante.« Nachdenklich kaute ich auf meiner Unterlippe. »Ich möchte da nichts falsch machen. Sie soll einen guten Eindruck von mir haben. Denkst du, ich kann das? Glaubst du, sie wird mich mögen?«

»Wenn sie weiß, was gut ist, wird sie das«, antwortete Oma Flora, legte mir eine warme Hand auf die Wange und kniff mir dann zärtlich in die Nase. »Das wird sie.«

»Ich werde sie jedenfalls toll finden. Das weiß ich!« Ich nickte energisch. »Ich wette, sie ist wunderschön und klug und lustig und nett und nach der neusten Pariser Mode gekleidet. Denkst du nicht auch? Sie führt in Frankreich sicher ein ganz tolles Leben. Ein Leben wie ein Abenteuer, oder?«

»Ich weiß es nicht.« Meine Oma schüttelte den Kopf, während sie sich in die Polsterung ihres Sessels sinken ließ. Sie wirkte nachdenklich. »Ich habe sie lange nicht mehr gesehen und wir …« Sie hielt inne. »Ich weiß es wirklich nicht.«

»Aber ich!«, rief ich begeistert, sprang vom Sessel und auf die Füße. »Und ich werde alles dafür tun, damit sie mich auch mag. Du wirst schon sehen. Sie hat gesagt, sie könnte nicht lange bleiben, aber am Ende wird sie mich so gernhaben, dass sie uns nie wieder verlässt!« Ich lachte. »Aber jetzt muss ich unbedingt los. Ich habe noch so viel zu erledigen.« Ich hob entschlossen den Zeigefinger in die Luft. »Keine Zeit zu trödeln«, erklärte ich ernsthaft.

»Na, dann mach dich mal an die Arbeit, mein Schätzchen. Aber vielleicht besuchst du mich später noch einmal und liest mir wieder etwas vor?«

»Das mache ich. Natürlich!« Ich küsste Oma Flora überschwänglich auf die Wange, lief dann zur Tür.

»Ach, und Freddi?« Die Klinke bereits in der Hand, hielt mich ihre Stimme zurück. »Siehst du nach, ob ein Brief für mich gekommen ist?«

Das Anziehen hatte heute länger gedauert als sonst. Ich wollte einen guten Eindruck machen und meine besten Sachen tragen, deshalb hatte ich mich schließlich für mein grünes Kleid entschieden, und darunter, weil es so kalt war, eine Hose, die am wenigsten verschlissen und ausgebeult war, außerdem meinen alten Herrenhut mit der lilafarbenen Blume, die mir meine Mutter gehäkelt hatte. Das Problem waren die Ärmel. Wir hatten sie allesamt auftrennen müssen, damit mein Gips hineinpasste. Auch gegen mein unordentliches, krauses Haar konnte ich wenig tun, ich musste es schweren Herzens lassen, wie es war, und an den lästigen Sommersprossen, die sich selbst im tiefsten Winter auf meinem Nasenrücken versammelten, war ebenfalls nichts zu ändern. Ich konnte nur hoffen, dass meine Tante einigermaßen zufrieden mit mir sein würde.

Nachdem ich fertig war, ging ich nach unten in die Küche, die kälter und stiller war als jeder andere Raum im Haus. Ich blieb einen Augenblick in der Tür stehen. Früher war das Zimmer immer warm und hell und gemütlich gewesen, doch nun schien es allein aus den grauschwarzen Schatten zu bestehen, die in den Ecken hingen. Ich zögerte, dann schaltete ich das Licht ein.

Ich hatte bereits damit begonnen, das restliche Brot in Scheiben zu schneiden, in der Pfanne anzuwärmen und mit Käse und Wurst zu belegen, als ich tapsende Schritte auf der Treppe, dann auf den Fliesen hörte. Im nächsten Moment lugte mein Bruder Arthur um die Ecke, die Haare vom Schlaf zerzaust, das Gesicht von Träumen zerdrückt. Er trug noch seinen Schlafanzug, die Füße waren nackt. Er lächelte sein Zahnlückenlächeln, als er mich sah.

»Guten Morgen«, sagte ich. »Warum hast du keine Socken an? Es ist viel zu kalt, um ohne Schuhe herumzulaufen. Ich habe dir doch erzählt, dass Kälte nach neusten wissenschaftlichen Erkenntnissen genau genommen aus winzigen kleinen Eiszwergen besteht, die nichts lieber tun, als mit ihren spitzen Hacken Stücke von deinen Zehen abzuschlagen. Die nehmen sie dann mit in ihre Höhlen und kochen sich daraus ein Süppchen. Willst du das? Willst du, dass sich Eiszwerge aus deinen Füßen ein Süppchen kochen?« Ich wartete darauf, dass mein Bruder mit großen Augen den Kopf schüttelte, dann nickte ich zufrieden und wies neben mich: »Hier, setz dich auf den Stuhl, dann machst du es ihnen zumindest ein bisschen schwerer. Sonst fehlt dir am Ende tatsächlich noch ein ganzer Zeh. Wie hast du geschlafen? Hast du Hunger?« Ich schob ihm einen der Teller zu. Ohne eine Antwort griff er nach dem Brot und begann, schweigend zu essen.

»Wir müssen uns heute ein bisschen beeilen«, erklärte ich, nun ebenfalls kauend. »Wir haben nämlich viel vor.« Arthur hob die Augen über sein Frühstück und sah mich an. »Es gibt so viel zu tun. Ich weiß gar nicht, wie wir das alles schaffen sollen. Und um eins müssen wir auch noch unsere Tante abholen. Da dürfen wir auf keinen Fall zu spät kommen. Eine Tante lässt man nicht warten, schon gar nicht eine, die aus Frankreich kommt. Sie wird uns wahrscheinlich einer kritischen Begutachtung unterziehen. Denk daran, wenn du dich gleich anziehen gehst. Wir wollen doch einen guten Eindruck machen, oder? Der erste Eindruck ist sehr wichtig, ganz besonders bei einer Tante aus Frankreich. Denn in Paris sind die Menschen viel schöner als irgendwo sonst auf der Welt, wusstest du das?« Arthur schüttelte den Kopf. »Aber so ist es«, erklärte ich ihm. »Es ist deshalb von größter Wichtigkeit, dass wir heute einen guten Eindruck auf unsere neue Tante machen. Du hattest ja bisher noch keine, deshalb kannst du es nicht wissen, aber Tanten müssen einen nicht zwangsläufig gernhaben. Bei Müttern und Vätern und auch Geschwistern, wie wir es sind, ist das anders. Aber Tanten …« Ich hielt kurz inne. »Tanten müssen dich nicht mögen, wenn sie nicht wollen.« Als ich den unsicheren Blick meines Bruders sah, fügte ich schnell hinzu: »Ich denke aber, das wird sie. Da bin ich mir sogar ziemlich sicher. Sieh uns an.« Ich kicherte. »Ich glaube, wir sind ziemlich reizend.«

Nachdem wir aufgegessen hatten, schickte ich meinen Bruder in sein Zimmer, damit er sich anziehen konnte. Ich selbst brachte einen Teller mit Frühstück zu Oma Flora und einen weiteren zu meiner Mutter, die jedoch nicht erkennen ließ, ob sie mich überhaupt bemerkt hatte. Anschließend packte ich einen kleinen Beutel mit meinem Buch, einer alten Zeitung und zwei Broten, nahm etwas Geld aus der Haushaltsdose, klemmte mir mein Knopfglas unter den Arm und verließ mit Arthur an der Hand das Haus in Richtung Wald, als es gerade wieder zu schneien begann.

Der Schnee war an diesem Morgen hart und fest. Er knackte unter unseren Füßen und schien mit seiner Schwere jedes Geräusch erstickt zu haben, denn auf den Straßen und im Wald war es so still, dass wir nur unsere Schritte und das eigene Atmen hören konnten. Noch kein Lichtstrahl hatte die tief hängenden, dichten Wolkenschichten durchbrechen können, deshalb spendete das Weiß der am Boden liegenden Kälte die einzige Helligkeit. Ansonsten trug die Welt ein farbloses Kleid aus dunkelgrauem Stoff mit einem Kragen aus gefrorenem Fell. Die Luft war glatt und frisch und erinnerte mich an Glas.

Wir wohnten am Ende der Straße in einem der letzten beiden Häuser, die noch zum Dorf gehörten. Unsere einzige direkte Nachbarin war Frau Habermann, hinter deren Garage bereits der Wald begann. Wir hatten es deshalb nicht weit und waren nach wenigen Minuten von prächtigen Eichen, Birken und Buchen umgeben, die jetzt allerdings als ausgemergelte Gerippe unter der Last des Winters schweigend ächzten. Sie hatten ihre Köpfe und Äste tief in Richtung Boden gebeugt, einige waren bereits so durchgefroren, dass sie an der Kälte zerbrochen waren. Die letzten Zeugnisse davon ragten als spitze, dunkle Finger aus dem Schnee, würden jedoch bald unter den nächsten Flocken verschwinden. An einigen Stellen war die Eisdecke so verschlossen, dass wir auf ihr gehen konnten, als liefen wir auf Asphalt, an anderen sanken Arthur und ich tief in sie hinein und mussten uns gegenseitig helfen, um weiterzukommen. Ich wusste, der Wald schlief nur. Irgendwo verborgen in den blattlosen Baumkronen, in der erstarrten, dick verpackten Erde warteten die winzigen Botschafter des Frühlings darauf, ans Werk zu gehen. Doch auf mich wirkte er tot. Vielleicht würde der Winter dieses Mal für immer bleiben. Vielleicht würde nicht alles einfach so weitergehen, nur, weil es immer so gewesen war. Wer konnte das mit Sicherheit sagen?

Keine halbe Stunde von unserem Haus entfernt hatten mein Bruder und ich im September einen Staudamm gebaut. Damals waren die Tage hell und warm gewesen, der Bach laut glucksend und lebendig. Jetzt kämpfte sich ein schwaches, dünnes Rinnsal durch die kristallenen, festen Platten aus Frost. Trotzdem führte uns unser Weg zunächst hierher. Mit erfahrenen Blicken und geübten Griffen überprüften wir die Stabilität der Steine und Hölzer, dann gingen wir weiter. An manchen Tagen konnten wir unseren eigenen vergangenen Fußspuren folgen, welche die Kälte in den Untergrund geschrieben hatte, doch in der Nacht war zu viel Schnee gefallen und hatte unseren Weg verschwinden lassen.

Während Arthur und ich durch das Schweigen des Waldes in Richtung Dorf stapften, erzählte ich ihm von dem Jahr, in dem zwölf Monate lang Sommer gewesen war, und von den zwei verfeindeten Bienenvölkern, die hier früher einmal gelebt hatten, als es noch keine Menschen gab. Ich berichtete ihm vom verheerenden Kampf der Samtlocken-Bienen und der Abate-Vespidea-Wespen, der schließlich dazu geführt hatte, dass Millionen Insekten an einem gewöhnlichen Sonntagmorgen vor Erschöpfung gleichzeitig vom Himmel gefallen waren.

»Jetzt weißt du, warum sich das Dorf an einer kleinen Anhöhe befindet«, erklärte ich, gerade, als wir Frau Finsters Lebensmittelladen erreichten. »Wir stehen gewissermaßen auf dem, was die Vergangenheit uns übrig gelassen hat. Aber das ist ja meistens so.«

Der Laden von Frau Finster war das einzige größere Geschäft in der Stadt, wenn man einmal von der Kneipe an der Ecke absah, die selbst sonntags gut besucht war, wenn eigentlich alle in der Kirche sein sollten. Mein Vater sagte dazu oft: »Nüchtern betrachtet sind mir die sturzbetrunkenen Katholiken am liebsten.« Und ich fand, dass er recht hatte, obwohl ich mir nicht ganz sicher war, was er damit meinte.

Es gab genau zwei Dinge, die ich an Frau Finsters Laden mochte. Die helle Glocke, die klingelte, wenn man durch die Tür trat, und ihre große Auswahl wirklich schöner Knöpfe. Auch jetzt blieb ich einen Moment im Eingang stehen, bis das helle Läuten vollständig verklungen war, dann sah ich mich um. Auf der linken Seite gab es verschiedene Fleisch- und Käsesorten, außerdem Brot, Marmelade, Milch, Mehl, Zucker und Kaffee. In einer kleinen Auslage glänzten Karamellbonbons, Schokoladenwürfel und erlesene Pralinen im klaren, hellgelben Deckenlicht, doch ich wagte es nicht, sie zu lange anzuschauen. Sie mussten ein Vermögen kosten. Der rechte Teil des Geschäfts bestand aus Haushaltswaren, Stoff, Garn und Wolle, Postkarten, Schulheften, Stiften und Rollen von buntem Seidenpapier.

Ich hatte zwar eine kleine Einkaufsliste, die im Wesentlichen aus

Butter, Konserven und Schwarzbrot bestand, trotzdem wandte ich mich zunächst dem Ständer zu, in dem Briefumschläge und Fotografien fremder Länder aufgereiht waren. Arthur ließ meine Hand los und streifte durch die Gänge, während ich den Blick über exotische Sandstrände, blühende Bergwiesen und Stadtansichten weit entfernter Metropolen schweifen ließ, deren Namen ich kaum aussprechen konnte. Am längsten betrachtete ich eine Gruppe von Bildern, auf denen das Meer zu erkennen war, dessen Wellen in der Sonne glitzerten. Ich war selbst nur einmal am Strand gewesen, im Sommerurlaub an der Nordsee, aber jetzt kam es mir vor, als würde mir allein vom Ansehen wärmer. Ich konnte nicht anders, ich musste die Finger nach der Karte ausstrecken, um herauszufinden, ob auch das Papier glühte.

»Man guckt mit den Augen, nicht mit den Händen!«, zischte in diesem Moment Frau Finsters Stimme durch den Laden und direkt auf mich zu. Erschrocken fuhr ich zusammen, zog den Arm zurück, ließ dabei beinahe mein Glas mit Knöpfen fallen und starrte sie an.

Sie stand keine zwei Meter von mir entfernt und lauerte, wie sie es immer tat. Sie war eine mittelgroße Frau mit straffen Schultern und unnachgiebigem Blick, dem nichts entgehen konnte. Sie hieß nicht wirklich Finster, doch ich fand, dass dieser Name sehr viel besser zu ihr passte, denn in ihrer Nähe war es immer ein bisschen dunkler als anderswo. Nicht nur mich hatte ihr scharfer Tonfall erreicht, auch anderen war er nicht entgangen. Zwei Frauen, die sich bisher über die richtige Dicke von Stricknadeln unterhalten hatten, wandten sich zu uns um. Ich sah ihre Gesichter, ich sah, dass sie tuschelten. Unwillkürlich schob ich meinen eingegipsten Arm hinter den Rücken.

»Willst du was kaufen?«, fragte Frau Finster, nicht bemüht, die Lautstärke ihrer Worte zu senken. Sie kam langsam auf mich zu.

»Ja … ähm«, begann ich stotternd, ließ die Augen von Postkarte zu Postkarte springen. »Sagen Sie, sind diese Aufnahmen echt?« Ich wies ungenau mit der freien Hand über den Ständer.

»Was soll das heißen?«

»Sind das echte Aufnahmen von echten Orten?«

»Natürlich sind sie das. Was ist denn das für eine komische Frage?« Ihre Brauen sausten ungehalten in die Höhe, verhakten sich mit ihrem strengen Haaransatz und fanden keinen Weg mehr nach unten, was ihrem Gesicht einen seltsam gedehnten Ausdruck gab.

»Dann gibt es sie wirklich?«

»Wen?«

»Diese … Städte und Strände.«

»Natürlich gibt es sie! Willst du nun etwas kaufen oder mit diesen Dummheiten meine Zeit verschwenden?«

»Ich wollte nur sichergehen«, murmelte ich.

»Also?«, fauchte sie mich an. Obwohl sie noch immer einen großen Schritt von mir entfernt stand, spürte ich die Kälte der Töne aus ihrem Mund.

»Was?«

»Wie bitte.«

»Was?« Ich verstand nicht, konnte aber sehen, wie sie die Worte zerbiss.

»Es heißt, ›wie bitte‹.«

»Was heißt *wie bitte?«*

Frau Finsters Gesicht verdunkelte sich, als hätte jemand einen Eimer roter Farbe über ihren Kopf gegossen. »Kaufst du was oder nicht?«, fragte sie. Jeder Ton knackte.

Ich war zu entsetzt, um sofort antworten zu können, doch als eine Ader an ihrem Hals zu klopfen begann und die Augen unnatürlich hervortraten, erwiderte ich hastig: »Ja, ich hätte gern eins von den Klebebildern mit Rosen.« Ich zeigte auf eine leuchtend rosa Blüte, deren äußere Blätter mit Glitzer verziert waren. »Und …«

»Uuuund?«, gab Frau Finster gedehnt zurück und zupfte dabei mit spitzen Fingern eine der Blumen aus dem Ständer.

»Und …« Mein Blick huschte durch den Laden, über Kartons, Dosen und Flaschen, und blieb schließlich am dunkelbraunen Schimmer einer Trüffelpraline hängen. »Und eine Praline«, sagte ich, ehe ich selbst wusste, was ich tat.

»Eine *Praline?!*«, wiederholte Frau Finster ungläubig. Erneut hörte ich gedämpftes Getuschel.

Ich schluckte, reckte dann das Kinn entschlossen nach vorne. »Ja«, antwortete ich, bemüht, sicherer zu klingen, als ich mich fühlte.

»Na dann.« Sie kniff den Mund zu einer schmalen Falte zusammen, machte in einer zackigen Bewegung auf dem Absatz kehrt und rauschte vor mir in Richtung Kasse.

Ich folgte langsamer, während ich verzweifelt überlegte, wie ich das bezahlen sollte. Doch ich durfte mir keine Blöße geben. Nicht vor diesen Klatschtanten, nicht vor Frau Finster, vor niemandem. Ich hob deshalb würdevoll den Blick und erklärte: »Die ist für meine Tante. Sie kommt zu Besuch aus Paris. Das ist in Frankreich«, fügte ich hinzu. Die Damen kicherten.

»Ist das dann alles?«, wollte Frau Finster von mir wissen, als ich die Theke erreicht hatte. Sie hatte die Praline bereits in einer kleinen durchsichtigen Tüte verpackt, auf der das Licht schimmerte.

»Ich …« Möglichst unauffällig tastete ich in meiner Hose nach dem Einkaufszettel. Was hatte ich mir nur gedacht? Vorsichtig lehnte ich mich nach vorne und senkte die Stimme: »Kann ich auch mit Knöpfen bezahlen?«, flüsterte ich.

»Mit *Knöpfen?«,* rief Frau Finster zurück. »Ob du mit *Knöpfen* bezahlen kannst?«, wiederholte sie an die Kundschaft im Laden gerichtet. Ich musste mich nicht umdrehen, um zu wissen, dass mich alle anstarrten. »Rede keinen Unsinn, Kind!« Der Spott ihrer Worte tropfte wie Gelee von jedem ihrer Töne. »Knöpfe verkaufe ich selbst. Sie sind nichts wert! Oder dachtest du, du wärst plötzlich reich, nur weil du dieses alberne Glas mit dir herumträgst?« Sie lachte hart. »Mach dich nicht lächerlich!«

»Sie werden sich noch wundern«, murmelte ich leise, die Unterlippe trotzig nach vorne geschoben. »Sie werden sich noch wundern, wenn erst der Kalte Krieg zu Ende ist …«

»Was sagst du, *Kind?«*

»Gar nichts«, knurrte ich, schob den Einkaufszettel zurück in die Tasche und reichte stattdessen das Geld aus der Haushaltskasse über den Tresen. Eilig nahm ich meine zwei kleinen Tüten entgegen, stürzte dann zum Ausgang. Ich hörte die Frauen noch lachen, als ich längst auf der Straße stand.

Ich wartete schwer atmend hinter einer Hausecke auf Arthur. Die Tränen fühlten sich auf meinen Wangen heiß an, meine Brust war zu eng, und ich bekam kaum Luft. Ich drückte mich gegen die Mauer, den Kopf an die kalten, nassen Steine gepresst, mein linker Arm kam mir plötzlich wieder sehr schwer vor und schmerzte.

Die würden sich noch wundern!, dachte ich. Ja, die würden sich noch wundern! Sie alle zusammen. Wenn erst der Kalte Krieg vorbei war und ein Knopf mehr wert als ein ganzes Kilo Gold, würde ihnen das Lachen schon vergehen. Dann würde ich die ganze Stadt kaufen, nur so zum Spaß.

Ich beruhigte mich erst, als ich Arthur an meiner Seite spürte. Er sagte nichts, lehnte sich nur an mich. Ich brauchte einige Momente, dann sah ich ihn an, noch immer schluchzend. »Die werden sich noch wundern«, flüsterte ich. Mein Bruder nickte, streckte einen Zeigefinger aus und strich eine Träne von meiner Wange. Ich folgte seiner Bewegung mit der Hand und wischte mir das Gesicht trocken, dann lächelte ich entschlossen. »Lass uns gehen. Wir haben keine Zeit, schließlich müssen wir unsere Tante aus Frankreich abholen.«

Ich schob meinen Hut, der mir in den Nacken gerutscht war, zurück auf meinen Kopf. Dann traten wir gemeinsam hinaus auf die Straße. Zwischen den Häusern hing kalte, starre Luft, die nach frischem Schnee roch. Die obere Schicht der Eiskristalle auf dem Boden war noch weich und nass und nicht zu einem dicken, unnachgiebigen Panzer zusammengefroren wie die darunter. Unsere Schuhe sanken deshalb zunächst ein, ehe unsere Schritte rutschig wurden. Auf den Dächern lastete der Winter, und dort, wo diese notdürftig geräumt waren, mussten wir uns an aufgetürmten Schneemassen vorbeischlängeln, die so hoch waren, dass ich allein den matschig grauen Himmel über uns sehen konnte. Es war wie ein Labyrinth aus Eis, von dem wir umgeben waren. Man wusste nie, wer plötzlich vor einem stehen würde.

»Fred!« Als ich das erste Mal meinen Namen hörte, achtete ich nicht weiter darauf. »Frederike Biller«, wiederholte die Stimme energischer, deshalb blieb ich stehen, blickte auf und starrte geradewegs in das runde, gerötete Gesicht von Frau Günther.

Sie blinzelte mich durch ihre dicken Brillengläser an und nickte dabei, eine seltsame Angewohnheit, als würde sie allem im Leben zustimmen: dem schlechten Wetter und ewig langen Winter, den gestiegenen Lebensmittelpreisen und dem Krieg, über den niemand sprach, als hätte es ihn nie gegeben, der Mückenplage im letzten Sommer und Bienen, die in Limonade ertranken, dem Bau der Mauer und der Ermordung des amerikanischen Präsidenten, der Tatsache, dass das Postauto immer freitags kam, eine Geometrische Landschildkröte mit Mathematik wenig anfangen konnte und man Marmelade am besten im Verhältnis 1:1 einkochte. Ich hatte sie eigentlich sehr gern, konnte sie aber nie lange ansehen, weil mich ihre ständige Billigung der Geschehnisse dieser Welt ärgerlich machte.

»Ich habe dich schon eine Weile nicht in der Schule gesehen«, sagte sie und machte ein ernstes Gesicht, während sich ihr Kopf weiter gleichmäßig bewegte.

Ich dachte erst, sie wollte dieser Feststellung etwas hinzufügen, vielleicht einen Tadel, eine Zurechtweisung, doch als sie stumm blieb, antwortete ich: »Ja … nein. Ich habe viel zu tun.«

»Zu viel zu tun für die Schule?«, fragte Frau Günther zurück.

Ich reckte ihr trotzig mein Kinn entgegen. »Mein Vater sagt, die wirklich wichtigen Dinge lernt man nicht in einem Klassenzimmer«, erklärte ich entschlossen.

»Ja … dein Vater …« Frau Günther sah erst mich an, dann glitt ihr Blick über meine linke Schulter meinen Arm hinab. Unwillkürlich schob ich den Gips hinter meinen Rücken. »Davon habe ich gehört«, fügte sie hinzu. Ich zog die Augenbrauen zusammen und musterte sie böse. »Aber er würde doch wollen, dass du lesen lernst, oder Fred? Trotz aller Schwierigkeiten.« Wieder dieses Nicken, wie eine Taube, die nicht aufhören konnte zu picken.

»Das kann ich längst«, erwiderte ich knapp. »Ich lese meiner Oma jeden Abend vor. Und …« Ich straffte die Schultern. »Und es geht Sie zwar nichts an, aber genau *das* soll ich eigentlich gerade nicht lernen.«

»Du sollst nicht lesen lernen?«, fragte Frau Günther überrascht zurück.

Ich glaubte sogar, etwas wie Bestürzung in ihrem Gesicht zu erkennen, und für einen Moment tat sie mir leid. Sie wusste es nicht besser, und eigentlich hatte ich sie gern, weil sie wahrscheinlich die einzige ernsthafte Optimistin war, die ich kannte. Und weil ich das Gefühl hatte, dass es davon nicht viele geben konnte, nicht nach allem, was passiert war. Vielleicht irgendwo anders. Zumindest aber nicht hier. Trotzdem schüttelte ich entschieden den Kopf. »Nein«, sagte ich. »Aber ich habe keine Zeit, Ihnen die Gründe dafür zu erklären. Mein Vater sagt, Lehrer verstehen nur das, was sie verstehen wollen, und was sie nicht verstehen können, wollen sie auch nicht verstehen. Und lehren wollen sie es schon gar nicht. Das war schon zu seiner Zeit so und das ist heute nicht anders, weil es immer noch dieselben Lehrer sind.« Ich fasste Arthurs Hand fester und zog ihn eng an meine Seite. »Aber jetzt entschuldigen Sie uns bitte, Frau Günther. Mein Bruder und ich haben es eilig. Wir holen meine Tante heute vom Bahnhof ab. Sie kommt aus Paris, müssen Sie wissen, das liegt in Frankreich, und sie spricht fließend Französisch.«

»Na, dann will ich euch nicht aufhalten.« Sie lächelte etwas traurig. »Aber vielleicht sehen wir uns am Montag in der Schule?«

»Ich werde sehen, ob ich es einrichten kann«, antwortete ich würdevoll, erwiderte jedoch ihr Lächeln, weil mir das richtig und irgendwie nett vorkam, und zog dann Arthur hinter mir her durch den Irrgarten aus Schnee.

Auf dem Weg zum Bahnsteig fand ich auf dem Boden einen Knopf. Einen kleinen grauschwarzen mit zwei Löchern. Das munterte mich ein wenig auf, obwohl es Kraft kostete, ihn aus dem Eis zu lösen, das ihn nicht so leicht freigeben wollte. Als ich ihn schließlich in den Fingern hielt, glänzte er müde, als hätte er eine lange Reise hinter sich. Ich fragte mich, woher er kam und wer ihn verloren hatte. Vielleicht ein Prinz, ein Rockmusiker oder einer dieser kleinen Affen, die eine Drehorgel spielten und dafür winzige Westen aus blauem Stoff und einen Hut trugen. Möglicherweise war er aber auch einem Vogel aus dem Schnabel gefallen, der ihn eigentlich mit nach Süden hatte nehmen wollen, oder eine Frau hatte ihn in Afrika aus einem Heißluftballon geworfen, und er war hier gelandet.

Ich rieb die kalten Splitter und das Wasser von seiner Oberfläche. Arthur und ich betrachteten ihn einige Augenblicke, dann ließ ich ihn in mein Glas fallen. Nun war er wenigstens nicht länger allein und würde eines Tages viel wert sein.

Der Bahnsteig lag etwas außerhalb des Dorfes und bestand aus einem einzigen Gleis, auf dem die Züge ein- und abfuhren, egal, aus welcher Richtung sie kamen. Er war neunundsechzig Schritte lang, einundfünfzig, wenn ich sie besonders groß machte. Und in der Mitte befand sich ein kleines Häuschen mit einem Schalter, das sich in den Winterwind duckte. Jemand hatte entlang der Bordsteinkante eine breite Schneise in den Schnee geschlagen, die nun zart bedeckt war von den Flocken des Vormittags. Die vier schmalen Bänke waren unter Hügeln aus Weiß zu vermuten. Arthur und ich steuerten eine von ihnen an und befreiten sie von ihrer kalten Last.

»Warte«, hielt ich meinen Bruder zurück, als er sich schon setzen wollte, zog dabei die alte Zeitung aus meinem Beutel und breitete sie über der Holzfläche aus.

Über uns hing eine große, runde, schwarze Uhr, deren Zeiger auf zehn und kurz vor eins standen und mich damit an einen Schnauzbart erinnerten, kurz bevor der dazugehörige Mann niesen musste. Ich spähte das Gleis entlang, verfolgte die zwei schmalen Metallstränge, die an warmen Tagen oft verheißungsvoll in der Sonne glänzten, aber heute stumpf und traurig aussahen. Sie begannen und endeten im Grau, es war nichts zu erkennen.

»Möchtest du etwas essen?«, fragte ich und wies auf die Brote in meiner Tasche. Arthur schüttelte den Kopf, zögerte und zog stattdessen aus seiner Jacke zwei Bonbons hervor. Sie waren oval und hellgelb. Er hielt sie in der Kuhle seiner Handfläche, blickte zu mir hoch und lächelte. »Wo hast du die her? Von Lisbeth Morgen?« Er nickte.

Ich versuchte, mich daran zu erinnern, ob ich sie im Laden von Frau Finster gesehen hatte. Sie war eine schmale, durchscheinende Frau mit ewig traurigen Augen, hübsch, aber unauffällig und manchmal unstet wie ein Schatten. Trotzdem übersah ich sie selten. Ich hatte keine klare Vorstellung davon, wie alt sie war. Vielleicht Mitte zwanzig, vielleicht sogar noch älter. Sie war verheiratet und arbeitete bei Frau Finster im Geschäft. Sie musste etwas ungeschickt sein, denn es gab niemanden, zu dem blaue Flecken und Blessuren so selbstverständlich gehörten wie zu Lisbeth Morgen. Sie hatte Arthur gern, war regelrecht vernarrt in ihn und steckte ihm deshalb manchmal heimlich, wenn ihre Chefin beschäftigt war, Süßigkeiten zu; heute diese zwei gelben Bonbons, die in der kleinen, kalten Hand meines Bruders warm und hell schimmerten.

»Willst du sie jetzt essen?«, fragte ich Arthur.

Als Antwort legte er mir eine der Zuckerkugeln auf den Schoß. Gemeinsam wickelten wir sie aus ihrer glänzenden Folie und schoben sie uns gleichzeitig in den Mund. Die Süße, die über meine Zunge schwappte, schmeckte wie der Sommer, den es für uns nicht mehr zu geben schien. Ich schloss die Augen, das ständige Zittern verschwand aus meinem Körper. Warm und voll und weich flutete ein Lichtstrahl durch mich hindurch und trieb Eis und Schnee und meine Albträume fort wie Wolken, die von einem energischen Wind über den Himmel gejagt wurden. Das war Glück, eingeschlossen in ein kleines, nicht ganz rundes Bonbon.

Ich war enttäuscht, als sich die Helligkeit schließlich langsam zurückzog und die Sonne in meinem Mund zusammenschmolz, doch ich kostete sie bis zum letzten Moment aus, ehe ich die Augen wieder öffnete. Ich war zurück, und es war wieder kalt und grau. Mit frierenden Fingern schob ich das Bonbonpapier in meine Tasche. Ich würde es in meiner Schublade verstauen, ganz oben, damit die Diebe es nicht finden konnten.

Mein Blick suchte noch einmal die Uhr, die Zeiger hatten sich enger zusammengeschoben. Das Niesen stand kurz bevor. Arthur neben mir zitterte, deshalb zog ich mein Buch aus dem Beutel. »Soll ich dir etwas vorlesen?«, fragte ich ihn, er nickte energisch. »Wo waren wir?« Ich sah zu, wie er die Seiten durchblätterte, schließlich bei einer Zeichnung haltmachte und mit dem Finger auf das Blatt tippte. »Ach ja.« Ich wog den Kopf. »Wir hatten also schon die Geschichte von dem schlafwandelnden Pferd Ludmilla, das sich in einer Nacht auf der Spitze des Kirchturms wiederfindet, und auch die von dem kotzenden Köter. Kommen wir also nun zu einem ganz besonderen und ganz besonders spannenden Abenteuer des Freiherrn von Münchhausen.«

Ich zog die Knie an, legte mir das Buch auf ihnen zurecht und glitt mit den Blicken über das kleine Bild. Es zeigte eine leicht verbogene Gestalt, fliegend in der Luft wie eine Gewehrkugel, unter ihr eine Stadt, die mich an Erzählungen über fremde, exotische Länder erinnerte. Ich schloss kurz die Augen, dann begann ich: »Nachdem unser guter Freiherr von Münchhausen schweren Herzens der feinen Gesellschaft am Hofe Lebwohl gesagt hatte, streiften er und sein treues Ross Ludmilla einige Wochen ziellos durch die Lande. Doch lass dir gesagt sein«, ich blickte Arthur eindringlich an, »immer dann, wenn man besonders ziellos durch die Lande streift, verschlägt es einen in das weit entfernte Königreich Abwandragatur, das überall und nirgendwo liegt und das man deshalb nur finden kann, wenn man ganz und gar nicht auf der Suche danach ist. Die Menschen, die hier leben, zeichnen sich durch zwei Eigenschaften aus: Sie sind von sehr sprunghafter Natur und sie essen am liebsten braunen Rosenkohl, der auf den Feldern von Abwandragatur nur alle drei Jahre geerntet werden kann und deshalb eine erlesene Delikatesse ist. Unser hochgeschätzter Freiherr kommt also unverhofft an die Grenze von Abwandragatur, die insofern besonders ist, weil sie nicht aus Grenzposten und Schlagbäumen besteht, sondern aus einer Linie, gezogen mit weißer Kreide, die jeden Morgen, Mittag und Abend neu gemalt werden muss, weil sie sonst mit der Zeit ausbleicht, vom Wind fortgetragen wird und nicht mehr zu entscheiden ist, wo genau Abwandragatur anfängt und wo es aufhört. Leider sind die Bewohnerinnen und Bewohner des Reiches, wie gesagt, sehr sprunghaft und nicht gerade zuverlässig, deshalb kann es geschehen, dass man Abwandragatur betritt, ohne es zu bemerken. Und genau das geschieht auch dem Freiherrn von Münchhausen und seinem Pferd Ludmilla.«

Ich warf einen kurzen Blick auf meinen Bruder, der mir gespannt lauschte, dann fuhr ich fort: »Sie reiten deshalb vier ganze Tage und vier ganze Nächte und wissen dabei nicht, dass sie längst nicht mehr in irgendeinem Land sind, sondern in Abwandragatur. Erst am fünften Tag stoßen sie auf eine Gruppe von Kängurus in Uniform. Nach der langen Reise ganz allein mit seiner Ludmilla ist Münchhausen außer sich vor Freude, endlich jemandem zu begegnen, und kann es kaum erwarten, ein freundliches Gespräch zu beginnen. Dazu kommt es jedoch zunächst nicht, denn eines weiß er nicht: In Abwandragatur ist reiten streng verboten, auch gehen, rennen oder kriechen ist nicht erlaubt, man darf sich ausschließlich springend fortbewegen. Weil Ludmilla jedoch ein Pferd ist und deshalb zwar Gräben und Hecken überwinden, aber nicht hoppeln kann wie ein Häschen, wird sie von den Offizieren in Gewahrsam genommen. Und Münchhausen erfährt, dass es nur eine Möglichkeit gibt, wie er sein treues Ross befreien kann.«

Ich hob den Blick und sah auf die Uhr, es war nach zwei. Arthurs Lippen hatten sich mittlerweile bläulich verfärbt, er zitterte, und auch ich konnte nichts dagegen tun, dass meine Zähne klapperten. »Wo der Zug wohl bleibt?«, murmelte ich und folgte mit den Augen wieder den geraden Linien der Gleise, bei denen nicht zu sagen war, ob sie auf uns zu- oder von uns wegliefen. »Ich werde mal nachfragen«, erklärte ich entschlossen, drückte meinem Bruder das Buch in die Hand und stand auf.

Zunächst dachte ich, der Schalter wäre nicht besetzt. Hinter dem Fenster war es dunkel, kein Licht zu sehen, auf mein Klopfen hin tat sich nichts. Dann jedoch tauchte plötzlich ein Gesicht auf der anderen Seite der Scheibe auf, etwas unscharf, weil Eiskristalle das Glas dick und blind gemacht hatten.

»Was gibt es, Kleine?«, fragte der Mann, zu dem der Kopf gehörte.

»Hat der Ein-Uhr-Zug heute Verspätung?«

»Was sagst du?« Ich konnte eine ungenaue Bewegung in Richtung seiner Ohren erahnen.

»Ob der Ein-Uhr-Zug heute Verspätung hat«, rief ich lauter und drückte meine Nase dabei fest ans Glas.

»Verspätung? Nein.« Der Mann schüttelte den Kopf. »Der war vor zwei Stunden da.«

»Vor zwei Stunden?« Ich blickte auf die Uhr. »Aber da war es zwölf.«

»Und?«, brummte er zurück.

»Wie kann der Ein-Uhr-Zug um zwölf da gewesen sein? Dann wäre er doch der Zwölf-Uhr-Zug und nicht der Ein-Uhr-Zug.«

Der Beamte hob die Schultern, ehe seine Gestalt verschwand. Ich blieb einige Augenblicke stehen und starrte gegen die finstere, vereiste Scheibe. Erst als ich eine Berührung an meiner Hand spürte, konnte ich mich aus meiner Erstarrung lösen. Arthur war neben mich getreten, das Glas, meinen Beutel und das Buch unter dem Arm, und sah mich fragend an.

»Komm, wir gehen«, erklärte ich entschieden und schloss meine Finger um seine. »Der Ein-Uhr-Zug war heute schon um zwölf da.« Unsere Blicke begegneten sich. Er runzelte die Stirn. Ich verzog den Mund. »Das musst du mir nicht sagen.«

Der Weg nach Hause war beschwerlich, weil wir durchgefroren waren und unsere Muskeln steif. Außerdem waren die frischen, weichen Schneeflocken des Morgens mittlerweile hart und fest. Mit jedem Schritt klebten sich mehr von ihnen an unsere Schuhsohlen, machten unsere Beine schwerer und schwerer. Arthur und ich hielten uns fest an den Händen und zitterten schweigend, während wir angestrengt die vereiste Straße entlangstapften. Die Luft kam mir dick vor, von Kristallen aus Kälte, die in der Lunge schmerzten, wenn ich sie einatmete.

Als wir endlich ankamen, waren wir müde und erschöpft, unsere Gesichter rot, die Finger und Zehen weiß, wir schwitzten und froren gleichzeitig. Ich warf einen kurzen Blick in den leeren Briefkasten neben dem Eingang, ehe ich meinem Bruder die Treppe hinauf folgte.

Im Inneren des Hauses war es zunächst still, dann hörten wir Geräusche. Arthur und ich sahen uns kurz an, gingen dann aber gemeinsam dem leisen Klappern nach. Je näher wir der Küche kamen, desto mehr schien sich die Wärme zu verdichten, die durch den schmalen Spalt der halb geschlossenen Tür strömte. Wie verabredet blieben wir einen Moment im kühlen Halbdunkel des Flurs stehen und spähten in die goldene Helligkeit, die einen klar umgrenzten Streifen Licht auf die abgenutzten Dielen des Fußbodens warf. Wir konnten niemanden sehen, nur hören: das beginnende Pfeifen eines Wasserkessels auf dem Herd, das Scharben eines Messers, Klirren von Geschirr, Platschen eines Lappens. Erneut trafen sich unsere Blicke, dann nahm ich Arthurs klamme Finger und zog ihn hinter mir in die Küche.

Sie schien uns nicht zu bemerken. Eine Frau, groß, unwahrscheinlich gerade, mit einem tadellosen, perfekt runden Knoten mitten auf dem Kopf, der sie noch länger wirken ließ. Sie hatte sich eine Schürze um die Hüften gebunden, stand vor dem Spülbecken und bearbeitete die Pfanne, die ich heute Morgen zum Aufwärmen des Brotes verwendet hatte, mit einer Bürste. Ich sah sie nur von der Seite, doch sie kam mir schöner, imposanter, einnehmender vor als jeder andere Mensch, den ich kannte. Sie hatte etwas Herrschaftliches an sich, fast königlich.

Dieser Eindruck hielt bis zu dem Moment an, als sie sich ruckartig zu uns umdrehte, mit schnellen Blicken musterte und entsetzt rief: »*Mon Dieu!* Das kann doch nicht euer Ernst sein. *Quelle vue!* Steht hier mit schmutzigen Stiefeln und nassen Mänteln in der Küche. *Non, non, non!* Hat euch keiner beigebracht, dass man den Dreck von draußen nicht durchs ganze Haus trägt? Kein Wunder, dass es hier wie bei Hempels unterm Sofa aussieht.« Sie schüttelte energisch den Kopf, streckte die Hand aus und wies zur Tür. »Ihr macht sofort, dass ihr hier rauskommt, und zieht euch gefälligst die schmutzigen Sachen aus. *Un point c'est tout!* So kommt ihr mir nicht in meine frisch geputzte Küche. *Non! Vite!*« Sie klatschte laut in die Hände. »*Vite, vite!*«

Erschrocken starrten Arthur und ich uns an, dann machten wir hastig kehrt und stürzten aus der Tür. Wir stolperten zurück zum Eingang, schlüpften aus unseren Jacken, zogen uns gegenseitig die Schuhe von den Füßen und liefen eilig zurück.

»Schon viel besser!«, empfing uns die Frau und winkte uns mit einer knappen, beherrschten Geste zu sich heran.

Das Wasser im Kessel hatte mittlerweile zu brodeln angefangen und Dampf stieg auf, als würde ein wütender Drache schnauben. Die Frau nahm ihn in aller Ruhe vom Ofen, füllte mit dem kochenden Inhalt drei Tassen, stellte ihn zur Seite, trocknete sich die Hände an einem Geschirrtuch und drehte sich schließlich zu uns um. Aus der Nähe wirkte sie noch größer, ihr Gesicht weniger schön, dafür umso strenger. Sie war die ältere Schwester meiner Mutter, hatte jedoch kaum Ähnlichkeit mit ihr und noch weniger mit Oma Flora. Ich wusste, sie war Ende dreißig, aber sie wirkte älter, als sie aussah. Sie musterte uns, kniff dabei die Augen zusammen und machte den Mund schmal. Sie hatte etwas von einem Raubvogel, wie ich fand. Ihre Züge waren glatt und scharf, ihre Haltung so aufrecht, als wäre sie mit dem Lineal gezogen. Sie trug ein schwarzes Kleid mit einem weißen, gestärkten Kragen. Ich konnte nicht eine Falte erkennen, nicht auf der Stirn, nicht im Stoff ihres Kleides, nicht einmal ein zaghaftes Knittern. Sie war perfekt von Kopf bis Fuß, und ich hatte keinen Zweifel, dass sie nichts anderes als Vollkommenheit duldete.

»Dann lasst euch mal ansehen«, sagte sie, streckte die Hände nach uns aus und schob uns entschieden ins Licht. »Du musst *Arthur* sein.« Aus ihrem Mund klang sein Name seltsam, zu hoch und auf eine eigenartige Weise gestelzt. Das U wurde bei ihr zu einem Ü. Ich hätte sie gern verbessert, wagte es jedoch nicht. »Was für ein hübscher kleiner Junge«, lobte sie. »Du wirst einmal ein *bel homme!* Du kommst ganz nach deiner *maman.* Diese blonden Locken.« Sie strich ihm über die Haare. *»Adorable!«* Sie verzog die Lippen, bekam jedoch nur ein sehr knappes Lächeln zustande. »Und du?« Nun wandte sie sich an mich. Ich sog geräuschvoll die Luft ein, bemühte mich, gerade zu stehen, reckte das Kinn vor, die Arme hinter dem Rücken verschränkt. »Dann bist du sicherlich …«

»Fred«, beendete ich hastig ihren Satz, räusperte mich. »Ich bin Freddi.«

»Freddi?«, wiederholte sie. Ihre Augen wurden eng, die Ähnlichkeit mit einem Habicht, der sich auf seine Beute stürzte, wurde größer. »Das ist kein Name!«

»Doch«, sagte ich leise. »Meiner …«

»C'est absurde!« Sie schüttelte bestimmt den Kopf. »So kann niemand heißen, schon gar kein Mädchen, Frederike!« Dieses Mal bog sie die Silben nicht entschlossen nach oben. »Auf keinen Fall!« Sie

nickte sich selbst zu, damit war das Thema für sie beendet. *»Alors«*, begann sie, »ich freue mich, euch kennenzulernen. Ich bin eure Tante *Noelle.«* Das Wort glitt aus ihrem Mund wie eine formvollendete, schimmernde Perle, die beiden Silben schlangen sich kunstvoll ineinander. »Ich werde zwar nicht lange bleiben können, aber ich bin gekommen, um …«

»Wir haben dir etwas mitgebracht!«, rief ich.

»Pardon?«

»Was?«

»Wie bitte«, verbesserte Noelle tadelnd, doch ich sprach hastig weiter.

»Wir haben dir etwas mitgebracht«, wiederholte ich aufgeregt und griff mit meiner Hand in den Beutel. »Ein Geschenk, Tante No-elle …«

»Es heißt *Noelle.«* Sie warf mir einen strengen Blick zu. *»Noelle* … nicht No-elle. Es ist Französisch«, fügte sie belehrend und mit hochgezogenen Augenbrauen hinzu. »Außerdem mache ich mir nichts aus Geschenken. Und es ist unhöflich, einen anderen Menschen zu unterbrechen. Weißt du das nicht?«

»Nein«, erwiderte ich ehrlich. Davon hatte ich keine Ahnung. »Wir haben es dir heute Vormittag gekauft, im Laden von Frau Finster.«

»Frau Finster?«

»Ja, eigentlich heißt sie Reiser, aber …«

»Dann kannst du sie doch nicht einfach Finster nennen, wenn das offensichtlich nicht ihr Name ist.«

»Doch, kann ich«, erwiderte ich leichthin. »Sie sieht nämlich aus wie eine Frau Finster, glaub mir.« Ich nickte. »Aber in ihrem Laden gibt es wirklich fast alles. Brot, Mehl, Butter, Marmelade, Stifte, viele bunte Stoffe, Hefte, Papier, Klebebilder. Oh, und Postkarten. Ganz wunderbare Postkarten von Orten überall auf der Welt. Manche der Namen habe ich noch nie gehört, aber dort gibt es Palmen und Kokosnüsse, Sandstrände und Wasser, das so aussieht, als würde es nach Blauer Engel schmecken … der Eissorte. Blauer Engel«, sagte ich noch einmal, doch Noelles Gesicht blieb ausdruckslos.

»Es gehört sich nicht, so schnell zu sprechen«, erklärte sie stattdessen. »Wer ungeordnet redet, denkt auch ungeordnet. Und das willst du doch nicht, oder? Sonst halten dich die Leute noch für einen Einfaltspinsel. Das solltest du dir dringend abgewöhnen. Einen Einfaltspinsel hat niemand gern.« Ich starrte sie entsetzt an, mein Mund klappte zu. *»Bien!«,* sie wandte sich von uns ab. »Ich werde euch etwas zu essen kochen. Ihr seht ja halb verhungert aus, als hättet ihr seit Wochen nichts Vernünftiges mehr auf den Tisch bekommen. Wer hat denn«, sie zögerte kurz, »seit dieser *Sache* für euch gesorgt?« Sie machte ein mitfühlendes Gesicht. Gerne hätte ich ihr geantwortet, dass ich mich um alles kümmerte und wir sehr gut allein zurechtkamen, doch ich brachte kein Wort heraus. »Ein Glück, dass ich da bin! Jetzt wird wieder Ordnung in dieses Haus einziehen. Ihr werdet schon sehen!«

Mir kam dieser Satz wie eine Drohung vor.

2

»I Want To Hold Your Hand«
THE BEATLES

»Du musst ganz leise sein«, flüsterte ich Arthur zu, während ich ihm die Tür zum Schlafzimmer unserer Mutter aufhielt. »Sie braucht Ruhe. Du darfst sie nicht aufregen.«

Er trug einen Teller mit dem Abendessen in den Händen, als wollte er eine diamantenbesetzte Krone überreichen, setzte vorsichtig einen Fuß vor den anderen und machte ein konzentriertes Gesicht. Ich folgte ihm hinein in das Halbdunkel, das mir einmal mehr schwer und dicht erschien. Ich konnte das Bett meiner Mutter erahnen, auch die Umrisse ihrer Gestalt darin, aber alles war still, nichts regte sich.

»Mama«, sagte ich leise. »Mama?«

Ein unwilliges Stöhnen drang durch die Decke. »Geh weg, Fred.«

Ich schluckte, biss mir auf die Unterlippe. Arthur vor mir war stehen geblieben. »Aber Mama«, begann ich noch einmal. »Wir haben …«, flüsterte ich, die Worte zitterten sich über meine Lippen. »Wir haben dir was zu essen mitgebracht.«

»Ich will nichts.« Sie klang zu erschöpft, um zu sprechen.

»Wir haben Eier und …«

»Ich habe keinen Hunger«, gab sie nun schärfer zurück, schob jedoch ihre Nase unter dem Rand des Bettzeugs hervor. Ihr Gesicht war bleich, die Augen dunkel, das Haar zerzaust. Sie sah erst mich kurz an, dann fiel ihr Blick auf Arthur. Er stand mit dem Rücken zu mir, ich konnte sein Gesicht nicht sehen, dafür aber den Ausdruck, der sich in ihrem langsam veränderte. »Ist das … für mich?«, fragte sie. Mein Bruder nickte, machte die letzten Schritte auf sie zu und hielt ihr den Teller entgegen. »Das ist aber lieb von dir«, murmelte sie, ein Schluchzen auf jeder Silbe. Sie klang traurig, abgrundtief traurig, als sie die Hand nach Arthurs Kopf ausstreckte und ihm mit einer unsicheren Bewegung über das Haar streichelte. »Das ist lieb. Möchtest du dich setzen?«, hörte ich sie noch flüstern, als ich das Zimmer bereits wieder verließ.

Ich hatte ohnehin nicht länger bleiben können.

»Abendessen«, sagte ich, als ich mit dem Buch unter dem Arm zu Oma Flora ans Fenster trat. Ich wollte lächeln, doch es schien zu kalt dafür. Der Abend schob bereits seine eisigen Finger durchs Zimmer.

»Freddi, Schätzchen.« Sie streckte die Hand nach mir aus, tätschelte liebevoll meinen Oberarm. »Das ist aber lieb«, fügte sie hinzu, als ihr Blick auf Rührei und Brot fiel. Es waren dieselben Worte, die meine Mutter gebraucht hatte, doch dieses Mal waren sie an mich gerichtet. »Sieht lecker aus.« Sie nahm den Teller entgegen.

»Tante No-elle hat es gekocht«, erklärte ich tonlos und hob dabei die Schultern.

»Und?« Meine Oma musterte mich. »Habt ihr euch schon angefreundet?«

Ich zögerte. »Ich weiß nicht«, erwiderte ich langsam und gedehnt. »Ich meine, sie ist … *nett.«* Die vier Buchstaben klangen seltsam aus meinem Mund, irgendwie kürzer und trotzdem unnatürlich lang. »Aber ich hatte ja noch nie eine Tante.«

Oma Flora lachte. »Gib ihr etwas Zeit, Freddi. Sie hatte auch noch nie eine Nichte. Daran muss man sich erst gewöhnen.« Sie klopfte neben sich auf die Armlehne.

Ich verzog das Gesicht, schenkte ihr ein gequältes Lächeln, ließ mich jedoch neben sie auf den Sessel gleiten. »Sie sieht Mama gar nicht ähnlich«, stellte ich fest.

»Nein.« Oma Flora schüttelte den Kopf.

»Und dir auch nicht.«

»Nein.« Nun lachte sie.

»Warum ist das so?«

»Das weiß nur der liebe Gott«, erwiderte meine Oma mit einem Zwinkern und wurde dann wieder ernst. »Aber ich glaube, es ist ihr auch ganz recht so.«

»Und warum heißt sie No-elle? Sie sagt, das ist Französisch. Aber du heißt Flora und Mama heißt Alice.«

Einige Minuten lang war ich mir nicht sicher, ob Oma Flora mir antworten würde, denn sie hatte den Blick wieder aus dem Fenster gerichtet und es dauerte, bis sie zu mir zurückkehrte: »Meine Mutter war Französin, weißt du?«

Ich sah sie überrascht an. »Sie kam aus Frankreich?«

»Ja, und sie war eine außergewöhnliche Frau.«

»Was hat sie getan?«

»Es war nicht sosehr, was sie getan hat. Es war vielmehr der Mensch, der sie gewesen ist. Ich habe sie über alle Maßen geliebt.« Oma Flora schluckte. »Deshalb habe ich jedem meiner Kinder zwei Namen gegeben: Kathrin *Noelle,* Alice *Amélie* und …« Sie brach ab und ihre Augen flohen abermals nach draußen.

»Und warum nennt sich Tante No-elle No-elle und nicht Kathrin.«

»Sie wollte es so. Sie hat es einfach für sich entschieden«, erwiderte meine Oma abwesend. Sie brauchte einige Momente, ehe sie zurückkehren konnte, dann fragte sie heiser: »Ist ein Brief für mich gekommen?«

Ich sah sie an und schüttelte langsam den Kopf. »Nein, leider nicht.« Ich konnte beobachten, wie sich die Hoffnung der vergangenen Stunden von ihrem Gesicht ablöste, erst an der Stirn, dann um die Augen und schließlich bis hinab zum Kinn. Das tat sie jeden Abend, und jeden Abend kam mir Oma Floras Haut dünner vor. »Aber morgen bestimmt«, sagte ich, weil ich das immer sagte. Und wie immer nickte meine Oma und sah dabei wieder traurig aus dem Fenster. »Soll ich dir vorlesen?«

»Gerne«, murmelte sie, wandte mir jedoch weder den Blick noch ihre Aufmerksamkeit zu. »Gerne …«

Wie fette, schwarze Vögel saßen die Schatten in den Ecken des Flurs, als ich Oma Floras Zimmer verließ. Ich huschte durch die kalte Dunkelheit und über den Dielenboden und hatte meine Tür fast erreicht, als ich eine leise Stimme hörte. Ich hielt inne, horchte. »Ich habe es dir schon immer gesagt«, flüsterte jemand. Es musste Noelle sein, nur sie formte die Worte beim Sprechen flach und spitz. Sie war nebenan bei meiner Mutter. Ich konnte plötzlich schlecht atmen. »Ich habe kommen sehen, dass …« Ich schluckte, drehte meinen Kopf hastig zur Seite, doch der zweite Teil des Satzes blieb auf der anderen Seite der Wand hängen. Er erreichte mich nicht.

Was hatte sie gesagt? Was hatte sie kommen sehen? Ich zögerte, schob mich dann vorsichtig und leise näher an das Zimmer meiner Mutter. Ich fror, deshalb schlang ich den rechten Arm um meinen Oberkörper, der linke war wieder einmal zu schwer, um ihn zu bewegen.

Ich hörte Noelles Stimme, aber ihre Worte blieben zunächst leer und flüchtig. Sie erinnerten mich an Seifenblasen, die an der eigenen Nasenspitze zerplatzen. Erst als ich mich ihnen näherte, wurden sie zu klareren, festeren Formen: »Es ist nicht deine Schuld, *Alice.*« Sie sprach den Namen meiner Mutter überraschend weich und warm aus. Er klang aus ihrem Mund wie eine vertraute Umarmung, wie sie nur Schwestern einander geben können, und zum ersten Mal verstand ich, dass Tante Noelle und meine Mutter genau das waren – Schwestern, Vertraute, die sich schon ein Leben lang kannten, sogar zwei. »Es ist nicht deine Schuld«, sagte sie zärtlich. »Nein, das ist nicht wahr! Du hättest nicht … *Alice,* sag das nicht.« Erst jetzt erkannte ich, dass in den Pausen, die sie ließ, meine Mutter sprach. Ich lief schneller. Ich musste hören, was sie sagte. »Er allein trägt die Verantwortung … für das alles!« Jede Silbe meiner Tante kam mir hart und entschieden vor wie Pfeiler, die man in den Boden rammt. Sie kannten keine Zweifel. Meine Schritte wurden noch hastiger. »Ich habe immer gewusst, dass so etwas passieren würde … Er war schon immer ein Nichtsnutz, ein Herumtreiber und Trunkenbold.«

Mit einem schmerzhaften Ruck blieb ich stehen. Geriet aus dem Gleichgewicht. Mein Gipsarm zog mich nach unten. Ich konnte mich nicht halten. Stieß mit der Schulter gegen die Wand. Ein Krachen. Ein Stöhnen. Dann Noelles Gesicht im Türrahmen.

»Was machst du hier?«, fuhr sie mich an, glatt und scharf wie ein Messer. »Hast du etwa gelauscht?« Sie wartete nicht auf eine Antwort, ich hätte ihr auch keine geben können. Ich kämpfte mit der Luft, die in meiner Brust steckte. »Es gehört sich nicht, sich anzuschleichen und andere Leute auszuspionieren. Hörst du?« Ich hätte mich gerne verteidigt, jeden Vorwurf abgestritten, aber es gelang mir nicht. Im Halbdunkel des Flurs waren Noelles Züge noch kantiger, noch unnachgiebiger. Ich hatte nie einen größeren Menschen gesehen. »Abgesehen davon solltest du längst im Bett sein. Ein Mädchen deines Alters hat nicht nachts durchs Haus zu streifen. Du hast Ähnlichkeiten mit einem Poltergeist.« Ich senkte den Kopf. »Geh ins Bett!«, sagte sie knapp und machte eine Bewegung, mit der sie den Flur hinabwies. »Geh und ich komme nachher gucken, ob du dich gründlich gewaschen hast.« Damit trat sie zurück in das Zimmer meiner Mutter.

Mit einem energischen Klicken schloss sie die Tür und ließ mich allein in der Dunkelheit stehen.

Die Nacht hatte sich über mir geschlossen. Sie fühlte sich schwer auf mir an. Ich konnte unter ihr kaum atmen. Ich war müde, schrecklich müde, aber ich hatte Angst einzuschlafen. Angestrengt starrte ich deshalb in das Dunkel, in dem die Sterne fehlten. Ich hörte den Wind, der den Schnee als kleine Eisperlen gegen die Fensterscheiben trieb. Ich versuchte, mich an eine Geschichte zu klammern, zwang mich, sie zu entspinnen wie einen glitzernden, leuchtend silbrigen Faden, der das Schwarz im Raum durchwirken sollte. Ich wollte mir selbst von einer Katze erzählen, die lieber eine Biene gewesen wäre, von einer Schildkröte, die davon träumte, bis hinauf zu den Wolken zu fliegen, und einem Fisch, der sich als Kaktus mit einer pinkfarbenen Blüte besser gefallen hätte, aber jedes Mal, wenn sich hinter meiner Stirn das Band von der Spule abzurollen begann und die Tiere sich als Freunde um mein Bett versammelten, riss das Garn, und ich war wieder allein.

Er war schon immer ein Nichtsnutz, ein Herumtreiber und Trunkenbold. Er allein trägt die Verantwortung … für das alles! Wie geisterhafte Schatten spukten die Worte durch meinen Kopf.

Die Welt wurde mir zu eng. Ich schlug die Decke zurück. Ich drehte mich auf die Seite. Ich schob mich aus dem Bett. Ich setzte die Füße auf den Boden. Ich drückte die Knie durch. Ich stand auf.

Es war eiskalt. Ich griff nach meinem Buch. Ich zögerte. Ich verharrte unschlüssig mitten im Raum. Umgeben von Finsternis und Frost. Mein Arm schmerzte unter der Last des Gipses.

Die Tür quietschte leise, als ich in den Flur trat. Hier war es noch dunkler als in meinem Zimmer, weil kein Licht die Dielenbretter erreichte. Ich schlich leise durch den Gang, hielt nur kurz inne, als ich vor der Tür meiner Mutter stand. Dahinter hörte ich nichts als Schweigen. Schließlich ging ich weiter. Als ich zurückblickte, konnte ich den Weg nicht sehen, den ich gekommen war. Die Dunkelheit hatte ihn gefressen.

Das Zimmer meines Bruders lag einunddreißig Schritte von meinem entfernt, aber mir waren sie nie länger vorgekommen. Ich war erleichtert, als ich hineingleiten konnte. Arthur schlief. Wie konnte er auch nicht? Er wusste es nicht.

Sein Atem war ruhig und gleichmäßig, ich fühlte mich von ihm getröstet. Einen Moment überlegte ich, ob ich ihn wecken sollte. In dem fahlen silbrigen Schimmer, der durch das Fenster fiel, sah er zufrieden aus. Durfte ich ihm das zerstören? Doch dann waren da wieder diese Worte. Sie waren so schmerzhaft, dass ich nicht anders konnte, als die Hand auszustrecken und Arthurs Schulter zu berühren.

Er schüttelte erschrocken den Kopf, als sein Schlaf zerriss wie ein weiches, warmes Tuch. Er starrte mich an, und es dauerte einige Momente, bis seine Augen mich erkannten, sein Blick klarer wurde. Er sagte nichts, aber sein Gesicht fragte mich auch ohne Worte.

»Wir müssen noch die Geschichte zu Ende lesen«, flüsterte ich. Er musterte mich, dann nickte er langsam und rutschte zur Seite.

Ich kletterte neben ihm unter die Decke. Hier war es warm. Ich lehnte den Kopf gegen die Wand, schlug das Buch auf und blätterte an die richtige Stelle. Es war fast zu dunkel, um auch nur die Bilder auf den Seiten zu erkennen, aber das machte nichts. Es würde schon gehen. Der Freiherr schälte sich klar genug aus der nächtlichen Finsternis.

»Wo waren wir stehen geblieben?«, fragte ich leise, wartete aber nicht auf eine Antwort. »Die Befreiung der treuen Ludmilla, richtig?« Arthur legte die Wange an meine Schulter und schloss die Augen. Ich sah ihn einige Momente an, ehe ich mich wieder der Geschichte zuwandte. Ich spürte eine unsagbare Erleichterung, als meine ausgesprochenen Worte die Worte aus meinem Kopf zu vertreiben begannen: »Wie gesagt, gibt es nur eine Möglichkeit, um Ludmillas Freilassung zu erwirken, aber das hat bisher noch niemand geschafft. Niemand mit Ausnahme des Königs von Abwandragatur, der ein so ausgezeichneter Springer ist, dass er sogar über sein eigenes Schloss springen kann. Und das ist keine Kleinigkeit, denn immerhin besteht dieses aus 334 Zimmern, einem Garten mit Springbrunnen und Blumen in allen Farben des Regenbogens, Pferdeställen, einem Zirkuszelt, Jahrmarktbuden und einem Kirchturm, dessen Kuppel wie ein Sahnebaiser aussieht. Seit Anbeginn der Zeit ist es in Abwandragatur deshalb Gesetz, dass nur der, der dem König im Springen ebenbürtig ist, auch eine Bitte an den mächtigen Herrscher richten darf. Du siehst also ...« Aber Arthur war bereits wieder eingeschlafen. »Du siehst also«, flüsterte ich, »Münchhausen hat nur eine Chance, sein treues Ross Ludmilla aus dem finsteren Kerker zu befreien: Er muss den Satz seines Lebens machen.«

Am nächsten Morgen war ich überrascht. Nicht sosehr, weil ich in einem anderen Bett als meinem eigenen aufwachte, das war nicht das erste Mal, sondern weil es wärmer war als sonst. Jemand hatte den Ofen bereits befeuert, der sich nach Kräften bemühte, die Kälte aus den Zimmern zu vertreiben. Allein in den Ecken hielt sich der Frost. Als ich mich vorsichtig aus der Decke schälen wollte, wurde auch Arthur wach, die Augen klein vor Müdigkeit. Ohne ein Wort folgte er mir aus dem Bett, hinaus in den Flur und schließlich die Treppe hinunter.

Aus der Küche drang der Duft von Pfannkuchen. Mein Bruder und ich sahen uns an. Es hatte in unserem Haus schon lange nicht mehr nach Pfannkuchen gerochen. Als wir in den hellen Wohnraum traten, war der Tisch gedeckt, und Noelle stand am Herd. Sie war bereits gewaschen und angezogen, sah so adrett und vollkommen aus wie am Tag zuvor. Ihr schwarzes Kleid und der hochgeschlossene Kragen erinnerten mich an einen Pfeifenputzer.

»Bonjour!«, sagte sie unerwartet fröhlich. »Ich wollte euch gerade wecken. Es ist sieben Uhr«, erklärte sie mit einem Blick auf die Uhr. Ich dachte für einen Moment, sie wollte lächeln, doch stattdessen runzelte sie die Stirn und schob die vorwurfsvolle Strenge zurück in ihre Stimme: »Ich halte nichts von Langschläfern. Man sollte seinen Tag nicht im Bett verbringen. Das tut niemandem gut. *Arthur*, setz dich.« Sie wies auf einen der Stühle. »Frederike, hol deine Mutter, wir werden jetzt frühstücken.« Mein Bruder setzte sich bereits in Bewegung, doch ich blieb unschlüssig und überrascht im Türrahmen stehen. Wusste sie denn nicht, dass …? »Worauf wartest du?« Noelle schüttelte unwillig den Kopf. Ihre Handbewegung wurde energischer.

»Mama kommt nicht«, sagte ich leise, stockend.

»Pardon?« Ihre Augenbrauen schnellten nach oben wie ein Flummi.

»Es geht ihr nicht gut. Sie schläft … meistens. Sie kommt nicht runter«, wiederholte ich und trat unsicher von einem Fuß auf den anderen.

»Was soll das heißen?«, fragte Noelle scharf zurück.

»Es soll heißen, dass sie ihr Zimmer nicht mehr verlassen hat. Nicht seit …« Ich senkte die Stimme, warf einen bedeutungsvollen Blick auf Arthur, der sich an den Tisch gesetzt hatte und dem das Kinn müde auf die Brust gesunken war.

»Das kann nicht dein Ernst sein.« Noelle musterte mich. Als ich nur hilflos die Schultern hob, zog sie mit einer energischen Geste die Pfanne vom Herd und kam mit entschlossenen Schritten auf mich zu.

Ich starrte sie mit großen Augen an, wagte es nicht zu atmen. Sie kam mir vor wie ein Sturm, den man herannahen sieht und vor dem man sich in Sicherheit bringen sollte. Doch zu meiner Überraschung rauschte sie an mir vorbei. *»Impossible«*, murmelte sie dabei. *»Impossible! Impossible!«*

Ich hörte sie mit festen, harten Tritten die Treppe hinauflaufen, dann ein kurzes Klopfen und das Quietschen einer Tür. Ich blieb ratlos zurück, wartete einige Augenblicke und lauschte noch, ehe ich mich zu Arthur an den Tisch setzte. Es war zwecklos. Das wusste ich. Meine Mutter würde ihr Bett nicht verlassen, und schon gar nicht das Zimmer. Ich hatte es in der letzten Zeit so oft versucht. Sie würde nicht kommen. Da war ich sicher.

Keine zehn Minuten später stand meine Mutter in der Küche.

Sie trug noch ihr Nachthemd, und das Erste, was mir auffiel, waren ihre zitternden Beine. Sie wackelten nicht, als würde sie frieren, sondern als könnte sie sich nicht auf ihnen halten und hätte Angst, sie würden jeden Augenblick unter ihr nachgeben. Die Knie stießen beinahe aneinander. Ihnen war anzusehen, wie schwer sie trugen. Meine Mutter war blass, ihre Haare ungekämmt. Ich erkannte sie kaum wieder. Sie blinzelte ins Licht wie jemand, der für lange Zeit die Sonne nicht gesehen hatte, und irgendwie verstand ich, dass es eigentlich auch so war.

Sie rang sich ein verkrampftes Lächeln ab, während sie sich am Türrahmen festhielt.

»Guten Morgen«, rief ich, besonders deutlich und fröhlich, weil ich befürchtete, sie würde mich sonst nicht verstehen.

Meine Mutter verkniff das Gesicht, als hätte sie Schmerzen, und zog unwillkürlich den Kopf ein. Ihr Blick hastete kurz zu mir. Ich hielt die Luft an, wollte etwas sagen, doch in diesem Moment sprang er wieder von mir weg. Ich schluckte, sah zu, wie sie sich vom Türrahmen abstieß, für einige Sekunden unsicher durch die Küche trudelte, schließlich nach der Lehne eines freien Stuhls griff und sich an ihn zog. Ihre Hände tasteten nach der Tischkante und hielten diese fest umklammert, als sie sich setzte.

»Guten Morgen«, flüsterte sie in Arthurs Richtung. Er strahlte sie an, als sie mit dem Daumen seinen Unterarm berührte.

Ich fühlte mich schrecklich. Die Haut unter meinem Gips pochte. Und Hunger hatte ich auch nicht mehr. Lustlos stocherte ich mit meiner Gabel im Pfannkuchen, teilte ihn in kleine Stücke, die ich dann nicht aß.

»Ihr habt noch nicht gebetet«, sagte in diesem Moment Noelle und ließ mich damit zusammenfahren.

Hastig blickte ich auf, überrascht, weil ich beinahe vergessen hatte, dass sie da war. Erst jetzt bemerkte ich, dass sie mich musterte.

»Gebetet?«, fragte ich zurück.

»Oui. Natürlich. Gebetet.«

»Wozu?«

Meine Tante atmete geräuschvoll ein. »Um dich beim lieben Gott zu bedanken.«

»Für was?«

»Für das Essen.«

»Hast du nicht gekocht?« Ich blickte sie verständnislos an.

»Doch, natürlich.« Sie verdrehte die Augen. »Aber darum geht es nicht.«

»Worum dann?«

»Es geht darum …« Noelle seufzte laut, dann schüttelte sie den Kopf und fragte stattdessen. »Wann musst du los?«

»Los? Wohin?«

»Zur Schule«, erwiderte Noelle. »Zur Schule natürlich. *Arthur* ist erst fünf. Er ist noch zu klein.«

»Wer?«

»Dein Bruder … *Arthur.«*

»Mein Bruder heißt Arthur. Er ist keine Ar-Tür.«

Ich konnte sehen, wie Tante Noelle die Lippen aufeinanderpresste: »Wann gehst du nun zur Schule?«

»Ach so.« Ich machte eine abwehrende Handbewegung. »Da gehe ich nicht hin.«

»Comment?«, rief sie. Ihre Stimme schoss in Richtung Decke. Sie räusperte sich eilig, bemüht, ihre Fassung zurückzugewinnen. »Wie bitte?«, fragte sie, wieder beherrschter, glättete sorgfältig ihren Kragen und ihre Gesichtszüge.

»Ich gehe nicht zur Schule«, sagte ich leichthin.

»Und warum nicht?« Ihre Augen bohrten sich in mich hinein.

»Ist nicht.«

»Ist nicht?«, wiederholte sie meine Worte mit spitzer Zunge. »Was soll das heißen? Gibt es hier … draußen«, sie wies ungenau aus dem Fenster, »etwa keine Schule mehr?«

Ich kratzte mir die Nase und zögerte kurz, bevor ich antwortete: »Doch … sicher.«

»Aber?«

»Aber die ist zu.«

»Zu!« Noelles Blick verengte sich, sie starrte mich an, als wollte sie mich in kleine Streifen schneiden. »Zu?« Sie schnaubte ungläubig.

»Ja.« Ich nickte.

»Wieso zu?«, wollte sie ungeduldig wissen, doch ich antwortete betont langsam: »Wegen der Eulen.«

»Der *Eulen?«*

»Der Sumpfohreulen«, sagte ich.

»Was?« Ein weiteres Mal entwischten ihr die Töne.

»Ich dachte, es heißt ›wie bitte‹«, gab ich unbeeindruckt zurück.

Noelle presste die Lippen aufeinander, schluckte angestrengt, zwinkerte heftig. »Da hast du vollkommen recht«, erklärte sie und biss dabei mit den Zähnen so fest auf die einzelnen Buchstaben, dass diese knirschten. »Nichtsdestotrotz gehört es sich nicht, sich einsilbig und wortkarg zu geben.« Sie straffte die Schultern. »Noch einmal in ganzen Sätzen, bitte, Frederike. Und langsam, *s'il te plaît.* Die Schule ist geschlossen, weil …«

»Weil im Dachstuhl eine Gruppe von Sumpfohreulen gefunden wurde«, erwiderte ich bereitwillig. »Diese sind vom Aussterben bedroht, deshalb darf man sie bei ihrem Winterschlaf nicht stören.«

»Aha«, machte Noelle.

»Ja«, machte ich.

»Und wie lange soll das gehen?«

»Bis es anfängt zu tauen und das Nest umquartiert werden kann.«

»Mon Dieu«, seufzte sie entsetzt. »Das kann ja noch Wochen dauern!« Als Antwort gab ich ein zustimmendes Murmeln von mir. »Und so lange sollt ihr Kinder gar nichts lernen?«

»Nein«, sagte ich und machte mir nicht die Mühe, bedauernd zu klingen. »Nein, sollen wir nicht!«

»Je ne marche pas!« Noelle schüttelte ihren Zeigefinger. »Auf keinen Fall!« Ihr Gesicht war so entrüstet, dass ich ein Lachen unterdrücken musste. Hastig schob ich mir ein Stück Pfannkuchen

in den Mund. »Das ist nicht zu verantworten. Kindern einfach so ihre Bildung vorzuenthalten. Wo kommen wir denn da hin? *C'est inacceptable! Inacceptable!«,* erklärte sie entschieden, als ihr Blick auf mich fiel. Ich hob die Schultern, weil ich nicht wusste, was ich sonst tun sollte. Misstrauisch beäugte ich, wie sie die Hand nach mir ausstreckte. »Mach dir keine Sorgen, Frederike.« Sie tätschelte mir tröstend die Schulter. »Das lasse ich nicht zu. Du wirst deinen Unterricht bekommen. Wozu bin ich Lehrerin? Ich werde dafür sorgen, dass du die Bildung erhältst, die dir laut Gesetz zusteht. Ich werde zwar nicht lange hierbleiben können, aber ich lasse nicht zu, dass aus dir ein nichtsnutziger Faulpelz wird wie dein …« Sie brach ab, räusperte sich. »Das verspreche ich dir! Verlass dich da ganz auf mich, Frederike. Verlass dich da ganz auf mich.« Sie lächelte mich an, dann fragte sie: »Will noch jemand Pfannkuchen?«

Es kam mir vor, als würde der Tag von einer kleinen Maus gefressen, die immer nur ein winziges Stück von ihm abbiss und elendig langsam kaute. Noelle hatte Arthur und mir verboten, in den Wald zu gehen, und sich nicht davon erweichen lassen, dass wir dort zweifellos Dringendes zu erledigen hatten. *Ça ne se fait pas,* war alles, was sie sagte. *Ça ne se fait pas.* Ich hatte keine Ahnung, was das heißen sollte.

Gelangweilt saß ich am Küchentisch und starrte aus dem Fenster, vor dem sich die Flocken zu einem Vorhang verdichteten. Wie viel Schnee konnte es noch geben? War der Himmel nicht irgendwann leer geschneit? Ich hatte es satt, dass die Welt unter ihm zum Stillstand kam und alles seine Form verlor. Und ich hatte es satt, immer zu frieren. Bei dem Wetter konnte man fast vergessen, wie es sich anfühlte, wenn alles hell und warm war. Manchmal glaubte ich sogar, die Sonne würde nie wieder für uns aufgehen. Missmutig stützte ich das Kinn in die rechte Hand, als es plötzlich klingelte.

Ich hob den Kopf, sprang auf, stieß den Stuhl zurück. Er kippelte stark, fiel jedoch nicht um. Ich stürzte aus der Küche. Dann in den Flur. Und zum Eingang. Ich hatte gerade die Tür erreicht und die Hand nach der Klinke ausgestreckt, als Noelle aus dem Wohnzimmer trat. Sie trug eine Schürze und hielt einen Lappen in der Hand, ihre Wangen waren leicht gerötet, aber der Knoten thronte so unerschütterlich auf ihrem Kopf, dass ich sicher war, nicht einmal ein tosender Sturm würde ihn in Unordnung bringen. Sie machte ein vorwurfsvolles Gesicht.

»Man rennt nicht so zur Tür!«, sagte sie streng. Ich hielt inne. *»Ça ne se fait pas!«* Da war es wieder. »Du solltest wirklich anfangen, dich zu benehmen, Frederike, weißt du? Was sollen sonst die Leute von dir denken?« Ich schob trotzig die Unterlippe vor, schwieg jedoch. »Du kannst wirklich froh sein, dass ich da bin. Denn offenbar haben es deine Eltern versäumt, dir die einfachsten Regeln der Höflichkeit beizubringen.« Mit einer knappen Bewegung streifte sie sich die Schürze ab, legte sie mit dem Putztuch zusammen auf das Treppengeländer und kam dann mit großen Schritten auf mich zu. »Außerdem sollten Kinder nicht die Tür öffnen. Wer weiß, welche Schurken der Schnee auf unsere Fußmatte geweht hat.« Sie schob mich energisch zur Seite.

»Schurken?«, fragte ich zweifelnd. »Ich glaube kaum …«

»Man kann nicht vorsichtig genug sein«, unterbrach sie mich. »Weißt du das nicht?«

»Nein«, antwortete ich ehrlich.

Noelle musterte mich missbilligend, dann erklärte sie: »Aber so ist es. Die Welt ist schlechter, als du dir vorstellen kannst. Sehr viel schlechter. Sie ist voller Taugenichtse und Tunichtgute. Da kann man nicht vorsichtig genug sein«, wiederholte sie und nickte mir dabei entschieden zu. Sie strich sich eine nicht vorhandene Strähne aus der Stirn, glättete den Stoff ihres Kleides und nahm vor der Tür Aufstellung, ehe sie diese öffnete.

»Herr Habermann ist tot!« Die Worte wehten zu uns herein, noch bevor wir Frau Habermann auf den Stufen sehen konnten. »Herr Habermann ist tot. Wo ist Arthur?«

Tante Noelle stand mit dem Rücken zu mir, doch ich wusste, dass sie die Stirn runzelte, weil sich ihr Haarknoten ein Stück nach hinten verschob. Sie stemmte die Hände in die Hüften. »Wie bitte?«, fragte sie.

»Wo ist Arthur?«, fragte Frau Habermann ungeduldig und versuchte, an Noelle vorbeizuschauen. Ihr Blick fiel auf mich. »Wo ist dein Bruder? Ich brauche deinen Bruder! Es ist dringend!«

»*Excusez-moi,* meine Dame. Dürfte ich wohl erfahren, wer Sie sind und was Sie wollen?« Meine Tante bemühte sich, Haltung zu bewahren.

»Esküse-*was?* Komm mir nicht so! Ich hab doch gesagt, was ich will. Ich will zu Arthur!«

»Und *Sie* sind?«

»Frau Habermann. Und nun lass mich durch, Herzchen! Ich sagte doch, es ist ein Notfall!« Damit drängelte sich Frau Habermann an Noelle vorbei, die empört nach Luft japste und dabei wie ein Fisch an Land aussah. »Arthur!«, rief Frau Habermann. Ihre Stimme erinnerte mich an Trommelschläge. Sie krachten laut und donnernd durch das Haus. »Arthur!«

»*C'est inacceptable, madame!* So etwas habe ich ja noch nie erlebt. *C'est scandaleux!«,* schimpfte Noelle, schloss eilig die Tür und folgte Frau Habermann zum Treppenabsatz. »Was denken Sie sich?«

»Das überlasse ich anderen«, erwiderte diese knapp. »Arthur!«

»Das ist nicht zu übersehen«, murmelte meine Tante gedehnt und nahm Frau Habermann abschätzig in Augenschein.

Diese war eine rundliche, untersetzte Frau von Mitte fünfzig, deren geringe Körpergröße niemand bemerkte, denn sie war laut, auffallend und nicht zu übersehen. Sie trug einen weit schwingenden schwarzen Pelzmantel, der wie eine Schleppe hinter ihr über den Boden schleifte und einen Schwung Schnee mit sich ins Haus zog, was Noelle mit Missbilligung registrierte. Ein leuchtend orangefarbener Filzhut saß auf einer wilden Woge aus Haaren, mal rot, mal braun, mal weiß. Und bei jedem Schritt klimperte und rasselte und klirrte es, weil Frau Habermann jeden Tag eines jeden Jahres ihren gesamten Schmuck ausführte. Ob Reihen von Perlenketten oder unzählige glänzende Silberarmbänder, schwere Ohranhänger, die ihr bis auf die Schultern reichten, oder Ringe über Ringe an den Fingern, immer, wenn ich Frau Habermann sah, glitzerte und funkelte sie wie ein Weihnachtsbaum und war bunter bemalt als ein Clownsgesicht.

Noelle verzog den Mund und wollte gerade erneut zu schimpfen anfangen, als Arthur oben an der Treppe erschien.

»Da bist du ja!«, polterte Frau Habermann. »Komm schnell!« Sie winkte meinen Bruder hastig nach unten, machte ihrerseits bereits kehrt und steuerte den Ausgang an.

»Und wohin genau soll Sie mein Neffe begleiten, *madame* Habermann?« Noelle folgte ihr hastig. Als sie keine Antwort erhielt, fügte sie hinzu: »Worum genau geht es? Vielleicht kann ich Ihnen helfen.«

Frau Habermann war bereits mit einem Schritt aus der Tür, blieb stehen und drehte sich halb um, ohne zurückzublicken. »Es geht um Herrn Habermann. Er ist tot. Deshalb brauche ich Arthur.« Sie nickte entschlossen, warf ein ungeduldiges »Kommst du?« hinter sich und verließ das Haus.

Arthur und ich schlüpften eilig in unsere Stiefel und Winterjacken, während Noelle unschlüssig im Flur stand. Schließlich griff sie ebenfalls nach ihrem Mantel. *»C'est inacceptable!«*, knurrte sie, während sie sich einen Schal um den Hals schlang. »Manche Menschen wissen einfach nicht, was sich gehört!«

Trotzdem stapfte sie wenige Minuten später neben uns durch den frisch gefallenen Schnee, der den kurzen Weg auf die andere Seite der Straße lang und beschwerlich machte. Wir waren durchgefroren und trugen weiße Hauben aus Eis, als wir schließlich die Stufen nach oben stiegen. Von außen sah Frau Habermanns Haus aus wie jedes andere, doch innen war es vollgestopft mit Kram und Krempel. Wuchtige Bücherregale stemmten sich gegen die Wände, als wollten sie diese am Umfallen hindern. Bilder in aufwändig verzierten Rahmen hingen so dicht nebeneinander, dass die Tapete dazwischen nicht zu erkennen war. Auf kleinen Tischen, den Fensterbrettern und selbst auf dem Boden standen Schalen und Schüsseln, Kerzen und Kristallleuchter, Figuren von Engeln, Hunden, Pferden, Vögeln und Drachen in allen Farben und Größen. Dicke, schwere Vorhänge verweigerten selbst feinsten Lichtstrahlen den Eintritt, und die staubigen Teppiche, die das Parkett neben- und übereinander bedeckten, verschluckten jedes Geräusch.

»Du meine Güte!«, entfuhr es Noelle, als wir das große Wohnzimmer betraten, das so vollgestellt war, dass es eng und klein wie eine Abstellkammer wirkte. »Hier sieht es ja aus wie in einem Vanitas-Stillleben von Pieter Claesz.« Ihr entsetzter Blick glitt über verstaubte Vasen mit vertrockneten Blumen, dicht an dicht stehenden Gläsern, und blieb schließlich an einem ausladenden Kronleuchter hängen, der über einem riesigen Holztisch angebracht und mit Klimbim aller Art behängt war. Staubflocken tanzten durch die Luft. Meine Tante wollte die Hand vor den Mund schlagen, entschied sich jedoch anders, runzelte nur die Stirn und räusperte sich.

»Da seid ihr ja endlich!«, brummte es in diesem Moment aus einer Ecke des Zimmers, die durch einen reich bemalten Wandschirm vom Rest des Raumes abgetrennt war. Im nächsten Moment tauchte Frau Habermanns Kopf auf. Sie machte ein ärgerliches Gesicht. »Nun komm schon! Hierher!«

»Was ist *hier?*«, zischte Noelle mir zu.

Ich sah zu ihr auf. »Herr Habermann«, erwiderte ich leise und hob die Schultern, als sie mich skeptisch musterte. Arthur bewegte sich vorsichtig auf den Wandschirm zu.

»Du kannst doch nicht mit den Schuhen …« Meine Tante wollte nach Arthurs Arm greifen und ihn zurückhalten, als sie den Läufer zu unseren Füßen bemerkte, der vor Schmutz dunkel und hart geworden war. *»Alors«,* murmelte sie. »Da werden unsere Socken ja dreckiger als der Teppich von unseren Schuhen.« Damit folgte sie Arthur und mir zögerlich. »Vielleicht sollten wir einen Arzt rufen. Wir können doch nicht … Wir sind wohl kaum … Wenn hier jemand gestorben ist, müssen wir …«, sagte sie noch, verstummte jedoch schlagartig.

»Ich glaube, dieses Mal hat es ihn richtig erwischt«, erklärte Frau Habermann. Ihre Stimme klang, als würde man zwei Steine aneinander reiben, und sie machte ein unglückliches Gesicht. »Herr Habermann liegt einfach nur da und gibt keinen Mucks von sich. Ich hab schon alles versucht, aber …«

»Was soll das?« Noelle sah von Arthur zu Frau Habermann und dann auf einen großen, braunen Hund, der neben ihren Knien auf dem Boden lag und die Augen geschlossen hatte. *»C'est …«* Sie wies nach unten. »Ist *das* Herr Habermann?«

»Ja.« Ich nickte.

»Der *Hund?«*

»Ja«, antwortete ich.

»Sans blague?« Ich wusste nicht, was das bedeuten sollte, schüttelte aber den Kopf. »Sie macht einen solchen Aufstand wegen eines Hundes? Wir schlagen uns durch den Schnee wegen irgendeines hundert Jahre alten Köters?«

»Das ist nicht *irgendein* Köter«, bellte Frau Habermann zurück und funkelte Noelle an. »Das ist Herr Habermann.«

»C'est ridicule! Bei allem nötigen Respekt, *madame* Habermann. Aber das dort ist ein Hund! Ein Hund«, wiederholte sie, als hätten wir sie beim ersten Mal nicht verstanden. »Wahrscheinlich auch noch voller Flöhe!«

»Wie kannst du es wagen!« Auf Frau Habermanns Gesicht erschienen heiße, dunkelrote Flecken, die aussahen, als hätte sie ihren Lippenstift zu großzügig verwendet.

»Pardonnez-moi, ich will Ihnen sicher nicht zu nahetreten«, erwiderte Noelle hastig und betont steif. »Sie haben sicherlich gerade einen …«, sie zögerte und zwang sich schließlich weiterzusprechen, obwohl es klang, als würde sie mit den Worten nach Frau Habermann beißen wollen: »Sie haben sicherlich gerade einen … schmerzlichen Verlust erlitten, *madame.* Aber ich bitte Sie, was sollen wir da tun? Mein Neffe ist kein Tierarzt. Wir können Ihnen höchstens dabei helfen, diesen … Hund … irgendwo im Wald … nun ja … zu vergraben.« Bei dem Gedanken verzog Noelle angewidert den Mund.

»Das wird nicht nötig sein«, knurrte Frau Habermann zurück. Die Töne kamen wie ein Grollen tief aus ihrer Brust. »Jetzt pass mal gut auf, mein französisches Tantchen, niemand hat dich eingeladen.«

»Comment?«

»Ich wollte, dass Arthur kommt. Von dir war nicht die Rede!«

Noelle rang nach Luft. Einige Male öffnete sie vor Empörung den Mund und schloss ihn wieder, ohne einen Ton von sich gegeben zu haben. Schließlich straffte sie energisch die Schultern. »Aber Sie glauben doch wohl nicht, dass ich meinen kleinen Neffen einfach so mit irgendeiner Frau mitgehen lasse«, erklärte sie entschieden und mit erhobenem Kopf. »Immerhin trage ich die Verantwortung für ihn. Ich bin seine Tante. Ich werde nicht zulassen, dass ihm irgendetwas passiert. Was fällt Ihnen überhaupt ein, *madame?«*

»Tante No-elle«, sagte ich vorsichtig. »Das ist keine große Sache. Arthur hat das schon öfter gemacht.«

»Er hat *was* gemacht?«, fragte Noelle spitz.

»Na ja … ihn wieder lebendig gemacht.«

»Rede keinen Unsinn, Frederike.« Sie verzog tadelnd das Gesicht. »Tot ist tot. Niemand kann daran etwas ändern. Mit Ausnahme des Herrgotts persönlich.«

»Na ja …« Ich senkte die Stimme. »Vielleicht ist Herr Habermann ja auch gar nicht wirklich tot, sondern tut nur so, weil er eine Pause von Frau Habermann braucht.«

Noelle lachte hell auf, schlug gleich darauf jedoch die Hand vor den Mund. »Wer könnte ihm das verdenken«, flüsterte sie mir zu. Ich grinste. Wir sahen zu, wie sich Arthur neben den Hund auf den Boden sinken ließ. *»Non, non,* fass das … Tier lieber nicht an«, versuchte es Noelle unglücklich. »Es ist sicher krank und …« Sie wedelte erschrocken mit der Hand durch die Luft, aber mein Bruder hatte bereits begonnen, den reglosen Hundekörper liebevoll zu streicheln.

Ich wusste, jetzt konnte es einige Momente dauern, deshalb entfernte ich mich von den anderen und streifte zunächst ziellos durch das Wohnzimmer, vorbei an Regalbrettern, die unter dem Gewicht, das sie tragen mussten, ächzten, einer Sammlung von schweigenden Spieluhren und einer Schar kleiner Tonvögel, auf deren Flügeln Flocken von Staub lasteten und sie am Fliegen hinderten. Frau Habermanns Haus kam mir wie eine große, wertvolle Schatztruhe der schönen Sinnlosigkeiten vor, in der ich ganze Tage hätte verbringen können. Ich streichelte einem großen schwarzen Panther aus Porzellan über den Kopf, roch an einigen Flaschen Parfüm, in denen die duftende Flüssigkeit längst dick und zäh geworden war, und wollte gerade eine Plastikblume aus einem Strauß pflücken, als mein

Blick von einem Teller voller Knöpfe gefangen genommen wurde. Schnell sah ich mich um. Niemand beachtete mich, also trat ich näher. Sie waren klein und groß, schwarz, blau, grau und braun. Die meisten von ihnen waren abgenutzt und stumpf, trotzdem ging von ihnen ein seltsamer Glanz aus. Zögerlich streckte ich die Hand nach ihnen aus. Ich wollte sie nur anfassen. Nur einmal kurz berühren.

»Herr Habermann!«, rief Frau Habermann in diesem Moment, und ich zuckte zusammen. »Da bist du ja wieder! Ich dachte, ich hätte dich für immer verloren.« Ich beobachtete aus dem Augenwinkel, dass sie den Hund überschwänglich umarmte und mit feuchten Küssen bedeckte. Das Tier gab ein müdes, ergebenes Brummen von sich. »Ach, Arthur!«, sagte sie zu meinem Bruder und tätschelte ihm grob, aber dankbar die Schulter.

»Wunderbar!«, erklärte Noelle erleichtert. Ihre Worte klangen so verkniffen wie ihr Mund aussah. »Dann können wir ja gehen.« Mein Herz begann zu klopfen. Ich hielt die Luft an. Meine zittrigen Finger schlossen sich. »Frederike, kommst du?«, hörte ich meine Tante und schob hastig die Faust voller Knöpfe in meine Manteltasche.

»Diese Frau Habermann ist schon eine sehr … eigenwillige Dame, *non?«,* sagte Noelle in einem amüsierten Plauderton, der ihr holprig über die Lippen kam. Der Kessel hatte gerade zu pfeifen begonnen, und sie füllte das heiße Wasser in eine Teekanne. »Ich weiß ehrlich gesagt nicht, was ich von ihr halten soll. Manieren scheint sie nicht zu haben. Dafür aber ein ziemlich loses Mundwerk.« Sie verzog das Gesicht. »Und was ihren Hund betrifft, hast du vollkommen recht, Frederike. Er stellt sich tot, um ein bisschen Ruhe vor dieser … *Frau* zu haben.« Sie lachte leise, was offenbar nicht nur mir ungewohnt vorkam, denn sie räusperte sich gleich darauf und fuhr ernster fort: »Aber dass er unseren *Arthur* besonders gern hat, wundert mich nicht.« Sie kam zum Tisch und tätschelte Arthur den Kopf. »Du bist ein richtiger kleiner Hundebeschwörer.« Sie lächelte.

»Wahrscheinlich ist Herr Habermann froh, dass ihm endlich mal jemand nicht die Ohren vollquatscht«, sagte ich mit einem Grinsen in Richtung meines Bruders.

Noelle zögerte, musterte mich und war sich offenbar nicht sicher, ob sie mich tadeln sollte. Schließlich nickte sie.

Meine Mutter, Tante Noelle, Arthur und ich hatten gemeinsam gegessen und saßen nun in der Küche, während der Abend draußen in den Schnee sank und das kalte Weiß verdunkelte. Zum ersten Mal seit Langem kam mir das Haus nicht niederschmetternd groß und leer vor. Es schien vielmehr nur aus diesem einen warmen Raum zu bestehen, in dem wir uns befanden. Die Lampe über unseren Köpfen malte einen hellen, sonnengelben Lichtkreis um uns, und ich warf meiner Mutter immer wieder unauffällige Blicke zu, als könnte ich nicht glauben, direkt neben ihr zu sitzen, oder als würde sie sich jeden Moment wieder in Luft auflösen, wenn ich nicht aufpasste. Einmal sah sie mich ebenfalls an, und ich glaubte, in ihren Augen so etwas wie den schwachen Glanz eines Lächelns zu sehen, doch sie senkte das Gesicht zu schnell, als dass ich mir hätte sicher sein können.

»Ich glaube, ich habe in meinem ganzen Leben noch nie *so* ein Haus gesehen«, erklärte Noelle kopfschüttelnd, während sie Tee in vier Tassen goss. »In Frankreich würde man so etwas *un fourre-tout* nennen, eine Rumpelkammer«, fügte sie hinzu und schob die dampfenden Becher vor uns. »Was die Leute wohl sagen?« Meine Tante setzte sich wieder zu uns. »Und sie wohnt dort wirklich ganz allein?! Das stelle ich mir sehr …« Sie schluckte den letzten Teil des Satzes herunter. Schließlich hüstelte sie und erklärte gewohnt entschieden: »Diese Frau hat wirklich kein Benehmen. Die Unhöflichkeit in Person, das muss ich schon sagen. So etwas ist mir noch nicht begegnet. Ich glaube nicht, dass ich *madame* Habermann sonderlich mag. Ganz abgesehen davon …«

Ich hörte, dass Noelle weitersprach, doch ihre Worte erreichten mich nicht. Ich drehte mich zwischen meinen eigenen Gedanken, fühlte mich nervös, versuchte, mein Herz zu beruhigen und gleichmäßig zu atmen. »Mama«, sagte ich leise.

»Hm?« Sie schien überrascht, hob aber den Blick vom Tisch und sah mich an. Als ich nicht gleich antworten konnte, nickte sie mir zu. »Ja?«

»Ich möchte dir gerne etwas zeigen«, setzte ich an, tastete bereits nach dem Glas mit Knöpfen, das neben meinem Stuhl und halb unter dem Tisch stand, doch Noelle schnitt mir das Wort ab: »Was ist denn bitte mit deinem Gips?«, fragte sie streng, die Stimme gewohnt vorwurfsvoll und spitz. Ich starrte auf meinen Arm und wusste, meine Mutter tat dasselbe. *»Non,* Frederike, *non.* So geht das nicht! *Regardez! Regardez!«* Obwohl bereits alle Blicke auf dem Verband hafteten, wies sie noch einmal energisch mit dem Finger auf ihn. Ich schluckte hart. Die Haut prickelte. Darunter schmerzte es. »Der ist ja vollkommen schmutzig. Damit musst du wirklich besser umgehen. Du kannst doch nicht … Komm her!« Sie stand auf und hielt die Hand entschlossen in meine Richtung.

Ich sah zu meiner Mutter, fand ihren Blick aber nicht mehr. Sie war auf ihrem Stuhl zusammengesunken, hatte die Augen tief gesenkt. Ich wollte etwas sagen. Ich musste etwas sagen. Aber da waren keine Worte. Nirgendwo.

»Nun komm schon, Frederike«, fuhr mich Noelle ungeduldig an. »Wir müssen das sauber machen. *Un point c'est tout!«*

Eine winzige Sekunde lang stellte ich mir vor, ich müsste nur die Finger nach meiner Mutter ausstrecken, um sie zu erreichen, doch dann erkannte ich, dass meine Arme niemals lang genug sein konnten. Zögernd erhob ich mich, folgte Noelle zum Spülbecken, und als ich mich wieder umwandte, war meine Mutter verschwunden. Die Tür fiel hinter ihr ins Schloss.

Ich spürte die Kälte schon auf der Treppe, als ich später nach oben ging. Sie war wie eine Wand, hart und schwer zugleich. Trotzdem ging ich ihr entgegen, weil ich wusste, woher sie kam. Ich wusste es zu genau.

Die Tür zum Zimmer meiner Mutter war nur angelehnt. Ich schob sie auf. Dann sah ich sie. Meine Mutter saß am offenen Fenster. In ihrem Nachthemd. Die Beine nackt. Die Arme unbedeckt. Blass und zitternd. Elendig weit weg. Die Winterluft schien zwischen uns zu stehen. Ich konnte sie sehen wie durch trübes Glas. Erreichen konnte ich sie nicht. Sie hatte sich abgewandt. Starrte nach draußen. Wo es nichts gab. Nur die Nacht und die Kälte.

»Mama«, wollte ich sagen, »Mama, mach doch das Fenster zu. Es ist zu kalt.« Aber meine Stimme schaffte es nicht einmal an meine eigenen Ohren.

»Heiliger Strohsack!«, hörte ich plötzlich Noelle neben mir. »Was geht denn hier vor?« Einen Moment starrte sie meine Mutter an, dann mich, dann wieder zum Fenster. »Was machst du denn?« Mit großen, eiligen Schritten betrat sie das Zimmer, war in der nächsten Sekunde bei meiner Mutter, blieb vor ihr stehen. »Was machst du, *Alice?«*, fragte sie noch einmal, dieses Mal leiser und voller Sorge. Als sie zaghaft die Schulter meiner Mutter berührte, wandte sich diese endlich um. Doch ihr Gesicht blieb leer. Noelle räusperte sich energisch. »Hier ist es ja kälter als in Sibirien«, erklärte sie. »Und du sitzt hier in deinem Nachthemd. Du holst dir noch den Tod.« Sie fasste meine Mutter an den Schultern, versuchte, sie von der Fensterbank zu ziehen. Ich konnte mich nicht rühren.

»Ich wollte …«, flüsterte meine Mutter so leise, dass ich sie kaum verstehen konnte. Ihre Worte klangen so entfernt wie ihr Blick. »Ich kann nicht richtig atmen. Ich wollte nur etwas frische Luft.«

»Die hattest du ja jetzt«, erwiderte Noelle. Endlich gelang es ihr, meine Mutter auf die Füße zu stellen. »Du bist ja eiskalt«, entfuhr es ihr erschrocken, als sie einen Arm um meine Mutter legte. Dann schluckte sie. »Jetzt machen wir erst einmal das Fenster zu und bringen dich ins Bett. Ich koche dir einen heißen Tee, dann geht es dir gleich besser, du wirst sehen.« Vorsichtig steuerte Noelle meine Mutter durchs Zimmer. Diese bewegte sich langsam, steif, unsicher. Sie schien ihr eigenes Gewicht kaum tragen zu können, deshalb stützte Noelle sie bei jedem Schritt ein bisschen mehr. »Frederike«, wandte sich meine Tante plötzlich an mich, »lauf schon mal nach unten und setz Wasser auf.« Als ich nicht reagierte, sondern mich weiter am Türrahmen festklammerte und meine Mutter anstarrte, fuhr mich Noelle an: »Steh nicht rum wie ein Ölgötze, Kind. *Allez! Allez!«* Ich sah sie an und endlich konnte ich mich umdrehen. Doch als ich noch einen Moment zögerte, hörte ich, wie meine Tante flüsterte: »Was machst du denn für Sachen, *Alice?* Willst du dir den Tod holen?«

Der Baum vor meinem Fenster kratzte mit den Spitzen seiner kahlen Äste von außen über die Scheibe wie Fingernägel. Ich hatte ihm die ganze Nacht zugehört. Nicht geschlafen. Nicht geweint. Nur noch gelauscht.

Noelle hatte mich ins Bett geschickt. Dort hatte ich gehockt und gewartet, konnte jedoch nicht sagen, worauf. Mit den Gedanken war ich den Geräuschen gefolgt, die durch die Wände zu mir hereingedrungen waren. Immer wieder waren Noelles Absätze die Treppe hinauf- und hinabgeklappert. Immer wieder hatte sie heißes Wasser geholt. Heißes Wasser und Decken. Dazwischen hatte ich Stimmen gehört, aber keine Worte mehr verstanden.

Als der beginnende Tag den Himmel zwang, das Schwarz der zurückliegenden Nacht aus den Wolken zu schütteln, klopfte es zaghaft an meiner Zimmertür. Wenige Momente später trat meine Tante zu mir herein. Zum ersten Mal kam sie mir weniger aufrecht vor. Sie war blass und sah müde aus. Die Strenge ihrer Züge war einer sorgenvollen Härte in den Mundwinkeln gewichen. Ihre Augen glänzten, die Lider wirkten schwer, Falten hatten sich in ihre Haut gekerbt, die mir zuvor nicht aufgefallen waren.

»Frederike?«, flüsterte sie und kam näher an mein Bett. »Bist du wach?« Als sich unsere Blicke trafen, nickte sie.

Langsam ließ sie sich auf der Kante des Bettes nieder und konnte sich dabei ein unterdrücktes Seufzen nicht verkneifen, das aus der Tiefe ihrer Brust aufstieg. Sie fuhr sich über die Stirn, faltete dann die Hände in ihrem Schoß. Einige Minuten vergingen, während wir beide darauf warteten, dass Noelle sprechen würde.

»Ich denke, ich sollte dir erklären, was heute Nacht passiert ist«, begann sie schließlich, schluckte und räusperte sich. Sie zitterte leicht, aber ich war mir sicher, dass es nicht an der Kälte lag, die zwischen uns hing. »Du weißt, dass deine *maman* traurig ist, oder?« In einer unsicheren Geste strich sie über meine Bettdecke. »Sie ist sehr traurig«, flüsterte sie und rieb sich über den Nasenrücken. »Und manchmal, wenn Menschen sehr traurig sind, tun sie Dinge. Seltsame Dinge. Dinge, über die sie nicht nachdenken und dir wir nicht begreifen können. Verstehst du?« Ihre Augen suchten meine. Ich wusste, sie wollte, dass ich nickte. Ihr Blick war schwer, deshalb tat ich es. Doch ich war mir nicht sicher, ob ich irgendetwas verstand. »Es ist ein bisschen so, als würden sie sich verirren, weißt du? Sie verirren sich in ihrer Traurigkeit und finden keinen Weg mehr hinaus.«

»Weil alles so kalt und dunkel ist?«, fragte ich leise.

Noelle betrachtete mich, dann sagte sie: »Ja, in gewisser Weise.«

»Weil sie die Sonne nicht sehen?«

Sie schluckte, nickte schweigend.

»Vielleicht hat meine Mama ja deshalb das Fenster aufgemacht!? Vielleicht hat sie nur nach der Sonne gesucht?!«

»Vielleicht«, erwiderte sie und wog leicht den Kopf. »Vielleicht. Aber … es ist so schrecklich kalt da draußen. Und sie hatte kaum etwas an«, fügte sie hinzu. »Sie braucht dringend einen Arzt, Frederike.«

»Ja«, sagte ich heiser, doch erst als ich diese eine kurze Silbe ausgesprochen hatte, erkannte ich, dass mein Ja die Antwort auf eine Frage war, die Noelle nicht gestellt hatte.

»Dann zieh dich an.« Sie klopfte kurz und entschlossen auf meine Bettdecke, nickte noch einmal, erhob sich dann und ging zur Tür. Sie hatte das Zimmer fast verlassen, als sie sich noch einmal umwandte. »Aber Frederike«, sie zögerte, es kostete sie einige Anstrengung, die Worte glatt und streng klingen zu lassen, »du sagst dem Doktor besser nichts von … von der Traurigkeit. Wir wollen doch nicht, dass gleich die ganze Stadt davon erfährt, *non?*«

Mir kam es vor, als würde der Morgen seine Finger nach der Welt ausstrecken. Er kitzelte mit ihnen die sich auflösende Finsternis, doch er war schüchtern, zögerlich, und ich erinnerte mich an Momente im Sommer, in denen ich gesehen hatte, wie entschieden und energisch die Helligkeit dort alles Dunkel überflutet und in sich ertränkt hatte. Ich verstand, dass die Hände des Winters, die nach dem Tag griffen, langsamer waren und weniger entschlossen.

Das Haus des Arztes lag auf der anderen Seite des Dorfes leicht erhöht. Der Weg dorthin war anstrengend, und ich kam nur langsam voran, denn der Schnee hatte sich hier in hochtürmende Wellen gelegt, in die ich tief einsank. Immer wieder musste ich mich selbst aus ihnen herausziehen, um weitergehen zu können. Es war beschwerlich, meine vielen Lagen Kleidung nach kurzer Zeit durchnässt und mein Gesicht so heiß, dass es schmerzte. Die schneidende Kälte, die mir entgegenblies, hatte die Müdigkeit aus meinen Augen vertrieben, doch sie brannte entsetzlich, und einige Male konnte ich nicht anders, als stehen zu bleiben, um meine Haut unter dem Stoff eines Ärmels zu verbergen.

Ich musste mich beeilen. Aber der Winter ließ mich nicht.

Der graue Tag hatte die schwarze Nacht bereits vom Himmel gejagt, als ich endlich mein Ziel erreichte und mich die Stufen hinauf zur Tür schleppte. Ich klopfte, dann wartete ich. Es dauerte eine Weile, bis ich Geräusche aus dem Inneren hörte. Ich hatte genug Zeit, die Tür zu betrachten, vor der ich stand. Sie war schön, rot lackiert, mit geschwungenen Verzierungen und einem Fenster aus buntem Glas. Sie glänzte matt im trüben Licht des Morgens. Vielleicht war es die hübscheste Tür, die ich je gesehen hatte.

Als sie sich öffnete, stand ein hochgewachsener Mann vor mir. Er trug einen dunklen Anzug und eine Krawatte, seine Haare waren ordentlich nach hinten gekämmt. Obwohl der Tag gerade erst begonnen hatte, glänzte Doktor Grabes bereits wie ein polierter Groschen.

»Fred«, sagte er. Er schien nicht verwundert, dass ich es war, die auf seiner Fußmatte stand, aber vielleicht durfte einen Arzt nichts überraschen. »Was kann ich für dich tun? Möchtest du hereinkommen? Es ist ziemlich kalt.« Seine Stimme war klar und hatte einen schönen Klang. Keines seiner Worte, weder einzelne Silben noch Töne stachen hervor. Alle fügten sich selbstverständlich aneinander. Seine Sätze kamen mir wie ein Rasen vor, der perfekt gestutzt war. Jeder Halm gleich hoch.

Ich wollte nicht hineingehen. Ich wollte etwas sagen. Den ganzen Weg hierher hatte ich meinen Text auswendig gelernt und ihn als weiße Wolke aus Kristallperlen in die Luft vor mir gesprochen. Doch nun folgten meine Füße der Aufforderung schneller, als ich sie daran hindern konnte.

Im ersten Moment war ich erschrocken, wie warm es im Inneren des Hauses war. Es kam mir vor, als wäre ich nicht nur durch eine Tür, sondern in eine andere Jahreszeit getreten. Draußen war grauer, frostiger Winter; drinnen öffnete sich um mich der Frühling. Große Kronleuchter warfen weiche Flecken goldenen Lichts über den schimmernden Fußboden, über funkelnde Möbel und blitzende Messingbeschläge. Die Heizungsluft reichte bis in die hintersten Ecken, vertrieb selbst feinste Eissplitter aus den Ritzen zwischen Schubladen, hinter Büchern und unter Teppichen. Hastig starrte ich auf meine Stiefel, die hässliche Pfützen auf dem gebohnerten Parkett hinterließen.

Noch ehe ich mich dafür entschuldigen konnte, fragte Doktor Grabes: »Also, Fred, was kann ich für dich tun? Wie geht es deinem Arm? Ist alles in Ordnung?«

»Was? Ich meine … wie bitte?«, verbesserte ich mich eilig, sah an mir herunter und schob den Gips hinter meinen Rücken. »Ja, damit ist alles …«, mir fielen nicht sofort passende Worte ein, deshalb nahm ich seine, »in Ordnung.« Ich schluckte, nestelte nervös am Saum meines viel zu schäbigen Mantels. »Aber«, ich schloss kurz die Augen, »wir brauchen einen Arzt. Ich meine … dringend! Wir brauchen dringend einen Arzt!« Kurz überfiel mich eine hitzige Panik. Was, wenn er mich fragte, wieso? Was, wenn er mehr wissen wollte?

Zum Glück nickte Doktor Grabes nur. »Selbstverständlich«, sagte er. »Ich hole meine Tasche.«

»Ja«, flüsterte ich und sah zu, wie er mit großen Schritten den Raum verließ und hinter einer Tür verschwand.

Unschlüssig blieb ich zurück. Ich überlegte, ob ich besser draußen warten sollte, denn noch immer rutschte schmutziger, grauer Schnee von meinen Schuhspitzen, als mein Blick auf den Garderobenständer fiel. Dieser war aus silbernem Metall mit gebogenen Füßen und reichte fast bis zur Decke. Unten hielt er zwei schwarze Regenschirme, oben war er mit Jacken und Mänteln verschiedener Größen behängt. Ein knallroter Stoff stach unter den anderen hervor. Seine Farbe erinnerte mich an Klatschmohn, und ich wusste, wem er gehörte. Herr Grabes hatte eine Tochter, Leonie, ein perfektes Mädchen mit perfekten Locken und perfekten Kleidern. Sie passte in dieses Haus. Sie hinterließ keine Pfützen aus geschmolzenem Eismatsch auf dem polierten Fußboden.

Ich hatte Leonie schon einige Male mit ihrem Mantel gesehen. Im einheitlichen Weißgrauschwarz der Stadt war sie wie ein warmer, fröhlicher Leuchtfleck, der durch den Schnee hüpfte. Vorsichtig streckte ich die Hand nach dem Mantel aus. Ich hatte mich immer gefragt, ob … Ja, jetzt sah ich sie, vier große, ebenfalls wunderbar rote Knöpfe vom Kragen bis hinab zum Saum. Natürlich wusste ich, dass es sich nicht gehörte. Natürlich durfte ich das nicht tun. Trotzdem blickte ich nur kurz hoch. Niemand war da. Niemand konnte mich sehen. Ein schneller Griff. Ein kurzer Ruck. Und der knallrote Knopf verschwand in meiner Jackentasche. Mir klopfte das Herz unter der Zunge.

»Hallo.«

Ich sauste herum wie ein Gummiband, das plötzlich auf einer Seite losgelassen wird. Wer hatte mich gesehen? Meine Augen suchten den Flur ab, das Wohnzimmer. Dann sah ich sie.

Leonie stand am Fuß der Treppe, die Hand auf dem Geländer. Sie und mich trennten drei Stufen, vier große Männerschritte und mehr Welten, als ich zählen konnte. Sie schien wie gemacht für dieses Haus. Ihre Locken glänzten im Licht der Lampe über ihr. Ihr Kleid war makellos, ohne die kleinste Knitterfalte. Und ich hatte nie zuvor einen weißeren Kragen gesehen als ihren. So mussten Menschen aussehen, die in die Kirche gehen, dachte ich.

»Hallo, Freddi«, sagte Leonie noch einmal und streckte dabei die Spitze ihres schwarzen Lackschuhs nach unten, als müsste sie erst nach dem Fußboden tasten, ehe sie sich entschließen konnte, ein Stück weiter nach unten zu kommen. In ihrer Stimme hörte ich ihren Vater, die gleichen ebenmäßigen Rasenmähertöne, nur etwas leiser und weniger tief.

Ich war überrascht, dass sie meinen Namen kannte. Natürlich war das albern. Wir gingen in dieselbe Klasse, wohnten im selben Dorf, trotzdem fand ich es seltsam, wenn sich andere an mich erinnerten, ich nicht so unsichtbar war, wie ich oft dachte.

»Hallo«, erwiderte ich langsam, gedehnt. Ich wollte nicht mit ihr sprechen. Außerdem wusste ich nicht, was sie beobachtet hatte. Angestrengt starrte ich auf die Tür, durch die Doktor Grabes wenige Minuten zuvor verschwunden war, als könnte ich seine Rückkehr damit beschleunigen.

»Du warst nicht in der Schule.« Leonies Fuß angelte weiter nach der nächsten Holzdiele.

»Nein.« Ich machte mir nicht die Mühe, den Kopf zu schütteln. Ich spürte den großen runden Knopf in meinen Fingern und konnte nichts dagegen tun, dass ich eine diebische Freude empfand. Ich hatte ihr etwas weggenommen, dem Mädchen, das alles hatte.

»Warum nicht?«

»Keine Zeit.«

»Und was machst du?«

»Dies und jenes«, gab ich ungenau zurück, die Augen weiter auf die Tür gerichtet.

»Und was genau?«

»Wichtiges eben.«

»Tut dein Arm weh?« Sie hörte nicht auf zu fragen, und das ärgerte mich. Sie musste nicht auch noch alles wissen. Es ging sie nichts an. Und ich hatte keine Zeit für ihre Neugier. Außerdem nahm ich es ihr persönlich übel, dass manche Menschen alles zu haben schienen und andere weniger als nichts.

»Manchmal«, erwiderte ich knapp und schob den Gips hinter den Rücken, wie ich es immer tat, wenn er mir zu schwer wurde.

»Wie ist das passiert?«

»Wie soll das schon passiert sein?«

»Bist du hingefallen?« Leonie musterte mich forschend.

»So ähnlich«, murmelte ich.

»Wie bitte?«

»Ich … Mich hat ein wütendes Nilpferd gebissen«, erklärte ich schließlich.

»Ein *Nilpferd?* Hier gibt es keine Nilpferde.«

»Ich habe auch nicht gesagt, dass ich *hier«,* ich zerteilte das Wort beim Sprechen in kleine Stücke, »von einem Nilpferd gebissen wurde.«

»Aha. Und wo warst du?« Leonie glaubte mir nicht, wartete jedoch auf eine Antwort.

Ich schob trotzig das Kinn vor. »Das darf ich dir nicht sagen«, brummte ich.

»Warum nicht?«

Ich schwieg einen Moment und kniff die Augen so fest zusammen, dass ich kaum mehr hindurchblicken konnte. »Weil es ein Geheimnis ist«, erwiderte ich schließlich und machte ein wichtiges Gesicht.

»Ein *Geheimnis?«,* fragte Leonie. »Ein echtes Geheimnis?«

»Ja, ein echtes Geheimnis«, gab ich zurück, »und deshalb lass endlich die Fragerei. Das gehört sich nämlich nicht!«, fügte ich hinzu und drückte den Knopf zwischen meinen Fingern. Ich presste die Lippen fest aufeinander und nickte Leonie entschlossen zu, als Doktor Grabes durch die Tür kam. Er hielt eine große, dunkelbraune Tasche in der Hand.

»Wollen wir los?«, fragte er. Ich sagte nichts, machte nur eine undeutliche Bewegung mit dem Kopf. »Leonie, Schatz, sag bitte deiner Mutter, dass ich unterwegs bin, ja? Zum Mittagessen bin ich bestimmt zurück.« Er lächelte seine Tochter an. In meinem Gips pochte es. Mir war schrecklich heiß und kalt zugleich. »Also, Fred?« Er wandte sich wieder mir zu, hatte seine Jacke übergestreift und hielt mir die Tür auf. Ein schneidender Windstoß sauste herein, als wollte er mich daran erinnern, dass draußen die Wirklichkeit auf mich wartete. Und die war nicht warm und hell erleuchtet, sondern finster und bitterkalt. Doktor Grabes sah mich an, wartete auf mich. »Sagst du mir, worum es geht?«

»Nein«, antwortete ich. »Ich sage gar nichts.« Dann ging ich mit schnellen Schritten hinaus.

Ich hatte mich auf die unterste Stufe der Treppe gekauert und machte keinen Mucks. Noelle hatte Arthur und mich in die Küche geschickt, während Doktor Grabes bei meiner Mutter war. Von dort hatte ich mich erst in den Flur geschlichen, dann zum Geländer. Weiter traute ich mich nicht, deshalb hockte ich nun hier, die Beine angezogen, das Kinn auf den Knien, die eine, gipslose Hand um meinen Oberkörper geschlungen, die andere zog an meiner Schulter. Ich lauschte, obwohl ich mir nicht sicher war, ob ich etwas hören wollte. Dumpfe Stimmen hatten es durch die geschlossene Zimmertür geschafft und dann zu mir nach unten, dumpfe Stimmen, besorgtes Gemurmel, rasselndes Husten. Es verengte mir den Hals.

Neben mir auf dem Holzboden stand mein Glas mit Knöpfen, der große rote thronte wie ein König auf seinem Berg aus kleinen runden Plastiktellern. Es waren mittlerweile dreiundsiebzig, noch nicht genug. Sie würden uns alle eines Tages reich machen, aber noch waren sie nichts wert. Und ich hatte Angst, dass es bis dahin zu spät sein könnte.

Ich fuhr zusammen, als das Geräusch von Schritten mich erreichte, dann folgten ein Quietschen und geflüsterte Worte auf dem Flur. Ich schluckte, drückte das Gesicht noch fester in den Stoff meiner Hose, biss die Zähne aufeinander.

»Eine Reise in den Süden wäre das Beste.« Das war die beruhigende Stimme von Doktor Grabes. »Etwas Abstand würde ihr guttun. Abstand von … allem«, sagte er ungenau. Nicht, weil er es nicht besser wusste. Alle im Dorf wussten es. Wahrscheinlich war er zu höflich, um es auszusprechen. Ich war ihm dankbar dafür und böse zugleich. »Sie braucht dringend eine Klimaveränderung, etwas Sonne, ein bisschen Wärme.«

»Die könnten wir alle gut gebrauchen«, erklärte Noelle. Die Besorgnis hatte ihre Worte rau werden lassen.

»Da haben Sie recht, aber ich sage es Ihnen ganz offen: Ihre Schwester gefällt mir nicht. So kann es nicht weitergehen.«

»Ich weiß, aber wir haben nicht …« Noelle senkte ihre ohnehin kaum hörbare Stimme und hüstelte nervös. »Wir haben nicht die finanziellen Mittel.«

»Dann müssen wir uns dringend etwas anderes einfallen lassen.« Doktor Grabes machte eine elendig lange Pause.

Es verstrichen einige schweigende Augenblicke, die sich entsetzlich groß anfühlten und immer weiter in die Länge zogen. Ich war trotzdem nicht erleichtert, als Doktor Grabes und Noelle die Treppe herunterkamen, denn ich fürchtete mich vor dem, was sie mir sagen, und noch mehr vor dem, was sie mir nicht sagen würden. Erst wollte ich aufstehen und in der Küche verschwinden, aber ich blieb, wo ich war, und starrte die beiden mit großen Augen an.

Der erste Blick, der mich berührte, war der von Doktor Grabes. Er lächelte und legte mir in einer freundlichen Geste eine Hand auf den Kopf. Er sagte etwas zu mir, sicher etwas sehr Nettes, doch ich hörte ihm nicht zu. Ich hatte nur Augen für Noelle. Ihre harten, scharfen Züge waren aufgeweicht, die klare Strenge hatte einer zögerlichen Bedrückung Platz gemacht. Die straffen Schultern waren leicht nach vorne gesunken, der Rücken ungewöhnlich rund, die Schritte langsam, der Knoten verrutscht. Sie setzte die Füße fast unsicher auf die Stufen, streckte dabei die Knie kaum durch. Ihr Gang bekam dadurch etwas Zaghaftes, ein bisschen wie ein Ast, der zu lange im Wasser gelegen und seine Festigkeit verloren hatte. Es war nur eine kurze Sekunde, in der ich Noelle nicht erkannte, dann bemerkte sie mich, richtete sich entschlossen auf, machte sich gerade wie ein Lineal, hob den Kopf, glättete ihr Gesicht, schob Haarsträhnen zurück und ging die Treppenstufen entschieden nach unten.

Als sie Doktor Grabes die Tür öffnete, sah sie wieder aus wie sie selbst.

»Ich komme morgen noch mal und werde nach ihr sehen«, erklärte er, setzte seinen Hut auf und war bereits halb in die Kälte getreten.

»Haben Sie vielen Dank, *monsieur* Grabes«, erwiderte Noelle. Ihre Silben waren nicht so selbstverständlich akkurat geschnitten wie seine, aber korrekt und tadellos. Kein Ton wagte es auszuscheren. »Kommen Sie gut nach Hause. Und haben Sie noch einmal vielen Dank für Ihre Umstände.«

»Das ist doch selbstverständlich. Jederzeit.« Er nickte meiner Tante zu. »Rufen Sie mich, wenn …«

Ich wusste nicht, wie Leonies Vater den Satz beenden wollte, doch das musste ich auch nicht. Selbst ohne die fehlenden Worte spürte ich ein schreckliches Zittern in mir. Ich beobachtete, wie Noelle hinter Doktor Grabes die Tür schloss, einen Augenblick stehen blieb, die Klinke in der Hand, den Blick auf das Holz vor sich gedrückt, und sich dann zu mir umdrehte. Noch einmal huschte die Besorgnis über ihr Gesicht, doch dieses Mal hatte sich meine Tante schneller wieder unter Kontrolle und vertrieb den Ausdruck so bestimmt aus ihrer Mimik, dass keine Spuren zurückblieben.

»Und nun zu dir. Hatte ich dir nicht gesagt, du sollst mit deinem Bruder in der Küche bleiben, Frederike?«

Ich starrte sie an, dann sprang ich auf und rannte nach oben.

Es hatte zu schneien aufgehört, und die Sonne kämpfte sich als zarter, schüchterner Schimmer durch das feste Dickicht der Wolken, als ich einige Stunden später Oma Floras Zimmer betrat. Ich hielt in der Hand einen Teller mit Eintopf, den Noelle gekocht hatte, und wollte gerade etwas sagen, doch in diesem Moment fiel mein Blick auf die üppige Blumenwiese, die sich über den Wänden ausbreitete. Mein Mund klappte erst auf, dann unverrichteter Dinge wieder zu.

Ich fragte mich, warum ich nicht früher darauf gekommen war … Wieso kam mir der Gedanke erst jetzt?

Meine Augen glitten über die zahlreichen bunten Blüten, die von den zarten Spitzen der Lichtstrahlen gekitzelt und zum Leuchten gebracht wurden. Es war, als hätten sie nur darauf gewartet, dass die Helligkeit, die sich hinter dem bedrückenden Grauschwarz der Dunstlagen verbarg, einen Weg durch die Schichten aus gehärteter Kälte finden würde, um nun in den schönsten Farben zu erblühen.

Wieso kam mir der Gedanke erst jetzt?

3

»*Wo meine Sonne scheint*«

Caterina Valente

An diesem Nachmittag hörte ich die Glocke über der Eingangstür von Frau Finsters Laden nicht. Sie musste geläutet haben, natürlich, weil sie das immer tat, aber ich war zu sehr damit beschäftigt, meinen Plan in die Tat umzusetzen. Ich schob Arthur in die eine Richtung und huschte selbst möglichst unauffällig in die andere. Wir hatten Glück, Frau Finster war nicht zu sehen, nur Lisbeth Morgen mit den ewig traurigen Augen stand hinter dem Tresen. Ihr Gesicht hellte sich ein wenig auf, als sie Arthur sah. Ihre Mundwinkel zuckten, waren jedoch zu schwer, um sie tatsächlich lächeln zu lassen.

Obwohl ich noch gute fünf Schritte von dem Ständer mit den Postkarten entfernt war, leuchtete mir die Sonne auf den Bildern bereits warm entgegen. Einen letzten großen Moment lang zögerte ich, meine Blicke zischten durchs Geschäft. Niemand da. Jetzt oder nie. Ein Sprung. Die Fotos. Mein Herz. Zu schnell. Meine Finger schneller. Das Meer? Blauer. Die Palmen? Grüner. Der Strand? Weißer. Doch keine Zeit zum Staunen. Keine Zeit zum Suchen. Ein Griff. Dann ein zweiter. Die Karten in meiner Hand. In meiner Tasche. Noch einmal. Eins. Zwei. Drei. Ein Zittern. Ein Lächeln. Die Erleichterung. Geschafft!

Ich wollte bereits unbeteiligt zu Arthur schlendern, als ich ihn bemerkte. Marius Finster. Er stand in einer Ecke, hinter den Regalen, und starrte mich an. Meine kurze Freude stürzte ins Bodenlose. Ich blieb augenblicklich stehen. Hatte er mich gesehen? Er hatte, daran bestand kein Zweifel. Da war dieses Grinsen, dieses fiese Grinsen, das ich aus der Schule kannte. Was würde er tun? Ich musterte ihn, konnte nicht atmen, die Karten in meiner Tasche wurden plötzlich heiß, begannen zu glühen wie meine Wangen. Was würde er tun?

Ich erwartete, dass er laut schreien oder zu seiner Mutter laufen würde, doch nichts geschah. Marius Finster blieb einfach stehen, hielt mich mit den Augen fest und grinste.

Ich schluckte hart, versuchte, mich aus dem fremden Blick zu lösen, drehte mich zu meinem Bruder und machte einen ersten unsicheren Schritt. Einen Moment hielt ich inne und wartete auf einen anklagenden Zeigefinger, der auf mich gerichtet würde. Doch er kam nicht, deshalb ging ich langsam weiter, vorsichtig, als würde ich auf Eierschalen laufen.

»Lass uns gehen«, wisperte ich Arthur zu. In meinem Bauch kribbelte es, als würde eine Ameisenstraße direkt hindurch verlaufen. Marius' Augen brannten auf mir, ich geriet unter ihnen ins Schwitzen.

Mein Bruder sah mich kurz und fragend an, ich nickte nur. Dann nahmen wir uns bei der Hand und verließen gemeinsam den Laden.

Den gesamten Weg nach Hause versuchte ich, das fiese Grinsen aus meinem Kopf zu verbannen. Es schwebte gesichtslos neben uns her, die Straße entlang, vorbei an Fassaden und schließlich Bäumen. Erst als wir die größeren, enger zusammenstehenden Häuser hinter uns gelassen und die Dorfgrenzen erreicht hatten, wurde es endlich blasser, und ich ließ zu, dass Arthurs und meine Schritte langsamer wurden.

»Ich musste sichergehen, dass wir nicht verfolgt werden«, erklärte ich japsend. Mein Bruder sagte nichts, rang ebenfalls nach Luft. »Postkartenraub ist kein Kavaliersdelikt.« Ich holte tief und schnell Luft. »Es ist keine hundert Jahre her, da wurden Banditen aufgeknöpft, die eine Postkartenkutsche überfallen hatten, ganz hier in der Nähe«, fügte ich hinzu, die Worte stürzten noch hastiger als sonst über meine Lippen, weil sie sich ihren Weg mit dem Sauerstoff teilen mussten. »Das hat was mit dem Briefgeheimnis zu tun, weißt du?« Arthur schüttelte den Kopf. »Hast du nie davon gehört?«, fragte ich erstaunt. »Das deutsche Briefgeheimnis ist eines der strengsten der Welt. Das habe ich neulich erst wieder im Radio gehört. In den meisten Teilen der Erde bezieht es sich allein auf das Lesen von fremden Nachrichten. Bei uns ist das anders. Das liegt an unserer Geschichte, musst du wissen.« Ich machte eine gewichtige Pause, ehe ich fortfuhr: »Im 18. Jahrhundert war das Briefeschreiben sehr beliebt. Es gab sogar ganz bekannte Bücher, die nur aus Briefwechseln bestanden. Das Problem war nur: Die Menschen verschickten so viel Post, dass die Briefträger sie nicht alle verteilen konnten. So waren manche Nachrichten dreizehn Jahre unterwegs, andere landeten gleich im Graben, und ein besonders verzweifelter Zusteller steckte in seiner Not einen Haufen Umschläge und sich selbst in Brand.« Arthur starrte mich entsetzt an, ich nickte mitfühlend. »Ja, es war eine aberwitzige Zeit. Der Kaiser rief damals den Katastrophenzustand aus, weil Deutschland der Briefflut nicht Herr wurde. Und als ein besonders wichtiges königliches Dokument in dem Durcheinander verloren ging, musste der Herrscher handeln. Er entschied mithilfe eines majestätischen Erlasses, dass die Briefe und Postkarten im Land begrenzt werden sollten. Es durfte nur noch eine bestimmte Anzahl verkauft und verschickt werden. Natürlich gab es einen großen Aufschrei in der Bevölkerung, aber jeder Versuch, sich diesem Beschluss entgegenzustellen, wurde blutig niedergeschlagen. Bis heute ist in einem speziellen Buch in einem speziellen Amt in Bonn festgelegt, wie viele Briefe in Umlauf gebracht werden dürfen. Aber um Aufstände zu verhindern, ist die genaue Zahl ein Geheimnis.« Ich machte ein ernstes Gesicht, zögerte kurz und sagte dann stolz: »Das ist das deutsche Briefgeheimnis, Arthur.«

Wir hatten mittlerweile unser Haus erreicht, gingen jedoch nicht zur Tür, sondern seitlich an der Mauer entlang zum Garten. Dieser war ein Feld aus Schnee, aus dem sich einige wenige tapfere Bäume herausstreckten. Inmitten einer kleinen Gruppe vereister Sträucher stand ein alter Schuppen, der aussah, als hätte er unter Wind und Kälte den Kopf eingezogen. Er machte ein grimmiges Gesicht, die Fenster blickten wie müde, leere Augen. Die weiße Decke war hier kaum berührt. Sie war dick und weich und tief. Nur vereinzelt waren die Spuren mutiger Vögel zu sehen, und wir kamen nur langsam voran.

Als wir schließlich vor der geduckten Hütte standen, wandte ich mich meinem Bruder zu. »Du holst die Kohle. Ich fange drinnen schon mal an«, sagte ich. Arthur zögerte. »Du findest doch immer noch, dass es eine gute Idee ist, oder?« Er nickte schnell, sah mich noch einen Moment an, drehte sich schließlich um und stapfte davon.

Ich blickte ihm nach, ehe ich mich daranmachte, den Verschlag zu öffnen. Die Tür ging nur nach außen auf, deshalb musste ich zunächst eine breite Schneise durch den Schnee schlagen, um Platz zu schaffen. Das war anstrengender, als ich angenommen hatte, und bald qualmte mein Atem. Ich wischte mir immer wieder Schweiß aus dem Gesicht, bis ich die Bretterwand, die als Eingang diente, endlich nach vorne ziehen und den Schuppen betreten konnte.

Im Inneren war es dunkel und muffig. Werkzeuge und Gerätschaften hinderten mich daran, weiter als ein paar Schritte hineinzugehen. Die kleinen Fenster ließen schon im Sommer wenig Sonne herein, nun stemmten sich dicke Eiskrusten auf den Scheiben trotzig gegen jedes Licht. Das Dach kam mir niedriger vor, als ich es in Erinnerung hatte, der Raum insgesamt kleiner, aber er würde seinen Zweck erfüllen. Hinten in der Ecke erkannte ich in der trüben, graugefärbten Dämmerung den alten Ofen. Er stand breitbeinig da, wie ein Ringer, der auf einen Angriff wartete. Sein finsterer Mund war halb geöffnet und sah hungrig aus. Das Rohr, das nach oben zur Decke und hinauswies, verlieh ihm Ähnlichkeit mit einer Lokomotive. Ich konnte nichts dagegen tun, dass ich mich ein wenig gruselte, trotzdem war ich mir sicher, dass dies genau der richtige Ort war. Im Sommer konnte es hier elendig heiß werden, warum nicht auch im Winter?

Entschlossen zog ich die Postkarten aus der Tasche.

»Was hast du vor?« »Lass mich.« »Ich möchte doch nur …« »Was soll das, Frederike?« »Geh weg!« »Mama …« »Nein.« »Deine Mutter ist krank! Was denkst du dir?« »Ich möchte doch nur …« »Lass mich los.« »Es dauert nur einen Moment!« *»Non! Non, non, non!«* »Aber …« »Nichts aber! *Un point c'est tout!*«

Die Hände in die Hüften gestemmt und schnaubend stand Noelle vor mir. Sie schüttelte so entschieden den Kopf, dass der Knoten auf ihrem Kopf ins Wanken geriet. Hilflos sah ich von ihr zu meiner Mutter und wieder zurück. Keine von beiden ließ mich ausreden. Keine von beiden hörte mir zu.

Den ganzen Nachmittag hatten Arthur und ich im Schuppen gearbeitet. Wir hatten den Schnee vom Dach geräumt, die Geräte nach draußen oder zur Seite geschafft, die dicke, klebrige Staubschicht von den Möbeln gewaschen, Stühle aus dem Keller hineingeschleppt, gefegt, die Teppiche ausgeklopft, zugige Stellen mit Tüchern und Papier abgedichtet, den Ofen geputzt und befeuert, gelüftet und schließlich die Wände mit allen Postkarten beklebt, die ich aus Frau Finsters Laden hatte mitnehmen können. Anstelle einer Tapete eröffneten sich zu allen vier Seiten nun Landschaften aus Strand, Meer und Sonne. Der alte Herd gab zwar hin und wieder spuckende, rülpsende Laute von sich, und über dem Dach der Hütte wölbte sich dichter, finsterer Rauch wie eine Kuppel aus Ruß, aber innerhalb kürzester Zeit war die Hitze bis in die kleinsten Ritzen gekrabbelt. Sie schmolz das Eis an den Fenstern, das als undurchsichtige Gardine vor dem Glas hing. Es brauchte natürlich etwas Fantasie, aber wenn man wollte, konnte man sich fühlen, als wäre man tatsächlich in den Süden gereist, läge unter strahlend blauem Himmel und spürte den hitzigen Atem von Sommerwärme auf der Haut.

Ich fand, es war gut geworden. Und ich wollte, dass meine Mutter es auch sah.

Hand in Hand waren Arthur und ich nach oben in ihr Zimmer gelaufen. Ich hatte versucht, sie aus dem Bett zu ziehen, sie zu überreden, mit nach unten zu kommen, doch sie hatte sich unter der Decke verkrochen, gejammert und gehustet, bis Noelle in der Tür erschienen war. Ich versuchte, es ihr zu erklären, aber sie hatte die Arme bereits vor der Brust verschränkt und betrachtete mich mit einer vorwurfsvollen Unnachgiebigkeit.

»Was habe ich dir gesagt, Frederike? Was habe ich dir gesagt?«, fragte sie mich mit einer Stimme, die noch kälter war als dieser Winter. »Deine Mutter ist krank! Sie braucht Ruhe. Du willst doch, dass sie wieder gesund wird, oder nicht?«

»Doch, doch!«, rief ich verzweifelt. Tränen brannten in meinen

Augen. Ich weinte aus Wut und aus Enttäuschung, und weil niemand mir zuhören wollte.

»Dann Schluss jetzt mit diesem … diesem Unfug!« Noelle wies mit einer entschlossenen Geste nach draußen.

Ich starrte sie an, unfähig, mich zu rühren. Warum konnte sie nicht …? Warum wollte sie nicht …? Ein letztes Mal wandte ich mich flehend an meine Mutter. Sie lag vergraben unter ihrer Decke, nur ihr schmales, ausgezerrtes Gesicht lugte hervor, doch ihre Augen wichen meinen aus. Sie war kaum kräftiger als ihr eigenes Nachthemd, genauso dünn, genauso weiß. »Mama«, wollte ich sagen, aber kein Ton verließ meine Lippen. Ich schluchzte auf.

»Frederike, *allez!*«

Ich senkte den Blick, seufzte auf, wollte mich gerade in Bewegung setzen, als ich sah, wie mein Bruder ans Bett herantrat. Er streckte die Hand nach meiner Mutter aus, sagte nichts, schloss nur seine Finger um ihre. Ein langer, ein elendig langer Moment verstrich, doch plötzlich begannen die vielen Lagen aus Stoff zu rascheln, und dann kämpfte sich meine Mutter müde, erschöpft und schwach von der Matratze. Ich hielt den Atem an, während ich zusah, wie ihre dicken Wollsocken lautlos auf den Boden glitten und sie sich genauso lautlos erhob. Kein Knarren der Dielenbretter. Es war, als hätte ihr Körper kein Gewicht.

»Non!«, sagte Noelle noch, aber da waren Arthur und meine Mutter bereits auf dem Weg aus der Tür. *»Non!* Das darf doch wohl nicht wahr sein!«, rief sie ihnen nach, warf mir einen bösen Blick zu, griff nach einer Strickjacke und einer Wolldecke und folgte ihnen nach draußen.

Ich wusste zunächst nicht, ob ich mich freuen sollte. Ich blieb allein zurück, während ich bereits Schritte auf der Treppe hörte, zitterte so sehr, dass meine Zähne klapperten. Doch dann entschied ich mich für Erleichterung und lief ihnen nach.

Die Luft im Inneren des Schuppens flimmerte. Der Ofen hatte ganze Arbeit geleistet und schnaufte und gluckste als besänftigtes Tier zufrieden vor sich hin. Die Postkarten kamen mir nun größer vor, als wären sie in der dichten Wärme aufgegangen wie Keksteig, ihre Bilder schimmerten und glänzten. Allein die Sonne fehlte, aber ich hatte das Gefühl, sie auf dem Gesicht zu spüren, als ich die Tür zur Hütte aufzog und der Sommer uns entgegenschlug, sorgsam eingeschlossen von vier Wänden und zusammengeschoben auf acht Quadratmeter.

»Mon Dieu!«, rief Noelle hinter mir. *»Mon Dieu!* Was habt ihr getan?« Sie kam näher, blinzelte, beugte sich weit vor und lugte vorsichtig in das Innere des Schuppens, als fürchtete sie sich davor, ihn ganz zu betreten. »Frederike!« Sie schüttelte den Kopf. »Was …? Wozu …? *Mon Dieu!«* Ihr Mund war ein großes, rundes O, das Gesicht ein Fragezeichen. Als der Herd in seiner Ecke kurz, aber heftig fauchte, richtete sich Noelle so schnell und erschrocken auf, als würde ein Gummiband zurückflitschen. »Du lieber Himmel!«

Es folgte ein drohendes Knurren, danach ein friedliches Brummen, doch meine Tante beäugte ihn misstrauisch, runzelte die Stirn, baute sich dann entschlossen auf. Den Rücken durchgedrückt, die Hände vor sich verschränkt, die Nase spitz nach vorne geschoben. Sie musterte mich tadelnd.

»Was soll das Ganze? Hast du eine Ahnung, wie gefährlich das ist? Ein Ofen ist kein Spielzeug! Du hättest den ganzen Schuppen in Brand stecken können. Das gesamte Haus! Was hast du dir dabei gedacht, Frederike? Wir sollten mal grundlegend über dein Benehmen nachdenken, junge Dame! Du kannst nicht einfach tun und lassen, was dir passt! Das gehört sich nicht. Es gibt Regeln, an die auch *du* dich halten musst. Ich werde nicht zulassen, dass …«

Noelles Zurechtweisungen fühlten sich an, als wäre ich in Eiswasser gefallen. Ich japste nach Luft, hatte aber nur Augen für meine Mutter. Sie stand zitternd im Schnee, ihre Schwester hatte ihr notdürftig die Decke um die Schultern gelegt, sie hielt noch immer Arthurs Hand. Ich versuchte, in ihrem Gesicht zu lesen, was sie dachte, doch es hatte sich nicht verändert, es schien seit Wochen eingefroren.

Erneut krampfte eine erschütternde Enttäuschung meine Brust zusammen, die mein Herz so schwer machte, dass ich meinte, es in meinen Knien zu spüren. Ich wusste nicht, was ich erwartet hatte, aber es war etwas anderes gewesen – etwas anderes als nichts.

Vielleicht hatte sie nicht verstanden, was es bedeutete? Vielleicht wusste sie nicht, was es war?!

»Das ist der Sommer, Mama«, sagte ich, lauter und schneller als beabsichtigt. Ich rang den weinerlichen Ton zwischen meinen Silben nieder. »Wir haben dir den Sommer eingerichtet.« Ich holte weit mit den Armen aus, als wollte ich damit alle Strände dieser Welt miteinschließen und sie in diese vier Wände schieben. »Hier ist es warm … wie Doktor Grabes gesagt hat. Hier gibt es Sand und Meer und Sonne, siehst du?« Ich wies auf eine der Postkarten. »Hier scheint die Sonne. Hier ist es hell. Hier wirst du nicht mehr frieren.« Ich zwang mich zu einem anstrengenden Lächeln. »Hier wird uns allen nicht mehr kalt sein, Mama. Das ist …« Ich hustete, schluckte, hustete wieder. »Das ist der Sommer!«

Meine Mutter sah mich an. Ich wartete fröstelnd auf ihre Antwort, auf eine Reaktion, doch beides blieb aus. Ihre Augen richteten sich zwar auf mich, doch sie erkannten mich nicht, blickten leer durch mich hindurch, als hätte ich mich, ohne es zu bemerken, in Luft aufgelöst. Ich hielt still, hoffte, dann drehte sie sich plötzlich um, ging mit unsicheren, aber schnellen Schritten zum Haus zurück, Arthur immer an ihrer Hand. Ich starrte ihr nach, und nie zuvor war mir so kalt gewesen.

»Ihr geht es nicht gut«, sagte Noelle leise. Ich war überrascht, dass sie noch nicht gegangen war. Einen Moment dachte ich, sie wollte mich berühren, doch ihre Finger blieben weiter ineinander verschränkt. »Ich verstehe gut, dass du ihr helfen willst. Wirklich. Du weißt nicht, wie gut ich das verstehe.« Ihre Stimme klang plötzlich rau. »Aber«, sie schluckte, zögerte, straffte schließlich die Schultern, »deiner Mutter geht es nicht gut. Wir sollten den Ofen löschen.«

Ich hatte versucht, mir den Tag vom Gesicht zu waschen, doch so sehr ich gerubbelt hatte, es war mir nicht gelungen. Jetzt waren meine Wangen rot und ich erschöpft. Ich lag in meinem Bett, mit offenen Augen, hatte die Knie an die Brust und die Decke bis unters

Kinn gezogen. Die Dunkelheit der Nacht hatte sich bereits vor meinem Fenster geschlossen, nur die kleine Lampe auf meinem Tisch brannte dem Schwarz einen kleinen gelben Lichtpunkt ein. Ich war müde, aber ich wollte nicht schlafen.

Das Klopfen an der Tür war zunächst so leise, dass ich dachte, es wären der Wind und die Äste. Doch es wurde lauter, und im nächsten Moment streckte Noelle ihren Kopf ins Zimmer.

»Oh«, machte sie, leicht bedauernd. »Willst du schon schlafen?« Ich antwortete nicht, und sie zögerte. Schließlich trat sie jedoch mit einem entschlossenen Schritt in den Raum. »Ich muss mit dir reden«, erklärte sie streng. In ihrem langen Nachthemd wirkte sie noch größer und ein wenig gespenstisch. Sie trug eine weiße Spitzenhaube über den Haaren, bei der ich mich nicht entscheiden konnte, ob sie albern aussah oder etwas Würdevolles hatte. »Ich muss mit dir über diese Sache mit dem Schuppen reden.« Sie sprach jeden Buchstaben aus, als würde sie Nägel in Holz schlagen. Ich zog die Decke noch höher. »Ich habe dir bereits gesagt, dass ein Ofen kein Spielzeug ist, sondern eine gefährliche Sache. *Très dangereux,* hörst du?« Sie sah mich vorwurfsvoll an. Obwohl sie einen guten Meter von mir entfernt war, gelang es ihr, mich mit ihren Blicken zu piksen. »Das ist etwas für Erwachsene, Frederike. Kinder sollten nicht die Dinge tun, für die eigentlich Erwachsene zuständig sind.«

Ich konnte nicht sagen, wann es passiert war, aber irgendwann zwischen diesen Worten hatte sich Noelles Stimme verändert. Die einzelnen Silben waren zwar noch hart wie altes Brot, aber an den Kanten weniger trocken. Außerdem sprach sie nun tiefer, nicht mehr über mich hinweg.

»Und ich habe dir auch gesagt, dass du nicht tun und lassen kannst, was du willst. Zumindest nicht, solange *ich* hier bin.« Sie trat von einem Fuß auf den anderen, was bei ihr aussah, als würde sich eine Birke im Wind bewegen. »Du hättest mich fragen müssen, hörst du?« Sie machte eine kurze Pause. »Ich bin die Erwachsene. Ich bin für dich verantwortlich. Ich treffe hier die Entscheidungen. *Un point c'est tout!«* Sie holte tief Luft. »Du hättest mich fragen müssen. Dann hätte ich … Dann hätte ich dir geholfen.«

Überrascht starrte ich sie an. Damit hatte ich nicht gerechnet. Ich wartete darauf, dass sie sich verbessern würde, aber stattdessen schwieg sie. Ich zögerte, dann arbeitete ich mich aus der festen Umarmung meiner Decke und setzte mich auf. »Du hättest mir geholfen, Tante No-elle?«, fragte ich leise.

Bei ihrem Namen kniff Noelle die Lippen zusammen, trotzdem antwortete sie mir ruhig: »Versteh mich nicht falsch, ich kann nicht gutheißen, dass du das Ganze«, sie ließ ihre Hand wie einen Kreisel durch die Luft sausen, »hinter meinem Rücken gemacht hast.«

»Ich wollte nicht …«

»Kann sein«, unterbrach sie mich, »aber du hast es getan, Frederike. Wie gesagt, ich heiße nicht gut, *wie* du es getan hast, aber ich erkenne deine gute Absicht.«

»Ja?«

»Bien sûr!« Ein knappes Lächeln huschte in ihre Mundwinkel. »Du willst deiner Mutter helfen. Das wollen wir beide.« Einen Moment lang hatte ich den Eindruck, sie wollte einen Schritt auf mich zu machen, stattdessen blieb sie, wo sie war, faltete die Hände ineinander, wandte den Blick von mir ab und zum Fenster. »Ich habe vor einiger Zeit einen Artikel in *Le Monde* gelesen, in dem es um die lange Tradition von Saunahäusern ging, die bis in die Steinzeit zurückreicht. Man nimmt an, dass sie sich von Ostasien aus verbreitet haben, unter anderem nach Finnland, wo sie sehr beliebt sind und woher auch das Wort *Sauna* stammt. Und gerade in den letzten zwanzig Jahren sind immer mehr Saunabäder entstanden. Das sind Hütten oder auch einzelne Räume, in denen sich die Menschen versammeln, um gemeinsam zu schwitzen.« Ich wusste, sie erklärte es mir, aber sie sprach die Sätze in die Nacht hinaus. »Dazu wird das Innere dieser … Zimmer auf, ich glaube, 80 Grad und mehr aufgeheizt, zum Beispiel durch glühende Steinhaufen. Du musst wissen, in Skandinavien ist es meist sehr kalt, es gibt sehr lange Winter und diese Orte sind …«

»Wie Sommer im Schuppen?«

Noelle lachte auf und sah mich an, wir beide waren überrascht. Sie hielt sich schnell die Hand vor den Mund, kicherte noch einmal leise und wurde dann wieder ernst. »*Oui,* so könnte man sagen. Jedenfalls …« Ihre Augen suchten erneut den Weg nach draußen. »Diese Schwitzbäder sollen den Kreislauf anregen und dafür sorgen, dass Krankheitserreger und Giftstoffe abgetötet werden. Man sagt, dass sie gut für die Abwehrkräfte des Körpers sind. Ich denke deshalb«, sie zögerte kurz, »einen Versuch ist es wert.« Sie hob die Schultern.

»Aber Mama … sie will nicht«, wollte ich einwenden, doch meine Tante hob die Hand.

»Lass deine *maman* meine Sorge sein.« Sie nickte mir und sich selbst zu. »Dann sind wir uns also einig?«

»Ja«, antwortete ich kratzig.

»Bien.« Sie bewegte erneut den Kopf, hielt inne. »Dann lass uns jetzt gemeinsam beten«, sagte sie, kniete sich bereits vor mein Bett, senkte das Gesicht und faltete ihre Hände.

Ich zögerte, unsicher, was ich tun sollte. Schließlich schob ich meine Finger ebenfalls ineinander, wie sie es tat, und blickte auf meine Daumen. Während meine Tante die Augen geschlossen hielt, schielte ich vorsichtig in ihre Richtung. Sie wirkte sehr konzentriert. Ihre Lippen bewegten sich, doch ihre Worte blieben stumm und erreichten mich nicht, sosehr ich auch nach ihnen lauschte. Ich wusste, dass sie in diesem Moment mit Gott redete, aber ich fragte mich, wie er sie verstehen sollte, wenn sie nicht lauter sprach. Immerhin war es bis zum Himmel noch ein ganzes Stück.

»Tante No-elle?«, flüsterte ich.

Ich dachte zunächst, sie hätte mich nicht gehört, denn sie wandte mir nicht das Gesicht zu und sah mich auch nicht an. Nach einer Weile hob sie jedoch fragend die Augenbrauen und murmelte: *»Oui?«*

»Ich … ähm …« Ich schluckte. »Ich weiß nicht … Was genau soll ich mir denn von Gott wünschen?«

Wie in Zeitlupe richtete meine Tante ihren Blick auf mich, betrachtete mich einige lange Minuten, die sich kratzig anfühlten, und berührte dann in einer schnellen Bewegung mit den Fingerspitzen ihre Stirn, die Schultern und die Brust, ehe sie sich langsam erhob und zur Tür ging. Die Hand bereits an der Klinke, wandte sie sich noch einmal zu mir um. Die Strenge war in ihre Haltung zurückgekehrt, doch in ihrem Gesicht und ihrer Stimme erkannte ich noch etwas anderes, das ich nicht zuordnen konnte, als sie entschieden erklärte: »Du bist ein Kind, Frederike. Vergiss das nicht!«

Am nächsten Morgen sprachen wir kein Wort über das Saunahaus. Es war, als hätte es den vergangenen Abend nicht gegeben. Noelle trug nicht nur ihren Knoten wieder fest und ordentlich auf ihrem Kopf, sondern auch die gewohnt strenge Miene. Ihr Tonfall und die Worte waren glatt und sorgfältig geschliffen, nichts erinnerte mehr an den Moment der vorsichtigen Weichheit. Ich fragte mich, ob ich mir diesen nur eingebildet hatte.

Von meinem Platz am Frühstückstisch aus konnte ich das Dach des Schuppens erkennen, der mit müden Augen in den beginnenden Tag blinzelte. Einige Male war ich mir sicher, den Blick meiner Tante dabei zu überraschen, wie er ebenfalls zu der alten Hütte wanderte, aber wenn ich sie dann hoffnungsvoll und abwartend ansah, waren ihre Züge straff.

»Starr nicht so in der Gegend rum, Frederike«, wies mich Noelle sogar zurecht. »Das gehört sich nicht. Was sollen die Leute von dir denken? Außerdem wird dein Essen kalt.«

Ich betrachtete mein belegtes Brot mit Käse, sagte jedoch nichts.

Schließlich gab ich es auf und wollte gerade die Küche verlassen, als mich meine Tante mit einem knappen »Frederike!« zurückhielt. Ich wandte mich zu ihr um, sie winkte mich heran, und ich folgte ihrer Geste betont langsam.

»Nimm deinen Bruder und den Schlitten, der neben dem Haus steht, geht runter ins Dorf und kauft dort fünf Kilo Kohle, das sollte für den Anfang reichen. Hier hast du«, sie kramte in ihrer kleinen schwarzen Handtasche, »ein wenig Geld.« Noelles Augen kreisten hastig durch den Raum, als wollte sie sichergehen, nicht beobachtet zu werden, dann steckte sie mir schnell einige Münzen in die Hand und schloss meine Finger darum. »Pass gut darauf auf«, raunte sie mir zu und sah mich eindringlich an. »Und lass dich nicht übers

Ohr hauen, *non?«* Ich schüttelte den Kopf. »Auch nicht trödeln. Wir wollen den Schuppen zeitig vorheizen, damit wir um halb drei anfangen können.«

»Ja?«, fragte ich mit großen Augen zurück.

Meine Tante hob knapp die Schulten. *»Bien sûr.* Wir waren uns doch einig.« Ich lächelte sie an und erhielt als Antwort ein unbeholfenes Zucken ihrer Mundwinkel. Ich wollte mich umdrehen, als sie nach meiner Hand griff. »Wie siehst du heute Morgen wieder aus?« Sie strich mir so ruppig über die Haare, als wären ihre Finger die Zähne eines Kamms. »So kannst du unmöglich rausgehen. Was sollen die Leute denken?« Sie zupfte und zerrte an meiner Strickjacke, zog dann ein weißes Taschentuch aus ihrer Tasche, befeuchtete es kurz und wischte mir damit über die Wangen. Ich verzog das Gesicht und gab ein unwilliges Knurren von mir. »Stell dich nicht so an!«, verlangte sie. »Du willst doch nicht, dass man dich im Dorf ein Lumpenmädchen nennt.«

Ich wollte nicht sagen, dass man mir schon schlimmere Namen gegeben hatte, deshalb schwieg ich und ließ die Katzenwäsche über mich ergehen. Schließlich schob mich Noelle eine Armlänge von sich und musterte mich kritisch vom Scheitel bis zur Sohle, während sie den Kopf langsam, nachdenklich hin und her wog. »Besser als nichts«, murmelte sie und hob die Schultern. Ich schnitt eine Grimasse, entzog mich ihrem Griff, tauchte eilig unter ihrem Ellbogen hindurch und lief aus der Küche. »Nicht rennen, Frederike! Das gehört sich …«

Der letzte Teil ihres Satzes ging im lauten Rumms der Haustür unter.

Keine halbe Stunde später zogen Arthur und ich den Schlitten durch den Wald. Die Kälte lag heute tiefer, deshalb war der Schnee zu einer harten, festen Kruste erstarrt, über die die Kufen fast von selbst glitten. Unter unseren Füßen war der gefrorene Boden jedoch rutschig, und wir erkannten schnell, dass es am leichtesten ging, wenn wir die Sohlen vorwärtsschoben, anstatt die Beine zu heben. Wir wollten beim Staudamm vorbeischauen, mussten uns aber beeilen, wenn Noelle den kleinen Umweg nicht bemerken sollte. Wir folgten dem Lauf des schmalen Baches wie einer Spur. Er war von einer dichten Eisschicht zugedeckt, die funkelte, wenn sich ein Lichtstrahl durch die tiefhängenden Tannenzweige verirrte.

»Hast du dich schon mal gefragt, wovon die großen Flüsse und kleinen Bäche träumen?«, fragte ich meinen Bruder, während wir hintereinander am Ufer entlanggingen. Ich lief voraus, trat noch lockere Flocken fest, und Arthur folgte mir in meinen Fußabdrücken. Den Schlitten, auf dem mein Glas mit Knöpfen als Kutscher thronte, zog ich hinter mir her. »Ich meine, sie sind ja ziemliche Faulpelze, weil sie wirklich tagein, tagaus in ihren Betten liegen, aber woran denken sie dann? Stellen sie sich das Meer vor? Hoffen sie auf ein bisschen Regen? Würden sie gerne wissen, wohin die Reise geht? Oder wann sie ihre Eltern wiedersehen? Wobei …« Ich legte den Kopf schräg. »Haben Flüsse eine Mutter und einen Vater? Und wenn ja, wer sind die? Hast du dir das schon mal überlegt?« Ich hielt inne, wandte mich Arthur zu und bemerkte erst jetzt, dass er stehen geblieben war. Er sah mich an, und im selben Moment las ich die Frage in seinem Gesicht. Ich schluckte. »Er kommt wieder«, sagte ich schnell, damit ich selbst nicht zu lange darüber nachdachte, doch mein Bruder gab sich mit dieser Antwort nicht zufrieden. Er ließ mich nicht aus den Augen, sein Blick war schwer und bittend. Ich wurde nervös, konnte ihn unmöglich abschütteln. »Er«, begann ich langsam. Meine eigenen Worte kamen mir plötzlich träge und zu mühsam vor, um sie auszusprechen. Meine Zunge fühlte sich rau und kratzig an. »Er … ist unterwegs. Er … muss arbeiten.«

Ich trat von einem Fuß auf den anderen, was auf dem rutschigen Untergrund nicht einfach war. Mir tat mein Arm weh und unter dem Gips juckte es, als hätte sich dort ein Bienenschwarm eingenistet. Was sollte ich sagen? Was würde ich selbst gern hören, wenn … wenn ich es nicht besser wüsste?

Ich rieb mir nervös über die kalte Nase. »Hör zu, ich dürfte es dir eigentlich nicht sagen«, begann ich schließlich und mit wackeliger Stimme. »Ich weiß es auch erst seit kurzer Zeit, denn es ist ein Geheimnis.« Ich versuchte, ein ernstes und eindringliches Gesicht zu machen. »Du darfst es also nicht weitererzählen. Das musst du mir versprechen. Sonst bringst du nicht nur Papa in Gefahr, sondern uns alle.« Ich musterte ihn. »Versprichst du es?« Arthur sah mich aus seinen großen, blauen Augen an, zögerte kurz und nickte dann heftig. »Also, gut.« Ich blickte mich rasch um, ob auch niemand in der Nähe war, der uns hören konnte. Der Wald lag still und kalt um uns. Nichts regte sich. Nichts war zu hören. Alles schien auf einen Frühling zu warten, der vielleicht niemals kommen würde.

»Also«, setzte ich noch einmal an, senkte die Stimme und winkte meinen Bruder näher zu mir heran. Er stellte sich dicht neben mich. Die Wölkchen unseres Atems berührten sich. »Unser Papa ist nicht wie andere Väter, Arthur. Er ist … ein geheimer Agent der Regierung. Verstehst du, was ich sage? Er beschützt Deutschland … uns alle … sogar die Welt.« Ich sagte das leise, aber die Silben vibrierten vor Gespanntheit, und ich fühlte mich gleich besser. Ich legte meinem Bruder einen Arm um die Schultern. »Er gehört zu den Besten der Besten und wird nur bei besonders kniffligen Aufgaben eingesetzt. Er war in den letzten Jahren deshalb so oft zu Hause, weil er gewartet und sich auf eine neue Aufgabe vorbereitet hat. Das durfte er natürlich niemandem sagen. Das ist das Los wichtiger Menschen, Arthur: Sie tun bedeutende Dinge und niemand erkennt es, weil … weil es niemand versteht.« Ich hob bedauernd die Schultern. »Vielleicht ist das eines Tages anders, vielleicht auch nicht. Aber nur weil andere Menschen den Wert von etwas nicht sehen, heißt es nicht, dass es nicht kostbar ist. Die Hauptsache ist doch, dass wir es wissen.« Ich sah Arthur an, er nickte langsam.

»Es ist ein bisschen wie mit meinen Knöpfen.« Ich wies hinter mich zum Schlitten. »Noch sind es einfach nur Knöpfe, aber du weißt ja, was Papa gesagt hat. Wenn erst der Kalte Krieg vorbei ist«, ich zögerte und versuchte, mich an das Wort zu erinnern, »das welt… ähm … weltpolitische Klima wieder auftaut und die Goldreserven …«, ich kratzte mich am Kopf, »schmelzen, sind die Knöpfe ein Vermögen wert.« Ich lächelte meinen Bruder an. Er wirkte nicht ganz überzeugt, deshalb lächelte ich umso breiter. »In gewisser Weise«, setzte ich schließlich wieder zögernd an, »ist unser Papa auch so ein Knopf. Auf den ersten Blick sieht er vielleicht nach nicht mehr als einer einfachen Plastikscheibe mit zwei Löchern aus, aber er rettet die Welt. Das darf nur keiner wissen.« Ich schüttelte den Kopf und wartete, bis Arthur dasselbe tat. Es war, als würden wir damit das Geheimnis besiegeln. »Natürlich darf er auch über seinen neuesten Auftrag nicht reden, aber ich weiß, dass es dabei um …«

Ich hob erschrocken den Kopf. Da war ein Geräusch. Ein Knacken. Knirschen. Schritte. Meine Blicke sausten. An Baumstämmen vorbei. Dürr. Ausgemergelt. Unter Ästen hindurch. Knochig. Brüchig. Wie Finger. Über Haufen von Schnee. Hoch wie kleine Berge. Da war er. Ich sah ihn. Zwischen zwei Buchen, die vom Wind verbogen waren. Marius. Er schlug sich mit einem Stock durch das Unterholz. Und bemerkte uns in dem Moment, als ich ihn erkannte.

»Komm, Arthur«, sagte ich, griff hastig nach dem Seil des Schlittens und der Hand meines Bruders. »Wir müssen weiter. Wir dürfen nicht trödeln.« Ich zog beide hinter mir her, kam auf dem glatt gefrorenen Schnee jedoch nicht schnell genug voran und nahm aus dem Augenwinkel wahr, dass Frau Finsters Sohn auf uns zusteuerte. Er schwang die Wurzel wie ein Schwert vor sich her.

Was wollte er? Konnte er nicht durch einen anderen Wald streunen? Konnte er nicht einfach verschwinden?

Er konnte nicht. »Solltest du nicht in der Schule sein?«, fragte er und schwang den Knüppel so kräftig in einen Eishaufen, dass die gefrorenen Splitter in alle Richtungen auseinanderstoben.

Erst wollte ich ihm nicht antworten, entgegnete dann jedoch: »Ich könnte dich dasselbe fragen.«

»Ich bin schwer krank und muss unbedingt das Bett hüten, siehst du das nicht?« Er verzog das Gesicht. »Außerdem bin ich auf der Jagd nach Dieben«, erklärte er herausfordernd und baute sich vor uns auf dem Weg auf. »Habt ihr vielleicht welche gesehen?« Er starrte mich an. Das Holz sauste weiter durch die Luft.

Ich funkelte ihm entgegen, bemühte mich, nicht zu zwinkern, obwohl der Stock einige Male beinahe mein Gesicht traf. »Nein«, knurrte ich und wollte an ihm vorbei, doch das ließ er nicht zu. »Wir haben es eilig.«

»Und wohin wollt ihr?«

»Das geht dich nichts an.«

»Denkst du nicht?«, fragte er.

»Nein.« Ich fasste Arthurs Hand fester.

»Und wozu braucht ihr den Schlitten?«

»Für gar nichts.«

»Und wenn ich euch bitte, mich ein Stück darauf zu ziehen?« Er deutete mit der Spitze seines Astes hinter uns.

»Dann wärst du ein Dummkopf«, erwiderte ich knapp und wollte einen Bogen um ihn machen.

»Ach ja?«

»Ja, denn das würden wir niemals tun. Auf keinen Fall! Und du müsstest wirklich schon sehr doof sein, wenn du etwas anderes glauben würdest.« Ich zog eine Grimasse.

In Marius' Gesicht loderte Wut auf, seine Wangen wurden rot, der Blick verdunkelte sich. »Vielleicht bin ich ja auch so doof, dass ich meiner Mutter erzähle, was ich letztes Mal im Laden gesehen habe«, presste er zornig hervor. Ich hielt die Luft an, schluckte, war mir sicher, dass mein Herz für eine elendig lange Sekunde die Arbeit einstellte. »Vielleicht überdenkst du deine Entscheidung wegen des Schlittens noch mal?«, fragte er überheblich.

Ich zögerte, sah von Arthur zum Schlitten und dann zu Marius. »Vergiss es!«, antwortete ich schließlich, versuchte, das Zittern in meiner Stimme nach Ärger und nicht nach Angst klingen zu lassen.

Marius blickte mich überrascht an. »Du weißt schon, was man mit Dieben macht, oder?« Seine Oberlippe zuckte.

»Wahrscheinlich dasselbe wie mit feigen Erpressern«, entgegnete ich bissig.

Einen Moment schien er unschlüssig, was er als Nächstes tun, was er als Nächstes sagen sollte, schließlich deutete er mit dem Kopf auf Arthur. »Spricht der nicht?«, wollte er spöttisch wissen.

»Nicht mir dir«, sagte ich und stellte mich vor meinen Bruder.

»Ach, nein?«

»Nein.«

Seine Augen verengten sich. Ich konnte sehen, wie gefährlicher Zorn in ihm aufkochte und er fieberhaft nach etwas suchte, mit dem er ihn loswerden konnte. Der Stock kreiste durch die eiskalte Luft. Wir hatten es fast an ihm vorbeigeschafft, als er plötzlich mit dem Holz auf den Schlitten zeigte.

»Was zieht ihr denn da Albernes hinter euch her?«, fragte er und wies auf mein Glas. »Sind das etwa Knöpfe?«

»Und wenn?«, fragte ich erzwungen ruhig zurück, doch jeder Teil meines Körpers war vor Schreck erstarrt.

»Seid ihr etwa so arm, dass ihr jetzt schon Müll sammeln müsst?« Er lachte höhnisch über seinen eigenen Witz.

Ich konnte nicht antworten. Für Töne war kein Platz. Ich ging schneller. Wollte nur weg. Der würde sich noch wundern, dachte ich. Der würde sich noch wundern.

In diesem Moment schlug er zu.

Der Ast traf donnernd das Glas. Es flog. Krachte auf den Eisboden. Zerbrach. Scherben. Knöpfe. Alles durcheinander. Ich schrie auf.

»Nein! Nein!« Sie rutschten über den Schnee. »Was hast du getan?« Ich stürzte auf die Knie. Achtete nicht auf mich. »Nein!« Achtete nicht auf Kanten. »Nein!« Achtete nicht auf das Blut. Ich spürte Tränen. Ich spürte Schmerz. Griff um mich. Griff hastig nach den Knöpfen. »Nein! Was hast du getan?«

Verzweifelt begann ich, meine kleinen, runden Habseligkeiten einzusammeln, schluchzte, weinte, wischte mir über die Nase. Marius stand stumm über mir. »Das sind nur dämliche Knöpfe«, murmelte er schließlich leise. »Die sind doch nichts wert.« Er zögerte, dann ging er davon.

Die Hitze im Inneren des Schuppens war satt und feucht. Sie hing wie ein nasser Lappen von der Decke herab und roch nach den Kiefernnadeln, die Noelle mit den Kohlen im Ofen verbrannte. Wir saßen auf Stühlen, Arthur auf einem Hocker, keine vier Minuten, und waren bereits vollständig durchgeschwitzt. Meine Haare klebten mir im Nacken, meine Kleidung an Rücken, Armen und Bauch fest, Wellen von Schweiß ergossen sich über mein Gesicht. Es kam mir vor, als würde mein gesamter Körper glühen wie die Birne einer

Lampe. Jede Kälte war aus meiner Haut herausgeschmolzen und in glitzernden, schimmernden Perlen hinabgerollt, zu meiner Nasenspitze, meinem Kinn, meinen Fingern, den Füßen. Die Luft kam mir auf eine angenehme Weise dick und schwer vor. Ich hatte mich nie wohler gefühlt.

Unauffällig blickte ich von Arthur zu Noelle. Mein Bruder hatte den Kopf leicht gesenkt, tropfende Strähnen hingen ihm vor den Augen. Er hatte die Hände auf die Oberschenkel gestützt, zog hin und wieder sein durchweichtes Hemd von den Schultern. Meine Tante dagegen saß aufrecht, ihr Rücken gerade wie ein Lineal, daran konnten auch über 70 Grad nichts ändern. Doch auch ihre Wangen waren gerötet und glänzten. Die aufdringliche Wärme vertrieb sogar meiner Mutter das ungute, durchsichtige Weiß von der Stirn. Sie hatte sich auf ihrem Platz zusammengekauert, sagte kein Wort, hatte die Arme um die Knie geschlungen und starrte abwesend in die Hitze vor sich, die sanft flimmerte. Ich wusste, sie wollte nicht hier sein, und ich wusste auch, dass Noelle das nicht zugelassen hatte. Darüber war ich erleichtert.

»Oh, mon Dieu!«, stöhnte meine Tante plötzlich auf, die Worte drangen als tiefer Seufzer aus ihrer Brust und zwirbelten sich hitzig von ihren Lippen. Sie zupfte leicht an ihrem engen weißen Kragen, der bis unter das Kinn geschlossen war. »Ist das heiß! Ich fühle mich wie ein Würstchen auf dem Grill.« Sie tupfte sich mit einem Stofftaschentuch über das Gesicht.

Erst jetzt fiel mir auf, dass der Knoten auf ihrem Kopf, der sich sonst immer streng in Richtung Decke reckte, leicht in sich zusammengesunken war, als wäre ihm die Luft ausgegangen. Er erinnerte mich an eine Kugel Schokoladeneis in der Sonne, und der Vergleich gefiel mir.

»Ich komme mir vor wie ein schwitzender Karamellpudding auf einer heißen Herdplatte«, erklärte ich und sah meine Mutter an, die jedoch schwieg. Ich schluckte enttäuscht und senkte den Blick.

»Oder wie ein *bœuf bourguignon«,* warf Noelle ein, »denn ich fühle mich, als würde ich in meinem eigenen Saft schmoren.« Als ich ihr einen dankbaren Blick zuwarf, reagierte sie nicht, schob sich nur eine Strähne aus dem Gesicht. »Was habe ich gesagt, wie lange muss man das machen?«, fragte sie nach einer weiteren Weile. Sie versuchte, sich mit den Spitzen ihrer Finger Luft zuzufächern. Als sie erkannte, dass ihr dadurch jedoch wärmer anstatt kälter wurde, ließ sie den Arm sinken und faltete die Hände ordentlich in ihrem Schoß.

»Zehn bis zwanzig Minuten«, erwiderte ich.

»Und wie lang haben wir schon?«

Ich drehte die mitgebrachte Uhr zu mir. »Sechs Minuten.«

»Mein lieber Scholli!«, erwiderte sie. »Es kommt mir eher wie sechs Stunden vor.« Sie nahm erneut ihr Taschentuch, legte es sorgsam zusammen und drückte die entstehende Falte auf ihre Unterlippe. »Ich denke, für den Anfang werden zehn Minuten reichen.«

»Aber«, wollte ich einwenden, doch meine Tante schüttelte entschieden den Kopf.

»Non, Frederike, *non.«* Sie hob den Zeigefinger, bewegte ihn entschlossen von rechts nach links. »Wir wollen es ja nicht gleich übertreiben.« Als ich schmollend den Mund verzog, fügte sie tadelnd hinzu: »Nun guck nicht so böse! Du willst doch nicht, dass das so bleibt. Stell dir vor, was die Leute sagen würden.«

»Wenigstens ist es endlich mal warm«, flüsterte in diesem Augenblick meine Mutter. Ihre Worte waren so dünn, dass ich überrascht war, dass sie uns überhaupt erreichten.

»Excuse-moi, was sagst du bitte?«, fragte Noelle.

»Wenigstens ist es endlich einmal warm.« Meine Mutter hob nicht den Blick, nicht das Gesicht, sprach mehr zum Boden als zu uns.

Noelle betrachtete sie und hob schließlich die Schultern. »Na, vielleicht versuchen wir es für den Anfang mit fünfzehn Minuten. Kalt wird uns schließlich schnell genug wieder, *non?«*

4

»Daydream Believer«
THE MONKEES

»Und wir haben geschwitzt!«, erklärte ich Oma Flora mit breitem Grinsen. »Das kannst du dir nicht vorstellen. Wie ein Würstchen in der Pfanne, ein Pudding in der Sonne, ein … *Böff borgingjong* in Sauce.« Ich kicherte.

»Dann war es also ein voller Erfolg?«, fragte sie und strich mir liebevoll über den Rücken, als ich mich auf die Kante des Sessels hockte.

»Und ob! Es war ein voller *voller* Erfolg. So voll, dass nichts anderes mehr reinpasst. Voll bis hier.« Ich wies an meine Stirn. »Und sogar noch voller!«

»Schön.« Sie lächelte mich an.

»Du solltest es auch ausprobieren, Oma«, sagte ich. »Komm doch morgen einfach mit. Dann kannst du es selbst erleben. Vielleicht lese ich dann auch vor. Es ist so schön. Man friert kein bisschen und …«

»Mal sehen, Freddi, mal sehen«, erwiderte Oma Flora ungenau und nickte mir zu, aber wir beide wussten, dass sie ihr Zimmer nicht verlassen würde. »Ist heute Post gekommen?«, fragte sie nach einigen Momenten ohne Worte, und ihre Augen suchten erwartungsvoll meine.

Ich senkte hastig den Blick. »Nein.« Ich rieb mir unsicher über die Nase. »Tut mir leid. Heute wieder nichts … Aber vielleicht morgen?!«, fügte ich hinzu, weil es das Einzige war, was mir einfiel.

»Ja … vielleicht morgen«, murmelte sie gedehnt, aber auch dieser Satz blieb irgendwo zwischen uns hängen, weil keine von uns ihn glaubte.

In den Raum um uns sank Schweigen, das mich traurig machte.

Es war wie ein zarter schwarzer Vorhang, dessen Stoff kaum fühlbar war, dessen Farbe jedoch die Dinge verdunkelte.

»Möchtest du, dass ich dir vorlese?«, fragte ich.

Meine Oma wandte mir das Gesicht zu, nicht jedoch ihre Aufmerksamkeit. Diese lag außerhalb des Fensters und vielleicht nicht einmal dort. Es vergingen einige Minuten, ehe Oma Flora mir antwortete: »Das wäre schön«, sagte sie. Mit einem Mal sahen ihre Züge müde, ihr Blick erschöpft aus. Sie lehnte den Kopf hinter sich an das Kissen.

Ich griff nach dem Buch, das ich auf einem Tischchen neben dem Sessel abgelegt hatte, und begann, nach der richtigen Stelle zu blättern. Ich zog die Beine zur Brust, spannte das Nachthemd über die Knie, drückte meine Schulter gegen die meiner Oma und legte die aufgeschlagenen Seiten auf meine Oberschenkel. Ich spürte die ausklingende Wärme, die sich bereits in die Wände zurückzog. Oma Floras Gedanken führten ihren Blick wieder durch das Glas hinaus an einen Ort, an den ich sie nicht begleiten konnte. Es machte mich traurig, sie traurig zu wissen.

Mit dem Zeigefinger fuhr ich die Linien der Zeichnung nach, die links auf dem Papier zu sehen war. Ein großer missmutiger Wal, große spitze Zähne, ein grimmig fressendes Maul, vor ihm die tosende See, eine riesenhafte Welle und auf deren Scheitel eine zusammengekauerte Gestalt. Diese tat mir leid. Es sah aus, als wollte das Tier sie jeden Moment verspeisen, mit nur einem einzigen Schluck. Ich musterte meine Oma aus dem Augenwinkel und fragte mich, ob jemals ein Brief für sie ankommen oder ob ihre Tage für immer aus vergeblichem Warten bestehen würden. Und wurde ihre Hoffnung mit jeder verstreichenden Woche kleiner oder machte die Enttäuschung sie nur größer? Ich wusste, wie man Längen ermittelte und wie Gewicht. Aber wie maß man die Hoffnung?

»Nach zahlreichen und zahllosen Abenteuern auf dem Land«, begann ich schließlich, »weckte den Freiherrn von Münchhausen eines Nachts ein Drang aus seinem Schlaf, dem er nicht gleich einen Namen geben konnte. Er hielt ihn anfangs noch für die Folgen einer kurzlebigen Magenverstimmung, zurückzuführen auf ein allzu reichliches Abendessen, doch nach weiteren durchwachten Stunden wurde die aufsteigende Ahnung für ihn immer mehr zur Gewissheit: Er musste zur See fahren. Und kaum war der Gedanke gefasst, brach er auch schon in Richtung Küste auf. Er sagte niemandem Lebwohl, sorgte allein dafür, dass sein treues Ross Ludmilla bei einem einfältigen, aber gutherzigen Bauern versorgt war, und versprach diesem, dass er bald zurück sein werde. Dann kaufte er ein Boot, packte Proviant für zwei Wochen ein und setzte schließlich Segel.«

Ich hielt einen Moment inne. Meine Oma hatte die Augen geschlossen, atmete ruhig und gleichmäßig. Vielleicht war sie bereits eingeschlafen, trotzdem fuhr ich fort: »Zu Beginn seiner Wasserreise paddelte der Baron noch ziellos über das Meer, mal hierhin, mal dorthin, und verlor dabei immer mehr seinen Mut. Denn so schön und erhaben ein Ozean sein kann, so wird er schnell zu einem einsamen Ort, wenn man tagein, tagaus nichts als Blau über einem, Blau unter einem und Blau zu allen Seiten sieht. Es ist nicht gut, immer nur dieselbe Farbe zu sehen, wohin man auch blickt. Außerdem gingen seine Vorräte zur Neige und weit und breit war kein Hafen zu entdecken. Am 23. Tag erspähte er weit am Horizont jedoch …«

Schritte schreckten mich plötzlich auf, ich hob den Kopf. Noelle stand in der Tür und sah mich an. »Ich wollte dich nicht stören«, sagte sie leise, kam ins Zimmer und setzte sich auf Oma Floras Bett. »Lies nur weiter.« Sie wies mit der Hand in Richtung des Buches. »Ich höre dir zu.«

Unsicher hüpfte mein Blick von ihr zu den Seiten vor mir und wieder zurück. Schließlich räusperte ich mich: »Am 23. Tag erspähte der Freiherr von Münchhausen jedoch weit entfernt am Horizont einen großen grauen Berg. Dieser weckte sogleich seinen Entdeckergeist und so beschloss er, das fremde Stück Land zu erkunden. Seine Schwermut war vergessen. Denn jeden Morgen war der Hügel am Himmel das Erste, was er begrüßte, und jeden Abend freute er sich, dass er ihm wieder ein Stück näher gekommen war, und wünschte ihm eine gute Nacht. 19 Tage dauerte es, bis der Baron die einsame Insel im Meer endlich erreichte, und sie war in dieser Zeit für ihn längst zu einer so guten Freundin geworden wie seine Ludmilla.

Die letzten Meter legte er mit einer Mischung aus Freude und Traurigkeit zurück, weil er sein Ziel endlich erreicht hatte. Als er jedoch das Seil auswarf und über die Reling seines kleinen Bootes an Land klettern wollte, begann sich dieses Land plötzlich zu bewegen. Anfangs dachte der Freiherr an ein Erdbeben, doch als der Berg auch noch das Wort an ihn richtete, musste er erkennen, dass der Hügel am Horizont, den er für eine einsam schwimmende Insel gehalten hatte, in Wahrheit ein riesiger, sprechender Wal gewesen, und dass das Ziel, das ihn über die lange Zeit Hunger, Angst und Albträume hatte vergessen lassen, in Wahrheit nur seiner eigenen Fantasie entsprungen war …«

Ich schloss vorsichtig das Buch, strich einige Augenblicke abwesend über den gelben Umschlag. Ich mochte diese Geschichte, vielleicht mochte ich sie von allen sogar am liebsten. Mit einem stolzen Lächeln wandte ich mich Noelle zu. Doch sie war bereits gegangen.

»Frederike!«, schoss es durch den schmalen Spalt der Küchentür, als ich gerade die Treppe hinunterstürzte.

Ich hatte es heute Morgen kaum erwarten können, mich mit Arthur und dem Schlitten auf den Weg zu machen, um Kohle zu kaufen. Ich war aufgeregt, euphorisch und freute mich auf den Nachmittag und unsere Zeit im Schuppen. Was ein bisschen Wärme verändern konnte. Ich kam mir selbst leichter vor. Die Schultern schienen den Kopf fast von selbst zu tragen.

Nun blieb ich jedoch stehen, blickte die Stufen hinauf, als überlegte ich zurückzugehen, zögerte und bewegte mich schließlich langsam auf die Küche zu.

»Gut, dass du da bist«, begrüßte mich Noelle. Sie saß am Tisch, vor ihr einige ordentlich gestapelte Bücher. Sie hatte die Hände sorgfältig gefaltet, die Daumen übereinander, sah hoch und mich an, als ich den Raum betrat. »Frederike, ich muss mit dir reden.« Ihre Blicke kamen mir wie Seile vor, mit denen sie mich zu sich heranzog. »Setz dich doch.« Sie wies auf den Stuhl vor sich. Als ich Platz genommen hatte, fragte sie: »Was hattest du noch gesagt, warum ist die Schule geschlossen?«

»Wegen der Eulen«, erwiderte ich misstrauisch und sprach jedes Wort aus, als würde ich es vorher wiegen wollen.

»Oui, oui, bien sûr. Wegen der Eulen.« Noelle nickte. »Was für Eulen waren das noch?«

»Sumpfohreulen.«

»Ah ... oui ... Aber ... du warst schon mal in der Schule, oder nicht?«

Ich hatte das Gefühl, sie würde mich umkreisen, wie es Raubvögel tun, ehe sie sich auf ihre Beute fallen lassen und sie am Genick packen. »Was ...? Doch ... ja ... natürlich«, sagte ich hastig. Die Silben stolperten übereinander.

»Ich frage nur, weil ... Wie alt bist du, Frederike?«

»Zwölf?!« Es klang wie eine Frage, nicht nach einer Antwort. Ich wusste nicht, worauf sie hinauswollte, und blickte mich um, als könnten mir die Möbel in der Küche weiterhelfen.

»Frederike, du weißt, dass ich Lehrerin bin, oder?« Ich nickte zögerlich. »Ich bin Lehrerin, weil ich daran glaube, dass es kaum wichtigere Dinge im Leben eines Menschen gibt als die Bildung, *n'est-ce pas?«* Wieder bewegte ich zustimmend den Kopf, obwohl ich keine Ahnung hatte, was der Schluss ihres Satzes bedeuten sollte. »Bildung und Wissen sind die Flügel des Geistes. Sie sind der Schlüssel, um das Tor zur Freiheit aufzuschließen, deshalb sind sie gerade für Mädchen – für Frauen – existenziell. Sie ermöglichen uns ein selbstbestimmtes Leben, durch sie können wir über unseren Horizont hinausblicken. Früher wartete auf Frauen nur das vorgefertigte Dasein einer einfachen Hausfrau und Mutter, aber heute ist das anders. Gerade in den letzten Jahren hat sich in Deutschland und Frankreich so viel für uns Frauen verändert, weißt du? Es gibt eine richtige Bewegung, eine kleine *révolution«,* sagte sie mit einem vorsichtigen Schmunzeln. »Heute können wir Größeres erreichen.«

Noelles strenge Stimme kam mir plötzlich wie eine Klanggabel vor, deren Enden vibrierten. Sie trug die Worte schwungvoll und nachdrücklich durch den Raum, höher und höher, bis hinauf zur Decke. Dort schienen sie über unseren Köpfen zu glitzern.

»Durch lesen und schreiben steht den Menschen die Welt offen«, fuhr meine Tante fort. »Vielleicht kannst du das nicht verstehen, weil du noch ein Kind bist, Frederike, und vielleicht werden die Leute irgendwann versuchen, dir etwas anderes einzureden, aber für eine Frau ist es wichtig, sich nicht mit dem Stück der Welt zufriedenzugeben, das die Männer …«, sie machte eine kurze, bedeutungsvolle Pause, »ihr zugestehen, *oui?* Wir haben ein Recht auf den gesamten Kuchen. Verstehst du?«

»Ja …?«, sagte ich unsicher und dachte an den Schokoladenkuchen, den mir meine Mutter zu meinem Geburtstag immer machte. Ich bekam stets das größte Stück, doch ich ahnte, dass es nicht das war, was Tante Noelle meinte.

»Aber dafür … für ein selbstbestimmtes, unabhängiges Leben müssen wir etwas tun. Niemand wird uns etwas schenken. Nichts fällt uns einfach in den Schoß. Wir müssen hart arbeiten, härter als alle Männer zusammen. Wir müssen für unsere Freiheit kämpfen. Und die wesentlichste Voraussetzung dafür ist, dass wir lesen und schreiben können. *C'est très important!* Ohne das geht es nicht. Und Freiheit ist das Wichtigste für eine Frau! Lass dir nie etwas anderes einreden, hörst du?« Sie löste für einen Moment ihre Finger aus ihrer eigenen Ordnung. Erst jetzt bemerkte ich, dass diese zitterten. Sie strich sich eine unsichtbare Strähne hinter das Ohr, faltete die Hände erneut. »Deshalb bin ich umso bestürzter, dass meine eigene und *einzige* Nichte«, sie richtete den Blick eindringlich auf mich, »nicht lesen kann«, erklärte sie, und die Buchstaben zischten mir um die Ohren wie Gewehrkugeln.

»Was?«, fragte ich überrascht zurück. Noelle kniff säuerlich den Mund zusammen, schwieg jedoch.

Ich wollte etwas sagen, protestieren, mich rechtfertigen, aber ich war zu entsetzt, um auch nur ein einziges passendes Wort in meinem Kopf zu finden. Was? Warum? Wie kam sie darauf? Mein Herz war ein Hämmern unter meiner Zunge, in meinem Bauch, hinter der Stirn.

»Aber … aber ich kann lesen«, murmelte ich, die Silben wälzten sich schwerfällig über meine Lippen. »Aber ich kann lesen«, wiederholte ich, dieses Mal lauter.

»Ich dulde keine Lügen, Frederike. *Non,* ich dulde keine Lügen!« Noelle machte eine abwehrende Geste. »Ich war da. Ich habe dich gehört.«

Verzweifelt schüttelte ich den Kopf. »Nein, ich … ich habe gelesen«, stammelte ich, spürte Tränen aufsteigen, schwer und dick und brennend. »Ich habe Oma Flora vorgelesen … aus … aus …«

»Aus *Wunderbare Reisen zu Wasser und zu Lande, Feldzüge und lustige Abenteuer des Freiherrn von Münchhausen* von Gottfried August Bürger?«

»Ja«, flüsterte ich.

»Ich bin keine Idiotin, Frederike!«, fuhr mich Noelle plötzlich wütend an. Ihre Stimme war hart und krachend. Ich starrte sie mit geweiteten Augen an. Sie räusperte sich hastig. *»Je suis désolée«,* sagte sie. »Ich wollte nicht laut werden. Es ist ja nicht deine Schuld, dass du nicht lesen kannst.«

»Aber ich *kann* …«

»Du erfindest Geschichten, Frederike«, schnitt sie mir das Wort ab. »Das ist nicht lesen! *Un point c'est tout!«*

»Aber mein Papa hat gesagt, dass es wichtiger ist, seine eigenen Geschichten zu haben als nur die von anderen. Er sagt …«

»Dein Vater erzählt viel, wenn der Tag lang ist. Du darfst ihm nicht alles glauben, weil …«

»Du lügst!«, schrie ich und sprang auf. Unsere Blicke trafen sich, als würden sie gegeneinanderschlagen wie die Hörner streitender Bullen. »Du lügst! Du lügst! Du lügst! Mein Papa sagt die Wahrheit! Er weiß alles!« Der Stuhl fiel hinter mir klappernd zu Boden.

»Frederike, wie redest du mit mir? Mäßige deinen …«, wollte sie mich tadeln, doch ich ließ es nicht zu.

»Nein!« Ich funkelte sie böse an. »Nein! Tante No-elle! Nein! Nein! Nein!«

Damit stürmte ich zur Küche hinaus und schlug die Tür hinter mir zu.

»Geh weg!«, rief ich, als ich Schritte hinter mir hörte. Ich stand schwer atmend neben einem eingefrorenen Baumstamm, schluchzte und weinte und keuchte vor Verzweiflung. »Geh weg!« Ich schleuderte die Worte hinter mich, ohne mich umzublicken, trotzdem kamen die Geräusche nach einem kurzen Zögern näher.

Als Arthur seine Hand auf meinen Arm legte, dann sein Gesicht an meinen Rücken, wollte ich seine Berührung erst von mir abschütteln, doch ich ließ es geschehen und ich ließ auch die Tränen weiter fließen.

»Ihr schon wieder?«, fragte der Kohlen-Martin, als er Arthur und mich den Schlitten hinter uns herziehen sah.

Er war ein großer, bulliger Mann ohne Haare und mit Armen, die sich so weit aufspannen ließen, dass eine Großfamilie darunter Schutz vor Wind und Wetter finden konnte. Sein Nacken war wie ein fester, massiger Ring, auf dem ein viel zu kleiner Kopf saß und der selbst Kohlen-Martins Kinn in die Flucht geschlagen hatte. Kohlen-Martins Hände erinnerten mich an Tigertatzen und die Finger an Schraubstöcke, die nicht mehr losließen, was sie einmal gepackt hatten. Ich wusste, er hatte schon als kleiner Junge im Kohlenladen seines Vater gearbeitet und diesen übernommen, als sein alter Herr im Krieg schwer verwundet worden war, deshalb kannte ich ihn gar nicht anders als leicht angeschwärzt wie Silber, das sich weigerte zu glänzen. Manchmal stellte ich mir vor, dass man ihn nur etwas polieren müsste, dann würde er schimmern wie ein neuer Pfennig. Doch der Kohlen-Martin machte meist ein so grimmiges Gesicht, dass ich nicht wagte, es vorzuschlagen.

Er hatte nie eine Frau gehabt, vielleicht weil Frauen lieber Männer heirateten, deren Hautfarbe sich nicht abschrubben ließ, die nicht ihren Vater versorgen mussten und die mit ihrem dröhnenden Lachen keine Bäume entwurzeln konnten. Ich ahnte, dass das Geschäft mit der Kohle einen Menschen sehr einsam machen konnte.

»Ihr wart doch gestern erst da«, erklärte der Kohlen-Martin knurrig, machte sich jedoch bereits daran, uns einen Eimer zu füllen. »Kein Mensch braucht so viel Kohle«, murmelte er vor sich hin, während er die schwarzen Brocken auf seine Schaufel lud und anschließend mit lautem Poltern in den Behälter fallen ließ.

»Wofür benötigt ihr denn so viel Brennmaterial?«, fragte Frau Merzbacher, die einige Meter entfernt gestanden hatte und jetzt näher trat. Sie beäugte uns misstrauisch und hielt ihre Handtasche so fest, als umklammerte sie ein Baby. Ich wusste nicht viel über sie, aber sie hatte den krummsten Rücken, den ich je zuvor gesehen hatte. Sie war so weit nach vorne gebeugt, dass sie einem nur mit Mühe ins Gesicht gucken konnte. Im Dorf sagte man, sie sei eine Erbsenzählerin, und ich fragte mich, ob davon ihr Buckel kam, ob es an dem Kreuz lag, das sie wegen ihres Bruders zu tragen hatte, um den sie sich kümmerte und mit dem etwas nicht stimmte, wie die Leute erzählten, oder ob sie in ihrem Leben einfach zu selten die Gelegenheit gehabt hatte, der Sonne entgegenzuschauen. »Habt ihr dafür überhaupt Geld?«, wollte Frau Merzbacher wissen und musste den Hals verdrehen, um uns ansehen zu können.

Der Kohlen-Martin hob den Kopf, blickte erst Frau Merzbacher an, dann mich. Er hielt inne. »Keine Kohle keine Kohle«, erklärte er, es klang wie eine Drohung. »Sagt mir nicht, dass ihr …«

»Aber wir haben Geld!«, unterbrach ich ihn schnell und kramte bereits in meiner Manteltasche.

»Lass es dir lieber zeigen, Martin. Bei solchen Kindern weiß man nie.« Frau Merzbacher schob ihre Lippen zu einem Strich zusammen, der in den übrigen Falten ihres Gesichts beinahe verschwand. Sie schüttelte so langsam den Kopf, dass sich dieser kaum von der Stelle rührte.

»Wir haben Geld«, protestierte ich wieder und zog unter wachsamen Augen meine Münzen hervor.

»Dann ist ja gut«, brummte der Kohlen-Martin und nahm das Befüllen des Eimers wieder auf.

»Und wofür braucht ihr die ganze Kohle, wenn ich fragen darf?«

Ich hätte Frau Merzbacher gerne gesagt, dass sie sich um ihre eigenen Angelegenheiten kümmern sollte, dass ich sie unverschämt fand und ihr Gesicht wie alte Knete aussah, aber in diesem Moment bemerkte ich Leonie und ihre Mutter, die aus einem schwarzen Alfa Romeo stiegen und auf uns zu kamen. Leonie trug ihren roten Mantel, und ich erkannte gleich, dass der Knopf ersetzt worden war. Ich konnte mich jedoch nicht entscheiden, ob ich enttäuscht oder erleichtert sein sollte.

Die Frau des Arztes war unscheinbar, aber hübsch. Sie trug oft auffällige Hüte mit Federn, Bändern und großen Krempen, unter denen ihre Gestalt jedoch noch mehr verschwand. Dann wirkte es, als ginge ihre Kopfbedeckung ganz allein spazieren. Ich überlegte, ob sie damit verhindern wollte, dass sie übersehen wurde. Wer war schließlich gerne unsichtbar? Und ein riesiger Hut schien mir nicht die albernste aller Möglichkeiten, um auf sich aufmerksam zu machen.

Auch heute eilte Leonies Mutter eine große rote Blume voraus, die sie schon von Weitem ankündigte, doch sie folgte ihr mit schnellen Schritten.

»Also? Was ist nun?«, verlangte Frau Merzbacher mit dem knautschigen Gesicht zu wissen und ließ mich nicht aus den Augen.

»Für …«, setzte ich an und sah mich hastig um.

»Jaaaaa?«

»Für unsere Sauna«, sagte ich so schnell und so leise, dass ich hoffte, niemand würde mich verstehen.

»Für *waaaas?«* Ihr Blick fühlte sich wie ein hartnäckiges Piksen an.

Leonie und ihre Mutter standen mittlerweile so nah, dass sie mich unmöglich überhören konnten. Ich zögerte, schluckte. Der Kohlen-Martin starrte mich ebenfalls abwartend an. Ich hätte lügen können oder schweigen. Ich hätte mir eine Geschichte über kohleverschlingende Riesenmonster ausdenken können, die niemals satt wurden, stattdessen straffte ich die Schultern und antwortete mit fester Stimme: »Für unsere Sauna.«

»Eine *Sauna?«,* rief Frau Merzbacher. »Was soll das sein?«

»Ein Schwitzhaus. Ein Haus … in dem man schwitzt.« Ich zuckte die Schultern.

»Und wofür soll das gut sein?«

»Für alles Mögliche«, erwiderte ich, machte eine ausschweifende Handbewegung. Ich spürte, wie die vielen Augenpaare eine unangenehme Hitze in meine Wangen drückten. »Für den Kreislauf und die Abwehrkräfte, für eine bessere Durchblutung der …«

»Hat man so was schon gehört?«, fragte Frau Merzbacher laut

und wedelte dabei mit ihren Händen, als wollte sie die umstehenden Leute zu sich heranwinken. »Der Vater ein Taugenichts, kein Geld für anständige Kleidung, aber ein Schweißhaus bauen. Das ist schon allerhand!«

»Mein Vater ist kein …«, wollte ich antworten, doch meine Stimme verlor sich irgendwo im Gelächter.

Eine kleine Gruppe von Menschen war herangetreten und hatte einen Kreis gebildet, in dessen Mitte ich mich wiederfand. Mein Blick sauste zwischen ihnen hin und her, dass mir schwindlig wurde.

Ich griff nach dem Eimer. Warf das Geld auf den Tisch. Packte Arthur bei der Hand. Drängelte mich durch. Zerrte die Kohlen zum Schlitten. Wuchtete sie hinauf. Wollte gehen. Drehte mich um. »Es heißt Schwitzhaus!«, rief ich. Schleuderte ihnen die Worte entgegen. »Es heißt Schwitzhaus«, wiederholte ich, nun leiser, und zog mit meinem Bruder davon.

»Freddi! Freddi!« Wir hatten es kaum weiter als um die Ecke geschafft, das Lachen noch im Rücken, als ich meinen Namen hörte. Ich musste mich nicht umdrehen, um zu wissen, dass Leonie uns nachgelaufen war. Ich wollte nicht anhalten, zögerte und tat es dann doch.

»Was?«, fragte ich, die Arme vor der Brust verschränkt.

Leonie sah mich an. Sie atmete schwer, die Farbe ihres Mantels spiegelte sich in ihren Wangen. »Vielleicht sehen wir uns ja bald mal wieder in der Schule?!« Ich wusste nicht, ob ihr Satz eine Frage sein sollte. Sie schien ebenfalls unsicher.

»Vielleicht«, erwiderte ich, wog den Kopf, als dächte ich nach, und fügte dann hinzu: »Aber eher nicht.«

»Oh«, machte Leonie. »Schade.« Sie stand gute zwei Meter von mir entfernt, das Wort brauchte einige Zeit, um mich zu erreichen.

Ich hielt inne, wusste nicht, was ich darauf sagen sollte. Schließlich hob ich die Schultern. »Also dann …«

»Ja … also dann …« Sie hob die Hand, als wollte sie mir winken, entschied sich dann aber anders. Ihre Finger rollten sich ein wie eine Blume, die am Abend ihre Blütenblätter schließt.

»Ich habe eine Entscheidung getroffen, Frederike«, erklärte Noelle, kaum dass ich das Haus betreten hatte. Sie stand groß und aufrecht im Flur, direkt neben der Treppe, und hatte die Hände so fest ineinandergeschoben, dass die Knöchel weiß anliefen. »Ich habe eine Entscheidung getroffen und ich dulde keine Diskussion.«

Ich wusste, sie beobachtete mich, während ich mich mit dem Gipsarm aus dem Mantel kämpfte und die Schuhe auszog, deshalb tat ich beides betont langsam und konnte dabei die Ungeduld meiner Tante knistern hören. Ich stellte die Stiefel nebeneinander unter die Kleiderhaken, zögerte, hob schließlich den Kopf und sah ihr fragend entgegen.

»Da man in dieser Gemeinde offenbar nicht bereit ist, für die Schuldbildung zu sorgen, die dir per Gesetz zusteht, und offenbar den Fortbestand gewöhnlicher Vögel …«

»Der Sumpfohreule«, warf ich ein und erntete dafür einen strafenden Blick.

»Und offenbar den Fortbestand *gewöhnlicher«,* es klang, als wollte sie das Wort in zwei Teile brechen, »Vögel wichtiger nimmt als lesen und schreiben, habe ich beschlossen, dass ich dich von nun an unterrichte. Zumindest solange ich hier bin«, fügte sie hinzu.

»Was?«

»Wie bitte!«

Ich beachtete ihre Zurechtweisung nicht. »Wieso?«, rief ich entsetzt.

»Weil du nicht lesen kannst, Frederike!«

»Aber ich *kann* …«

»Das war eine Feststellung.« Tante Noelle unterbrach mich entschieden. »Ich werde mit dir nicht noch einmal darüber diskutieren. Du kannst nicht lesen, und ich werde das ändern. Denn eine Analphabetin als Nichte ist nicht akzeptabel.«

»Eine *was?«* Ich schüttelte verständnislos den Kopf.

»Ganz genau das meine ich«, sagte sie ungerührt. Ich wollte protestieren, doch sie kam mir zuvor: *»Wer zu lesen versteht, besitzt den Schlüssel zu großen Taten, zu unerträumten Möglichkeiten.* Weiß du, wer das gesagt hat?« Ich presste die Lippen aufeinander und schüttelte den Kopf. »Aldous Huxley.« Als ich schwieg, fügte sie hinzu: »Ein britischer Schriftsteller, der vor gut zwei Jahren gestorben ist und sich in seinen Werken nicht selten kritisch mit den Natur- und Geistes… Nicht so wichtig«, sagte sie schnell, als ich sie stumm und ausdruckslos anstarrte. »Wir werden von jetzt an jeden Tag sechs Stunden zusammen lernen.«

»*Sechs* Stunden?!«

Noelle beachtete mich nicht. »Ich werde dir beibringen, wie man richtig liest, wie man schreibt und wie man rechnet, denn ich vermute, dass es damit ebenfalls nicht zum Besten steht«, fügte sie hinzu. Ich wollte ihr widersprechen, ihr vom Haushaltsgeld erzählen und den Knöpfen, doch ich schwieg. »Außerdem unterrichte ich dich in Geschichte und Naturwissenschaft. Du wirst sehen, es wird dir noch richtig Spaß machen.« Ich verzog so angewidert das Gesicht, dass meine Tante auflachte. Überrascht sah ich sie an, und sie glättete hastig ihre Züge, hob die Hand und tat, als müsste sie husten. »Hier bitte, das ist für dich.« Erst jetzt fiel mir das Buch auf, das neben ihr auf dem Geländer der Treppe lag. Es war dick und beige und mit blauer Schrift sowie kleinen roten Einprägungen in Form von Sternen und Kronen versehen.

»Für *mich?«,* fragte ich zurück.

Noelle nickte, hielt es mir hin. Ich machte einen zögerlichen Schritt auf sie zu, dann noch einen, schließlich wischte ich meine Finger am Stoff meines Pullovers ab und streckte sie danach aus. Es fühlte sich rau an und war schwerer, als ich gedacht hatte. Zaghaft blätterte ich durch die Seiten und atmete dabei den Duft des Papiers ein.

»Ich darf es behalten?«

»Oui«, antwortete meine Tante und fügte dann hinzu: »Wenn du es lesen kannst. Sonst ist es Verschwendung. Und dafür ist es nun wirklich zu schade, oder?« Sie sah mich eindringlich an.

»Ja … danke«, sagte ich und drückte das Buch an meine Brust.

Noelle senkte hastig den Blick. *»De rien«,* murmelte sie. *»De rien.«* Mit einer hastigen Bewegung strich sie über den Stoff ihres Rocks. »Und wenn du erst lesen kannst, kannst du auch aufhören, dir diese albernen Geschichten auszudenken«, erklärte sie plötzlich streng, die Augen vorwurfsvoll auf mich gerichtet. »Das gehört sich nämlich nicht.« Sie räusperte sich kurz. »Zwischen Fantasie und Lüge ist nur ein schmaler Grat, Frederike. Hörst du?«

Ich klopfte zaghaft an die Tür. Das Geräusch des Holzes war kaum lauter als mein Herz. Dieses wummerte in meinen Ohren und zitterte in meinen Fingern. »Oma Flora?«, fragte ich vorsichtig und drückte die beiden Worte durch den schmalen Spalt, den ich gewagt hatte zu öffnen.

Ich wollte meinen Mund gerade überreden, ihren Namen noch einmal zu sagen, als ich die Stimme meiner Oma hörte: »Komm rein, Schätzchen, komm rein.«

Ich zögerte, dann schob ich mich hinein.

Oma Flora saß in ihrem Sessel mit dem Rücken zu mir und dem Blick zum Fenster hinaus, hinter dem die Nacht damit begonnen hatte, ihr Schwarz großzügig über dem Himmel aufzutragen. Oma Flora strickte, und das leise Klackern von Nadeln hüpfte durch den Raum, als wollten diese die Fäden bis zur Decke ineinander weben. Ich fröstelte, wusste aber, dass es nicht nur an den Temperaturen lag. Unschlüssig blieb ich einige Momente an der Tür stehen.

»Setz dich, Freddi«, forderte mich meine Oma auf. »Setz dich zu mir.« Ihre Worte waren so ruhig wie ihr Körper, allein die Hände bewegten sich unaufhörlich.

Ich kratzte mir verlegen die Wange, als würde es dort jucken, dann machte ich einen Schritt, einen zweiten und einen dritten, schließlich stand ich neben Oma Flora, die nicht sofort aufblickte. Erst als ich schwieg und mich nicht rührte, sah sie zu mir hoch.

»Was ist los? Was machst du für ein Gesicht?« Sie sagte das mit einem liebevollen Lächeln, das mir den Hals verengte.

Auf dem Weg nach oben hatte ich die Worte, die Noelle mir wie Steine in einer Tasche umgehängt hatte, unablässig wiederholt, hatte sie kaum die Stufen hinaufwälzen können, so schwer waren sie. Nun war es, als würden sie mit einem lauten Rumms vor Oma Flora und mir auf den Boden fallen.

»Ich muss dir etwas sagen«, begann ich langsam.

»Ja?«, fragte meine Oma zurück, ließ schließlich die Stricknadeln sinken und musterte mich aufmerksam.

»Ich …« Ich schluckte so hart, dass mir die Brust wehtat. »Ich … Ich habe dich angelogen.«

»Du hast mich *angelogen?«,* wiederholte Oma Flora sanft.

»Ja.«

»Das glaube ich nicht.« Sie schüttelt den Kopf. »Meine kleine Freddi lügt doch nicht«, fügte sie mit einem zärtlichen Lächeln hinzu.

»Doch, Oma«, sagte ich verzweifelt. Die Tränen kratzten an meinen Worten. »Ich habe dich angelogen. Und das tut mir leid. Das tut mir furchtbar leid. Wirklich, wirklich, wirklich.« Schluchzer drängten sich so energisch zwischen meine Silben, dass ich erschrocken abbrach.

»Na, na«, machte meine Oma. Sie tätschelte mir liebevoll die Hand. »So schlimm wird es schon nicht sein.« Sie legte den Arm um mich, zog mich neben sich und strich mir über den Rücken.

Ich ließ es geschehen und stammelte dabei: »Doch, doch.«

Sie wartete geduldig, bis sich der Kummer in meiner Brust wieder gelegt hatte, dann wischte sie mir mit einer tröstenden Geste die Tränen von den Wangen. »Dann erzähl mal, Freddi. Was hast du gesagt?«

»Ich …«, setzte ich an, verlor jedoch den Mut. Es dauerte einige Momente, ehe ich die Töne in eine sinnvolle Reihenfolge gebracht hatte. »Ich habe dir nicht vorgelesen«, flüsterte ich schließlich.

Oma Flora sah mich überrascht an. »Du willst mir nicht vorgelesen haben, Freddi?« Ich schüttelte den Kopf, die Lippen fest aufeinandergepresst. »Ich bin mir ziemlich sicher, dass du genau das getan hast.« Es schob sich ein leichtes Schmunzeln in ihre Mundwinkel. »Ich habe deinen Geschichten nämlich jeden Abend sehr gerne zugehört.«

»Ja … aber …«

»Aber?«, forschte Oma Flora nach.

»Aber es waren keine *richtigen* Geschichten«, sagte ich.

Sie legte den Kopf schräg und musterte mich. »Den Eindruck hatte ich nicht.«

»Sie waren nicht echt.« Ich kämpfte gegen ein erneutes Schluchzen an.

»Was heißt schon echt, wenn es um Geschichten geht? Mir kamen sie zumindest sehr echt vor.«

»Aber sie standen nicht in dem Buch.« Ich schlug die Hände vors Gesicht und murmelte in meine Finger: »Sie standen nicht in dem Buch.«

»Ah, daher weht der Wind.«

»Und es tut mir so leid«, jammerte ich, ohne den Blick zu heben. Die Worte rollten über meine Lippen, als wären sie nun nicht mehr aufzuhalten, stießen wie Murmeln aneinander: »Es tut mir so schrecklich, schrecklich leid. Ich habe dich angelogen. Ich habe dir nie vorgelesen. Ich habe mir das alles nur ausgedacht. Und Tante No-elle sagt …«

»Beruhige dich erst mal«, sagte Oma Flora ruhig und pflückte meine Hände von den Augen. »Beruhig dich erst einmal, mein Schätzchen.« Sie streichelte meine Wange, dann mein Haar und wartete, bis ich sie ansehen konnte. »Jetzt will ich dir mal was sagen, Freddi. Deine Tante ist eine kluge und sehr vernünftige Frau. Manchmal ist sie vielleicht sogar vernünftiger, als gut für sie ist. Das war sie schon als Kind. Und vielleicht habe ich deshalb nie …« Sie räusperte sich, schüttelte leicht den Kopf. »Aber … aber sie weiß auch nicht alles, hörst du?« Ich gab ein undeutliches Schnupfen von mir. »Nicht für alle Menschen ist die Realität der richtige Ort. Wenn es so wäre, würde es da ziemlich eng werden. Die Leute würden wie Sardinen in einer Dose aufeinanderhocken.« Sie lachte, und plötzlich konnte ich es auch, obwohl es noch unsicher klang.

»Aber Tante No-elle hat gesagt, dass es eine Lüge ist. Und lügen gehört sich nicht.«

»Mach dir darüber mal keine Gedanken«, erwiderte sie. »Ich vertraue dir, dass du den Unterschied kennst. Es gibt nicht nur Schwarz und Weiß. Du malst die Welt eben mit Punkten. Und Fantasie«, fügte sie hinzu und sah mich eindringlich an. »Fantasie ist keine

Lüge, sondern eine Gabe. Lass dir von niemandem einreden, dass sie etwas anderes ist.«

Ich hatte bereits im Bett gelegen und zugesehen, wie die Schatten aus den Ecken auf mich zugekrochen waren, trotzdem war ich noch einmal aufgestanden, nach draußen und durch den Flur geschlichen und stand nun vor dem Zimmer meiner Mutter. Die Tür war leicht geöffnet und ich konnte ins Innere blicken, wo es still war und fast dunkel. Nur ein schmaler Streifen Mondlicht fiel durch das Fenster und ergoss sich wie ein silbriger Bach über den Fußboden. Die Wolken hatten sich verzogen. Es war eine klare Nacht, in der die Kälte glitzern konnte.

Ich trat vorsichtig näher. Es roch nach Fieber, aber das Husten, das immer wieder rasselnd und röchelnd durchs Haus stolperte, war leiser geworden. Zunächst war ich mir sicher, meine Mutter würde schlafen. Ihre Bettdecke regte sich nicht, kein Geräusch drang durch die Finsternis. Ich überlegte, was ich hier wollte, was ich jetzt tun sollte, als ich plötzlich eine dünne, gläserne Stimme hörte.

»Fred?«, fragte meine Mutter. »Fred?« Mein Name klang bei ihr rau und staubig wie Kieselsteine. Sie kratzten an der Luft.

Ich war überrascht, hielt den Atem an. »Jaaaaa?!«, erwiderte ich langsam. Der Vokal schwang wie das Ende einer langen Stange im Wind.

Das folgende Schweigen war so dick, dass ich fürchtete, es würde uns beide verschlucken. Meine Mutter hustete, doch schließlich sagte sie beinahe unbeholfen: »Schlaf schön.«

»Schlaf schön, Mama«, flüsterte ich zurück und trug die beiden Worte wie einen Schatz in mein Zimmer. Am liebsten hätte ich mich unter ihnen wie unter einer warmen Decke zusammengerollt.

»Eees … waaar … einmal … eine … aaalte Geiz …«

»Geiß«, verbesserte Noelle, kam um den Tisch herum, beugte sich über mich und das Buch und tippte mit dem Finger auf die aufgeschlagene Seite. »Alte Geiß«, wiederholte sie.

»Was ist das?« Ich blickte auf Arthur, der neben mir saß und malte. Die Haare waren ihm ins Gesicht gefallen, und er war vollkommen vertieft in sein Bild.

»Eine Geiß? Das ist eine weibliche Ziege. Im Französischen heißt es *la bique* oder auch *la chèvre.*«

»La schäffe«, versuchte ich es, doch die Töne purzelten durcheinander. Es gelang mir nicht, sie in die gleiche Reihenfolge zu bringen wie meine Tante.

»Nicht ganz … *chèvre … chèvre*«, sprach sie mir vor.

»La schäffre«, bemühte ich mich.

»Nicht ganz.«

»La scheffre.«

»Bon … bon … Klingt fast französisch«, sagte Noelle. Ich lächelte sie an, sie lächelte kurz zurück, setzte dann wieder ein strenges Gesicht auf, richtete sich neben mir gerade auf wie ein Mast und klatschte in die Hände. »Noch einmal von vorn: Es war einmal …«

»Es war einmal eine alte Geiß«, begann ich stockend, *»die hatte sieben junge Geißlein.«*

Ich blickte hoch, aber Noelle beachtete mich nicht, starrte entschlossen auf das Buch. »Geißlein … richtig. Nur weiter, nur weiter.« Sie drehte die Hand, als wollte sie die Luft durchrühren, und wirkte dabei so ungeduldig, dass ich hastig weiterlas: *»Und hatte sie lieb, wie eine Mutter ihre* Kinta …«

»Kinder.«

»Kinder«, wiederholte ich, nickte. *»Kinder liebhat. Eines Tages … wollte sie in den Wald* gehn …«

»Gehen.«

»Gehen und Futter holen … da rief sie alle sieben her… herbei und sprach: ›Liebe Kinder, ich will … hinaus in den Wald, seid auf … eurer Hut … auf eurer Hut … Was soll das bedeuten?«

»Es heißt, seid vorsichtig, nehmt euch in Acht.«

»Dann hat es mit Hüten nicht viel zu tun?«

Noelle lächelte leicht. »Nein, Frederike, mit Hüten hat das nichts zu tun.«

Ich grinste und tauschte mit Arthur Blicke, ehe ich die Augen wieder in das Buch senkte. *»Seid auf eurer Hut«*, setzte ich erneut an,

»vor dem Wolf. Wenn er herein... hereinkommt, so frisst er euch alle mit Haut und ... Haar. Mit Haut und Haar.«

»Hast du das verstanden?«, fragte mich meine Tante. Sie musterte mich aufmerksam.

»Ich denke schon«, murmelte ich und betrachtete die aufgeschlagene Seite vor mir, auf der es keine Zeichnungen gab, an denen ich mich hätte festhalten können.

Meine Augen suchten die gedruckten Buchstaben ab. Ich hatte sie ausgesprochen, aber es schien sich für mich nichts dahinter zu verbergen. Keine Bilder, keine Geschichte. Ich war enttäuscht. Ich hatte mir mehr davon versprochen. Warum sollte ich lesen können, wenn ich dabei nur leere Töne von mir gab?

»Worum geht es da?« Noelle wies auf das Buch.

»Es geht ...«, begann ich zögerlich, pflückte dabei einzelne Worte zwischen den anderen hervor wie Blumen auf einer Wiese. »Es geht um eine alte Ziegenmutter.«

»Was noch?«

»Es geht um eine Ziegenmutter, die ...«, wieder huschte mein Blick über das Papier, »die sich auf den Weg macht, um ihren Kindern Futter zu holen, und diese vor einem bösen, gefräßigen Wolf warnt.« Ich sah Noelle an und wartete.

»Richtig«, erwiderte sie. *»C'est correct.«* Ich konnte mir ein erleichtertes Seufzen nicht verkneifen. Ein Grinsen huschte über ihr Gesicht. »Sehr gut und ...«

»Dabei ist der Wolf gar nicht böse«, erklärte ich.

»Pardon?«

»Der Wolf, vor dem die Ziegenmama ihre Kleinen warnt, ist gar nicht böse.«

»Ach nein?« Sie kniff die Augen zusammen.

»Nein, er hat nur schon seit Tagen schreckliches Zahnweh und eine ganz geschwollene Backe. Deshalb knurrt er so. Aber eigentlich ist er ganz lieb und will nur, dass die sieben Geißlein ihm helfen, endlich ...«

»Das stimmt nicht«, unterbrach mich meine Tante, ihre Unterlippe zuckte. *»Ce n'est pas vrai!* So geht die Geschichte nicht weiter.«

»Woher weißt du das, Tante No-elle?«

»Weil ich sie schon gelesen habe.«

»Aber vielleicht sollte sie gerade dann anders ausgehen«, überlegte ich. »Dann kennst du sie noch nicht.«

»Darum geht es doch nicht.« Sie schüttelte unwillig den Kopf. Ihr Gesicht war starr und angespannt, sie hatte die Arme vor der Brust verschränkt.

»Und worum geht es dann?«, fragte ich.

»Darum, dass du lesen lernst … und nicht irgendwelche Geschichten erzählst, wie es dir gefällt«, fügte sie kühl hinzu. »Du sollst lesen, was da steht, und dir nicht ausdenken, was da stehen könnte.«

»Wo ist der Unterschied?« Ich hob die Schultern, blickte von meinem Buch zu meiner Tante und wieder zurück. Ich verstand ihren Ärger nicht.

Noelle gab ein ungeduldiges Pfeifen von sich. »Der Unterschied, Frederike«, sagte sie, und in jede Silbe bohrte sich die Anstrengung, mit der sie um ihre Fassung kämpfte, »der Unterschied ist, dass du nicht lesen kannst. Und solange das so bleibt, wirst du nie erfahren, wie die Geschichte vom Wolf und den sieben jungen Geißlein wirklich ausgeht. Da kannst du dir noch so viele eigene überlegen. Du wirst niemals wissen, ob die Kinder auf ihre Mutter hören und sich vor dem Wolf in Acht nehmen werden, ob sie ihm am Ende entkommen oder von ihm gefressen werden. Interessiert dich das gar nicht?« Ihre Stimme hatte einen bestürzten Ton angenommen, den sie mit einem energischen Räuspern vertrieb.

»Doch«, antwortete ich. »Doch, das möchte ich wissen.«

»Dann musst du die Geschichte lesen – bis zum Ende.«

»In Ordnung.« Ich nickte.

»In Ordnung?«

»Ja«, sagte ich lächelnd.

»Alors«, Noelle zögerte, »lesen wir also weiter?«

»Ist gut.«

»Très bien.« Sie wirkte erleichtert, schob diesen Ausdruck jedoch bereits in der nächsten Sekunde entschlossen aus ihren Zügen. Sie sah mich an, ich sah sie an.

»Trä biän«, erwiderte ich. Wieder stahl sich ein zaghaftes Lächeln in ihre Mundwinkel. »Ach so, ja«, murmelte ich, als mir bewusst wurde, dass sie auf mich wartete. Eilig wandte ich mich dem Buch zu und suchte die Zeile, in der ich stehen geblieben war.

Ich wollte gerade mit dem Lesen beginnen, als es klingelte. »Lies ruhig weiter«, sagte meine Tante, wies mit einer knappen Bewegung vor mich und verließ die Küche.

Ich zögerte kurz und sah Arthur an. »Bleib du hier«, sagte ich, »und mal weiter.« Doch er schüttelte den Kopf, und als ich vom Stuhl rutschte und Noelle in den Flur folgte, kam er mir mit schnellen Schritten hinterher und hielt sich mit mir hinter der Treppe verborgen, während ich beobachtete, wie meine Tante die Tür öffnete.

»Guten Tag, *mademoiselle.*« Ich erkannte Leonies Stimme, noch bevor ich sie sehen konnte. Sie trug wieder ihren roten Mantel, dazu einen Hut. Die wenigen Schneeflocken, die über den Tag aus den Wolken gefallen waren und den Weg auf Leonies Haare gefunden hatten, glitzerten dort wie Schmucksteine. Sie hielt einen Kuchen in den Händen.

»Ich bevorzuge *madame«,* erklärte Noelle in höflichem, aber reserviertem Tonfall. »Ich halte nichts von dieser Verniedlichung«, fügte sie steif hinzu.

»Oh, *je vous … prie de … m'excuser.*«

»Tu parles français?!«

»Un petit … peu.« Sie lächelte verlegen.

»Tu t'appelles comment?«

»Je m'appelle Leonie Grabes.«

»Dann bist du die Tochter vom Doktor?! Was kann ich für dich tun?«

»Ich wollte fragen«, setzte Leonie an und zögerte. »Ich habe gehört, dass sie ein … ein Schwitzhaus haben.«

»Das ist richtig.« Noelle nickte.

»Und da wollte ich Sie bitten, ob es möglich wäre, dass ich es auch einmal besuchen dürfte. Natürlich nur, wenn es nicht zu viele Umstände macht.«

»Das geht nicht«, rief ich in diesem Moment und trat hinter der Treppe hervor.

Überrascht sahen mich Leonie und meine Tante an.

»Wie bitte?«, fragte Noelle und verschränkte die Arme. Ihr Blick umkreiste mich tadelnd. »Hatte ich dir nicht gesagt, du sollst weiterlesen, während ich zur Tür gehe?«

»Ja, schon, aber … das geht nicht.«

»Warum sollte das nicht gehen?« Noelles Mund wurde spitz, als wollte er die Worte nicht berühren, die ihr über die Lippen kamen. »Wir haben genug Platz. Und da wäre es unhöflich, diese Bitte abzulehnen. Das gehört sich nicht, Frederike.«

»Außerdem habe ich einen Kuchen«, sagte Leonie und reckte die silberne Platte in die Höhe.

»C'est très gentil!« Meine Tante nickte anerkennend. »Aber es wäre nicht nötig gewesen.«

»Meine Mutter sagt immer, man kommt nicht mit leeren Händen.«

»Da hat sie vollkommen recht. Möchtest du nicht hereinkommen?« Sie trat zur Seite und machte eine einladende Geste. »Wir heizen schon den Ofen vor. In einer Stunde kann es losgehen.«

»Aber«, wollte ich einwenden, doch Leonie machte bereits einen Schritt über die Türschwelle. Ich verzog missmutig das Gesicht, wollte mich gerade abwenden und auf den Weg zurück in die Küche machen, als eine weitere bekannte Stimme mich zurückhielt.

»Das Angebot nehme ich auch an«, rief Frau Habermann und kam polternd die Treppe hinauf. Sie stützte sich gegen den Rahmen.

»Excusez-moi?«, fragte Noelle, ging ein Stück zurück und richtete sich dabei auf wie ein Fahnenmast, der in die Höhe gezogen wird.

»Jetzt fängt diese Froschsache wieder an.« Frau Habermann murmelte ihren bissigen Kommentar laut genug, dass selbst ich ihn hören konnte.

»Ich befürchte, ich verstehe Sie nicht ganz, *madame.«* Meine Tante rang angestrengt um ihre Fassung. Die Worte purzelten über ihre Zunge, hart und schwer.

»Sehe ich vielleicht aus wie eine Madame?«, fragte Frau Habermann knurrend zurück.

»Allerdings nicht.« Noelle rollte mit den Augen.

»Na, siehste, Schätzchen.« Frau Habermann räusperte sich laut. »Hier … eure Sache mit dem Saunahaus.« Sie wies ungenau und mit wackelndem Zeigefinger in Richtung Hinterhof. »Da mache ich wohl mit.«

»Pardon?«, zischte Noelle.

»Ich mach mit. Wo muss ich mich eintragen?«

»Wir führen dafür keine Liste.«

»Umso besser«, bellte Frau Habermann und trat entschlossen durch die Tür.

Ich konnte sehen, dass Noelle entsetzt nach Luft schnappte. »Ich kann mich nicht erinnern, dass ich Sie hereingebeten habe, *mad…* Frau Habermann.« Ihre Stimme erinnerte mich an eine Schraube, die man zu fest anzieht.

»Macht ja nix. Zum Glück gebe ich nicht viel auf Etikette.«

»Non, offensichtlich nicht«, gab sie zurück.

»Ach, wie ich sehe, gibt es auch Kuchen.« Frau Habermann wies auf Leonie. »Das ist mal ein Service.«

»Nein, Frau Habermann, das ist kein *Service.* Leonie Grabes war so freundlich, uns etwas mitzubringen – als Dankeschön dafür, dass sie sich an einem unserer Saunagänge beteiligen darf«, fügte Noelle hinzu.

»Von mir aus«, brummte Frau Habermann zurück.

»Und was wäre das bei Ihnen?«

»Bei *mir?«*

»Ja.« Noelle nickte entschlossen. »Was bringen Sie mit?«

»Herr Habermann«, erwiderte Frau Habermann unbekümmert, und in diesem Moment trottete ihr Hund durch die noch immer geöffnete Haustür. Von dem kurzen Weg über die Straße schien er vollkommen erschöpft, schaffte es gerade über die Schwelle und ließ sich augenblicklich auf den Boden fallen, wo er sich zusammenrollte und bereits in der nächsten Sekunde ein durchdringendes Schnarchen von sich gab.

»Das kann unmöglich Ihr Ernst sein, *madame*«, rief Noelle entsetzt und musterte die Klumpen aus dreckigem Schnee, die Herr Habermann aus dem Fell gefallen waren. »Schaffen Sie Ihren … Ihren Flohzirkus unverzüglich wieder nach draußen.« Sie wies mit ihrem spitzen Finger hinaus in die Kälte. »Er ruiniert uns noch das Parkett.«

»Tu dir keinen Zwang an, Schätzchen.« Frau Habermann zuckte die Schultern. »Herr Habermann wiegt über fünfzig Kilo, er stinkt aus dem Maul und furzt wie ein Weltmeister, vor allem, wenn man ihn zu feste drückt. Aber bitte«, sie wies auf ihren schlafenden Hund, »versuch dein Glück.«

Noelle verzog das Gesicht, blickte erst Frau Habermann an, dann das Tier, schließlich schloss sie die Tür. »Aber meine Frage haben Sie immer noch nicht beantwortet.« Frau Habermann gab sich weiter unbeeindruckt, deshalb richtete sich Noelle groß auf. »Leonie Grabes hat einen Kuchen für uns. Sie weiß, was gute Manieren sind. Womit bedanken Sie sich dafür, dass wir Sie zu uns ins Schwitzhaus *einladen?«* Das letzte Wort fiel ihr aus dem Mund.

»Womit ich mich …?« Frau Habermann stockte. Meiner Tante war es gelungen, sie aus dem Konzept zu bringen.

»Ja, wie zeigen Sie sich erkenntlich für unsere Freundlichkeit?«

»Keine Ahnung«, nuschelte sie schließlich. »Was wollt ihr denn? Aber Geld gibt es nicht. Nur damit das klar ist!«

»Wir würden doch kein Geld von Ihnen nehmen.«

»Das sagen sie alle«, brummte sie.

»Aber ich wüsste schon etwas.« Noelle machte ein zufriedenes Gesicht.

»Und das wäre?« Frau Habermann wirkte wie ein Tier, das auf der Lauer lag. Sie hatte die Augen misstrauisch verengt, ihr Kinn zuckte.

»Ihr Auto.«

»Mein *Auto?!«*

»Oui. Sie haben doch ein Auto. Damit fahren Sie uns zum Kohlekaufen.«

»Aber das ist ein Mercedes-Benz 220 SEb Coupé«, verbesserte Frau Habermann. »Baujahr 1964. Der ist quasi brandneu!«

Doch dieses Mal war es Noelle, die unbeeindruckt blieb: »Sollen die Kinder etwa jeden Tag mit dem Schlitten ins Dorf? Das können Sie doch nicht wollen.«

»Kann ich nicht?«, bellte Frau Habermann zurück.

»Nein.«

Sie zögerte und kratzte sich verärgert an der Stirn. »Na, dann«, sagte sie schließlich, und ihr Kiefer schien dabei jeden Buchstaben wie eine Nuss zu knacken.

»Ist das ein Ja?«, fragte Noelle, plötzlich guter Laune.

»Von mir aus«, antwortete Frau Habermann und stiefelte mit polternden Schritten in Richtung Küche. Ihr Schmuck klimperte und klirrte. Herr Habermann hob den Kopf, gab ein tiefes Brummen von sich, erhob sich schwerfällig und trottete ihr hinterher. Seine Pfoten hinterließen schlammige Schmutzpfützen auf dem glänzenden Holzfußboden.

Noelle starrte den beiden nach. »Aber kommen Sie ja nicht auf die Idee, *madame,* Ihren dreckigen Köter ins Schwitzhaus mitzunehmen«, rief sie. »Das ist unhygienisch und vollkommen inakzeptabel!« Eilig und mit klappernden Absätzen folgte sie ihnen.

Die Hitze im Schuppen fühlte sich an wie ein Pelzmantel. Sie war weich und flauschig, und ich fühlte mich in ihr eingepackt. Die Luft stand zwischen uns und bewegte sich nicht. Ich war mir sicher, ich hätte sie in Streifen schneiden können, wenn ich ein Messer gehabt hätte, so dick war sie. Der Schweiß, den ich auffing, wenn er von meinem Kinn tropfte, hatte bereits einen kleinen See in meiner Handfläche gebildet. Frau Habermann gab in regelmäßigen Abständen tiefe Seufzer von sich, sonst hatte sich ein tiefes Schweigen in die Wärme eingeflochten, die Noelle, meine Mutter, Frau Habermann, Leonie, Arthur und mich umgab. Nur der Ofen verschlang zufrieden die Kohle, die wir ihm gegeben hatten, und schmatzte dann und wann genüsslich.

Ich sah Leonie an. Ihre Wangen waren fleckig rot, die langen Haare klebten ihr zu beiden Seiten am Hals. Sie hatte die Finger ordentlich in ihren Schoß gelegt, die Augen auf ihre schwarzen, glänzenden

Schuhe gerichtet, und ich fragte mich, wie viele Zehen sie wohl hatte. Als sie das Gesicht hob, kreuzten sich unsere Blicke. Sie lächelte.

»Verdammte Scheiße!«, polterte Frau Habermann in diesem Moment. »Ist das eine Affenhitze! Ich verbrenne bei lebendigem Leib!«

»Oui«, erwiderte Noelle kühl. *»C'est très chaud!«*

»Scheiße! Scheiße nein!« Frau Habermann sprang auf. »Ich verbrenne! Ich verbrenne! Wirklich!« Sie hüpfte. Sie sprang. Zupfte an ihrem Schmuck. Warf ihre Armreifen um sich. Dann ihre Ringe. »Aua! Scheiße! Scheiße ist das heiß!« Die Ketten klirrten. Wir sahen uns an. Ratlos. Verständnislos. »Helft mir!« Frau Habermann schrie. Funkelte uns an. »Helft mir! Scheiße! Scheiße! Heiß! Heiß! Heiß!«

Erst jetzt verstanden wir. »Ihr Schmuck!«, rief Noelle erschrocken. »Ihr Schmuck. Er glüht!« Mit einem großen Schritt war sie bei ihr.

»Was sage ich denn die ganze Zeit?«, bellte Frau Habermann zurück. »Jetzt helft mir doch! Verfluchte Scheiße!«

»Non, nicht in diesem Ton, *madame.«* Noelle machte ein tadelndes Gesicht, versuchte aber, Frau Habermann von den Ketten zu befreien. »Au! Au!«

»Nun mach schon! Nun mach schon!«

»Ich versuche es ja … Au! Ich versuche es!« Meine Tante griff nach einem Tuch und wickelte es sich um die Hände. Zog und zerrte am Schmuck.

»Aua! Da ist ein Hals dran!«

»Würden Sie stillhalten, *s'il vous plaît!«*

»Das ist heiß! Verdammte Scheiße! Ich verbrenne hier!«

»Das ist mir nicht entgangen, *madame.«*

»Dann mach es ab!«

»Ich versuche nichts anderes.«

Endlich gelang es Noelle. Mit schnellen Griffen löste sie die Verschlüsse. Perlen, Gold und Silber fielen klirrend zu Boden.

»Heilige Scheiße!«, stöhnte Frau Habermann erleichtert auf. »Heilige verfluchte Scheiße!« Gerade als meine Tante jedoch die letzte Kette von ihrem Hals abnehmen wollte, griff sie nach deren Hand. »Die nicht«, knurrte sie.

»Mais …«

»Nix *mäh*«, erwiderte sie bissig. »Die Kette bleibt, wo sie ist.« Entschieden schloss Frau Habermann die Finger um das Schmuckstück, ein feines, schmales Band, an dem ein breiter Ring hing.

»Aber es ist schrecklich heiß. Sie werden sich daran verletzen.«

»Das habe ich längst.« Sie verzog das Gesicht. »Das ist der Ring meines verstorbenen Verlobten«, fügte sie schließlich hinzu. »Der bleibt, wo er ist, und damit Schluss.«

»Nun gut«, murmelte Noelle, schob den Schmuck mit einer halbherzigen Geste auf einen Haufen zusammen und nahm wieder Platz. »Wie Sie meinen.«

Frau Habermann ließ sich ebenfalls in ihren Stuhl fallen und betastete dabei ihren Hals, der leuchtend rot schimmerte. »Verfluchte Scheiße«, brummte sie noch einige Male, dann wurde es still zwischen uns.

Noelle warf mir einen Blick zu, und ich war mir sicher, ein amüsiertes Grinsen auf ihren Lippen glitzern zu sehen. Ich betrachtete den Ring, der auf Frau Habermanns Brust lag, er glänzte leicht. Sie musste ihren Verlobten sehr lieb gehabt haben, wenn sie etwas von ihm bei sich haben wollte, obwohl es ihr wehtat. Vielleicht war das so mit dem Liebhaben. Ich wusste es nicht. Ich spürte nur das hartnäckige Jucken unter meinem Gips.

»Besser«, seufzte Frau Habermann nach einer Weile auf und lehnte sich zurück. »Viel besser. Verdammte Scheiße, ist das gut.« Sie tätschelte anerkennend Noelles Unterarm. »Sehr gut, Schwester. Sehr gut!« Meine Tante musterte sie überrascht und schien unschlüssig, wie sie auf das unerwartete Lob und die Berührung reagieren sollte. Sie verkniff den Mund. »Das habe ich wirklich gebraucht. Mein Arsch hatte schon Gefrierbrand!«, fügte sie hinzu.

Arthur, Leonie und ich lachten auf. Als Noelle uns strafend ansah, kicherten wir verstohlen in unsere Hände. Die Lippen von den eigenen Fingern verdeckt, beugte sich Leonie zu mir. »Das ist wirklich toll«, wisperte sie mir zu. Sogar ihre Worte schienen zu schwitzen.

»Findest du?«, fragte ich zurück und wich ihrem Blick aus, beobachtete sie jedoch unauffällig aus dem Augenwinkel.

Leonie nickte. »Finde ich.«

Nach der Sauna hängten wir die durchweichten Kleidungsstücke zum Trocknen über den Ofen, hüllten uns selbst in dicke Wolldecken und versammelten uns um den Küchentisch. Noelle kochte Tee und Kaffee, und wir aßen Leonies Apfelkuchen dazu. Er schmeckte köstlich, und ich fragte mich, ob es irgendetwas gab, dass dieses Mädchen nicht konnte. Ich blickte mich in der Runde um, wie wir da saßen, eingewickelt bis unters Kinn, die Wangen noch rot von der Hitze, die sich bereits wieder aus unseren Körpern schlich. Auf unseren Gesichtern glänzten die Überreste des Schweißes, die dem Waschlappen nicht zum Opfer gefallen waren. Ich konnte nicht genau sagen, woran es lag, aber ich fühlte mich, als hätte mich die Wärme im Schuppen doppelt so groß und doppelt so breit werden lassen. Zwar schrumpfte ich bereits wieder auf meinem Stuhl zusammen wie ein Ballon, dem durch ein feines Loch langsam die Luft entweicht, doch ich spürte die wunderbare Weite als zartes Kribbeln auf der Haut. Außerdem sickerte in mich eine sanfte Müdigkeit, die selbst meine Zehenspitzen schläfrig machte.

Frau Habermann war ungewöhnlich still, was vor allem daran lag, dass sie in kürzester Zeit drei große Stücke Kuchen verspeist hatte und den Mund nur öffnete, um sich mit der Gabel den nächsten Bissen hineinzuschaufeln. Anschließend wollte sie sich knapp verabschieden, doch das ließ Noelle nicht zu.

»Warum nutzen wir nicht den Moment und holen Ihren Wagen aus der Garage?«, fragte sie betont munter, doch unter der heiteren Oberfläche waren ihre Worte hart. »Sie haben doch sicher nichts anderes vor, *non?*«

»Nonn«, äffte Frau Habermann sie nach und ließ eine Reihe unverständlicher Verwünschungen folgen. Meine Tante tat, als hätte sie diese nicht gehört, doch ihre Mundwinkel zitterten gefährlich. »Ich kann aber nicht versprechen, dass der Gaul anspringt«, knurrte Frau Habermann weiter, während sie begann, den Schmuck wieder anzulegen. Bei jeder Bewegung klingelte sie, als wäre ihr Hals mit Tausenden kleinen Glocken behängt. Fasziniert beobachteten wir Kinder, wie sich Kette über Kette legte, Perle neben Perle, Armreif hinter Armreif. »Selbst für einen Mercedes-Benz ist es da draußen einfach zu arschkalt.«

»Da mache ich mir keine Sorgen. Das wird schon klappen«, sagte Noelle zuversichtlich und schloss energisch den obersten Knopf ihres Kragens. »Wer möchte mitkommen?«, wandte sie sich an uns.

Arthur hob die Hand, Leonie wartete auf meine Antwort, während ich meiner Mutter nachsah, die schweigend die Küche verließ. Ich versuchte, ihren Schritten auf der Treppe zu lauschen, doch sie waren zu leise, als dass ich ihr hätte folgen können.

»Frederike, was ist mit dir? Kommst du mit?«

»Was? Nein«, sagte ich schnell, wedelte viel zu hastig mit der Hand durch die Luft. »Ich bleibe hier.«

»Moi aussi.« Leonie lächelte mich an, doch ich sah sie kaum.

»Noch so eine«, brummte Frau Habermann. »Das hat mir gerade noch gefehlt. Wollen wir dann? Ich habe schließlich nicht ewig Zeit«, fügte sie bissig hinzu.

»Bien sûr.« Noelle glättete Arthurs abstehende Haare und sein zerknittertes Hemd, dann nahm sie ihn bei der Hand und gemeinsam gingen sie hinaus in den Flur. Wenige Minuten später hörte ich die Tür gehen.

Ich starrte in die Luft, als könnte ich Löcher hineinbrennen, Leonie rutschte unsicher auf ihrem Stuhl hin und her. Sie schien nicht zu wissen, ob sie etwas sagen sollte. Schließlich räusperte sie sich und fragte: »Was ist mit deiner Mutter? Ist sie krank?«

Unwillig drehte ich ihr den Kopf zu und musterte sie. »Ja, sie ist krank.«

»Was hat sie?«

»Sie ist eben krank«, erwiderte ich. »Musst du immer Fragen stellen?«

»Tut mir leid«, sagte Leonie und machte ein bekümmertes Gesicht. Wir sahen uns einige Momente schweigend an.

»Ist schon gut«, murmelte ich dann und machte eine ungenaue Handbewegung.

»Deine Tante ist sehr streng, oder?«

»Kann schon sein«, antwortete ich und verzog den Mund.

»Das ist meine Mutter auch.« Leonie hob die Schultern, als wäre es nicht weiter schlimm, doch sie schien nicht einmal selbst überzeugt davon.

»Aber sie kann auch nett sein«, ergänzte ich, obwohl ich nicht wusste, warum.

»Ich finde es schön, wie sie Französisch spricht. Es klingt so elegant … als würde sie mit ihrer Zunge Ballett tanzen.«

»Ja«, sagte ich stirnrunzelnd. »Und es nervt.«

»Findest du? Ich finde …«

»Warum bist du eigentlich hier?«, unterbrach ich sie und sah sie fragend an.

Leonie war sichtlich überrascht, brauchte allerdings nicht lange, um zu antworten. Ihre Stimme war so gleichmäßig wie die ihres Vaters. »Weil ich deine Freundin sein möchte«, erklärte sie ruhig und ganz selbstverständlich.

Ich verzog den Mund. »Warum?«, wollte ich wissen, als es plötzlich klingelte. Unsere Blicke trafen sich, bevor ich zögernd aufstand.

»Darfst du allein die Tür aufmachen?«, flüsterte Leonie.

Ich nickte. »Natürlich.« Ich gab mich unbekümmerter, als ich war. »Und du kannst ruhig lauter sprechen. Sei nicht albern«, sagte ich tadelnd. Damit verließ ich die Küche, hörte aber, wie sie mir eilig folgte.

»Ist das nicht gefährlich?«, wisperte sie hinter mir.

Ich schüttelte den Kopf. »Nein«, sagte ich leichthin, obwohl mein Herz vor Aufregung klopfte. Ein letztes Mal atmete ich tief durch, trat dann entschlossen an die Tür und öffnete sie.

5

»San Francisco (Be Sure To Wear Flowers In Your Hair)«

Scott McKenzie

»Ich bin India.« Ich starrte die fremde Frau mit großen Augen an. »Ich bin India und das ist Lennon.« Sie wies auf das Kind in ihren Armen. »Dürfen wir reinkommen?«

Ich konnte nichts sagen. Alles, was ich fertigbrachte, war zu nicken und zur Seite zu treten und zu beobachten, wie India ins Haus kam.

»Es ist wirklich eiskalt draußen, oder?«, sagte sie, als ich hinter ihr die Tür schloss. »Man könnte meinen, man wäre in Sibirien.« Sie schüttelte sich wie ein Hund, warf Eis und Schneeflocken von ihrem Mantel und den Cowboystiefeln. »In Kalifornien müsste man leben. Da ist das ganze Jahr Sonne. Würdet ihr nicht auch gerne in Kalifornien wohnen, Mädels?«, fragte sie. Erst jetzt bemerkte ich, dass Leonie neben mich getreten war. India gehörte nicht zu den Menschen, die man nicht beachten konnte. Das erkannten wir beide im ersten Moment. »Hältst du den Kleinen mal?« Sie wartete nicht auf eine Antwort, sondern schob mir das Bündel Stofflagen in den Arm, aus dem nur an einer Ecke eine winzige Nase und zwei runde Augen hervorlugten.

»Nein, ich …«, wollte ich protestieren, doch India hatte sich bereits darangemacht, sich aus ihrem Mantel zu schälen, der zerrupft und zottelig aussah.

Sie hängte ihn an die Garderobe, stellte ihren Rucksack, den dunkelbraunen Hut und die Stiefel dazu, um die sich eine dunkle Pfütze bildete, zog die Socken aus und stopfte sie in den Schaft. Dann stand sie vor uns, mittelgroß, die Haare lang und ungekämmt. Geflochtene Strähnen zogen sich durch ihre Locken, Federn, Perlen und Lederschnüre woben sich dazwischen. Sie trug ein Blumenkleid und eine Weste, darunter Jeans mit bunten Flicken. Auf ihren nackten Zehenspitzen sah ich rote Punkte Nagellack, die lustig zu hüpfen begannen, wenn India lief, und mich an eine Familie aus zehn kleinen Käfern erinnerten.

»Was ist das für ein Name … India?«, fragte Leonie, die von uns beiden zuerst wieder sprechen konnte.

India musterte uns und antwortete dann schlicht: »Meiner.«

»Den habe ich noch nie gehört.«

»Bisher kanntest du mich ja auch noch nicht«, entgegnete sie.

»Und Lennon?«

»Seiner«, lachte sie und nahm mir ihren Sohn schwungvoll aus den Armen. »Ich habe ihn nach John Lennon benannt … von den *Beatles.* Der einzige Mann, den ich je hätte heiraten sollen.« Als wir nicht reagierten, fügte sie amüsiert hinzu: »Ihr hört hier wohl nicht viel Musik, was?«

»Nein«, brachte ich hervor, doch es klang wie ein Husten.

»Das werde ich ändern.« Sie zwinkerte uns zu. »So, jetzt wisst ihr, wie ich heiße, aber was ist mit euch zwei Hübschen?«

»Mein Name ist Leonie Grabes«, erklärte Leonie neben mir. Ich war neidisch, dass ihre Stimme nicht zitterte.

»Hallo, Leonie Grabes.« India nickte ihr zu. »Und du? Wie heißt du?« Sie sah mich direkt an, und ich schluckte.

Nie zuvor hatte ich solche Augen gesehen. Es schien, als müssten sie sich nicht für eine einzige Farbe entscheiden. Sie schimmerten mal blau, mal grün, mal braun und erinnerten mich an den Stimmungsring, den ich früher einmal besessen hatte, der aber irgendwann kaputtgegangen war und nur noch schwarz angezeigt hatte.

»Fred … Freddi«, erwiderte ich stockend. Die Töne holperten unbeholfen aus meinem Mund.

»Ein schöner Name. Freddi. Und was für hübsche Sommersprossen du hast – bei dem Wetter!«

»Danke«, flüsterte ich überrascht, senkte hastig den Blick und hörte India lachen.

»Ihr fragt euch sicher, was ich hier will, oder?«

»Ja«, sagte Leonie, bevor ich Nein sagen konnte.

»Ich habe von eurer Sauna gehört. Ich war gerade in der Gegend unterwegs, und die Leute reden viel. Ich hab davon erfahren und jetzt bin ich hier.« Sie strahlte uns an. »Mein kleiner Lennon hat Husten, und außerdem ist es draußen schweinekalt. Ich würde gerne bleiben, wenn ich darf. Ich glaube, wir würden uns gut verstehen und eine Menge Spaß haben, denkt ihr nicht auch?«

Diesmal kam ich Leonie zuvor. »Ja«, antwortete ich und nickte.

India grinste. »Du bist süß, Freddi. Ich kann dich gut leiden.«

Ich bot India den letzten Rest warmen Tees an, den ich in der Kanne finden konnte, und sie nahm dankend an. Danach wollte sie unbedingt das Haus sehen. Leonie verabschiedete sich, doch ich bemerkte es kaum. Ich hatte nur Augen und Ohren für meinen unerwarteten Gast und endlich meine Stimme wiedergefunden. Ich hatte noch nie jemanden wie sie getroffen und ich wusste nicht warum, aber ich wollte ihr unbedingt alles sagen und alles zeigen. Die Menschen mochten mich nicht, schon gar nicht auf Anhieb, sie fanden mich komisch und seltsam. India war eine vollkommen neue Erfahrung für mich.

»Und die Sauna ist draußen?«, fragte sie, während wir gemeinsam nach oben gingen. Sie hatte sich ein großes buntes Tuch umgebunden, in dem Lennon wie in einer Hängematte vor ihrer Brust schlief.

»Ja, sie ist draußen, im Schuppen.« Ich wies undeutlich zum Garten. »Sie ist toll, weißt du? Wir haben die Wände mit Postkarten von exotischen Orten und dem Meer beklebt. Man fühlt sich, als wäre man tatsächlich irgendwo am Strand. Nur die Sonne fehlt.«

»Die könnt ihr euch doch selber basteln«, schlug India vor.

»Ich glaube nicht, dass ich weiß, wie man das macht«, erwiderte ich zweifelnd.

»Aber ich. Ich könnte es euch zeigen.«

»Das würdest du tun?«

»Na, klar!« India lachte. »Wir brauchen nur einen Ballon, etwas Kleister, Papier und gelbe Farbe. Dann ist sie so gut wie fertig, und ihr könnt sie an einem Band unter der Decke aufhängen. Ist ganz leicht.«

»Meinst du?«

»Ja, meine ich«, erwiderte sie. »Die Dinge sind nicht immer so schwer, wie wir denken.«

»Und wenn doch?«

»Dann müssen wir uns eben etwas einfallen lassen«, erklärte sie entschlossen. Ich war mir nicht sicher, ob das stimmte, trotzdem nickte ich. »Und wie heizt ihr die Sauna?«

»*Wie?* Ähm … Mit einem uralten Ofen. Und Kohle.«

»Wickelt doch Briketts in nasses Zeitungspapier. Dann halten sie länger.«

»Ja«, sagte ich langsam. »Das werde ich mir merken.«

»Man muss sich nur zu helfen wissen. Das ist alles.« Sie lächelte mich breit an. Wir waren mittlerweile oben angekommen, und ich stand unschlüssig im Flur, die Hand am Geländer. »Was ist mit deinem Arm passiert?«, fragte India plötzlich.

Ich zögerte und betrachtete meinen Gips, der fleckig war und sich an den Rändern bereits aufzulösen begann. »Ich bin hingefallen«, sagte ich schließlich leise. Die Worte kamen mir beinah zu groß vor, um sie auszusprechen. »Ich bin die Treppe runtergefallen«, fügte ich hinzu.

»Hier im Haus?« India sah mich aufmerksam an.

Ich schüttelte den Kopf, erwiderte aber: »Ja. Hier im Haus.«

»Bist du gestolpert oder hat dich jemand geschubst?« Ihre Augen glänzten hellblau.

»Nicht wirklich geschubst …« Ich schluckte. »Ich meine, es war nicht mit Absicht.«

»Das ist es selten.« India legte mir in einer unvermittelten Geste die Hand auf die Wange. »Die schlimmsten Sachen passieren ganz ohne Absicht.« Sie hob die Schultern. »So ist das im Leben.« Sie warf mir durch die Luft einen Kuss zu. Als sie ihre Berührung von mir löste, blieb meine Haut an dieser Stelle warm.

»Das ist das Zimmer von meinem Bruder Arthur«, erklärte ich und wies auf die halb geöffnete Tür, hinter der sich sein Bett und ein kleiner Teil des Schrankes erkennen ließen. »Er ist kleiner als ich und sieht meiner Mutter sehr ähnlich. Ich komme eher nach meinem Vater. Zumindest glaube ich das«, murmelte ich.

»Ich habe auch einen Bruder«, sagte India und lächelte mich an. »Er ist älter, und wir haben nichts gemeinsam. Schon als Kinder sind wir uns aus dem Weg gegangen. Wie ist das bei euch? Versteht ihr euch gut?«

»Ja.« Ich nickte. »Er ist mein bester Freund. Er redet nicht viel, aber das ist in Ordnung. Die Leute finden das manchmal komisch. Aber sie finden auch mich komisch, weil ich zu viel rede und zu schnell. Vielleicht gleicht sich das einfach aus.«

»Man kann es den Menschen sowieso nicht recht machen«, entgegnete India unbekümmert, »deshalb sollte man es gar nicht erst versuchen. Wenn er wirklich etwas loswerden will, wird er schon den Mund aufmachen.«

»Das denke ich auch.« Ich erwiderte ihr Lächeln erleichtert. Es schmerzte mich, wenn die Leute schlecht über meinen Bruder sprachen, und ich fand es schrecklich, wenn sie uns ansahen, als würde etwas mit uns nicht stimmen.

»Und wenn du anderen zu schnell redest, müssen sie eben einfach schneller denken. Klar, dass ihnen das nicht gefällt, aber das ist nicht dein Problem.« Sie strich mir über die Haare. »Du hast viel zu sagen, Freddi. Das ist gut.« Sie richtete ihren Blick auf ihren Sohn, fuhr ihm zärtlich über die Nase. »Wo ist deine Mutter?«, fragte sie schließlich.

»Sie ist krank und schläft viel.« Ich wies ungenau den Flur entlang. Die Tür war verschlossen. »Wir dürfen sie nicht stören und müssen leise sein.«

»Was hat sie?«

»Sie ist traurig«, sagte ich langsam. »Sie ist krank vor Traurigkeit.«

India nickte. »Und dein Vater?«

»Er ist nicht da.«

»Ist sie deshalb traurig?«

Ich rieb mir unsicher über die Lippen. Ich hatte es noch nie ausgesprochen. Niemand im Haus hatte das. Trotzdem wussten wir es alle. »Ja«, sagte ich, die Silbe kratzte in meinem Hals. »Ja, sie ist deshalb traurig.« Ich holte Luft. »Meine Eltern haben in einem Park geheiratet.«

»In einem *Park?*«

»Ja, in einem Park in einer großen Stadt. Es war ein tolles Fest. Alle haben gesungen und getanzt, und es gab Tonnen an Kuchen und Eis. Es war die schönste Feier, die dort je stattgefunden hat. Das haben alle gesagt.«

»Klingt toll«, sagte India beeindruckt. »Ich wäre gerne dabei gewesen.«

»Ja.« Ich nickte langsam. »Ich auch.«

»Und wo ist dein Vater jetzt?«

»Keine Ahnung«, murmelte ich leise.

»Wird er wiederkommen?«

Um sicher zu sein, dass uns niemand hören konnte, blickte ich mich um, dann hob ich die Schultern. »Ich weiß es nicht. Vielleicht … vielleicht auch nicht.«

India nickte verstehend. »Möchtest du es?«

»Ja«, antwortete ich so schnell, dass ich mich fast daran verschluckte. »Ja, natürlich!«

»So natürlich ist das nicht«, entgegnete India. »Mein Vater war ein mieser Schläger. Er hat meine Mutter und mich verprügelt … und andere schlimme Dinge …« Sie ließ eine ungenaue Geste folgen. »Besser keinen Vater als so einen, oder, Lennon?« Sie streichelte dem Baby liebevoll eine Locke aus der Stirn.

Ich betrachtete India nachdenklich. »Mein Papa ist ein guter Mensch«, flüsterte ich. »Er ist manchmal tieftraurig, weil der Himmel über ihm zerbricht. Das hat er mir gesagt. Und dann trinkt er zu viel.« Ich wischte mir über die Augen. »Das hat mit seinem Vater zu tun, mit unserer ganzen Geschichte«, ich machte eine unsichere, ungenaue Bewegung, »und mit dem, was damals passiert ist, im Krieg, verstehst du? Er sagt, dass in den Wolken über uns jetzt nur noch die Traurigkeit wohnt. Aber er hat ein gutes Herz. Er hat das beste Herz von allen. Er hilft den Menschen. Er gibt ihnen Geld, sogar, wenn wir selbst keins haben. Und er weiß alles.«

»Niemand weiß alles«, warf India ein, doch ich schüttelte energisch den Kopf.

»Mein Papa schon! Er hat mir viel über den Kalten Krieg erzählt und das Schmelzen der Goldreserven. Von ihm weiß ich auch das mit den Knöpfen und diese schlimme Sache mit dem Mond.« Ich nickte ernst. »Die Leute halten ihn für einen … Spinner.« Ich machte ein gequältes Gesicht. »Aber das ist er nicht. Er sieht die Welt nur anders als die meisten Menschen. Er versteht Dinge, die sie nicht verstehen. Meine Oma sagt, er leidet am Leben.« Ich hob die Schultern, weil ich mir nicht ganz sicher war, was das bedeutete. »Das ist nicht seine Schuld!«, erklärte ich. »Es ist nicht seine Schuld.«

»Nein.« India sah mich genauso ernst an wie ich sie. »Nein, das ist nicht seine Schuld«, sagte sie mit einem Lächeln, beugte sich zu mir und küsste mich auf die Wange. »Das Leben kann einem das Herz brechen.« Sie atmete geräuschvoll aus. »Wer wohnt noch hier?«, fragte India nach einer Weile, in der wir schweigend im Flur gestanden hatten. »Wer kümmert sich um euch?«

»Meine Tante No-elle.«

»No-elle?«

»Ja, sie ist letzte Woche mit dem Zug gekommen – aus Paris«, fügte ich hinzu. »Sie kann nicht lange bleiben, weil sie Lehrerin ist und immer viel zu tun hat.«

»Und wo ist sie jetzt?«

»Mit Arthur und Frau Habermann Kohlen kaufen, für unser Schwitzhaus.«

»Wer ist Frau Habermann?«

»Sie wohnt in dem Haus auf der anderen Straßenseite.« Ich wies ungenau in die Richtung, in der ich ihr Haus vermutete. »Sie hat ein Auto, dann müssen wir nicht jeden Tag mit dem Schlitten ins Dorf. Sie ist die reichste Frau, die ich kenne«, erklärte ich.

»Hat sie so viel Geld?«

»Das weiß ich nicht, aber sie hat unendlich viele Sachen.« Ich machte eine ausholende Geste. »Es ist, als würde sie in einer riesigen Schatztruhe wohnen.«

India grinste. »Klingt interessant. Vielleicht lerne ich sie ja mal kennen?!«

»Bestimmt«, antwortete ich. »Spätestens, wenn Herr Habermann mal wieder tot ist und Arthur ihn lebendig machen muss.«

»*Herr Habermann?* Ist das ihr Ehemann?«

»Nein, ihr Hund.«

Sie kicherte. »Ihr *Hund?*«

»Ja, sie war nie verheiratet. Sie war verlobt, aber das ist lange her. Ihr Mann ist kurz vor der Hochzeit gestorben, weißt du? Ich glaube, sie hat ihn sehr liebgehabt. Sie trägt immer noch seinen Ring an einer Kette um ihren Hals. Von meiner Mutter weiß ich, dass es ihr das Herz gebrochen hat. Und seitdem hatte sie immer nur Herrn Habermann. Meine Oma sagt, das Leben war für sie kein Kaffeekränzchen.«

»Was soll das heißen? Was ist sonst noch passiert?«, wollte India wissen.

Ich zuckte die Schultern. »Das weiß ich nicht. Ich weiß nur, dass das Leben für sie kein Kaffeekränzchen war. Vielleicht mag sie lieber Tee.«

India lachte auf. »Das wird es sein«, gluckste sie. »Das wird es sein.« Sie fuhr mir wild durchs Haar. »Du bist wunderbar, Freddi! Weißt du das?«

»Nein«, antwortete ich ehrlich und schien sie damit zu überraschen.

Sie betrachtete mich einige Augenblicke schweigend. Schließlich erklärte sie: »Dann sage ich es dir jetzt.« Ihr Blick war eindringlich. »Du bist wunderbar! Du bist ein ganz wunderbares Mädchen.«

Weil ich nicht wusste, was ich darauf antworten sollte, senkte ich das Gesicht. Sie sollte nicht sehen, dass ich mich zwischen lachen und weinen nicht entscheiden konnte. Ich konnte spüren, dass sie mich weiter beobachtete, und zupfte verlegen am Saum meines Pullovers.

»Und wessen Zimmer ist das?«, fragte India nach einer Weile und blickte an mir vorbei auf Oma Floras Tür, an der eine Postkarte mit Blumen klebte.

»Da wohnt meine Oma Flora«, erklärte ich. »Ihr gehört das Haus.«

»Ist sie da? Oder ist sie auch mit den anderen Kohlen kaufen?«

»Nein, sie ist da. Sie ist immer da. Meine Oma verlässt ihr Zimmer nicht.«

»Niemals?« India hob die Brauen.

»Nein.«

»Und warum nicht?«

»Weil …«, ich zögerte, »weil sie schon alles kennt.«

»Man kennt nie alles«, stellte India nüchtern fest. Ihre Stimme war ruhig, ohne Spott oder Vorwurf. Sie sagte einfach, was sie dachte. Aus keinem anderen Grund. »Nicht einmal die Dinge, die man schon gesehen hat, oder die Menschen, mit denen man zusammenlebt«, fügte sie hinzu und lachte, um die Schwere der Worte zu vertreiben.

Ich schluckte. »Ihr Sohn hat sie verlassen. Tristan.«

»Dein Onkel?«

Ich war überrascht, dass sie das fragte, denn bisher war mir nie aufgefallen, dass er mein Onkel war. Er war für mich immer nur Oma Floras Sohn, der gegangen war. »Ja«, sagte ich jetzt und nickte.

»Und wohin ist er gegangen?«

»Das weiß ich nicht. Das weiß keiner. Ich weiß nur, dass er weg ist und dass er ihr schrecklich fehlt. Ich glaube, sie hat auch ein gebrochenes Herz.« Ich presste die Lippen aufeinander und blickte für einige Momente auf meinen Verband. »Das muss sehr schlimm sein«, erklärte ich nachdenklich, »für einen gebrochenen Arm gibt es einen Gips, aber für ein gebrochenes Herz nicht.«

India sah mich mit einem leichten Schmunzeln an, doch sie klang ernst, als sie antwortete: »Nein, da hast du recht. Dafür gibt es keinen Gips.«

»Sie wartet jeden Tag auf einen Brief von ihm, aber es ist noch nie einer gekommen.« Ich machte ein unglückliches Gesicht.

»Was ist mit Tristans Vater?«, wollte India wissen. Sie hatte eine ungewöhnliche Art zu fragen, denn sie wirkte, als wollte sie die Antwort wirklich hören.

Ich überlegte, wie alt sie war. Vielleicht Mitte zwanzig? Es gab Momente, in denen sie nicht älter wirkte als ich, und dann wieder kam sie mir vor, als hätte sie schon hundert Jahre gelebt. »Über ihn spricht Oma Flora nicht«, erwiderte ich. »Sie hat mal gesagt, das einzig Schöne, was ihr von ihm geblieben ist, sind meine Mutter, Tante No-elle und Tristan, deshalb wäre es unnötig, mehr Worte über ihn zu verlieren.«

»Verlässt sie vielleicht wegen ihm ihr Zimmer nicht?«

»Vielleicht. Vielleicht hat sie auch Angst.«

»Angst?«, wiederholte India.

»Ja ... Vielleicht hat sie Angst, Tristan zu verpassen, wenn sie nach draußen geht. Vielleicht hat sie Angst, im entscheidenden Moment am falschen Ort zu sein. Vielleicht kommt es ihr einfach sicherer vor, das Haus nicht zu verlassen. Und vielleicht schafft sie es deshalb nicht einmal mehr vor die Tür.«

India lächelte leicht. »Du bist ein sehr kluges Mädchen, Freddi.«

»Nein, ich ...«, wollte ich sagen, doch sie erstickte meine Stimme in einer Umarmung.

Sie drückte mich so eng an sich, dass ich kaum Luft bekam, trotzdem war ich enttäuscht, als sie mich wieder losließ. »Du bist ein sehr, sehr kluges Mädchen«, wiederholte sie, ganz ohne Lachen. »Und«, sie blickte um sich, »und wovon lebt ihr? Ich meine, wie kommt ihr über die Runden?«

»Ich ... ich weiß nicht«, sagte ich ungenau, nicht, weil ich ihre Frage unpassend fand, sondern weil ich die Antwort nicht kannte. »Ich glaube, vom Erbe meiner Oma«, überlegte ich, dann hob ich die Schultern. »Mein Papa hat immer viel zu tun. Er hat keine Zeit zu arbeiten, aber hin und wieder hat er bei Bauer Zeleschke ausgeholfen. Einmal war er auch Postbote, aber er hat die Adressen immer verwechselt.« Ich lachte. India grinste ebenfalls. »Die Briefe sind nie angekommen. Meine Mama hat früher als Sekretärin gearbeitet, aber ...« Ich schluckte, war plötzlich wieder ernst. »Aber jetzt nicht mehr.« Ich schüttelte leicht den Kopf und schwieg einen Moment, den India mir ließ. »Wir sind sehr sparsam. Wir brauchen nicht viel«, murmelte ich schließlich. »Und Oma Flora sagt immer, wir alle erben etwas von unseren Eltern, und bei ihr sei es eben ein bisschen Geld gewesen. Es sei zwar nicht mehr viel, meint sie, aber wir könnten heute noch von gestern leben. Und für morgen sei auch noch was übrig. Damit hätten wir mehr Glück als die meisten.«

»Ja«, sagte India und nickte langsam, schließlich wandte sie sich zur Tür, betrachtete einige Sekunden lang den Griff und fragte dann: »Darf ich jetzt deine Oma kennenlernen?«

Wir hatten fast eine Stunde in Oma Floras Zimmer verbracht und in der Blütenpracht der Klebebildchen geschwelgt, die sich über ihre Wände erstreckte. Ich fühlte mich ausgelassen wie schon lange nicht mehr. Es war, als wäre in Indias Nähe alles schöner und wärmer, heller und leichter. Ich kannte sie keinen Tag und konnte mir schon nicht mehr vorstellen, jemals wieder ohne sie zu sein.

»Ich glaube, das ist der schönste Raum, den ich jemals gesehen habe«, rief India überschwänglich, als wir nebeneinander die Treppe nach unten gingen. Lennon schlief noch immer friedlich an ihrer Brust und gab nur hin und wieder ein zufriedenes Glucksen von sich. »Diese Tapeten … diese wundervollen Tapeten. So voller Blüten und Farben – im Winter wie im Sommer«, schwärmte sie. »Ein richtiges Schönwetterzimmer. Es kommt einem vor, als würde man mitten in einer Wiese stehen, oder nicht? Ich glaube, ich konnte sie sogar riechen.« Sie tippte sich schwungvoll auf die Nase, drehte sich zu mir und tat bei mir dasselbe. »Du nicht auch?«

»Doch, doch.« Ich nickte begeistert und musste lachen. »Es ist, als hätte der Raum das schöne Wetter vor dem Winter versteckt«, sagte ich.

»Ganz genau«, stimmte India mir zu. »Und deine Oma ist bezaubernd. Wirklich ganz bezaubernd.« Ich strahlte sie an. »Ich glaube …« Ein Geräusch ließ sie innehalten.

Wir waren gerade auf der untersten Stufe der Treppe angelangt, als sich die Haustür öffnete und Noelle mit meinem Bruder hereinkam. Sie sahen beide erst India an, dann mich, dann erneut sie.

»Bonjour?« Noelles Begrüßung war eine Frage, doch es war nicht klar, an wen sie diese richtete. Sie stand unbeweglich da, als wäre sie eine Birke, der selbst der schärfste Wind nichts anhaben konnte.

»Das ist India«, erklärte ich hastig. »Und das Lennon.« Ich wies auf das schlafende Kind. »Sie möchten …«

»Du musst Freddis Tante No-elle sein«, unterbrach mich India, ging mit großen Schritten auf Noelle zu und streckte ihr die Hand entgegen.

Ich sah deutlich, wie meine Tante die Federn in ihren Haaren musterte, das Blumenkleid und die nackten Füße mit den Zehenkäfern. Sie sagte nichts, doch ihr Gesicht war weniger schweigsam. Langsam knöpfte sie ihren Mantel auf, streifte ihn ab und hängte ihn ordentlich zu den anderen an die Garderobe. Ihrem Blick entging die verfilzte Pelzjacke nicht, die dort ebenfalls über einen der Haken geworfen war, und sie achtete darauf, weder ihren Mantel noch den meines Bruders in die Nähe des zotteligen Ungetüms kommen zu lassen. Mein Mut wackelte.

»Es freut mich sehr, dich kennenzulernen. Freddi hat mir schon so viel von dir erzählt. Du kommst also aus Paris, ja? Das ist eine so schöne Stadt. Ich …«

»Es heißt *Noelle«,* erklärte meine Tante kühl.

»Was?«, fragte India zurück.

Noelle verzog den Mund. »Mein Name. Das ist Französisch, und man spricht es *Noelle* aus, nicht No-elle.«

»Ach so, tut mir leid. Ich hab es nicht so mit Fremdsprachen. Deutsch ist mir schon schwer genug.« India lachte.

Meine Tante lachte nicht. »Darf ich fragen, was Sie hier tun?«

»Das ist eine lange Geschichte«, sie machte eine ausholende Geste, »aber die Kurzfassung lautet: Ich war in der Gegend und hab von eurer Sauna gehört. Ich war mal für ein paar Monate in Finnland. Dort gibt es niemanden, der so etwas nicht hat. Und was soll ich sagen? Jetzt bin ich hier!« Sie strahlte. »Das muss ziemlich seltsam wirken, ich weiß.«

»Das sind *Ihre* Worte«, bemerkte Noelle knapp.

India lächelte. »Ich wollte auch gar nicht so hereinplatzen, aber so bin ich eben. Ich wohne nicht an Orten, ich lebe in der Zeit. Ich bin ein Kind der Sonne, des Friedens und des Lichts. Ich bin ein Blumenkind.«

»Ach so … *Das* sind Sie«, entgegnete meine Tante, und ihr Mund sah dabei aus, als hätte sie Essig auf der Zunge.

»Ich lasse mich einfach vom Wind treiben und wo es mir gefällt, da bleibe ich.«

»Und *hier* gefällt es Ihnen?«

»Sehr sogar.« India nickte entschieden. »Sie haben so ein schönes Haus. Und Freddi ist ein Schatz. Ich war schon oben …«

»Waren Sie das, ja?« Noelle zog das letzte Wort so lang, dass es zu zerreißen drohte.

»Ja, ich habe Oma Flora kennengelernt und ihr wundervolles Blumenzimmer. Ich glaube, ich habe noch nie einen solch schönen Ort gesehen.«

»Aber es sind nur Bilder«, entgegnete Noelle.

»Natürlich, klar«, lachte India zurück. »Aber wenn man davorsteht, kommen sie einem ziemlich echt vor, oder? Ich habe gerade zu Freddi gesagt, man hat fast den Eindruck …«

»Madame«, unterbrach Noelle sie.

»India.«

»India«, wiederholte sie, doch aus ihrem Mund klang der Name sperrig wie ein dickes Brett Holz. »Entschuldigen Sie, aber ich weiß nicht, woher Sie kommen oder warum Sie annehmen, es wäre akzeptabel, das Haus fremder Leute zu betreten, wenn keine Erwachsenen im Haus sind. Auch ist mir vollkommen unbegreiflich, wie Sie denken können, es wäre in irgendeiner Form mit dem gewöhnlichen Anstand vereinbar, dorthin zu gehen, wo es einem gefällt oder«, sie zog die Nase zusammen, als würde sie etwas Bitteres riechen, »wohin der *Wind* Sie trägt. Glauben Sie nicht, ich hätte nicht von Leuten wie Ihnen gehört. Sie sind eine von diesen … von diesen Freigeistern«, sagte sie und sprach das Wort aus, als würde es sich dabei um ein erfundenes handeln, »die glauben, die Welt bestünde nur aus Liebe, Blumen und Sonnenschein und die so etwas Profanes wie eine Haarbürste ablehnen, weil das die kosmische Harmonie beeinträchtigen könnte.« Noelle machte eine Geste, die aussah, als hätte sie einen Wackelarm. »Und verstehen Sie mich nicht falsch, *madame,* es liegt mir fern, Sie zu verurteilen, auch wenn ich denke, dass ein ordentliches Bad noch niemandem geschadet hat«, fügte sie hinzu. »Aber Sie verstehen sicher, dass ich unmöglich zulassen kann, dass sich eine vollkommen Fremde in diesem Haus aufhält. Immerhin leben hier zwei Kinder, für die *ich* die Verantwortung trage. So leid es mir tut, ich muss Sie daher bitten zu gehen. Wir bedanken uns höflich für Ihren Besuch und wünschen Ihnen eine gute Heimreise. *Au revoir.«* Noelle ließ ein schnelles, kaltes Lächeln über ihr Gesicht huschen, dann wies sie zur Tür.

»Nein!«, rief ich. »Nein!«

»Frederike, ich habe nicht vor, mit dir darüber zu diskutieren«, entgegnete meine Tante scharf. Ihr Blick war streng, ihre Züge unnachgiebig. »Wir beide müssen uns ohnehin noch darüber unterhalten, warum du meine Anweisung missachtest und einfach eine Fremde in unser Haus lässt.«

»Aber sie ist keine Fremde«, protestierte ich. »Das ist India.«

»Dass du ihren Namen kennst, bedeutet nicht, dass sie keine Fremde ist, Frederike. Du kannst nicht einfach Leute reinlassen, nur weil sie dir sagen, wie sie heißen.«

»Und wie sollen fremde Leute zu bekannten werden, wenn man sie immer draußen stehen lässt?«

Meine Tante musterte mich. »Darum geht es doch nicht«, sagte sie entschieden.

»Aber India ist nett und sie hat Käfer auf ihren Zehen, und wenn sie mir Fragen stellt, will sie auch die Antwort hören.«

Noelle ließ sich nicht beeindrucken, sondern entgegnete streng: »Ich hab dir doch schon einmal gesagt, dass man nicht vorsichtig genug sein kann. Weißt du nicht, wie gefährlich das ist?«

»Nein.« Ich schüttelte Kopf.

»Dann weißt du es jetzt. Es ist gefährlich.«

»Und warum?«

»Weil …« Sie zögerte, strich sich über die ordentlich liegenden Haare. »Weil es da draußen«, sie wies ungenau in Richtung Tür und sah mich an, »Ungeheuer gibt«, erklärte sie schließlich.

»Ungeheuer?«, fragte ich zurück. »Es gibt keine Ungeheuer. Ich bin zwölf Jahre alt, Tante No-elle. Ich bin kein kleines Kind mehr. Ich weiß das.«

»Und ob es sie gibt, Frederike. Sie mögen anders aussehen, als du denkst. Aber da draußen gibt es jede Menge Ungeheuer. Sie verschwinden nicht einfach, weil wir nicht über sie sprechen. Wahrscheinlich werden sie es auch nie. Und deshalb will ich nicht, dass du die Tür aufmachst, hörst du? Ich dulde es nicht! *Un point c'est tout!*«

»Aber …«, wollte ich einwenden, doch India legte mir eine Hand auf die Schulter. »Freddi, ist schon gut. Deine Tante hat recht.« Sie lächelte mich an. »Ich hätte nicht einfach unangekündigt herkommen dürfen. Sie ist für dich verantwortlich. Sie will dich beschützen.«

»So ist es.« Noelle hatte die Arme vor der Brust verschränkt, den Kopf hoch erhoben und nickte.

»Lennon und ich finden schon ein Plätzchen für die Nacht. Mach dir keine Gedanken.« India beugte sich vor und gab mir einen sachten Kuss auf die Stirn, dann ging sie zur Tür.

Ich starrte meine Tante verzweifelt an, doch deren Gesicht blieb zunächst ausdruckslos. Dann jedoch begann die Härte um ihre Mundwinkel zu bröckeln, ihre Unnachgiebigkeit rieselte zu Boden wie loser Putz. »Sie wissen nicht, wo Sie heute Nacht bleiben?«, fragte sie rau und warf einen knappen Blick auf Lennon, der in seiner Hängematte schlief, während seine Mutter damit begann, erst ihre Socken, dann die Stiefel anzuziehen. »Sie und Ihr … Sohn?«

»Wir finden schon was«, sagte India lächelnd und voller Zuversicht. »Das tun wir immer. Wirklich.«

»Das tun Sie immer«, murmelte Noelle leise. *»C'est inacceptable.«*

»Mach dir keine Gedanken, Noelle.« Der Name klang bei India nicht unbedingt Französisch, aber es war nicht zu überhören, dass sie sich Mühe gab. »Mach dir keine Gedanken. Du hast vollkommen recht. Wir hätten hier nicht einfach aufkreuzen dürfen.« Sie hob ihren zotteligen Mantel vom Haken und schlüpfte hinein.

»C'est inacceptable. Inacceptable!«, sagte meine Tante plötzlich lauter. »Natürlich schicke ich Sie nicht hinaus in die Kälte, bei diesem Wetter, mit einem Kind! Für wen halten Sie mich, *madame?* Selbstverständlich bleiben Sie heute Nacht hier. Morgen sehen wir dann weiter.« Als India sie zunächst reglos ansah, fügte sie harsch hinzu:

»Nun ziehen Sie schon dieses … stinkende, haarige … *Ding* aus, bevor es noch zum Leben erwacht und uns alle auffrisst.« Ich kicherte, doch meinte Tante brachte mich mit einem strafenden Blick zum Schweigen. »*Allez, allez,* nun kommen Sie schon. Ich mache Ihnen erst einmal eine heiße Tasse Tee.« Noelle ging mit großen Schritten in Richtung Küche, India folgte ihr.

Arthur und ich sahen uns an, ich hob die Schultern.

Als meine Tante die Tür fast erreicht hatte, fragte sie leiser, als wollte sie nicht, dass wir sie hörten: »Und wie heißt Ihr Kleiner noch mal?«

Ich hatte mich gewaschen und bereits mein Nachthemd angezogen, wollte gerade zurück in mein Zimmer huschen, als ich ein Geräusch hörte. Zunächst wusste ich nicht, was es war, doch schließlich begriff ich: Es war ein Summen, ein leises Singen. Mein Vater hatte früher viel gepfiffen und Lieder geträllert, zumindest dann, wenn der Himmel für ihn unversehrt gewesen war. Doch ich hatte mich in den letzten Wochen so an die Stille im Haus gewöhnt, dass es mir jetzt ungewohnt und fremd vorkam.

Ich folgte der Melodie zögerlich die Treppe hinunter. Noelle hatte India das Gästezimmer im Erdgeschoss zurechtgemacht, einen kleinen Raum mit eng stehenden Wänden und Blick auf den Garten. Sie saß auf dem schmalen, quietschenden Bett und Lennon schlief auf ihrem Kopfkissen, während sie sich die Haare in Zöpfe legte. Vorsichtig kam ich näher, wagte es jedoch nicht, die Türschwelle zu übertreten.

Ich lauschte, und erst jetzt erkannte ich, was India sang: *»Ich weiß nicht, was soll es bedeuten, dass ich so traurig bin. Ein Märchen aus uralten Zeiten, das kommt mir nicht aus dem Sinn. Die Luft ist kühl und es dunkelt, und ruhig fließt der Rhein. Der Gipfel des Berges funkelt im Abendsonnenschein.«* Als sie mich bemerkte, lächelte sie mich an. »Ein schönes Lied, oder?«, fragte sie.

»Das hat mein Papa immer gesungen«, erwiderte ich.

»Komm, setz dich zu mir. Ich flechte dir die Haare.« Sie klopfte neben sich auf die Decke.

Ich zögerte. »Die sind zu dick und zu störrisch«, murmelte ich, aber India schüttelte den Kopf.

»Deine Haare sind schön, wie sie sind«, sagte sie. »Na los.« Sie streckte die Hand nach mir aus. »Setz dich schon.«

Endlich konnte ich nach ihren Fingern greifen, ließ mich von ihr aufs Bett ziehen und hockte mich auf den Rand, den Rücken in ihre Richtung. Sogleich begann India, Strähnen abzuteilen und sie ineinanderzuschlingen. Dabei summte sie leise.

»Wie lange lässt dich Tante No-elle bleiben?«, fragte ich nach einer Weile und schluckte, weil ich mich vor der Antwort fürchtete.

»Eine Weile.«

»Wirklich?«

»Ja, wirklich.« India lachte. »Ich bin eine gute Handwerkerin. Ich kann Dinge reparieren, weißt du? Ich mache sie wieder ganz.« Sie sah mich an. »Sie sagt, wenn ich ein paar Dinge im Haus wieder in Ordnung bringe, kann ich solange bleiben, wie ich will.«

»Und wie lange willst du?«, flüsterte ich.

Sie schwieg einen Moment, der mir zu lang vorkam, wickelte ein rotes, glänzendes Band um meine geflochtenen Haare, steckte mir eine ihrer Federn hinter das Ohr und legte den Zopf über meine linke Schulter.

»Wie lange willst du bleiben?«, wiederholte ich.

»Mal sehen«, erwiderte India ungenau. »Vielleicht bis morgen. Vielleicht für immer. Ich bin wie ein kleines Blatt auf einem Fluss. Ich sehe immer nur das Ufer, das gerade an mir vorbeizieht, aber wohin die Wellen mich tragen werden, weiß ich nicht.« Ich sah sie an und konnte meine Enttäuschung nicht verbergen. »Mach nicht so ein Gesicht, Freddi«, rief sie und strahlte mich an. »Noch bin ich ja da.« Sie strich mir über den Rücken. Ich bemühte mich ebenfalls um ein Lächeln, doch es gelang mir nicht. Meine Mundwinkel waren zu schwer. »Es ist doch so, Freddi, je weiter wir gucken, desto schlechter sehen wir. Und wer ständig angestrengt in die Zukunft starrt, bekommt am Ende nur ein grimmiges Gesicht.« India kniff die Augen zusammen, kräuselte dabei die Nase, verzog den Mund und sah damit so lustig aus, dass ich hell auflachte. Sie grinste. »Das gilt übrigens für die Vergangenheit genauso. Die ist nämlich auch ganz schön weit weg. Wir sollten den Blick lieber auf das richten, was wir auch sehen können.«

»Es sei denn, wir haben ein Fernglas«, warf ich ein und India kicherte.

»Da hast du recht«, antwortete sie. »Weißt du was?« India stand plötzlich auf und ging zu ihrer Tasche, die auf einem alten, wackeligen Stuhl in der Ecke stand, den sie als Kleiderständer nutzte. »So kann dein Gips nicht bleiben.« Sie kramte ungeduldig zwischen ihren Sachen. »Ah, da ist er!« Sie richtete sich auf, hielt einen Lippenstift in die Höhe und kam zurück zum Bett.

Schweigend sah ich India dabei zu, wie sie die rote Farbe herausdrehte, damit ihre Lippen bemalte und schließlich nach meinem Arm griff. Sie beugte sich herab und drückte ihren Mund auf den Verband, sodass er einen auffallenden, klebrigen Kreis auf dem fleckigen Weiß hinterließ. Zufrieden betrachtete sie ihr Werk.

»Schon besser, oder?« Sie lächelte mich an.

»Ja«, sagte ich, »schon besser.«

»Das liegt am Küssen«, erklärte sie. »Es macht einfach alles wieder gut.«

Als ich eine Stunde später oben in meinem Bett lag und im Halbdunkel, das den Raum füllte, mit dem Finger die Form von Indias Lippen auf meinem Gips nachfuhr, entschied ich mich zum ersten Mal, dass ich heute Nacht nicht schlecht träumen würde.

»Dein Sohn ist dir wie aus dem Gesicht geschnitten«, sagte India am Frühstückstisch und biss beherzt in ein Brot mit Marmelade. Noelle musterte sie tadelnd, doch India schien es nicht zu bemerken, sondern sprach kauend und mit verschmierten Lippen weiter: »Wirklich, Alice. Er sieht aus wie du, nur kleiner und als Junge natürlich.« Sie lachte meine Mutter an, die schweigend und im Nachthemd auf ihrem Stuhl hockte, und dabei leicht und seltsam flüchtig wirkte. »Dieselben goldenen Engelslocken«, sie streckte die Hand aus und fuhr Arthur durch die Haare, »dasselbe schöne Gesicht. Und was für Wangenknochen. Gott! Ich glaube, ich habe noch nie so außergewöhnliche Wangenknochen gesehen«, erklärte sie und schüttelte den Kopf, als könnte sie es nicht glauben.

Ich sah von ihr zu meiner Mutter und wieder zu India zurück. Ich konnte nicht sagen, warum, aber dieser Morgen kam mir heller vor als die vergangenen, als wäre zum ersten Mal seit Langem die Sonne aufgegangen. Dabei hing der Himmel tief, und die Wolken knüllten sich zusammen wie altes Zeitungspapier. Aber von India ging etwas aus, ich konnte nicht sagen, was es war, nur hoffen, meine Mutter würde es auch bemerken.

»Und deine Augen, Alice!«, schwärmte India weiter und trank zwischen ihren Bissen einen großen Schluck Tee. »Die reinste Schokolade. Nicht die billige, die man längst überall kaufen kann, sondern die gute, glänzende aus der Schweiz, die einem auf der Zunge zergeht.« Sie kicherte und strahlte meine Mutter an. Ich beobachtete, wie meine Mutter nun kurz den Blick hob und ein Lächeln in ihre Mundwinkel huschte, verstohlen und ängstlich wie eine Maus und bereits im nächsten Moment wieder fort.

»Arthur, du hast auch wunderschöne Augen, Augen so blau wie das Meer in Portugal«, India stupste meinem Bruder mit dem Zeigefinger auf die Nase und er grinste zurück, »aber die Augen hast du eindeutig Freddi vererbt. Daran gibt es keinen Zweifel.« Als ich meinen Namen hörte, sah ich überrascht auf und starrte India an. »Nein.« Sie schüttelte entschieden den Kopf. »Kein Zweifel. Das sind«, sie rahmte meine Augen mit ihren Händen ein, »definitiv die Augen deiner Mutter.«

Noch nie hatte mir jemand gesagt, ich hätte Ähnlichkeit mit meiner Mutter, immer war es Arthur gewesen. Doch ich spürte plötzlich, wie sehr ich es mir schon lange gewünscht hatte. Ich hatte mehr von meinem Vater. Das wussten alle. Und das war auch der Grund, warum meine Mutter es vermied, mich anzusehen. Jetzt jedoch fing ich ihren Blick auf. Er streifte mich nur kurz, für einen Moment, der schneller verging als die Sekunde, in der ein Regentropfen aus einer Wolke fällt, aber er war da gewesen. Ich hatte ihn genau gefühlt. Wir hatten uns angelächelt. Nicht nur mit den Lippen, sondern mit den Augen.

»Wie sieht denn der Plan für heute aus?«, fragte India und wog Lennon auf ihrem Arm sanft hin und her. Er gab ein heiteres, zufriedenes Grunzen von sich. »Wann gehen wir in die Sauna?«

»Am Nachmittag«, erwiderte Noelle, erhob sich geräuschvoll und begann damit, den Tisch abzuräumen.

»Der Ofen braucht eine Weile, um wirklich heiß zu werden«, fügte ich erklärend hinzu und machte ein entschuldigendes Gesicht. »Er ist schon ziemlich alt.«

»Ich verstehe.« India nickte. »Und was machen wir bis dahin?«

Ich wollte etwas antworten, doch meine Tante kam mir zuvor: »Was Sie machen, India, weiß ich nicht, aber Frederike hat zu tun. Nicht wahr?« Sie wandte sich nicht zu mir um, trotzdem nickte ich mit einem leisen Seufzen.

»Hm, schade«, sagte India in meine Richtung. »Ich dachte, Arthur und du könntet mir vielleicht die Gegend zeigen. Aber wenn es nicht geht, geht es nicht.« Sie hob gut gelaunt die Schultern. »Kann ich dir vielleicht zur Hand gehen, Noelle? Wenn es dich nicht stört, dass ich bei der Arbeit gerne singe, könnten wir vielleicht zusammen …«

»Wenn ich es mir recht überlege«, wurde sie von Noelle unterbrochen, »können wir deine Schulstunden auch auf den Nachmittag verschieben, Frederike.« Sie sah uns an und kniff die Lippen zu einem wenig überzeugenden Lächeln zusammen. »India kennt sich hier nicht aus, da wäre es doch nett, wenn ihr beide«, sie wies mit dem einzigen freien Finger auf Arthur und mich, »ihr die Umgebung zeigt, *non?* Wir wollen doch gute Gastgeberinnen sein.«

»Natürlich«, sagte ich schnell.

India zwinkerte mir zu. »Sehr gut! Wann wollen wir los?«

»Wie wäre es mit gleich?«, fragte meine Tante betont heiter, was ihr nicht gelingen wollte. »Das Wetter ist gerade so schön.« Wir alle blickten nach draußen, wo der Schnee in dicken Flocken am Fenster vorbeifiel, so dicht, als würde er eine Gardine aus Eis weben. Noelle wischte ungenau vor sich durch die Luft, dass die beiden Tassen, die sie in der Hand hielt, gegeneinanderklirrten. *»Bon«,* murmelte sie. *»Bon …?!«*

Keine halbe Stunde später stapften Arthur, India und ich durch den fallenden Schnee, zunächst der Straße folgend, dann durch den Wald. Wir zeigten ihr die Überreste unseres Staudamms, das vom steifen Wind zerpflückte Dach unseres geheimen Unterschlupfes, und während wir den Weg Richtung Dorf einschlugen, erzählte ich ihr vom Aal, dem immer schrecklich kalt war, von der Trauerweide, die nicht aufhören konnte zu lachen, vom Glühwürmchen, das vergessen hatte, wie man leuchtete, und alle anderen Geschichten, die mir einfielen.

Es war bereits nach Mittag, als wir die ersten Häuser erreichten, die dem Winter wie eine Herde Pferde die Rückseiten zugedreht hatten. Ich blieb stehen und blickte India an. »Was möchtest du sehen?«, fragte ich. »Nicht, dass es hier besonders viel zu sehen gibt. Hier ist es schon ein Großereignis, wenn ein Zug durchfährt oder der Postwagen kommt.« Ich hob entschuldigend die Schultern.

»Ach, ich bin nicht anspruchsvoll«, erwiderte sie lachend. »Was könnt ihr denn empfehlen?«

»Empfehlen?«

»Wohin geht ihr?«

»Die meisten Leute gehen hier entweder in die Kneipe oder in die Kirche. Manche verbinden auch das eine mit dem anderen, doch das ist eher selten. Aber ich bin erst zwölf und mit Gott kenne ich mich nicht aus, deshalb bleibt für mich nur Frau Finsters Lebensmittelladen. Da gibt es sehr schöne Stoffe, teure Pralinen und Ansichtskarten«, fügte ich hinzu.

»Finster?«, fragte India zurück. »Ist das ihr Name?«

»Nein.« Ich schüttelte den Kopf. »Eigentlich heißt sie Reiser, aber ich finde, Finster passt besser zu ihr. Ich glaube, sie könnte selbst dem helllichten Tag das Licht ausknipsen.«

India lachte. »Dann also Frau Finsters Lebensmittelladen.« Sie nickte, fasste Arthur und mich an den Händen und gemeinsam gingen wir weiter.

Als wir das Geschäft betraten und über uns die helle Glocke läutete, konnte ich spüren, wie sich alle Augenpaare auf uns hefteten wie

Saugnäpfe, doch India schien sie nicht zu bemerken. Sie nahm sich Zeit, schüttelte ausgiebig den Schnee aus dem verfilzten Fell ihrer Jacke und löste die oberen Knöpfe, sodass Lennons Kopf zum Vorschein kam. Sie blickte sich in aller Ruhe um.

»Das ist also Frau Finsters Lebensmittelladen«, sagte India und betrachtete das Angebot an Fleisch und Käse links von ihr, dann die Haushaltswaren rechts. »Ist doch ganz nett hier.« Sie schenkte mir ein Lächeln, das ihr nicht einmal verrutschte, als uns die ersten Satzfetzen erreichten: »Wer ist das?« »Was hat sie an?« »Ist bestimmt einer von diesen *Hippies.* Von denen habe ich gelesen.« »Manche Leute haben überhaupt keinen Anstand.« »Was erwartest du?« »Du kennst doch die Familie.« »Die Sache mit dem Vater.« »Schlimm!« »Und die Mutter.« »Das Kind geht nicht in die Schule.« »Besser ist das!« »Und jetzt diese Sache.« »Welche *Sache?«* »Ein was?« »Ein Schwitzhaus.« »Was soll das sein?« »Wo kommen wir denn da hin, wenn …?« »Was sind das für Sitten?« »Die Leute haben keinen Anstand mehr. Keinen Anstand!« »Sie sollten sich wirklich schämen!«

Ich schluckte schwer. Und ich fühlte mich, als würde ich schrumpfen. Ich wurde unter den Blicken kleiner und kleiner. Es kam mir vor, als würde ich taumeln, doch Indias Stimme fing mich auf. »Nett hier«, sagte sie, entschieden fröhlich. »Wirklich nett. Und so viele nette Leute.« Sie warf mit Lächeln um sich, als verteilte sie Geschenke. Ich starrte sie überrascht an, aber India strich mir unbekümmert über die Haare, schob die Feder tiefer zwischen meine Strähnen, zog das rote Haarband fest und nickte mir gut gelaunt zu. »Wollen wir uns umsehen?«, fragte sie.

Ich konnte ihr nicht antworten, deshalb nahm sie meine Hand und ich die meines Bruders. Wir gingen vorbei an Milch, Zucker und Schokolade, dann zu Wolle und Garn, Stiften und dem herrlich glänzenden Seidenpapier. Die Augen folgten uns, die Worte ebenfalls. Ich bemühte mich, sie von mir abzuschütteln, doch es gelang mir nicht.

»Die Schulhefte sind zurzeit im Angebot«, sagte plötzlich eine Stimme neben mir.

Ich fasste Indias Finger fester, blickte hoch und erkannte Marius.

Er sah mich an. Ich wandte mich absichtlich von ihm ab. Ich wollte India weiterziehen, doch sie ließ es nicht zu.

»Im *Angebot?«*, fragte sie stattdessen und machte ein interessiertes Gesicht.

»Ja, zwei zum Preis von einem. Falls Sie Interesse haben?!«

Ich wusste, er wollte mich mit seinen Worten ärgern, und ich musste die Zähne aufeinanderbeißen, um mir nicht anmerken zu lassen, dass es ihm gelang.

»Zwei zum Preis von einem«, wiederholte India und wog den Kopf, als dächte sie darüber nach, schließlich antwortete sie: »Wir würden gerne Klebeblumen kaufen.«

»Klebeblumen?«

»Ja, diese kleinen Bilder von Rosen, Tulpen und Tausendschön. Wir pflanzen eine Wiese«, erklärte sie lächelnd.

»Wir haben gerade erst ein paar neue reinbekommen.« Marius wandte sich der Auslage mit Karten zu. Ich beobachtete jede seiner Bewegung durch zusammengekniffene Augen. »Sehen Sie, hier …« Er zupfte einige Sonnenblumen zwischen den anderen Blüten hervor.

»Oh, die sind aber schön!«, rief India. »Sieh mal, Freddi, sind die nicht wunderschön? Wie der Sommer.« Ich hob betont gleichgültig die Schultern. »Ich glaube, die nehmen wir, oder? Was sagt ihr?« Sie sah erst mich an, dann Arthur. Mein Bruder nickte begeistert, ich tat, als hätte ich sie nicht gehört. »Die nehmen wir. Vielen Dank …?« India hob ihre Stimme zu einer Frage.

»Marius.«

»Vielen Dank, Marius. Ich bin India.« Sie streckte ihm die Hand entgegen. »Das sind Lennon«, sie blickte auf ihren Sohn, »Arthur und Freddi.«

»Wir kennen uns«, brummte ich.

»Ja, wir … wir kennen uns«, murmelte auch Marius. Ich funkelte ihn an, woraufhin er hastig das Gesicht senkte.

»Also dann, es hat mich sehr gefreut, Marius. Vielleicht kommst du uns ja mal besuchen, um zu sehen, wie die Wiese wächst und gedeiht?«, kicherte sie.

Er wollte lächeln, etwas erwidern, doch da hatte ich India und Arthur bereits in Richtung Kasse gezogen.

»Er mag dich«, sagte India, kaum, dass wir Frau Finsters Geschäft verlassen hatten und in die Kälte hinausgetreten waren.

Die Wolken über unseren Köpfen hatten sich verschlossen, sperrten weitere Schneeflocken in den Himmel ein, der eisgrau schimmerte. Das gefrorene Wasser beschwerte ihn, und es kam mir vor, als wäre er weitere Meter tiefer zu uns herabgesunken.

»Ich glaube, Marius mag dich«, wiederholte India und zog das zottelige Manteltier enger um ihre Schultern.

Einen Moment dachte ich, es würde ein behagliches Seufzen von sich geben, bis mir klar wurde, dass dieses Geräusch wahrscheinlich von Lennon ausging, der im Stoff der Jacke verborgen war wie in einer Höhle.

»Marius?«, fragte ich. »Er ist fies und gemein.« Ich verzog das Gesicht. »Und er ärgert mich immer.«

India lächelte mich an. »Ich will dir mal etwas über die Menschen sagen, Freddi.« Sie blieb stehen und sah mich an. »Die Menschen sind oft zu denen am gemeinsten, die sie am gernsten haben.«

»Das ist doch doof«, sagte ich.

India hob die Schultern. »Natürlich ist es das. Es ist sogar sehr doof. Aber so sind die Menschen. Lennons Vater und ich haben uns auch oft geärgert. Manchmal haben wir den ganzen Tag nichts anderes getan. Wir konnten ziemlich gemein zueinander sein«, fügte sie hinzu.

»Wer war gemeiner?«

»Manchmal er, manchmal ich. Wir konnten beide ziemlich gut ziemlich fies sein.«

Ich betrachtete India nachdenklich, dann fragte ich mit belegter Stimme: »Hat er dir wehgetan?«

»Wir haben uns beide sehr verletzt.«

»Aber es war nicht mit Absicht?!« Ich rieb meinen Arm an meiner Hüfte, weil die Haut unter dem Gips wieder teuflisch juckte.

»Oft tun uns gerade die Dinge am meisten weh, hinter denen die wenigste böse Absicht steckt, weißt du, Freddi?« India sah mich nun eindringlich an. »Die Menschen sind nur selten wirklich gemein, aber das ändert nichts daran, dass das, was sie tun, sogar sehr gemein sein kann.«

»Mein Papa ist nicht gemein«, flüsterte ich, damit Arthur mich nicht hörte.

»Da bin ich mir sicher.« India nickte.

»Und was ist dann passiert?«, fragte ich. »Mit dir und Lennons Vater, meine ich.«

»Nichts«, erwiderte sie und hob dabei unbeteiligt die Schultern. »Nichts. Ich bin gegangen, und er ist geblieben. So ist das im Leben.« Sie versuchte, heiter zu klingen, doch es wollte ihr nicht gelingen.

»Und wo ist er jetzt?«

»Nicht hier«, sagte sie, dann lachte sie plötzlich. »Nicht hier. Oder siehst du ihn irgendwo?«

»Nein.« Ich schüttelte ernsthaft den Kopf.

»Na, siehst du.« Indias Zeigefinger berührte in einer liebevollen Geste meine Nasenspitze.

Ich verfolgte ihre Bewegung. »Wird er dich suchen?«

»Er weiß ja nicht, wo er anfangen soll«, entgegnete sie leichthin und blickte zum Himmel hinauf.

»Willst du irgendwann zu ihm zurückgehen?«, wollte ich wissen.

India schwieg, und es war, als würden ihre Gedanken eine Weile dem Wind folgen, der den Tag vor sich hertrieb und die Zeit über unseren Köpfen vorüberziehen ließ. Dann blickte sie mich an. Sie wirkte traurig, ihre Augen schimmerten in einem so tiefen Blau, als würde ich in einen See schauen. »Es gibt noch so viele Orte auf der Welt, die ich sehen möchte, Freddi«, erklärte sie, die Töne zart wie die Saiten einer Geige. »Wäre es da nicht dumm, dorthin zurückzugehen, wo ich herkomme?« Ich wusste darauf keine Antwort, aber ich verstand auch die Frage nicht. »Ich habe mir vor langer Zeit geschworen, nur nach vorne zu sehen und keinen Schritt zurück zu machen. Daran halte ich mich«, sagte sie und nickte entschieden.

Ohne es selbst zu bemerken, waren wir weitergegangen. Der

Schnee knarzte unter unseren Schuhsohlen. »Hast du ihn gar nicht liebgehabt?«, fragte ich, nachdem die Minuten wortlos zwischen uns verstrichen waren.

India zögerte eine Weile, ehe sie antwortete. Und als sie es tat, sprach sie so leise, dass ich aufpassen musste, dass ich sie richtig verstand: »Mein Vater war kein guter Mensch. Oder vielleicht war er das … früher einmal«, fügte sie hinzu, »aber das Leben hat es ihm ausgetrieben. Er hat meine Mutter und mich sehr schlecht behandelt. Manchmal hat er mich tagelang im Keller eingesperrt, weil er sich von mir gestört fühlte. Stundenlang habe ich dann vor dem winzig kleinen Fenster gesessen und mir vorgestellt, ich wäre anderswo und dort wäre es viel schöner. Ich habe große Teile meiner Kindheit damit verbracht, mich an einen anderen Ort zu träumen. Ich wollte immer woanders sein. Dahin gehen, wo das Glück ist. Denn es ist so, Freddi: Das Glück fällt einem nicht einfach in den Schoß. Man muss es jagen wie verrückt!« Sie versuchte zu lachen, zögerte, ehe sie weitersprach: »Meine Mutter hat damals nichts getan, verstehst du? Nichts. Weil sie ihn geliebt hat, furchtbar geliebt.« Sie schluckte. »Ich war anfangs auch wahnsinnig verliebt in Lennons Vater, weißt du?«, erklärte India und lächelte. »Wahnsinnig. Aber ich werde nicht zulassen, dass die Liebe mein Leben zu einem Gefängnis macht – oder das von Lennon. Vor allem nicht das von Lennon. Er ist mein Sohn, und das bin ich ihm schuldig.« Sie sah ihren Sohn an. »Die Liebe muss aus dir einen Vogel machen, keinen Hofhund, der sich nur so weit bewegen kann, wie seine Kette reicht. Lennons Vater war *eine* große Liebe, aber es gibt noch viele mehr. Und die größte von ihnen ist für mich das Leben. Es wartet noch so viel auf mich. Das werde ich nicht opfern. Für niemanden.«

Ich nickte, tat, als würde ich verstehen, dabei hatte ich keine Ahnung. Ich hätte India gerne gefragt, was so schlimm an einem Hofhund war. Immerhin bewachte er seine Familie und verteidigte sie gegen Eindringlinge. Und ich wollte ihr auch sagen, dass Zugvögel zwar im Herbst in Richtung Süden aufbrachen, aber jeden Frühling zurückkehrten, genau wie Brieftauben, die immer wieder den Weg nach Hause fanden. Aber ich schwieg, weil ich das Gefühl hatte, sie meinte mehr als das. Stattdessen schlang ich die Arme um sie und vergrub mein Gesicht im Zottelfell ihres Mantels. Sie lachte leise, zog auch Arthur zu uns heran, und ich spürte ihre Hände auf meinem Rücken und dann als zärtlichen Trost in meinen Haaren. Ich verstand, dass sie mit ihren Berührungen meine Traurigkeit vertreiben wollte, doch gleichzeitig ahnte ich, dass sie eigentlich noch viel trauriger war als ich.

Wir standen lange so da und sagten nichts, hielten uns nur gegenseitig fest, bis mein Name unsere Umarmung löste. »Freddi!«, rief eine Stimme, die ich sogleich als Leonies erkannte. »Freddi.«

Widerwillig ließ ich India los, als befürchtete ich, sie könnte mir in der Sekunde entgleiten, in der ich sie nicht mehr festhielt, doch Leonie blieb hartnäckig. Schließlich wandte ich mich zu ihr um.

»Hallo, ich habe euch vom Schulhof aus gesehen«, sagte sie, wies hinter sich und wartete. Sie musste gerannt sein, rang nach Luft. Als ich sie musterte, ohne das Gesicht zu verziehen, sprach sie hastig weiter: »Was macht ihr?«

»Wir waren einkaufen«, erwiderte ich knapp.

»Aha.« Sie nickte, ihr Blick hüpfte von mir zu India, zu Arthur und zu mir zurück und erinnerte mich dabei an einen Frosch, der von Seerose zu Seerose springt. »Ich habe dir die Hausaufgaben mitgebracht.« Sie hielt mir einige lose Blätter hin.

»Danke.« Ich zögerte, ehe ich sie nahm.

»Wenn du Hilfe brauchst«, setzte Leonie an, wurde jedoch von der Schulglocke unterbrochen. »Ich muss wieder los.« Sie klang beinahe entschuldigend. »Aber wir sehen uns ja heute Nachmittag, richtig?« Ich nickte, schwieg jedoch. »Meine Eltern möchten auch kommen.« Ich reagierte nicht. »Gut … also dann.« Sie lächelte uns an, machte dann kehrt und rannte über die Straße.

»Ein nettes Mädchen«, erklärte India.

»Ja«, antwortete ich schlicht.

»Und ihr Mantel ist schön.«

»Ja.«

»Und du?«

»Was ist mit mir?«

»Gehst du nicht zur Schule?« Ich konnte spüren, dass sie mich ansah.

Ich schüttelte den Kopf. »Nein.«

»Warum nicht?«

»Weil ich nicht will. Ist doch blöd zu lernen, was alle anderen auch lernen«, fügte ich hinzu. »Ich will nur wissen, was ich wissen will.«

»Das kann ich gut verstehen«, erwiderte sie. »Aber du könntest da mit netten Kindern spielen.«

»Nein.«

»Nein?«

»Nein, die gibt es da nicht!«

»Qu'est-ce que vous faites? Was machen Sie denn da?«

»Was soll ich schon machen? Ich ziehe mich aus.«

»Aber das können Sie doch nicht tun!«, rief Noelle und starrte India fassungslos an.

»Warum nicht?« India schüttelte fragend den Kopf, stieg auch mit dem zweiten Bein aus ihrem Kleid und stand nun in Unterwäsche vor uns, während Frau Habermann, Noelle und meine Mutter, Arthur, Leonie und ich sie ansahen.

Meine Tante schnappte entsetzt nach Luft, wandte hastig den Blick ab. »Weil sich das nicht gehört! Das macht man nicht. Schon gar nicht vor den Kindern«, fügte sie entschieden hinzu.

»Aber wir wollen doch in die Sauna gehen.«

»Was hat das damit zu tun?« Noelles Worte zwirbelten sich hysterisch in die Höhe.

Als sich India das Hemd auszog, griff meine Tante hastig nach Arthur und bedeckte seine Augen mit der Hand. Zornig funkelte sie India an, doch die blieb unbeeindruckt und ließ auch ihre Unterhose zu Boden fallen. Nun war sie vollständig nackt, und ich konnte die Gänsehaut auf ihren Beinen, Brüsten und Pobacken erkennen. Ich hielt die Luft an, sah von Noelle zu India und wieder zurück. Ich wusste nicht, was ich sagen sollte, fühlte mich aufgeregt, verlegen und seltsam verwirrt. Ich hatte noch nie einen anderen

Menschen unbekleidet gesehen, mit Ausnahme von Arthur, aber das zählte nicht. Wir waren Kinder. Da war das in Ordnung. Fasziniert musterte ich India aus dem Augenwinkel, ihre Hüften, den Bauch, ihre weichen Formen. Als mein Blick ihre Brustwarzen streifte, senkte ich erschrocken und mit heißen Wangen das Gesicht.

»Ihr geht doch wohl kaum mit euren Anziehsachen in die Sauna, oder?«

»Natürlich tun wir das!«, entgegnete Noelle entrüstet. »Wir wissen schließlich, wie man sich benimmt.« Sie drückte meinen Bruder enger an sich, als wollte sie ihn vor einer wilden Bestie beschützen.

»Aber dann sind die doch nachher klitschnass.«

»Deshalb hängen wir sie zum Trocknen auf.«

»Wie umständlich«, sagte India, dann fügte sie hinzu: »Und auch sehr ungesund, weil ...«

»Ungesund?«, unterbrach Noelle sie. »Warum sollte es ungesund sein, wenn man Kleidung trägt? Ich würde behaupten, dass man sich Krankheiten holt, wenn man es nicht tut, schließlich gibt es ...«

»Kannst du vielleicht mal den Rand halten und India ausreden lassen?«, fiel Frau Habermann ihr grob ins Wort.

Die Augenbrauen meiner Tante schnellten empört in die Höhe. *»Comment?«*

»Nein, nix kommo!« Frau Habermann machte eine ärgerliche Handbewegung. »Ich will jetzt hören, was India zu sagen hat. Also?« Sie wandte sich India zu und wartete auf eine Antwort.

India lächelte. »Das regelmäßige Saunieren ist wichtig, um den Körper zu entgiften und die eigenen Abwehrkräfte zu stärken«, erklärte sie.

»Das wissen wir«, schnappte Noelle zurück und erntete dafür einen bösen Blick von Frau Habermann.

»Das funktioniert wie beim Fieber«, sprach India gleich darauf weiter, »denn erst ab einer bestimmten Körpertemperatur werden Vorgänge in Gang gesetzt, die Entzündungen bekämpfen. Der Körper schwitzt dabei, um sich selbst zu kühlen, aber wenn er angezogen ist, kann er das nicht richtig.«

»Das ergibt Sinn«, murmelte Frau Habermann.

»Abgesehen davon ist es eine Art Ritual, das zur Entspannung dient und eine gewisse Gleichheit herstellt. In Finnland gehen die Menschen immer nackt in die Sauna.«

»Frauen *und* Männer … *gemeinsam?«* Noelle verzog schockiert das Gesicht.

India nickte. »Natürlich.« Sie hob die Schultern. »Nackt sind wir doch alle gleich.«

»Eben nicht!«, rief meine Tante. *»Balivernes! Balivernes!«*

»Was soll das nun wieder heißen?« Frau Habermanns Einwurf erinnerte mich an das tiefe, drohende Knurren eines Hundes.

»Ich denke, dass der Unterschied zwischen Männern und Frauen nie deutlicher hervortritt als in dem Moment, da sie ihre Kleidung abgelegt haben«, sagte Noelle in belehrendem Tonfall.

India erwiderte mit einem Lächeln: »Da bin ich anderer Ansicht.«

»Wie können Sie da …?«

»Also, ich finde das Ganze einleuchtend«, brummte Frau Habermann und machte sich daran, ihre Bluse und die Hose abzustreifen.

»Das kann nicht Ihr Ernst sein!« Meine Tante starrte sie in einer Mischung aus Unglauben und Ärger an.

»Doch.«

»Doch?«

»Wir sind unter uns«, versuchte India, Noelle zu beschwichtigen. »Wir sehen an der anderen nichts, was wir nicht selber haben.« Sie lachte.

»Und was ist mit *ihm?«*, fragte Noelle fast lautlos und deutete auf meinen Bruder, der noch immer fest an sie gedrückt war, die Hälfte des Gesichts unter ihren Fingern verborgen.

»Der kann sich glücklich schätzen.« India kicherte.

Doch meine Tante verzog nur säuerlich den Mund. »Das kommt nicht infrage!«, erklärte sie. »Das kommt gar nicht infrage!«

»Großer Gott!«, blaffte Frau Habermann sie plötzlich an. Sie stand mittlerweile ebenfalls nackt mitten in der Küche. »Mach doch nicht so einen Aufstand!«

»Ich entscheide immer noch selbst, wann ich einen Aufstand mache und wann nicht. *Merci beaucoup!* Aber ich werde mich wohl noch um Anstand und das Wohlergehen meines Neffen sorgen dürfen.«

»Das sind doch nur Titten, meine Gute!« Frau Habermann schüttelte verständnislos den Kopf. »Mach nicht so einen Wirbel wegen zwei Arschbacken mit Rosinen drauf.«

India konnte sich ein Lachen nicht verkneifen, das Noelle mit einem heißen, entrüsteten Blick beantwortete. »Achten Sie bitte auf Ihre Wortwahl, es sind Kinder anwesend«, zischte sie. »Außerdem …« Sie wollte gerade weitersprechen, als ihr Blick auf meine Mutter fiel, die ihr Nachthemd aufknöpfte und sich aus den Ärmeln schälte. *»Non! Non, non, non!«*, rief sie erschüttert. »Du nicht auch noch! Wie kannst du …?«

»Kinder, ich denke, das war euer Stichwort.« Frau Habermann sah uns belustigt an. »Raus aus den Klamotten!«

»Von mir aus! Macht doch, was ihr wollt.« Noelle ließ Arthur los, schob ihn energisch von sich und marschierte gerade wie ein Stock und mit großen Schritten zur Tür, dann hinaus und in Richtung Schuppen.

Mein Bruder dagegen stolperte vorwärts, riss die Augen auf und kam direkt vor Frau Habermanns ausladendem Busen zu stehen. Hastig zog er den Kopf ein, duckte sich unter den Brüsten hindurch und sprang hinter mich. »Keine Angst, mein Kleiner«, lachte Frau Habermann laut und dröhnend. »Die tun dir nix!«

Ich fühlte mich seltsam, so ganz ohne Kleider, obwohl ich mir einredete, es würde mir nichts ausmachen. Auch vor Leonie tat ich, als wäre es keine große Sache. Wenn sie mich leicht nervös anlächelte, machte ich ein Gesicht, wie ich es bei India gesehen hatte, unbeschwert, entspannt, selbstverständlich. Doch dieser Ausdruck hing schwer wie eine Maske an mir, und ich musste aufpassen, dass sie mir nicht verrutschte.

»Verfluchte Hacke, jetzt sieh sich das einer an«, polterte Frau Habermann, als wir keine zehn Minuten im aufgeheizten Schuppen gesessen hatten. Alle Blicke richteten sich auf sie. »Jetzt sieh sich das einer an. Da tropft mir doch meine verdammte Visage auf die Möpse.«

Und tatsächlich. Frau Habermanns großzügig aufgetragene Schminke hatte sich mit dem Schweiß auf ihrem Gesicht verbunden und floss abwärts. Am Kinn sammelte sich das klebrige Rot ihrer Lippen, Schwarz von den Wimpern, Blau von den Lidern und das leuchtende Orange, das sie sich immer rechts und links auf die Wangen pinselte. Als matschiger bunter Brei platschte er dick und schwer auf ihre nackten Brüste und hinterließ Pfützen aus Farbe.

»Vielleicht sollten Sie es mal mit etwas weniger Schminke versuchen«, bemerkte Noelle. Sie war bemüht, ihre Schadenfreude zu verbergen, doch es wollte ihr nicht ganz gelingen.

Frau Habermann warf ihr einen bösen Blick zu. »Und wozu? Damit ich am Ende nach einer Totengräberin aussehe wie du?«

»Ich sehe wohl kaum wie eine *Totengräberin* …«, wollte sich meine Tante ereifern, doch Frau Habermann ließ sie nicht zu Wort kommen: »Weißt du, was ich mache? Ich schenke dir einen von meinen Lippenstiften. Dann kannst du dir ein Lächeln zumindest ins Gesicht malen. Ist besser als nichts.«

»Es hat Sie wohl kaum zu interessieren, wie oft ich lächle, *madame.«*

»Ich hab nicht gesagt, dass es mich interessiert«, wandte Frau Habermann ein, doch dieses Mal war es Noelle, die über sie hinweg sprach.

»Und nur, dass Sie es wissen«, erklärte sie. »Ich besitze durchaus einen Lippenstift. *Merci beaucoup!* Aber ich benutze ihn nur zu besonderen Anlässen.«

»Lass mich raten, Herzchen. Und dann verbringst du dein Leben damit, darauf zu warten, dass so einer kommt, was?«

»Comment? Ich verstehe nicht, was Sie meinen.«

»Ich *meine«,* erwiderte Frau Habermann, »dass wir viel Geld für schöne Dinge ausgeben. Wir kaufen uns teure Kleider und Schmuck und dann ziehen wir sie im Leben vielleicht dreimal an, weil wir immer auf einen besonderen Anlass warten. Eine verfluchte Verschwendung. Das ist es.«

»Also, ich denke nicht …«, wollte Tante Noelle ansetzen, aber ich kam ihr zuvor: »Tragen Sie deshalb immer so viel Schmuck?«, fragte ich und sah Frau Habermann an.

»So ist es, Schätzchen.« Sie nickte. »Jeden Morgen behänge ich mich mit so viel Ringen und Ketten, wie ich tragen kann. Und sogar mehr. So mache ich aus jedem Tag einen besonderen Anlass.«

»Aber wieso?«

»Pass auf, Kleine. Als ich so alt war wie du … vielleicht auch noch etwas jünger … da hatte ich ein sehr schönes Kleid. Meine Mutter hatte es mir gekauft. Es war weiß mit Spitze und einem Rock, der hochflog, wenn man sich drehte. Ich hatte es nur ein einziges Mal an, bei der Anprobe, weil meine Mutter es für einen *besonderen Anlass«,* sie gab ein grunzendes Geräusch von sich, »aufbewahren wollte. Ich habe mich darin wie eine Prinzessin gefühlt. Aber ich wurde größer, und als der besondere Anlass endlich kam, passte mir das Kleid nicht mehr. Ich war herausgewachsen.«

»Aber besondere Momente können sich nur besonders anfühlen, wenn sie besonders sind«, erklärte Noelle. »Wenn wir sie jeden Tag tun, sind sie nichts anderes als Alltag.«

»Aber ein Alltag aus besonderen Tagen«, warf India mit einem Lächeln ein.

Meine Tante musterte sie kurz, dann wandte sie sich wieder Frau Habermann zu: »Diese Sache mit dem Kleid ist natürlich schade, aber solche Dinge passieren.«

»Und weißt du, was noch passiert?«, entgegnete Frau Habermann grob. »Dass man sich Unterwäsche aus Paris für eine Hochzeitsnacht kauft, die aber niemals kommt, weil der Mann, den man liebt, vorher ins Gras beißt.« Eine kleine Pause entstand, in der ich in Frau Habermanns Gesicht zum ersten Mal so etwas wie Traurigkeit erkannte. Und mir wurde klar, dass vielleicht die Menschen am traurigsten waren, denen man es am wenigsten ansah. Frau Habermann räusperte sich, ehe sie weitersprach: »Dabei hat die Unterwäsche ein Vermögen gekostet und ich mich in ihr wie eine Sexgöttin gefühlt.«

»Madame!«, rief meine Tante erschrocken. »Sie vergessen sich!«

»Was ist eine Sexgöttin?«, fragte ich und sah erst Noelle, dann meine Mutter, India und schließlich Frau Habermann an. Als die mir antworten wollte, zischte Noelle: »Wagen Sie es nicht, Frau Habermann! Wagen Sie es nicht!«

Wir saßen in der Küche zum Abendbrot. Vor den Fenstern war die Dunkelheit, doch die Lampe über dem Küchentisch zog einen hellen Kreis um uns, dem die Finsternis nichts anhaben konnte. Noelle stellte gerade die Pfanne mit dem Rührei auf den Tisch und wollte auf ihrem Stuhl Platz nehmen, als ihr Blick auf India fiel, die das Gesicht gedankenverloren zur Decke gerichtet hatte. Meine Tante hielt inne und wartete.

»Was haltet ihr davon, wenn wir nicht hier essen?«, fragte India einige Momente später, senkte den Kopf und sah nun uns an, erst Arthur und meine Mutter, dann mich und schließlich Noelle, die sogleich den Mund verzog.

»Was soll das heißen? Nicht *hier?«* Sie hatte sich noch immer nicht gesetzt, stand aber auch nicht mehr ganz aufrecht, sondern hing seltsam in der Luft.

»Ich meine, nicht an diesem Tisch, nicht in der Küche.«

»Was soll das wieder für eine Albernheit sein?« Meine Tante schüttelte leicht den Kopf. »Machen Sie sich nicht lächerlich. Natürlich essen wir in der Küche und natürlich essen wir am Tisch. Das gehört sich so.« Sie ließ sich auf den Stuhl fallen und rückte ihn entschlossen nach vorne.

»Ich weiß«, sagte India, »aber muss man immer nur Dinge tun, die sich gehören?«

»Was für eine Frage?«, entgegnete Noelle und gab einen tadelnden, zischenden Laut von sich. »Natürlich! Sie kommen ja auf Sachen. Wer möchte Ei?«, wandte sie sich an uns, als ich plötzlich die Stimme meiner Mutter hörte.

»Du meinst eine Art Picknick?«, fragte sie und wir alle schienen einen Moment zu überrascht, um zu reagieren.

India lachte als Antwort. »Ja, gewissermaßen ein Picknick.«

»Ein *Picknick?!«,* erklärte Noelle spöttisch. »Das ist ja das Absurdeste, das ich je gehört habe. Ein Picknick bei minus 5 Grad.« Sie wuchtete entschieden einen Berg Rührei auf Arthurs Teller. »Hat man so was schon gehört?!«

»Wo würdest du denn gerne essen, India?« Das war wieder meine Mutter.

»Ich weiß nicht«, erwiderte India ungenau, doch ihr Blick huschte erneut in Richtung Zimmerdecke. »Oben.«

»Oben?« Noelle hielt inne und starrte sie mit hochgezogenen Brauen an.

»Ja … oben … bei Oma Flora.«

»Bei …« Mir kam es vor, als würde meiner Tante das Wort, das sie eben noch aussprechen wollte, tonlos von den Lippen fallen. Sie starrte India an und presste den Mund zusammen.

»Ich meine«, begann India vorsichtig. »Es geht mich natürlich nichts an, aber … sie ist doch da oben so viel allein.« Noelle schwieg, deshalb sprach India hastig weiter und blickte uns nacheinander an: »Und sollte nicht gerade das Abendessen ein Anlass für die Familie sein, um zusammenzukommen? Sie ist eure Mutter«, sie wies auf Noelle und meine Mutter, »und eure Oma.« Nun sah sie Arthur und mich an. »Und, na ja …« India drehte sich eine Haarsträhne auf den Finger. »Versteht mich nicht falsch. Ich habe sicher nicht das Recht, mich einzumischen, aber …« Sie hob die Schultern. »Ist das ein sehr blöder Gedanke?« Sie legte zweifelnd den Kopf schräg.

»Nein«, sagte meine Mutter in diesem Moment.

»Nein?« India betrachtete sie fragend, dann richteten sich ihre Augen auf meine Tante.

Diese ließ sich nicht anmerken, was sie dachte. Ihre Züge waren glatt und streng wie immer, die Lippen ein schmaler Strich. Es kam mir vor, als würden wir alle die Luft anhalten und darauf warten, wie Noelle reagierte. Die Stille wurde zwischen uns groß. »Nein«, sagte meine Tante schließlich und ihre Worte waren entschieden. »Nein, das ist kein blöder Gedanke. *Arthur,* Frederike, nehmt eure Teller. Wir gehen nach oben.« Damit begann sie, das Geschirr und die Lebensmittel zusammenzuräumen.

Keine zehn Minuten später saßen wir in Oma Floras Zimmer, um uns der Frühling, der Blume für Blume über die Tapete wuchs. India hatte es sich auf dem Bett meiner Oma bequem gemacht, Lennon auf ihrer Brust, mit dem Rücken gegen eine weiße Lilie und einen Strauß Margeriten gelehnt und die Beine übereinandergeschlagen. Tante Noelle hockte neben ihr auf der Kante und balancierte auf den geschlossenen Knien ihren Teller. Oma Flora hatte ihren Sessel vom Fenster in den Raum gedreht, Arthur und ich saßen zu ihren Füßen, während meine Mutter im Schneidersitz in der Nähe des Schranks Platz genommen hatte, ihr Abendessen neben sich.

Wir hatten eine Weile geschwiegen, als sich India an meine Oma wandte. Sie kaute, schluckte und legte ihr Brot zur Seite, dann begann sie: »Hast du schon immer hier gewohnt? Hier in diesem Haus, in diesem Dorf …?«

»Nein, nicht immer.« Meine Oma schüttelte den Kopf, dann nickte sie plötzlich und lächelte leicht. »Aber ich bin hier geboren worden. Hier in diesem Zimmer.« Sie deutete um sich, und einen Augenblick lang sah ihr Gesicht wie eine Leinwand aus, über die Oma Floras Leben im Zeitraffer hinwegglitt. »Es ist das Haus meiner Eltern und Großeltern. Mein Großvater hat es vor über hundert Jahren gebaut. Er war ein recht wohlhabender Mann und wollte ein schönes, großes Haus für seine Familie. Nach seinem Tod hat er es meinem Vater vererbt, und hier habe ich meine Kindheit und Jugend verbracht. Aber damals war noch vieles anders.« Sie blickte Arthur und mich aufmerksam an. »Wir hatten nur einen einzigen Ofen unten in der Wohnstube, um den sich die ganze Familie versammelt hat, um nicht zu frieren, wenn es draußen kalt war.«

»Wie unsere Sauna?«, fragte ich.

Meine Oma bewegte zustimmend den Kopf. »Ja, ein bisschen wie eure Sauna.« Sie machte eine lange Pause, ehe sie fortfuhr. »Aber wie gesagt, damals war vieles anders. Nicht nur das Haus. Auch die Menschen … das Dorf.« Sie schluckte schwer. »Der Krieg hat alles verändert. Uns alle«, fügte sie hinzu.

Es vergingen einige Momente, in denen wir schweigend unser Abendbrot aßen und das Klappern von Geschirr und Besteck die einzigen Geräusche zwischen uns waren. Ich hätte gerne etwas gesagt, wusste jedoch nicht, was. Schließlich war es India, die die Stille beendete.

»Dann ist es ein Haus mit einer langen Geschichte«, erklärte sie.

»*Eurer* Geschichte.« Sie lächelte. »Hier hat alles angefangen.« Sie sah uns der Reihe nach an. »Für euch alle.«

»Ja, das ist wahr.« Oma Flora wog den Kopf. »Ich bin ausgezogen, als ich geheiratet habe. Mein Mann ...« Sie räusperte sich und musste husten, weil das Wort zu ungewohnt schien. »Er hatte Arbeit in der Nähe von Köln. Dort haben wir gelebt. Viele Jahre.« Plötzlich änderte sich ihr Gesicht. »Oh«, sagte sie und ein Lächeln fiel von ihren Lippen, »ich weiß noch, wie aufgeregt ich damals war. Ein neuer Ort. Ein neues Leben. Köln ist vielleicht ... hundert Kilometer von hier entfernt, aber mir kam es damals weiter vor. Sehr viel weiter. Die meisten Frauen in meinem Alter sind zu dieser Zeit hier in der Gegend geblieben. Kaum eine hat es weiter weg verschlagen als ins nächste Dorf. Aber ich ... ich wollte etwas anderes. Ich wollte ein ... ein richtiges Abenteuer!« Sie lachte ein leises und verlegenes Lachen. Und zum ersten Mal wurde mir bewusst, dass meine Oma Flora nicht immer meine Oma Flora, sondern dass sie auch einmal jung gewesen war. So alt wie Tante Noelle, so alt wie India, sogar so alt wie Arthur und ich. »Später«, murmelte Oma Flora, als ihre Züge wieder ernst geworden und die Fröhlichkeit daraus verschwunden war. »Später kam es mir dann nicht mehr wie die große weite Welt vor, sondern nur noch wie deren Ende.« Wieder hielt sie einige Momente inne. »Ich bin zurückgekommen, als ...« Sie brach ab und betrachtete die Blumen an ihrer Tapete.

»Wann war das?«, fragte India ruhig.

»Das muss ... '42 oder '43 gewesen sein.«

»Am 10. Januar 1943«, bemerkte Noelle und ihre Stimme klang ungewöhnlich rau. Sie hustete leicht, und meine Oma musterte sie einige Minuten mit einem seltsamen Ausdruck in den Augen, den ich nicht von ihr kannte.

»Ja«, sagte sie schließlich und knetete dabei ihre Hände.

»Das weißt du noch so genau, Tante No-elle?«, fragte ich.

Meine Tante nickte. »Ich war damals etwa so alt wie du. Oder ein bisschen älter.« Sie strich sich eine nicht vorhandene Strähne zurück. »Wir haben im Morgengrauen unsere Sachen gepackt und den ersten Zug genommen.«

»Warum?«

»Das ist …« Sie schüttelte kaum merklich den Kopf und blickte zu Oma Flora, und einige Sekunden lang kam es mir vor, als würden sie sich mit den Augen Dinge sagen, die wir nicht hören und die niemand sonst verstehen konnte. »Das ist eine sehr lange Geschichte«, erklärte sie schließlich und presste die Lippen zusammen.

»Freddi hat erzählt, deine Mutter war Französin«, sagte India. »Aus welchem Teil von Frankreich kam sie?«

Oma Flora antwortete nicht sofort. Es kam mir vor, als würde sie sich an ein Leben zurückerinnern, das schon zu lange hinter ihr lag, als dass sie es ohne Schwierigkeiten sehen konnte. »Aus *Amiens«*, erklärte sie schließlich. »Einer Stadt im Norden, die an der Somme liegt.«

»Das ist ein Fluss, der in den Ärmelkanal mündet«, bemerkte Noelle an Arthur und mich gewandt. »Dort gibt es eine wunderschöne Kathedrale, die heute das größte Sakralgebäude Frankreichs ist.«

»Bist du da auch mal gewesen, Oma?«, fragte ich.

»Als Kind war ich oft in den Ferien zu Besuch. Meine Großeltern, die Eltern meiner Mutter, besaßen ein hübsches, altes Häuschen mit einem Garten voller Blumen, in den jeden Morgen die Sonne schien.«

»An das Haus erinnere ich mich auch.« Ich drehte mich zu meiner Mutter, weil ihre Stimme immer noch ungewohnt war. Sie lächelte leicht. »Es hatte blaue Fensterläden.«

»Die hat es noch«, murmelte Tante Noelle. Oma Flora und meine Mutter sahen sie überrascht an, deshalb bemerkte sie: »Natürlich war ich noch mal da.«

»Wie oft?«, wollte meine Oma wissen.

»Ich weiß nicht.« Noelle schüttelte ungenau den Kopf. »Ein paar Mal. Es ist nicht allzu weit von Paris entfernt. Heute ist es verfallen.« Sie hielt einen Moment inne. »Aber ich habe dort einige der schönsten Sommer meines Lebens verbracht. Vor dem Krieg … vor allem …«

»Ich auch«, sagte meine Mutter leise und tauschte mit Tante Noelle Blicke.

»Aber du warst noch so klein«, murmelte Noelle.

»Trotzdem weiß ich es genau.« Sie lächelten sich an, und ich bemerkte, dass auch auf Oma Floras Lippen ein zartes, aber trauriges Lächeln glitzerte. Als ich meine Mutter abwartend musterte, erklärte sie: »Wir waren früher oft da. Als wir noch sehr klein waren. Deine Tante Noelle und ich und …«

»Tristan«, sagte Oma Flora leise.

»Ja.« Meine Mutter und Tante Noelle nickten gleichzeitig.

»Tristan ist euer Bruder, richtig?«, fragte India in diesem Moment.

»Ja«, setzte Noelle an, zögerte und musterte meine Oma aus dem Augenwinkel. Diese betrachtete abwesend die Klebeblumen auf der gegenüberliegenden Wand. Ich war mir nicht sicher, ob sie uns hörte oder sich in diesem Anblick ebenso verloren hatte wie sonst, wenn sie aus dem Fenster starrte. »Ja, das … das ist richtig.« Die Worte meiner Tante hatten zum ersten Mal etwas sehr Zaghaftes und Vorsichtiges. »Aber«, sie senkte die Stimme noch weiter, »aber er ist … gegangen.« Sie sah India eindringlich an. »Wir sprechen nicht darüber.«

India nickte. »Ich verstehe.«

Einige sehr lange Minuten wuchs die Stille zwischen uns, bis sie größer schien als jedes Wort. Ich konnte nicht erkennen, woran Oma Flora dachte, doch in ihr Gesicht hatte sich ein tiefer Kummer gegraben. Auch meine Mutter und Tante Noelle hatten die Augen gesenkt, keine von ihnen sagte etwas. Ich wusste nicht, was ich tun sollte. Die schweigsame Traurigkeit fühlte sich unendlich schwer an. Ich blickte zu Arthur, dann zu India. Sie legte den Kopf leicht schräg und versuchte, mich mit einem Lächeln aufzumuntern. Ich verzog nur den Mund.

»Ich war mal in einem kleinen Dorf in Südfrankreich«, erzählte India plötzlich und klang dabei vollkommen unbekümmert. Als ich ihr einen dankbaren Blick zuwarf, zwinkerte sie mir zu. »Ich bin von Dorf zu Dorf gewandert und habe dort haltgemacht, wo es mir gefallen hat. Manchmal folgte ich Wegen, die wirkten, als wäre seit Jahren niemand mehr auf ihnen gewandert, ich habe Früchte von Feldern gegessen und unter dem Sternenhimmel geschlafen. Es war die vollkommene Freiheit. Es gab nur mich und meinen Weg«, sagte sie mit einem Lächeln, das etwas Wehmütiges und Schmerzliches hatte. Sie richtete die Augen auf den schlafenden Lennon. »Nur ich und mein Weg«, wiederholte sie leiser. »Jedenfalls kam ich irgendwann an einen wunderbaren kleinen Fluss. Ich war den ganzen Tag gelaufen und konnte es gar nicht erwarten, mich ein wenig auszuruhen und die Beine im Wasser baumeln zu lassen. Ganz in meiner Nähe saß ein älterer Franzose, der genüsslich Aprikosen aus einer braunen Papiertüte aß. Er bot mir welche an, doch als ich hineinblickte, waren die übrig gebliebenen Früchte bereits braun und matschig, einige sogar verschimmelt. Ich wollte ablehnen, doch der Mann blieb hartnäckig, deshalb kramte ich mein bestes Französisch zusammen und sagte: *›Dans le sac tu as du cheval blanc.‹*«

Ich starrte India mit großen Augen an, und als Noelle in derselben Sekunde in lautes, schallendes Gelächter ausbrach, stimmte India sogleich ein. Sie lachten und lachten, wischten sich die Tränen von den Wangen und konnten doch nicht aufhören. Sogar meine Mutter gab ein heiseres Kichern von sich, während Arthur und ich uns verständnislos ansahen. Auch Oma Flora blickte verwirrt, weil das Lachen sie aus ihren eigenen schweren Gedanken hatte auftauchen lassen. Doch die hemmungslose Freude war so ansteckend, dass wir anderen uns ein breites Grinsen nicht verkneifen konnten.

»Was bedeutet das?«, fragte ich und schüttelte den Kopf. »Was soll das bedeuten?«

»Es bedeutet«, gluckste Noelle, aber ihr eigenes Kichern verschluckte ihre Worte, während India immer wieder dazwischenprustete: »Ich habe ja gesagt, dass ich es mit Fremdsprachen nicht so hab.«

»Was soll es denn nun bedeuten?«

Endlich gelang es Tante Noelle, sich so weit wieder zu beruhigen, dass sie mir antworten konnte. »Es bedeutet, dass der alte Mann ein weißes Pferd in seiner Tüte hatte. Mehr oder weniger.«

»Ein weißes *Pferd?*«, wiederholte ich. Das Gelächter wurde wieder lauter.

»Und weißt du auch, wie man ein weißes Pferd noch nennt?« Noelle sah mich an, die Hand auf die Lippen gepresst.

»Wie man ein weißes Pferd noch nennt?« Ich hob die Schultern, als ich es endlich verstand. »Schimmel. Einen Schimmel!«, rief ich und fing nun ebenfalls laut an zu lachen.

»Ich möchte mit dir über eine Sache reden, Frederike«, sagte meine Tante ernst.

Wir hatten den ganzen Vormittag in der Küche gesessen und lesen geübt, während meine Mutter die Zeit mit Oma Flora verbracht hatte und India und Arthur um halb elf aufgebrochen waren, um Herrn Habermann zu besuchen. Nun saßen Noelle und ich zu zweit im sich aufheizenden Schuppen, dessen warme Luft Wellen warf. Ein wenig Sonne glitzerte durch die vereisten Fenster und ließ die Hitze flimmern. Der Ofen gab ein gleichmäßiges Knurren von sich. Noelle hatte die Hände in ihrem Schoß zusammengelegt, hob dann und wann den Arm und strich sich über die nassen Haare oder zupfte am Kragen ihres Kleides. Ich war bis nach hinten an die Lehne herangerutscht und ließ die Beine baumeln. Schweiß rann mir den Hals herunter und malte auf meinem nackten Bauch ein Muster, das aussah wie eine Wiese aus glänzenden Wasserperlen.

»Ich möchte mit dir über eine wichtige Sache reden«, wiederholte Tante Noelle.

Ich nickte. »Das möchte ich auch.«

Überrascht musterte sie mich. »Oh.« Mehr schien ihr nicht einzufallen.

»Aber fang du ruhig an, Tante No-elle«, erklärte ich.

Sie zögerte und strich den Rock ihres Kleides glatt. »Nun gut«, sagte sie dann. »Nun gut.« Sie wischte sich den Schweiß von der Oberlippe. »Ich habe dir bereits mehrfach erklärt, wie wichtig eine gute Bildung ist, oder nicht, Frederike?« Ich nickte vorsichtig, weil ich nicht wusste, worauf meine Tante hinauswollte. »Und du weißt auch, wie unsäglich ich es finde, dass diese Stadt ihrer Pflicht nicht nachkommt, euch Kindern eine angemessene und bestmögliche Schulausbildung angedeihen zu lassen. *C'est scandaleux!«,* fügte sie energisch hinzu, zwang sich jedoch bereits im nächsten Moment wieder zur Ruhe. »Ich denke, deine Schwierigkeiten mit dem Lesen und Schreiben wären sicher nicht so verheerend, wenn man sich dieser Verantwortung etwas mehr bewusst wäre, verstehst du?« Noelle wartete nicht auf eine Antwort. »Ich möchte einfach, dass du weißt, dass es nicht deine Schuld ist.« Sie sah mich eindringlich an. »Hörst du, Frederike? Es ist nicht deine Schuld. Man hätte sich in der Schule mehr um dich kümmern und dich fördern müssen.« Sie hielt einen Moment inne, ehe sie weitersprach und sich dabei leicht nach vorne beugte: »Es gibt im Leben Dinge, die fallen den einen Menschen leicht und den anderen schwer. Das ist einfach so. Dafür kann niemand etwas. Das ist beim Radfahren so, beim Schwimmen oder auch beim … Bergsteigen.«

»Bergsteigen?«, fragte ich.

»Oui, oui«, erwiderte Noelle. »Die einen sind trittsicher wie eine Schneeziege und klettern selbst die steilsten Klippen ohne Schwierigkeiten nach oben. Die anderen schaffen es nicht einmal auf einen kleinen Hügel, weil sie zwei Meter über dem Boden schon Höhenangst bekommen. Für sie ist es nicht so einfach, den Gipfel zu erreichen. Für eine schöne Aussicht müssen sie sich viel mehr anstrengen. Aber oft sind gerade die Dinge am wertvollsten, für die wir uns am meisten anstrengen müssen. Sie sind von Bedeutung. Gerade weil sie uns nicht einfach zufliegen und wir uns um sie bemühen müssen. Man sollte sie nicht gleich aufgeben, nur, weil sie es einem schwer machen. Und genauso wenig sollte man Dinge tun, nur, weil sie einem zufällig leichtfallen. Wie dem auch sei.« Sie schüttelte den Kopf. »Ich möchte nur, dass du weißt«, sie suchte abermals meinen Blick, »ich bin dir nicht böse.«

Als ich verstand, dass sie offenbar auf eine Reaktion von mir wartete, nickte ich langsam und sagte: »Ähm … danke?!«

»Keine Ursache«, antwortete sie. »Du machst gute Fortschritte. Ich bin sehr zufrieden mit dir. Und«, sie holte tief Luft, »stolz bin ich auch.«

»Wirklich?« Ich blickte sie überrascht an.

»Absolument!«

»Danke«, sagte ich. »Ich meine, märßie.« Als ich sie anlächelte, lächelte sie ebenfalls, stand auf und tätschelte mir etwas unbeholfen die Schulter, ehe sie sich wieder setzte. Einige Augenblicke schwiegen wir befangen.

»Und worüber wolltest du mit mir reden?«, fragte mich meine Tante schließlich.

Ich fuhr mir nervös mit der Hand durch die nassen Haare. Die Hitze fühlte sich plötzlich schwerer an als sonst. Ich schluckte einige Male, bevor ich ihr erklärte: »Es geht um Oma Flora.«

Noelle schien erstaunt. »Was ist mit ihr?«

»Tante No-elle«, setzte ich an, »kannst du ihr nicht sagen, dass sie aus ihrem Zimmer kommen soll? Sie ist so allein da oben und sieht so traurig aus. Und mit meiner Mutter hast du es doch auch geschafft«, fügte ich eilig hinzu, als ich bemerkte, dass sie bereits das Gesicht verzog.

Sie musterte mich. »Das kann ich nicht«, erwiderte sie.

»Wieso nicht?«

»Ich kann einfach nicht.«

»Aber denkst du denn, ich will mich jeden Morgen mit dir in die Küche setzen und stundenlang Worte aneinanderreihen?«, fragte ich zurück. »Denkst du, ich hab nichts Besseres zu tun, als mich ständig von dir korrigieren zu lassen? Wieder und wieder?« Ich schüttelte heftig den Kopf. »Aber ich tue es, weil du es gesagt hast. Aus keinem anderen Grund. Wenn du den Menschen etwas sagst, dann machen sie es, ob sie wollen oder nicht! Deshalb wasche ich mir jeden Abend das Gesicht, obwohl ich es hasse wie die Pest. Deshalb räume ich mein Zimmer auf, obwohl ich es sinnlos finde, weil es sowieso wieder unordentlich wird. Deshalb kämme ich mir die Haare, auch wenn es ziept, danke Gott, dass du gekocht hast, versuche, langsamer zu reden, als ich denke, nehme mich vor Schurken und Ungeheuern in Acht, rede nicht mit vollem Mund und …«

»Oui, oui, oui«, unterbrach sie mich mit zusammengekniffenen Lippen. »Ich habe es verstanden. Und es ist nett, dass du das sagst, Frederike.« Die Ahnung eines Lächelns stahl sich in Noelles Züge. »Aber bei meiner *maman* … da«, sie hob die Schultern, »weiß ich

nicht, was ich tun soll.« Mit einem Mal klang sie traurig und bitter. »Ich würde ihr gerne helfen. Du weißt nicht, wie gern ich das tun würde. Aber zwischen uns ist einfach zu viel passiert. Die Zeit … sie lässt sich nicht zurückdrehen. So ist das nun mal.«

»Aber …«, wollte ich einwenden, doch sie kam mir zuvor: »Deine Oma und ich haben uns nicht im Guten getrennt, Frederike. Damals … als ich nach Frankreich gegangen bin. Wir waren eine sehr lange Zeit sehr zornig aufeinander.«

»Warum?«, fragte ich bestürzt.

»Es hat … Es hat mit meinem Vater zu tun und …«

»Omas Ehemann?«

»Ja.« Sie nickte steif und hielt einen Moment inne. »Und manchmal, wenn zwei Menschen sich so weit voneinander entfernt haben wie deine Oma und ich, dann ist es schwer, wieder einen Schritt aufeinander zu zu machen. Selbst, wenn man es sich wünschen würde. Man ist einfach schon zu weit gegangen.«

»Hat es mit dem 10. Januar zu tun?« Ich fühlte mich plötzlich so hilflos und verzweifelt, dass mir meine Stimme entglitt.

»Dem 10. Januar?« Meine Tante runzelte verständnislos die Stirn.

»Ja«, sagte ich und nickte hastig. »Dem 10. Januar und der langen Geschichte.«

Sie musterte mich aufmerksam, dann erklärte sie schließlich ruhig und bestimmend: »Du bist noch ein Kind, Frederike. Du kannst das nicht verstehen. Wenn du erst älter …«

»Nein«, fuhr ich dazwischen und funkelte meine Tante an. »Ich verstehe das wohl! Du willst ihr nicht helfen. Du willst es nicht einmal versuchen. Du …«

»Deine Oma hat gelogen«, unterbrach sie mich scharf, zögerte einen Moment und wiederholte dann langsamer, aber gepresst. »Sie hat gelogen.«

»Was?« Ich starrte sie schockiert an.

Tante Noelle räusperte sich, fuhr sich mit der flachen Hand über die Haare, wieder und wieder. »Sie hat nicht die Wahrheit gesagt«, sagte sie schließlich, und ich konnte sehen, wie viel Mühe es sie kostete, ihre Worte zu beherrschen. »Und man sollte *immer*«, sie machte eine bedeutungsvolle Pause und warf mir einen eindringlichen Blick zu, »die Wahrheit sagen. Immer. Selbst, wenn andere einen darum bitten, es nicht zu tun.« Sie atmete angestrengt ein und aus. »Hörst du, Frederike?« Sie unterdrückte ein Zittern in ihrer Stimme. »Ich kann es dir nicht oft genug sagen. Du darfst nicht lügen. Nicht für dich selbst. Nicht für andere. Für niemanden. Für Unwahrheiten gibt es keine Entschuldigung!«

Ich betrachtete meine Tante. Nie zuvor war sie mir mehr vorgekommen, als wäre sie aus Stein. Sie wirkte so hart und unnachgiebig, als wäre die Entschlossenheit in ihre Züge gemeißelt. Und gleichzeitig wurde ich den vorsichtigen Verdacht nicht los, dass schon die kleinste Erschütterung dazu führen konnte, dass ihre Härte und Unnachgiebigkeit Risse bekam. Ich zögerte, dann rutschte ich noch etwas näher heran, schlang meine Arme um ihren und lehnte meine Wange an Noelles Schulter.

Im ersten Moment schien sie zu überrascht, um reagieren zu können. Sie war wie erstarrt, drehte leicht den Kopf und sah auf meine Finger im Stoff ihres Kleides, als wüsste sie nichts mit ihnen anzufangen.

»Kannst du es denn nicht wenigstens versuchen?«, fragte ich leise und blickte mit großen Augen zu ihr auf.

Noelle schluckte, während Gefühle über ihr Gesicht flimmerten, schneller als Lichter bei einem Gewitter. Sie versuchte, sich zu sammeln, versuchte, die Kontrolle über sich selbst zurückzugewinnen, aber es wollte ihr nicht gelingen. Schließlich flüsterte sie fast tonlos: »Das habe ich. Das habe ich, Frederike.« Sie streckte vorsichtig eine Hand aus und legte sie auf meine. Obwohl es so heiß um uns herum war, fühlte sie sich fast kalt an. »Als Tristan …«, ich sah, dass Tante Noelle konzentriert Luft holte, »als er fort war, bin ich zurückgekommen. Ich wollte ihr helfen. Ihr beistehen. Einen Schritt auf sie zu machen. Aber … aber sie wollte meine Hilfe nicht.« Sie betrachtete den Rock ihres Kleides und bemühte sich, eine Falte aus dem Stoff zu streichen. Doch jede ihrer Bewegungen zitterte. »Damals war ich sehr«, sie atmete tief ein, »sehr verletzt und voller Vorwürfe. Viele Jahre lang. Heute denke ich, dass deine Oma vielleicht einfach zu traurig gewesen ist, um Hilfe anzunehmen. Und vielleicht war auch ich selbst zu traurig, um überhaupt eine Hilfe sein zu können.«

Ich schwieg einen Moment, während ich sehr genau die Stelle spürte, an der Noelles Hand meine berührte. »Aber jetzt ist jetzt, oder nicht?«, fragte ich nach einer Weile. »Jetzt ist nicht damals.«

»Da hast du recht.« Sie nickte langsam.

»Vielleicht konntest du sie früher nicht aufmuntern. Aber vielleicht kannst du es jetzt. Vielleicht können wir es zusammen.«

»Das wäre schön, Frederike. Das wäre sehr schön«, murmelte Noelle und ließ mich los. Sie verschränkte ihre Finger in ihrem Schoß und hielt den Blick gesenkt. Ich erkannte plötzlich, dass sie eine Tochter war wie ich. Eine Tochter, die ihre Mutter erreichen wollte, aber nicht wusste, wie.

Es vergingen einige Minuten, in denen Hitze und Schweigen zwischen uns hingen. Doch plötzlich stand ich auf.

»Wir haben jetzt genug geschwitzt«, sagte ich entschieden und griff erneut nach der Hand meiner Tante.

»Frederike?!«, protestierte sie, ließ sich aber auf die Füße ziehen. »Was hast du vor, junge Dame? Ich verlange, sofort zu erfahren, was du vorhast!«

»Komm einfach mit, Tante No-elle.« Ich steuerte bereits auf die Schuppentür zu.

»Komm einfach mit?!«, ereiferte sie sich, folgte mir aber trotzdem nach draußen.

Die Hitze stob mit uns aus der Hütte ins Freie und erstarrte augenblicklich in der gefrorenen Luft. Einen Moment zögerte ich, dann stapfte ich los, nicht auf das Haus zu, sondern nach rechts, dorthin, wo ein großer weißer Eishügel in der Sonne glitzerte.

»Dürfte ich erfahren, was du vorhast, Frederike?«, fragte meine Tante. Ich blickte sie an, dann ließ ich mich nackt, wie ich war, in den Schnee fallen. *»Non,* Frederike, *non!* Steh sofort wieder auf. Ich verlange von dir, dass du sofort wieder aufstehst.« Sie starrte mich entsetzt an, als ich mich auf den Rücken drehte und begann, mit den Armen auf und ab zu rudern. »Dein Verhalten ist höchst ungebührlich!«

»Aber es ist toll, Tante No-elle! Es ist so toll!«

»Red keinen Unsinn, Kind! Das ist nicht toll. Das ist lebensgefährlich! Du holst dir den Tod. Und ich bin für dich ...«

In diesem Moment wurde Noelle durch ein lautes Klopfen über uns unterbrochen. Meine Mutter und Oma Flora standen am Fenster, drückten ihre Nasen an die Scheibe – und lachten. Meine Tante starrte erst sie an, dann mich, dann wieder nach oben. Sie zögerte eine endlos scheinende Minute, doch plötzlich raffte sie umständlich den Rock ihres Kleides und ließ sich ebenfalls sinken, langsam, mit den Knien voran. Den Mund zusammengepresst und das Gesicht vorwurfsvoll verzogen, legte sie sich in den Schnee.

»Und jetzt so, Tante No-elle. Jetzt so!« Ich bewegte meine Arme und Beine auf und zu. »Ist das nicht herrlich? Sieh nur, wie herrlich das ist!«

Abermals blickte Noelle das Haus hinauf, wo meine Mutter und Oma Flora noch immer standen und uns zusahen. Schließlich gab sie ein ergebenes Seufzen von sich und tat es mir nach. »Ich weiß nicht, was das werden soll!«, brummte sie verärgert, ruderte aber weiter.

Ich lachte. »Ein Schneeengel, Tante No-elle. Ein Schneeengel soll das werden!«

6

»Weit ist der Weg«
FREDDY QUINN

»Wir sind wegen dem Schwitzhaus hier.« Das war das Erste, was Frau Andörfer sagte, als meine Tante die Tür öffnete. Sie sprach so hastig, als wollte sie aus den verschiedenen Worten ein einzelnes langes machen. Dabei hielt sie ihre Handtasche fest umklammert und ihre Blicke huschten unablässig von Noelle zur Witwe Bindernagel, die neben ihr stand, und wieder zurück.

Ich kannte die beiden Frauen kaum. Ich wusste, dass Frau Andörfer einen Mann hatte, aber keine Kinder. Und sie redete sogar noch schneller als ich. Im Dorf erzählte man sich, dass ihr Ehemann mehrfach im Krieg verwundet worden war und es fast nicht mehr nach Hause geschafft hatte, und ich überlegte, ob das der Grund für ihr Tempo war. Vielleicht hatte sie immer das Gefühl, zu wenig Zeit zu haben. Die Witwe Bindernagel dagegen hatte eine sehr leise Stimme, deshalb kam es mir oft vor, als würde sie ganz ohne Ton sprechen. Ihr Mann war schon vor langer Zeit gestorben, deshalb kannte ich sie nur als Witwe Bindernagel. Als wäre sie immer nur das, was ihr fehlte.

Noelle musterte die Damen, dann sagte sie höflich: *»Bonjour, mesdames.«*

»Bontschur? Was bedeutet das?«, fragte Frau Andörfer hektisch und wandte sich an die Witwe Bindernagel: »Was bedeutet das wohl?«

»Es heißt: Guten Tag, meine Damen. Es ist eine französische Begrüßung, die man üblicherweise ausspricht, wenn man jemanden das erste Mal sieht … oder vor seiner Tür steht.«

»Ach so … ja …« Frau Andörfer nickte, einmal, zweimal, dreimal. »Jaja, natürlich, guten Tag, guten Tag.« Sie lächelte ein eiliges

Lächeln. »Wie unhöflich von mir. Wie unhöflich.« Sie machte eine ruckartige Bewegung mit den Händen, die ihre Tasche vor- und zurückbaumeln ließ. »Wir sind wegen dem Schwitzhaus hier. Wegen dem Schwitzhaus.«

Noelle schwieg. Ich konnte ihr Gesicht von meinem Platz an der Treppe aus nicht sehen, aber das musste ich auch nicht, um zu wissen, dass sie den Mund tadelnd verzogen hatte, als in diesem Moment die Witwe Bindernagel zu sprechen begann: »Guten Tag«, sagte sie, und ich konnte ihre Worte nicht hören, sondern nur auf ihren Lippen erahnen. Ich sah, wie sich meine Tante unwillkürlich nach vorne beugte, um sie zu verstehen. »Mein Name ist Benedikta Bindernagel. Ich wohne in der Webergasse 23. Das ist Magdalena Andörfer.« Sie wies neben sich und Frau Andörfer hob und senkte abermals den Kopf so schnell, dass ihr schwindlig werden musste.

»Von den Andörfern aus Stadtlohn«, fügte sie eilig hinzu.

»Und wir sind gekommen, weil wir gerne Ihr Schwitzhaus besuchen würden. Wenn es recht ist, versteht sich.«

Noelle zögerte, deshalb erklärte Frau Andörfer: »Ich habe diesen fiesen Husten, wissen Sie? Schon seit Wochen. Immerzu. Ich kann nachts gar nicht mehr schlafen, weil ich ständig husten muss. Schlimm ist das. Ganz schlimm.« Sie holte Luft. »Und Ihr Schwitzhaus soll bei so was doch helfen, nicht? Weil es die Abwehrkräfte anregt und so weiter. Richtig?«

»Oui«, erwiderte meine Tante.

»Aha, aha«, machte Frau Andörfer. »Aha, aha. Jedenfalls dachten wir … Wir dachten, vielleicht können wir ja ein bisschen in Ihrem Schwitzhaus sitzen.« Als Noelle noch immer keine Reaktion erkennen ließ, wiederholte Frau Andörfer: »Ich habe doch diesen schrecklichen Husten. Diesen furchtbar schrecklichen Husten. Und Frau Bindernagel hier …« Sie wandte sich an ihre Freundin.

»Was fehlt Ihnen, *madame?«*, fragte meine Tante.

»Nichts«, antwortete diese wieder kaum hörbar und zuckte die Schultern. »Mir ist einfach nur unerträglich kalt.«

Frau Andörfer kicherte laut auf und es klang, als würde ein Papagei lachen. »Es ist aber auch schrecklich, schrecklich kalt. Finden Sie nicht? Das ist ja nicht auszuhalten. Oder was meinen Sie?«

»Nein, kaum auszuhalten«, sagte Noelle nickend.

»Deshalb dachten wir … Vielleicht dürfen wir ja … Ich meine, wäre es vielleicht möglich, dass wir eine kleine Weile, eine klitzekleine Weile, in Ihrem Schwitzhaus sitzen dürfen, um uns etwas aufzuwärmen. Nur eine wirklich winzige …«

»Es wäre uns eine Freude«, erklärte meine Tante, und Frau Andörfer atmete so erleichtert auf, dass sie klang wie ein Blasebalg, der die Luft nach draußen quetschte.

Noelle trat zur Seite, und ich sah ein verstecktes Grinsen in ihren Mundwinkeln. »Kommen Sie herein. Seien Sie unsere Gäste.« Sie machte eine einladende Handbewegung.

»Fabelhaft! Fabelhaft, hörst du, Benedikta?« Vor Freude schüttelte Frau Andörfer abermals ihre Tasche und trat dann mit zwei energischen Trippelschritten ins Haus.

»Meine Nichte Frederike kennen Sie wahrscheinlich«, sagte Noelle und wies auf mich, die ich noch immer an der Treppe stand. Sie schloss die Tür hinter der Witwe Bindernagel und wandte sich dann in den Raum.

»Jaja, natürlich. Sie ist doch die Tochter dieses …« Frau Andörfer konnte ihren Satz nicht beenden, weil meine Tante über ihre Stimme hinwegsprach: »Mein Name ist *Noelle* Berger. Und ich heiße Sie herzlich willkommen. Gerne können Sie sich in unserer Sauna ein wenig aufwärmen. Zurzeit ist diese noch besetzt, aber …«

»Besetzt? Besetzt von wem?«, wollte Frau Andörfer wissen.

Noelle verzog den Mund. »Herr und Frau Grabes haben das Schwitzhaus gerade verlassen, aber zurzeit ist noch Frau Habermann …«

»Herr Grabes?«, wurde sie abermals von Frau Andörfer unterbrochen. »Doktor Grabes? Unser Arzt?«

»Mit seiner Frau, *oui.«*

»Doktor Grabes und seine Frau benutzen Ihre Schwitzhütte?«

»Das sagte ich, ja«, antwortete meine Tante steif und presste die Lippen unwillig zusammen.

Frau Andörfer schien es nicht einmal zu bemerken. »Hörst du,

Benedikta? Doktor Grabes und seine Frau sind hier. Hättest du das gedacht? Es war eine gute Entscheidung. Es war sogar eine *sehr* gute Entscheidung herzukommen«, erklärte sie und steuerte entschlossen die Küche an. Die Witwe Bindernagel zögerte, lächelte kurz und entschuldigend, dann folgte sie ihr.

Noelle starrte ihnen mit hochgezogenen Augenbrauen nach. »Aber bitte, *mesdames,* fühlen Sie sich doch ganz wie zu Hause«, murmelte sie vorwurfsvoll, ehe sie ihnen eilig nachging und mich hinter sich herwinkte.

Keine zehn Minuten später standen Arthur und ich vor dem Schuppen, aus dem der Dampf aus allen Ritzen quoll, als würde in seinem Inneren ein riesiger Drache atmen. Die Luft war so kalt, dass die weißlichen Wölkchen in ihr augenblicklich zu erfrieren schienen. Ich pustete in meine Finger, dann richtete ich den Blick auf Frau Andörfer und die Witwe Bindernagel, die aus der Küchentür traten und durch den pappigen, schmatzenden Schnee erste zögerliche Schritte auf uns zu machten. »Hereinspaziert! Hereinspaziert!«, rief ich ihnen laut entgegen. »Der Sommer ist geöffnet!«

»Was ist mit deinem Knopfglas passiert?«, fragte Leonie und warf einen bedauernden Blick in die braune Papiertüte, die auf meinem Nachttisch stand und in der meine Knöpfe ein vorübergehendes Zuhause gefunden hatten. Als sie anschließend mich ansah, hob ich die Schultern.

»Es ist kaputt«, erwiderte ich und verzog nur leicht das Gesicht.

»Und wie viele Knöpfe hast du da drin?« Sie setzte sich neben Arthur aufs Bett und ließ die Beine baumeln, während ich auf meinem Stuhl saß, die Knie angezogen und mit dem Rücken zum Schreibtisch

»Achtundsiebzig«, antwortete ich nicht ohne Stolz.

»Und warum sammelst du sie?«

»Warum nicht?« Ich hob die Schultern.

»Ich meine, wofür?«

»Das hat mit dem Kalten Krieg zu tun«, erwiderte ich ungenau.

»Dem *Kalten Krieg?*«

»Ja, mit dem Kalten Krieg und dem zu erwartenden Schmelzen der Goldreserven … mehr darf ich dir nicht sagen. Es ist ein Geheimnis. Ein Geheimnis zwischen meinem Vater und mir.«

»Ich verstehe«, sagte Leonie, aber wir wussten beide, dass es nicht stimmte. Sie wippte mit den Schuhspitzen und ihre Augen huschten ein wenig verloren durch den Raum. Ich war mir sicher, sie hätte gern noch mehr Fragen gestellt, aber sie schwieg.

»Leonie?«

»Ja?« Ihr Blick richtete sich wieder auf mich.

Ich kratzte mir verlegen am Kopf. »Wie viele Zehen hast du?«

»Wie viele *Zehen* ich habe?« Sie blinzelte überrascht.

»Ja, ich meine …« Ich stockte, presste die Lippen aufeinander. »Ach, vergiss es«, sagte ich dann und machte eine abwehrende Handbewegung. »Nicht so wichtig.«

Ich konnte spüren, wie mich Leonie weiter musterte. »Zehn«, antwortete sie schließlich. »Ich habe zehn Zehen.«

Ich nickte, zögerte, räusperte mich kurz, dann erklärte ich: »Ich glaube, beim Kalten Krieg geht es vor allem um den Streit zwischen zwei Ländern.«

»Zwischen Amerika und der Sowjetunion, oder?« Ich musterte Leonie überrascht, deshalb fügte sie hinzu: »Meine Eltern reden manchmal darüber. Sie machen sich große Sorgen.«

»Die ganze Welt tut das. Es ist ja auch eine …«, ich suchte nach den Worten, die ich schon so oft gehört hatte, »brenzlige Situation, die leicht entflammen könnte«, erklärte ich schließlich ernst. »Und je mehr sich diese Auseinandersetzung zwischen Amerika und der Sowjetunion aufheizt, desto schneller schmelzen die Goldreserven.«

»Wieso?«, fragte Leonie.

Ich legte den Kopf schräg und kratzte mir die Stirn. »Ich denke, es hat damit zu tun, dass Gold ein … ähm … chemisches Element ist, weißt du? Bei einer bestimmten Temperatur fängt es an zu schmelzen. So wie wir, wenn wir zu lange im Schwitzhaus sitzen«, fügte ich mit einem Grinsen hinzu. »Und wie gesagt, das …«, wieder zögerte ich kurz, »das weltpolitische Klima ist ziemlich aufgeheizt. Das hat natürlich auch Auswirkungen auf das Gold. Verstehst du?«

»Ich glaube, ja«, antwortete Leonie langsam.

Ich seufzte erleichtert auf. »Ich glaube, ich auch«, sagte ich lachend.

»Aber was hat das mit den Knöpfen zu tun?«, fragte sie weiter.

»Ich nehme an, es ist so: Wenn das Gold schmilzt, kannst du nicht mehr damit bezahlen. Es ist ja dann ganz weich, richtig?«

»Richtig.« Leonie nickte.

»Und deshalb braucht man dann etwas Neues, mit dem man im Laden einkaufen kann.«

»Knöpfe«, warf sie ein.

»Genau. Knöpfe.« Wir lächelten uns an.

»Und warum gerade die?«

»Ich glaube, das liegt daran, dass sie schon wie Geld aussehen. Sie sind rund und so groß wie Markstücke. Und außerdem sind sie aus Plastik. Sie wiegen nicht so viel.«

»Das ergibt Sinn.«

»Findest du?« Ich sah erst Leonie an, dann Arthur. Beide bewegten zustimmend den Kopf. »Ja, ich denke auch, dass es Sinn macht.«

»Das muss ich unbedingt meinen Eltern erzählen. Ich glaube nicht, dass sie das wissen.«

»Das tun die wenigsten«, sagte ich.

»Und warum du? Warum kennst du dich so gut damit aus?«, wollte Leonie wissen.

Wieder blickte ich zu Arthur. »Durch unseren Vater«, antwortete ich, und mein Bruder begann zu strahlen. »Er ist unglaublich klug.« Wir grinsten uns an.

»Wer ist unglaublich klug?«, fragte in diesem Moment eine Männerstimme, und Doktor Grabes erschien in meiner Zimmertür.

»Freddis und Arthurs Vater«, erwiderte Leonie. »Er weiß Dinge, die andere Menschen nicht wissen.«

»Das glaube ich gern.« Doktor Grabes lächelte. »Deine Mutter und ich möchten jetzt fahren. Kommst du?«

»Jetzt schon?« Sie machte ein bekümmertes Gesicht und sah zu mir.

»Du kannst ja morgen wiederkommen«, sagte ich leise.

»Wirklich?«

»Sicher. Wenn du willst?«

»Und ob ich will.« Leonie rutschte von meinem Bett, kam mit hastigen Schritten auf mich zu und umarmte mich schnell und innig. Ich war erschrocken und spürte, wie meine Wangen heiß wurden. Eilig senkte ich den Blick, während Leonie sich an ihren Vater wandte: »Darf ich, Papa? Darf ich?«

»Natürlich, Schatz.« Er legte ihr eine Hand auf den Scheitel.

»Das werde ich gleich Mama erzählen«, rief sie, winkte uns zu und war im nächsten Moment verschwunden. Wir hörten ihre schnellen Schritte auf den Stufen.

Doktor Grabes lachte. Er wollte ihr bereits folgen, doch stattdessen blieb er stehen und drehte sich zu mir. »Was macht dein Arm, Fred? Hast du noch Schmerzen?«, fragte er.

Ich zuckte die Schultern. »Nicht mehr so«, sagte ich.

»Was hältst du davon, wenn wir den Gips bald mal abmachen? Du musst den Arm vielleicht noch etwas schonen, aber ich denke, ohne Verband kommst du bestimmt besser zurecht.«

»Nein«, unterbrach ich ihn.

»Aber der Bruch ist gut verheilt und …«

»Das glaube ich nicht«, sagte ich und schob meinen Arm hinter meinen Rücken, als wollte ich ihn verstecken.

»Nein?« Doktor Grabes machte ein überraschtes Gesicht.

Ich schüttelte entschieden und viel zu schnell den Kopf. »Nein. Nein, gar nicht. Ich hab zwar keine Schmerzen mehr, aber … es tut immer noch weh.«

Er musterte mich eine Weile schweigend, dann nickte er verstehend. »Ist gut, Fred. Wir warten noch. Alles braucht seine Zeit. Wir wollen nichts überstürzen.«

»Nein, wollen wir nicht«, murmelte ich.

»Und wer weiß, vielleicht geht es damit ja schneller, als du denkst.«

»Ja … vielleicht.« Ich zögerte. »Vielleicht aber auch nicht.«

»›Fliegt in die Welt hinaus und sorgt für euch selbst!‹, sagte die Böse Königin. ›Fliegt fort als große Vögel ohne Stimme!‹ Aber so schlimm, wie sie

es gerne machen wollte, wurde es doch nicht. Die elf Prinzen verwandelten sich in elf herrliche Schwäne und flogen mit einem sonderbaren Schrei zum Schlossfenster hinaus in die Welt.«

Ich machte eine Pause, den Finger unter der Zeile, deren Worte ich gelesen hatte, und betrachtete die Buchstaben, die so selbstverständlich über meine Lippen gekommen waren. Anfangs waren die Silben sperrig gewesen. Nun fühlten sie sich rund auf meiner Zunge an und reihten sich aneinander wie die Perlen auf einer Schnur. Ich konnte nichts dagegen tun, dass ich lächelte. Denn ich sah die Schwäne vor mir, als würden sie mit kräftigen Flügelschlägen durch die Küche fliegen, dicht unter der Decke, das Gefieder glitzernd weiß vom Licht des Sommers. Ich konnte den Wind auf dem Gesicht spüren, roch die salzige Luft und wusste, ich würde ihre Federn anfassen können, wenn ich nur die Hand nach ihnen ausstreckte.

»Lies nur weiter«, sagte Noelle in diesem Moment. Sie saß mit mir am Tisch und lauschte meiner Geschichte, während sie selbst ein Buch vor sich aufgeschlagen hatte.

Ich brauchte einige Zeit, um mich von den imposanten Vögeln über uns ab- und wieder den Worten zwischen den Seiten zuzuwenden, doch als ich es tat, sah ich die Schatten der Schwäne zwischen den Zeilen schimmern wie die Sonne, wenn sie auf Wasser trifft.

»Am frühen Morgen kamen sie an dem Bauernhause vorüber«, fuhr ich fort, *»wo die kleine Elisa noch im Bett lag und schlief. Sie schwebten dicht über dem Dache, drehten ihre langen Hälse und schlugen mit den Flügeln, aber niemand sah oder hörte sie. Sie mussten weiter; hoch bis in die Wolken flogen sie empor und zogen fort, weit fort …«*

Als ich einige Seiten später auf ein Bild stieß, das zwischen die Blätter eingeklebt war, betrachtete ich es genauer und dachte an die Zeichnungen des Freiherrn von Münchhausen, schlichte schwarze Striche, die sich so leicht zu Geschichten hatten verbinden lassen. Dieses hier war bunt. Es zeigte die kleine Elisa und einen der Schwäne. Sie hatte goldblondes Haar und ein blaues Kleid, der Vogel war reinweiß mit einer kleinen Krone auf dem Kopf. Sie saßen an einer Küste, das Gras bog sich im Wind und hinter ihnen erstreckte sich das Meer. Zum ersten Mal schienen sich die Worte auf dem Papier mit dem Bild zu verbinden. Zum ersten Mal erkannte ich die Geschichte, die ich gelesen hatte, in der Zeichnung wieder. Gleichzeitig wurde mir bewusst, dass diese Elisa wenig Ähnlichkeit mit der hatte, die vor meinen Augen entstanden war, und ich fragte mich, was ich gesehen hätte, wenn die Sätze mir unverständlich geblieben wären. Ich versuchte, es mir vorzustellen, versuchte, meine eigene Geschichte aus den Farben herauszuheben. Doch es fiel mir schwerer als sonst.

»Nur weiter«, sagte Noelle, und ich bemerkte erst jetzt, dass ich zu lesen aufgehört hatte. »Nur weiter.«

»Aber nicht ein Lächeln glitt über ihr Gesicht, in ihren Augen las man nur tiefe Trauer. Nun öffnete er ein kleines Zimmer dicht daneben, worin sie schlafen sollte. Es war mit wertvollen grünen Teppichen geschmückt und glich vollkommen der Höhle, in der sie früher gewohnt. Auf dem Boden lag der Flachs, den sie aus den Nesseln gesponnen hatte, und an der Wand hing das Panzerhemd, das schon fertig war.

›Hier kannst du dich in deine frühere Heimat zurückträumen‹, sagte der König …«

»An dieser Stelle wollen wir eine Pause machen.« Meine Tante musterte mich. »Du machst das gut«, sagte sie, knapp zwar, aber ich freute mich trotzdem. »Wie gefällt dir die Geschichte?«

Ich sah auf das Buch vor mir, dann hob ich das Gesicht und legte die linke Wange nachdenklich auf die Schulter. »Ich finde sie sehr schön«, antwortete ich schließlich. »Ich mag die Schwäne. Sie sind wirklich herrlich und ihre Federn glänzen so wunderbar …«

»Aber?«

»Aber … ich glaube, ich kann den König nicht leiden.« Noelle lachte auf, hob jedoch eilig die Hand vor die Lippen, als wollte sie das Geräusch zurück in ihren Mund schieben. »Ich hoffe, sie wird ihn wieder los und verwandelt sich selbst in einen Schwan. Dann kann sie mit ihren Brüdern in die Welt hinausfliegen, bis hinauf zur Sonne und durch die Wolken, die nach Zitroneneis schmecken.« Ich lächelte. »So würde die Geschichte enden, wenn ich sie geschrieben hätte«, fügte ich hinzu.

Noelle sah mich aufmerksam an. »Wir werden sehen«, sagte sie.

»Wir werden sehen, wie es weitergeht. Wir haben ja noch ein paar Seiten.« Ich nickte. »Aber da wir gerade beim Schreiben sind.« Sie erhob sich, kam um den Tisch zu mir und legte ein kleines Heft vor mich, dazu einen Bleistift. »Es ist nicht nur wichtig, richtig lesen zu können. Auch das korrekte Schreiben ist unerlässlich«, erklärte sie streng. »Ich möchte deshalb, dass du …«, sie nahm mein Buch in die Hand und durchblätterte es rasch, »diese Geschichte abschreibst.«

»Die Prinzessin auf der Erbse«, las ich.

»*Tout à fait!* Sie ist nicht sehr lang. Ich werde sie dir diktieren, und du notierst jedes Wort, das ich sage, in dein Heft. Kannst du das?«

»Natürlich.« Ich nahm den Stift und schlug die erste Seite auf.

»*Bon,* fangen wir also an.« Sie begann, auf und ab zu gehen. *»Es war einmal ein Prinz, der wollte gern eine Prinzessin heiraten, aber nur eine wirkliche Prinzessin …* Bin ich dir zu schnell?«, fragte Noelle dazwischen. Ich schüttelte den Kopf. *»Er reiste deshalb in der ganzen Welt umher, um eine solche zu finden, aber überall stimmte etwas nicht. Prinzessinnen fand er wohl eine Menge, aber er konnte durchaus nicht herausbekommen, ob es auch wirkliche Prinzessinnen wären, denn bei jeder war es irgendwo, wie es nicht sein sollte.«*

Noelles Stimme war so weich und gleichmäßig wie Wellen, wenn man an einem Sommertag auf dem Steg saß und die Füße ins Wasser hängen ließ. Ich hatte Schwierigkeiten, mich nicht nur auf die Geschichte zu konzentrieren, die in leuchtenden Farben zwischen uns Gestalt annahm. Immer wieder vergaß ich, die Worte, die sie sagte, auch aufzuschreiben. Ich geriet ins Schwitzen.

»Eine Prinzessin stand draußen im Regen, aber du lieber Gott, wie sah sie aus! Das Wasser floss ihr von den Haaren und den Kleidern herab und kam an den Hacken wieder heraus. Sie sah ganz erbärmlich aus, aber sie sagte, sie wäre eine wirkliche Prinzessin. Da dachte die alte Königin: Das wollen wir schon herausbekommen! Sie sagte aber nichts, sondern ging hin und macht der Prinzessin das Bett zurecht, wo sie schlafen sollte. Sie nahm aus der Bettstelle alle Betten heraus und legte auf den Boden der Bettstelle eine Erbse. Auf die Erbse legte sie dann zehn Matratzen und auf die Matratzen zwanzig Betten von den feinsten und weichsten Eiderdaunen. Da sollte die Prinzessin nun in der

Nacht schlafen. Am anderen Morgen fragte die Königin, wie sie geschlafen hätte. ›O, sehr schlecht!‹, sprach die Prinzessin …«

»Natürlich hat sie schlecht geschlafen«, unterbrach ich meine Tante. »Diese Erbse muss schrecklich gestunken haben.«

»Erbsen stinken doch nicht«, entgegnete Noelle kopfschüttelnd, aber ich ließ mich nicht beirren.

»Und ob sie das tun«, erklärte ich entschieden. »Sie stinken und schmecken furchtbar.«

»Aber sie sind gesund.«

»Und eklig!«

Meine Tante kicherte, zögerte, dann bemerkte sie: »Ich mag keinen Rosenkohl.«

»Ach, Rosenkohl ist schon in Ordnung. Ich finde ihn sogar ganz hübsch, mit diesen vielen kleinen Schichten. Als würde er in seinem Inneren eine Perle verstecken«, fügte ich hinzu.

»Du kommst auf Ideen«, bemerkte sie lächelnd, dann räusperte sie sich plötzlich: »Aber darum geht es jetzt nicht«, sagte sie, nun wieder streng. »Fahren wir fort. Bist du so weit?« Ich nickte. Mittlerweile machten mir Noelles Stimmungswechsel nicht mehr viel aus. *»Ich habe die ganze Nacht kein Auge zumachen können«,* las meine Tante. *»Der Himmel mag wissen, was in meinem Bett gewesen ist, aber ich habe auf etwas Hartem geschlafen und bin am ganzen Körper blau und braun gedrückt! Ich habe sehr, sehr schlecht geschlafen!«* Ich lachte leise. *»Da heiratete der Prinz die Prinzessin; denn jetzt wusste er, dass er eine wirkliche Prinzessin bekam, und die Erbse wurde in die Kunstkammer getan, wo sie noch heute liegt, wenn sie niemand genommen hat. Seht, das ist eine ganz wahre Geschichte.«*

»Ich glaube trotzdem, dass es der Gestank gewesen ist, der ihr den Schlaf geraubt hat. Wahre Geschichte hin oder her«, bemerkte ich unbeeindruckt und hob die Schultern.

»Es ist natürlich auch keine wirklich wahre Geschichte.« Noelle klappte das Buch entschieden zu.

»Aber das steht doch da. Das hast du vorgelesen.«

»Ja, aber es ist nur ein erzählerisches Mittel. Es ändert nichts daran, dass es Fiktion ist.«

»*Fiktion?*«, fragte ich.

»Ja, erfunden«, erwiderte sie. »Etwas Ausgedachtes.«

»Also hat er gelogen.«

»*Pardon?*«

»Hans Christian Andersen. Er hat gelogen.«

»Nein, er hat nicht gelogen. Das ist schriftstellerische Freiheit. Es ist … ein Märchen. In einem Märchen darf man das.«

»Aber wo ist der Unterschied zwischen seinen Geschichten und meinen?«, wollte ich wissen.

»Der Unterschied ist …« In diesem Moment fiel Noelles Blick auf die Seiten, die ich notdürftig gefüllt hatte. »Der Unterschied ist, dass *er* schreiben konnte!«, erklärte sie, griff entsetzt nach dem Heft und betrachtete es. »Wenn du schreiben kannst, kannst du schreiben, was du willst, aber das hier? *Mon Dieu!* Da haben wir noch viel zu tun!« Sie schüttelte den Kopf. »Am besten fangen wir gleich an. Ich gehe nur vorher an den Briefkasten. Angeblich soll es der Postbote heute bis zu uns geschafft haben.«

»Siehst du auch nach, ob ein Brief für Oma Flora …?«

»Natürlich«, sagte sie schnell und einen Moment nahm ihr Gesicht einen Ausdruck an, den ich nicht deuten konnte.

Und plötzlich hatte ich eine Idee …

Es sah lustig aus, wie die Schweißperlen über unsere Haut rutschten. Sie erinnerten mich an kleine Autos, die durch bewaldete Gebiete fuhren, über Berghänge und weite Ebenen. Einige von ihnen schlängelten sich auf einsamen Straßen entlang, bei anderen war der Verkehr dichter. Ich beobachtete sogar die eine oder andere Karambolage.

Bei den ersten Malen hatte ich es nicht gewagt, den Blick zu heben, hatte das Gesicht gesenkt gehalten und darauf geachtet, nichts und niemanden anzusehen. Mit der Zeit war ich mutiger geworden und hatte sogar Spaß daran gefunden, unsere unterschiedlichen Körper miteinander zu vergleichen. Ich fand es faszinierend, wie wir ohne Kleidung aussahen. Da gab es weiche Wogen, scharfe Felsenküsten, steil abfallendes Gebirge und sanft auslaufende Landzungen.

Die Haut erinnerte mich an die vielfältigen Gesichter des Strandes während eines Tages am Meer. Lennon, Arthur, Leonie und ich waren wie nasser Sand, flach und glatt, nicht ein Fußabdruck war zu erkennen. Auf India hatten feine Wellen erst wenige Minuten zuvor zarte Spuren hinterlassen. Spuren, die bei meiner Mutter zu trocknen begannen, ihre Ränder wurden bereits fest. Über Frau Habermann waren die kräftigen Ausläufer der Flut hinweggerollt, und nun, da sich das Wasser zurückgezogen hatte, zeigte sich, dass die See nicht nur den Boden verändert hatte, sondern auch das Aussehen der Küste. India sagte, die zaghaften Falten von meiner Mutter und ihr wären wie Lieder, gesungen mit einer milden Stimme und getragen von einer gutmütigen Melodie. Die Zeichen auf Frau Habermanns Haut dagegen seien Gedichte, welche die Jahre in sie eingeschrieben hätten, kräftige, stolze Erinnerungen an erlebte Freuden, qualvoll tiefe Worte der Trauer und des Schmerzes. Sie trage Poesie auf ihrem Körper. India nannte es die Lyrik eines Lebens, und mir gefiel der Gedanke, dass das Leben nicht spurlos an uns vorüberging.

Tante Noelle ließ sich in der Sauna nicht für derlei Dinge begeistern. Sie trug jeden Tag ein neues schwarzes Kleid mit hochgeschlossenem Kragen und auf der Spitze ihres Kopfes einen perfekt zurechtgemachten Knoten. Ich sah Schweiß auf ihrer Stirn und über ihrer Oberlippe, doch wenn er hinabglitt, verschwand er in einem Niemandsland aus Stoff, wohin meine Augen ihm nicht folgen konnten.

Die Temperaturen waren seit Beginn der Woche leicht gestiegen, es waren nur noch einige wenige Grad unter null, und wir alle hofften auf Tauwetter. Das Husten meiner Mutter war aus dem Haus verschwunden. Ihre Stimme war noch rau und erinnerte an das Rascheln trockener Blätter, aber ich hörte sie nun öfter. Zwischen uns war es weniger still. Außerdem waren die Schatten unter ihren Augen blasser geworden, ihre Wangen hatten wieder Farbe und sie trug die Haare offen und gekämmt. Während ich ihr nun die Geschichte eines Tausendfüßers erzählte, der eines Tages vor der Tür seines Hauses stand und erkennen musste, dass diese verschlossen war, sah sie mich aufmerksam an und nickte.

»Und natürlich kann er auch seinen Schlüssel nicht finden, verstehst du? Ich meine, wo soll ein Tausendfüßer auch seinen Schlüssel haben? Er hat ja keine Taschen. Dafür müsste er schließlich fünfhundert Hosen tragen. Und wer soll das bezahlen?«, fragte ich.

»Da hast du recht«, erwiderte meine Mutter mit langsamen Worten. »Das stelle ich mir auch schwierig vor.«

»Ja, oder? Ich meine, er könnte natürlich auch nur eine tragen, aber das sähe doch ziemlich albern aus. Findest du nicht?«

»Ich denke schon.« Sie legte den Kopf schräg. »Er müsste sich auch jeden Tag entscheiden, welchem seiner vielen Beinpaare er die Hose anziehen soll.«

»Eben«, rief ich lachend und strahlte meine Mutter an. »Genau das meine ich! Und wenn er sie zu weit unten anzieht, kommt er an die Taschen trotzdem nicht ran, aber Hosen unterhalb des Kopfes? Das sieht doch ziemlich albern aus!«

»Würde ich auch sagen.« Wir sahen uns an und lächelten.

»Und weißt du, was der Tausendfüßer machen muss, als er erkennt, dass die Tür verschlossen ist?«

»Nein. Was?«

»Er muss rückwärtsgehen. Ist ja klar. Mit tausend Füßen kannst du dich schlecht umdrehen, vor allem, wenn du in einer so schmalen Straße lebst wie unser Herr Tausendfüßer. Aber weißt du, was das wirklich Schwierige daran ist, wenn du ein Tausendfüßer bist und rückwärtsgehen musst?« Meine Mutter schüttelte den Kopf. »Du musst jeden deiner tausend Füße hinter den anderen setzen und mit dem hintersten anfangen. Das ist eine verflucht knifflige Angelegenheit.«

»Kann ich mir vorstellen.«

»Also kommt es natürlich, wie es kommen muss.« Ich machte eine dramatische Pause und blickte mich im Schuppen um. Alle Augen waren auf mich gerichtet. »Er fällt um«, erklärte ich. »Bum!« Ich lachte, und die anderen lachten ebenfalls.

»Dann wollen wir hoffen, dass sich der unglückselige Tausendfüßer nicht seine tausend Füße gebrochen hat«, gluckste India fröhlich, »sonst braucht er noch tausend Gipse so wie du.«

»Ja«, rief ich begeistert. »Und stell dir vor, wie lange die Ärzte brauchen würden, um tausend Verbände anzulegen. Bestimmt tausend Tage. Oder was denkst du, Mama?« Ich drehte mich meiner Mutter zu, doch die sah mich nicht mehr an.

Noch am selben Abend kehrte der Winter mit aller Kraft zurück. Er blies ums Haus und warf mit Eisbrocken um sich, dass es auf den Dächern und in den Bäumen krachte. Wir mussten vor ihm in Deckung gehen, und er blieb drei Tage und drei Nächte. Doch danach begann der Schnee endlich zu schmelzen. Zunächst noch zaghaft, aber manchmal setzte ich mich ans Fenster und sah dabei zu, wie der so lang ersehnte Frühling anfing, mit Mäusezähnchen den Frost von den Ästen und Regenrinnen zu knabbern.

Es war ein Samstag, den wir nutzten, um mit Frau Habermanns Auto ins Dorf zu fahren und die Vorräte aufzufüllen, die während des Sturms zur Neige gegangen waren. Die Straßen waren rutschig, der Schneematsch spritzte bis hinauf zu den Türen, und manchmal kam es mir vor, als hätte der Wagen keine Reifen, sondern Kufen, mit denen er über den Untergrund schlitterte.

Frau Habermann saß hinter dem Steuer, Tante Noelle mit Lennon im Arm auf der Beifahrerseite, meine Mutter mit India, Arthur und mir hinten. Herr Habermann lag vor mir im Fußraum und hatte seinen schweren Kopf auf meine Knie gelegt. Er schlief, schnarchte durchdringend und sein Atem roch nach Hundefutter. Im Inneren des Autos war es fast so kalt wie draußen, und die Luft drückte sich als dünne, milchige Schicht gegen die Scheibe. India malte lustige Figuren auf das Glas und jede bekam von ihr einen Namen, Samson, die singende Sonne, Fridolin, der flinke Fuß, Wanja, die watteweiche Wolke, Herbert, der hustende Hase, und Margarethe, die maulende Möhre. Irgendwann beugte sich meine Mutter über mich hinweg zum Fenster und zeichnete ein kleines Herz in den Dunst. Sie sah mich an, tippte mit der kalten Spitze ihres Zeigefingers auf meine Nase, und ließ sich dann in das feste Leder zurücksinken.

Wir gingen bei Frau Finster einkaufen, während Frau Habermann im Auto wartete, doch der Laden war ungewöhnlich leer und ruhig.

Frau Finster war nicht zu sehen, und auch sonst waren die Gänge verwaist. Lisbeth Morgen war die Einzige, die uns begrüßte. Wir suchten die Dinge zusammen, die wir brauchten, zahlten, und als wir das Geschäft verließen, standen sie vor uns.

Im ersten Moment konnte ich nur Frau Finster erkennen, die sich vor uns aufgebaut hatte, doch dahinter erhoben sich wie eine Wand weitere Gesichter – Gesichter, die ich kannte, und Gesichter, die mir vollkommen fremd waren. Ich glaubte, Frau Andörfer hinter dem Metzger und seiner Frau auszumachen, doch als ich noch einmal hinsah, war sie zwischen den anderen verschwunden.

»Können wir Ihnen irgendwie helfen?«, fragte Tante Noelle höflich.

Sogleich ging als Antwort ein Raunen durch die Reihen. »Ob sie uns helfen kann?!«, flüsterte jemand. »Ob *sie uns* helfen kann …«

Mit einer energischen Geste brachte Frau Finster die Stimmen zum Schweigen. Sie verschränkte die Arme vor der Brust und starrte erst meine Mutter herausfordernd an, dann India, schließlich Noelle. »Wir sind eine anständige Stadt«, erklärte sie, und ich hatte das Gefühl, ihr Mund würde sich beim Sprechen kaum bewegen, so sehr presste sie die Lippen aufeinander. »Und wir sind anständige Menschen.«

»Natürlich«, erwiderte Noelle. Sie schien ruhig, doch ich war mir sicher, ein leichtes Zittern zu hören.

Frau Finster kniff die Augen zusammen, dann sagte sie: »Deshalb dulden wir nicht, was Sie hier tun.«

»Was tun wir denn?«

»Das ist Unzucht!«, rief jemand von weiter hinten. Ich konnte die Person nicht sehen, zu der die Worte gehörten. Doch ich sah das Nicken der Köpfe, das ihnen folgte.

»Je suis désolée, madame. Ich befürchte …« Meine Tante bemühte sich, klar und deutlich zu sprechen. Jeder Ton war hart wie ein Stück Holz. »Ich befürchte, ich weiß nicht, worauf Sie hinauswollen.«

Frau Finster gab ein verächtliches Schnauben von sich. »Ihr Schwitzhaus ist eine Schande!«, sagte sie dann. »Eine Schande für Sie. Eine Schande für diese Stadt. Eine Schande für uns alle.«

»So etwas wollen wir nicht bei uns!«, drang es zu uns nach vorne. Wieder verschwand der Mensch, der den Satz geworfen hatte, in der Menge. »Sie sollten sich schämen!« »Wir sind anständige Leute!« »Jetzt ist das Maß endgültig voll!«

Ich sah, wie sich Noelles Finger auf ihrem Rücken verkrampften, doch ihr Gesicht und ihre Stimme blieben ruhig. »Es geht also um die Sauna, die wir in unserem Schuppen eingerichtet haben?«, fragte sie. »Ich wüsste nicht, warum diese Sie in dieser Form gegen uns aufbringen sollte.«

»Ach, wüssten Sie nicht?!«, gab Frau Finster zurück. Jede ihrer Silben war spitz und scharf. »Wir haben geschwiegen, wenn sich *ihr* Mann«, sie wies mit dem Finger auf meine Mutter, »wieder einmal danebenbenommen hat. Wir haben nichts gesagt, als diese *unsägliche Sache* passiert ist«, sie deutete auf mich. Unwillkürlich wurde mein Arm schwer, begann zu hämmern und zu brennen. »Wir haben uns auch rausgehalten, als das Kind nicht mehr zur Schule gekommen ist, obwohl doch Schulpflicht besteht.« Ich hielt die Luft an und starrte zu Noelle, die sich nichts anmerken ließ und sich weiter zwang, aufrecht zu stehen wie ein Mast im Wind. »Und wir haben den Mund gehalten, als Sie beschlossen haben, in Ihrem Haus herrenlose Streunerinnen mit ihren Bastarden aufzunehmen. Doch jetzt ist das Maß voll. Diese Familie hat unserer Gemeinde schon genug Schande bereitet, und nun haben Sie auch noch die Frechheit und eröffnen in Ihrem Schuppen ein Bordell? Und Sie glauben, wir würden das einfach so hinnehmen?«

»*Madame* Reiser, ich befürchte, hier liegt ein Missverständnis vor«, entgegnete meine Tante, doch Frau Finster zischte zurück: »Ein *Missverständnis* nennen Sie das?«

»*Oui,* es handelt sich ganz offensichtlich um ein Missverständnis, *madame,* denn wir betreiben keineswegs«, Noelle zögerte, *»une maison close.«*

»Wie bitte?«

»Ein Freudenhaus«, erklärte sie. »Wir betreiben ganz gewiss kein Freudenhaus, *madame.* Wir haben in unserem Schuppen ein Saunahaus eingerichtet, um …«

»Sind Sie nackt?«, unterbrach Frau Finster sie.

»Nun ja, einige von uns sind dabei in der Tat unbekleidet.«

»Dann ist es ein Bordell!«

»In Finnland wird die Sauna traditionell nur ohne Kleidung …«

»Wir sind hier nicht in Finnland, oder täusche ich mich da?«, schnappte Frau Finster zurück.

»Non.« Noelle schüttelte den Kopf.

»Will ich wohl meinen. Nennen Sie es, wie Sie wollen. Ein Bordell bleibt ein Bordell! Was wollen Sie aus unserem Dorf machen? Einen Sündenpfuhl? Ich weiß ja nicht, woher Sie kommen …«

»Aus Frankreich, *madame.* Aus *Paris.«*

»Dann gehen Sie doch dorthin zurück und nehmen Sie Ihre schmutzigen, amoralischen Betätigungen gleich mit, sonst …«

»Sonst *was,* Frau Finster? Sonst was?«, rief India in diesem Moment dazwischen. Sie wollte sich an Noelle vorbeischieben, doch die griff nach ihrem Arm und hielt sie zurück. »Sie wagen es, uns zu drohen?«

Frau Finster holte geräuschvoll Luft, die Augen wurden noch größer. Das Gesicht wechselte zwischen rot und weiß. »Ich glaube, Sie sollten lieber gehen«, zischte sie, und es klang, als hätte sie Steine im Mund.

»Nix anderes hatten wir vor«, sagte Frau Habermann, die aus dem Auto gestiegen war. Sie winkte uns mit einer knappen Geste zu sich.

India rührte sich nicht. Ich hatte sie noch nie wütend gesehen, aber jetzt schien sie vor Ärger zu glühen. Noelle wollte sie fortziehen, das ließ sie jedoch nicht zu und stemmte sich wie ein bockiges Pferd dagegen, deshalb trat meine Tante wieder näher an sie heran und sprach ruhig auf sie ein. Ich konnte nicht verstehen, was sie sagte, sah nur Indias zornigen Blick. »Bastard«, hörte ich, »garstiges Weib«, und »Maul stopfen«, doch da hatte meine Mutter Arthur und mich bereits an die Hand genommen, und Frau Habermann hob uns ins Auto.

Keine von uns sagte ein Wort, als wir mit dem Auto nach Hause fuhren. Stumm starrten wir aus den Fenstern, wo der Himmel die

Welt grau färbte. Das Einzige, was zwischen uns zu hören war, war das knatternde, grummelnde Brummen des Motors, Indias unterdrücktes Fluchen und das Knistern fassungsloser Wut, wie Blitze, die sich über den Boden schlängeln.

Ich konnte Noelles Gesicht nicht erkennen. Sie saß aufrecht und unbeweglich da, hatte den Blick nach vorne gerichtet. Meine Mutter schien mir noch weißer als sonst. Es war, als könnte ich durch sie hindurchschauen und trotzdem nichts sehen. Indias Wangen dagegen standen in Flammen, hitzige Flecken bedeckten jeden Zentimeter von der Stirn bis hinab in den Kragen ihres Mantels. Ihr Mund öffnete und schloss sich, doch nur selten verließen gepresste, kaum hörbare Schimpfworte ihre Lippen, die Noelle sicherlich tadelnd kommentiert hätte, wenn ihr Schweigen nicht lauter gewesen wäre als alles andere.

Wir alle atmeten auf, als wir endlich vor Frau Habermanns Haus hielten. »Scheiß auf die Leute«, knurrte diese zum Abschied, ehe sie ihren Wagen in die Garage fuhr. Niemand antwortete.

Als die Tür hinter uns ins Schloss fiel, schien sie uns mit einer unangenehmen Anspannung einzuschließen. Meine Mutter verschwand eilig in ihrem Zimmer. India schälte Lennon aus seinem Paket aus Decken, blieb einen Moment vor mir stehen, sah mich an und legte mir die Hand auf die Wange.

»So sind die Menschen, aber so sind zum Glück nicht alle«, erklärte sie mit einem Lächeln, von dem ich nicht wusste, woher sie es nahm. »Die Menschen fürchten sich vor den Dingen, die sie nicht verstehen. Und wenn sie sich fürchten, werden sie gemein. Sie sind eben Angstbeißer.« Sie hob die Schultern. »Nimm es nicht zu schwer«, sagte sie noch und küsste mich auf die Stirn.

»Frederike, in die Küche!«, befahl Noelle. »Aber schnell!« Sie wartete nicht auf eine Erwiderung, sondern ging mit großen, eiligen Schritten vor.

Ich warf India einen Blick zu.

»Es wird schon nicht so schlimm werden.« Sie lächelte mir aufmunternd zu. Ich hob die Schultern, dann folgte ich meiner Tante.

Ich hatte erwartet, sie bereits vor mir aufgebaut zu sehen, sobald ich zur Tür hereinkäme, doch stattdessen stand sie am Herd und war dabei, Tee aufzusetzen. Allein an den knappen, abgehackten Bewegungen erkannte ich, dass die Wut sie zittern ließ. Ich wusste nicht, was ich tun sollte, deshalb stand ich zunächst unentschlossen im Raum, ließ mich dann langsam auf einen der Stühle sinken. Die Geräusche, die mich von der anderen Seite des Zimmers erreichten, kamen mir ungewöhnlich laut vor. Ich hielt die Luft an.

»Ich möchte dir sagen, Frederike«, begann Noelle schließlich, »dass diese Dame … dass diese Menschen sich heute ungehörig benommen haben. Nur, damit du es weißt, sie waren unhöflich, unverschämt und haben sich aufs Schändlichste im Ton vergriffen. *C'est inacceptable,* verstehst du? *C'est inacceptable!«,* wiederholte sie und wartete, bis ich nickte. »Ganz abgesehen davon verbietet es der Anstand, sich in die Angelegenheiten fremder Leute einzumischen. Ich möchte nur, dass du das weißt. Diese Menschen haben die einfachsten Regeln der Etikette grob missachtet. Egal, ob es stimmt oder nicht, was sie gesagt haben, ihr Betragen gehört sich nicht und es ist unentschuldbar. Hörst du, was ich sage?«

»Wi«, antwortete ich mit kratziger Stimme.

»Bon.« Noelle füllte Wasser in zwei Tassen, trug sie zum Tisch, stellte eine vor mich und behielt die andere in der Hand. »Du solltest etwas Warmes trinken«, murmelte sie. »Nach dieser ganzen Kälte.«

Ich fühlte mich erleichtert, wollte mich bei meiner Tante bedanken, doch als ich den Kopf hob und sie ansah, kam mir kein Ton über die Lippen. Ihr Gesicht war hart, als wäre es aus einem Felsblock herausgeschlagen, ihre Züge straff und unnachgiebig wie ein gespanntes Gummiband. Ich schluckte.

»Wir haben schon einige Male über das Lügen gesprochen, Frederike.« Ich schwieg, wagte es nicht zu atmen. »Du kennst meine Meinung dazu, und ich dachte, wir hätten uns verstanden, dass ich in diesem Haus keine Unwahrheiten dulde.« Noelles Worte vibrierten gefährlich. Ich spürte, wie ich auf dem Stuhl zusammensank, zog die Schultern zu den Ohren. »Warum gehst du nicht zur Schule?«

»Weil … weil …«, stotterte ich.

»Sag die Wahrheit«, sagte sie streng. »Sag ein Mal die Wahrheit.« Sie gab ein Seufzen von sich.

»Ich hab nicht gelogen. Ich …«

»Pardon?« Ihr Blick verengte sich, und ich fragte mich, wie sie mich durch so schmale Augen erkennen wollte.

»Ich habe nicht gelogen. Ich habe nur nicht ganz die Wahrheit gesagt.«

»Nur nicht *ganz* die Wahrheit gesagt?« Sie zerdrückte die Silben.

Ich räusperte mich. »Es *hätte* die Wahrheit sein können.«

»Nisten Sumpfohreulen in eurer Schule?«

»Nein.«

»Und ist die Schule geschlossen?«

»Das hängt davon ab, was man unter geschlossen versteht.«

»Comment?«, fragte sie ungehalten. »Was man darunter versteht? Ist die Schule geschlossen, Frederike? Oder ist sie es nicht?«

»Nein, ist sie nicht, Tante No-elle.« Ich warf ihr den Namen wütend vor die Füße.

»Also war es eine Lüge!«

»Schriftstellerische Freiheit!«, gab ich zurück.

»Aber du bist keine Schriftstellerin!«

»Wer sagt das?«

»Moi! Ich sage das!« Sie tippte mit dem Finger gegen ihr Brustbein. »Und ich sage, du hast gelogen. Gelogen!«

»Aber es hätte so sein können!«

»Das war es aber nicht!«

»Aber es *hätte* sein können!« Ich hörte Verzweiflung zwischen meinen Worten, Tränen und Zorn.

»Ich will, dass du mir die Wahrheit sagst«, erklärte meine Tante drohend. »Sag mir die Wahrheit, Frederike: Warum bist du nicht zur Schule gegangen?«

»Warum ist das wichtig? Ich wollte nicht. Reicht das nicht?«

»Non! Non, das reicht nicht. Kannst du nicht ein Mal die Wahrheit sagen?«

»Wozu?«

»Wozu?«, fragte sie zurück.

»Ja, warum soll man die Wahrheit sagen, wenn es eine hässliche, unschöne, gemeine Wahrheit ist? Warum kann man sich nicht einfach etwas ausdenken? Etwas, das netter ist, hübscher klingt und einen weniger traurig macht?«

»Weil es nicht die Wahrheit ist!«, rief Noelle aufgebracht. Jede Silbe wackelte vor Frustration.

»Es ist nicht *deine* Wahrheit!« Ich funkelte sie an.

»Es gibt nur *eine* Wahrheit, Frederike. Nur eine!«

»Das ist nicht wahr, No-elle!«, schrie ich, sprang vom Stuhl auf, der nach hinten kippte und krachend zu Boden fiel.

»Ich werde mit dir nicht darüber diskutieren!«, fauchte meine Tante und erhob sich ebenfalls, stand vor mir, gerade, beherrscht und unumstößlich. »Du wirst von jetzt an die Wahrheit sagen, Frederike. Haben wir uns verstanden? Du wirst die Wahrheit sagen und du wirst zur Schule gehen.«

»Nein!«

»Mon Dieu!«

»Nein, ich gehe da nicht hin. Die Kinder sind gemein. Sie lachen mich aus. Sie sagen böse Dinge und erzählen Witze. Und ich hasse sie!« Tränen brannten auf meinen Wangen.

»Das ist mir egal. Du wirst zur Schule gehen, Frederike!«, erklärte Noelle scharf. Die Sätze zischten durch die Luft. *»Un point c'est tout!«*

»Du kannst mich nicht dazu zwingen!« Mit den Worten schleuderte ich ihr meinen bitteren Zorn entgegen, starrte sie ein letztes Mal an und rannte dann weinend aus der Küche.

»Oma Flora … No-elle … Ich … sie … No-elle … Sie hat …«

»Nun beruhige dich erst einmal, Schätzchen«, sagte meine Oma und griff nach meinen zitternden Händen. »Beruhige dich, Freddi.«

Ich war nach oben gerannt. Verzweifelt. Wütend. Erschrocken. Ich konnte nicht atmen. Ich konnte nicht denken. Mein Herz war zu laut. Mir war heiß und kalt zugleich. Nun stand ich in Oma Floras Zimmer. Und konnte nichts sagen, was Sinn ergab.

»Komm zu mir, setz dich.« Meine Oma zog mich zu sich auf den Sessel und schlang die Arme um mich. »Ganz ruhig, ganz ruhig«, flüsterte sie, während sie begann, die Angst aus meinem Körper zu streichen.

Ich spürte ihre warmen Finger auf meinem Rücken, den Armen, den Wangen. Langsam bekam ich wieder Luft. Langsam verschwand das Wummern aus meinen Ohren. »Sie hat«, wollte ich ansetzen, doch mit den Worten stürzte ein Schluchzer aus meiner Kehle, der meine Stimme zerquetschte. Ich musste schlucken.

»Alles wird gut! Erzähl mir, was passiert ist.«

Ich atmete einige Male tief ein und aus und begann von Neuem: »Tante No-elle … Sie sagt, ich lüge! Und sie zwingt mich, zur Schule zu gehen!«

»Ich verstehe.« Oma Flora nickte und schob mir liebevoll eine Strähne aus der Stirn. »Aber die Schule ist doch eine schöne Sache.«

»Ist sie nicht!«, unterbrach ich sie entschieden. »Das ist sie nicht! Sie ist furchtbar. Sie vertreibt die Fantasie!«

»Hat das dein Papa gesagt?« Ich presste die Lippen fest aufeinander und nickte stumm. »Pass mal auf, Freddi, Schätzchen.« Sie wartete, bis ich sie ansah. »Ich möchte, dass du eines über die Fantasie weißt: Sie ist ein Geschenk. Sie ist ein außergewöhnliches Geschenk, auf das wir achtgeben müssen, damit es uns im Verlauf unseres Lebens nicht verloren geht. Dein Vater hat deshalb nicht ganz unrecht. Du musst gut auf sie aufpassen. Aber sie ist auch kein scheues Wesen, das sich so leicht in die Flucht schlagen lässt. Schon gar nicht eine Fantasie wie deine. Sie ist mutig und entschlossen genug, um es mit jeder Art von Schule aufzunehmen.« Oma Flora lächelte. »Du solltest ein bisschen mehr Vertrauen in sie haben. Sie lässt sich nicht so leicht vertreiben. Da braucht es schon mehr als das bisschen Unterricht.« Sie zwinkerte mir zu. »Abgesehen davon kannst du in der Schule viele tolle neue Dinge lernen, die du bisher nicht kennst, du wirst Dinge erfahren, von denen du noch nichts weißt.« Sie sah mich eindringlich an. »Und niemand kann dir deine Fantasie wegnehmen, wenn du es nicht zulässt, hörst du? Sie gehört dir. Sie gehört *zu* dir. Daran wird deine Tante nichts ändern und die Schule schon gar nicht.«

»Aber No-elle sagt, dass ich lüge.«

»Und? Hast du?«

»Vielleicht … ein bisschen …«, gab ich leise zu und musterte meine Oma mit großen Augen.

»Was hast du gesagt?«

»Dass die Schule geschlossen ist … wegen der Sumpfohreulen«, fügte ich hinzu.

Oma Flora lachte. »Wegen der *Sumpfohreulen?«*

»Ja, weil sie doch unter dem Dach nisten und eine bedrohte Tierart sind und weil sie umgesiedelt werden müssen. Aber das geht erst, wenn der Winter vorbei ist.« Sie zwickte mich zärtlich in die Nase. »Du kommst auf Sachen, Freddi!« Sie schüttelte amüsiert den Kopf, wurde gleich darauf jedoch ernst. »Aber sag mal: Warum hast du das erzählt?«

»Weil …« Ich zögerte, verzog den Mund. »Na, wegen der Fantasie und wegen Frau Günthers Nicken.«

»Frau Günthers *Nicken?«,* wiederholte Oma Flora.

»Ja. Weil sie doch eine ewige Optimistin ist.«

»Ach, deswegen«, sagte sie und ein Schmunzeln glitt um ihre Mundwinkel. »Und warum noch?«

»Weil ich …« Ich holte tief Luft. »Weil ich nicht wollte … Ich wollte nicht sagen, dass ich Angst vor der Schule habe.«

»Und warum hast du Angst vor der Schule?«, fragte Oma Flora sanft.

»Wegen … Wegen der anderen Kinder. Sie sind gemein zu mir. Sie lachen mich aus, weil …«

»Weil?«, versuchte es Oma Flora vorsichtig.

»Weil …« Ich holte tief Luft. »Weil ich nicht richtig lesen und schreiben kann.«

»Ach, daher weht der Wind.«

»Mein Papa hat gesagt, ich soll so lange zur Schule gehen, wie sie mir Spaß macht. Aber sie macht mir keinen Spaß. Und deshalb gehe ich auch nicht mehr hin«, fügte ich entschieden hinzu.

»Ich verstehe.« Oma Flora zog mich enger an sich, wischte mir halb trockene Tränen aus dem Gesicht und drückte meine Wange an ihre. »Möchtest du wissen, was ich denke?«

»Ja«, antwortete ich.

»Ich denke, dass du mittlerweile ganz wunderbar lesen und schreiben kannst. Deswegen können dich die anderen Kinder also ganz bestimmt nicht mehr auslachen. Aber selbst wenn, darf dich das nicht davon abhalten, Dinge zu tun, die du tun willst. Und früher bist du doch gerne zur Schule gegangen. Oder nicht?« Sie musterte mich abwartend.

»Doch«, sagte ich langsam.

»Na, siehst du. Das darfst du dir von den anderen Kindern nicht einfach wegnehmen lassen. Denkst du nicht auch?«

»Vielleicht.« Ich rieb mir unschlüssig über die Lippen.

Oma Flora wartete, sah mich liebevoll an und hielt meine Hand. »Wenn sie wollen, werden andere immer etwas an dir finden, was sie nicht mögen oder über das sie sich lustig machen können. Und ich verstehe gut, dass dir das Angst macht. Glaub mir, Schätzchen, das verstehe ich nur zu gut.« Sie schluckte und wirkte einen Moment lang nicht, als würde sie mich ansehen. »Aber wenn du darauf hörst, was andere über dich sagen, wenn du dich immer nur hinter deiner Angst versteckst, dass sie über dich lachen könnten, dann …«, ihre Stimme wackelte, als sie tief einatmete, »dann siehst du irgendwann nichts mehr von der Welt, weil du es nicht einmal mehr durch die Tür schaffst.« Über ihr Gesicht stürzte ein trauriger Ausdruck, hastig senkte sie den Kopf, und einige Minuten lang hörte ich nur das Schweigen zwischen uns.

»Und was …« Ich zögerte. »Ich meine, was kann ich noch lernen?«, fragte ich schließlich.

Meine Oma brauchte einige Momente, ehe sie zu mir hochsehen, und weitere, ehe sie mich anlächeln konnte. »Da gibt es so viel, mein Schatz.« Sie tätschelte meinen Arm. »Überleg nur mal, was du schon alles erfahren hast, seit du zum ersten Mal zur Schule gegangen bist. Damals warst du gerade sechs Jahre alt und gingst mir bis hier.« Sie deutete auf ihre Hüfte. »Du kanntest die Buchstaben nicht und auch nicht die Zahlen. Du wusstest nicht, wie man rechnet, wie man deinen Namen schreibt, wie die verschiedenen Wolkenarten heißen und wie es gelingt, dass ein Taschentuch in einer großen Schale Wasser vollkommen trocken bleibt.«

»Ja, stimmt«, murmelte ich.

»Siehst du. Und das ist erst der Anfang, Freddi«, erklärte Oma Flora. »Es gibt für dich noch so viel von der Welt zu erfahren. Du kannst andere Sprachen lernen, wirst wissen, wo die verschiedenen Länder liegen, warum manche Menschen blaue und manche braune Augen haben, wie es zu Erdbeben kommt, welcher der höchste Berg der Welt ist, wo der tiefste Punkt des Meeres, warum es regnet oder schneit, was wir unbedingt aus der Vergangenheit lernen sollten und was in der Zukunft vielleicht möglich sein wird, wieso es auf der einen Seite der Erde hell und auf der anderen dunkel ist, warum man nicht alles glauben sollte, was andere Leute sagen, welche großen Gedanken bereits gedacht worden sind und welche großen Gedanken du noch denken wirst, wie du für dich entdeckst, was du ändern möchtest, und wie du einen Weg findest, das auch zu tun, wie du deine eigenen Antworten findest und erkennen kannst, warum vor allem die Fragen wichtig sind.« Sie küsste mich. »Das alles und noch viel mehr gibt es für dich zu lernen, mein Schatz. Lass dir das nicht wegnehmen. Von niemandem! Auch nicht von dir selbst.«

Als ich am Abend in meinem Bett saß und versuchte, einige Sätze, über die ich lange nachgedacht hatte, in mein Diktatheft zu schreiben, musste ich erkennen, wie langsam die Buchstaben aus meinem Stift krochen. Sie kamen mir unwillig und störrisch vor, wehrten sich mit Händen und Füßen gegen mich. Schließlich gab ich es auf und griff stattdessen nach meiner Tüte mit Knöpfen.

Es waren mittlerweile einundneunzig, bald würde ich die Hundert erreichen. Ich fragte mich, was ich dafür alles bekommen konnte. Vielleicht war es doch gar nicht schlecht, zur Schule zu gehen …

»Viel Spaß«, hatte meine Oma Flora gesagt und Tante Noelle: »Sei fleißig und benimm dich gut.« Meine Mutter hatte mir die Haare aus dem Gesicht gestrichen und mich auf die Stirn geküsst.

Daran dachte ich nun, als ich in der vorletzten Reihe saß und versuchte zu ignorieren, dass alle Kinder mich anstarrten und dann unüberhörbar kicherten. Ein Junge hatte mich geschubst, als ich den

Klassenraum hatte betreten wollen. Das Mädchen, das neben mir saß, war so weit von mir weggerutscht, wie es die Schulbank zuließ. Niemand sprach mit mir, aber alle redeten über mich.

Leonie hatte mich als Einzige begrüßt, aber ich hatte sie nur böse angesehen und nichts gesagt. Ich wusste, dass sie hin und wieder in meine Richtung sah, freundlich, fragend, nicht gehässig wie all die anderen, aber ich hielt mich mit den Augen an meinem Schulheft fest. So konnte ich zumindest vorgeben, es wäre mir egal, dass die anderen Kinder mit Papierkugeln und gemeinen Worten nach mir warfen.

Frau Günther stand vorne an der Tafel, bewegte ihren Kopf auf und ab und erinnerte mich damit einmal mehr an eine Taube beim Picken. Sie hatte uns an diesem Morgen bereits von den verschiedenen Zeitaltern der Erde erzählt, davon, wie aus Jägern und Sammlern schließlich sesshafte Bauern geworden waren. Wir hatten über die Besonderheit von Säugetieren gesprochen, die mit wissenschaftlichem Namen Mammalia hießen und sich in Ursäuger, Beutelsäuger und Höhere Säugetiere unterteilten. Nun schrieb sie in großen, leserlichen Buchstaben die verschiedenen Formen von *lingua* an die Tafel.

Ich wusste, es konnte nicht mehr lange dauern, bis es zur Pause klingeln würde, und ich bemühte mich zu verbergen, wie sehr ich mich davor fürchtete. Denn im Klassenzimmer fühlte ich mich sicherer, hier waren Frau Günther und ihr ewiges Nicken. Draußen dagegen wartete nicht nur die Kälte des Winters auf mich. Meine Finger zitterten, während ich *linguae linguae linguam lingua* in mein Heft eintrug. Das letzte A verunglückte mir, weil in diesem Moment die Glocke hell und herrisch durch den Raum schrillte.

Die ersten Jungen erhoben sich bereits geräuschvoll von ihren Plätzen, während Frau Günther noch strenge Ermahnungen zwischen den Lärm warf: »Hinterlasst eure Tische ordentlich! Geht zügig, aber geordnet nach draußen! Nicht drängeln und nicht rennen! Vergesst eure Pausenbrote nicht!«

Ich blieb noch sitzen und hielt den Kopf gesenkt, um die Fratzen nicht sehen zu müssen, die die anderen Kinder mir schnitten, während sie an mir vorbeigingen. Ein Mädchen wischte mit einer kurzen, schnellen Armbewegung mein Heft auf den Boden, ihre Freundinnen folgten ihr und lachten. Ich wollte mich gerade nach unten beugen, um es aufzuheben, als eine andere Hand mir zuvorkam. Ich blickte hoch und erkannte Marius' Gesicht.

Wir beide froren schlagartig ein, starrten uns überrascht an, sagten nichts. Schließlich hielt er mir das Heft hin, und ich nahm es zögerlich entgegen. Er schwieg, ich schwieg, wir nickten uns kurz zu, dann war er verschwunden. Und ich wagte es nicht, ihm nachzusehen.

»Wollen wir zusammen auf den Schulhof gehen?«, fragte Leonie. Sie hatte bereits ihren Mantel angezogen und einen Hut auf. In der Hand hielt sie eine Flasche Kakao und etwas, das in weißes Brotpapier eingeschlagen war. Ihre Stimme war vorsichtig und bittend.

Ich hätte gerne Ja gesagt, ich wollte nicht allein nach draußen, doch ich schüttelte den Kopf und stand ebenfalls auf. »Du bist eine Petze«, flüsterte ich.

»Ich habe nichts gesagt, Freddi! Ehrlich nicht.« Sie machte ein unglückliches Gesicht. »Ich habe niemandem etwas erzählt.«

»Und das soll ich dir glauben?« Ich warf ihr einen bösen Blick zu und schob mich dann an ihr vorbei aus der Sitzbank und ging mit großen Schritten aus dem Klassenzimmer, doch meine Knie fühlten sich an wie geschmolzene Eiscreme.

Als ich durch die Eingangstür ins Freie trat, schlug mir der Frost entgegen. Ein Mädchen hatte sich vor mir aufgebaut und starrte mich feindselig an, ihre beiden Freundinnen rechts und links an ihrer Seite. »Meine Mutter sagt, du bist eine Lügnerin. Genau wie dein Vater.« Ich zog den Kopf ein und wollte an ihr vorbeigehen, doch sie ließ es nicht zu. »Sie sagt auch, dass deine Familie eine Schande für unsere Stadt ist.«

»Und dass ihr euch schämen solltet«, warf ein Junge ein, »weil euer Schuppen im Garten ein Freundehaus ist.«

»Ist er nicht! Das ist nicht wahr!«, widersprach ich. Aufsteigende Tränen machten meine Worte wackelig.

»Und ihr lauft immer nur nackt durch die Gegend.«

»Tun wir nicht!«, schluchzte ich. »Das tun wir gar nicht.«
»Mein Vater sagt, ihr kommt alle in die Hölle.«
»Weil es Sünde ist, was ihr tut.«
»Das ist nicht wahr!« Ich konnte meine Verzweiflung nicht länger herunterschlucken. »Das ist nicht wahr«, schniefte ich.
»Willste etwa sagen, dass meine Eltern Lügner sind?« Der Junge blickte mich herausfordernd an.
Ich wischte mir über die Augen, wieder und wieder. »Wenn sie so etwas erzählen …«, murmelte ich.
»Das hast du nicht umsonst gesagt!«, schrie er und stürzte sich mit wutverzerrtem Gesicht auf mich, packte mich an der Jacke.
Ich duckte mich erschrocken. Hielt mir eine Hand vors Gesicht. Wartete darauf, dass mich seine Faust traf. Doch nichts geschah. Ich zögerte. Verharrte. Dann spähte ich vorsichtig unter meinem Arm hindurch. Und erkannte Leonie, die neben mir stand.
»Das sage ich alles Frau Günther«, drohte sie, und ihre Stimme war nah an meinem Ohr. Sie schwang die Worte um sich wie ein Schwert. »Und dich verpetze ich bei deiner Mutter, Ute. Dann werden wir ja sehen. Pass nur auf, Joachim. Ich bin gespannt, was dein großer Bruder mit dir macht, wenn ich ihm das erzähle.« Sie nahm meine Hand. »Ach, auf einmal seid ihr nicht mehr so mutig, oder was?«, rief sie. Ich konnte nichts sagen, starrte Leonie nur stumm an. Sie sprach genug für uns beide. »Und wisst ihr, was passiert, wenn mein Vater erfährt, was ihr getan habt?«, fragte sie in die Runde. Ich hörte betretenes Murmeln. »Er wird davon gar nicht erfreut sein. Er behandelt nämlich gemeine Feiglinge nicht, die auf dem Schulhof andere Kinder ärgern. So ist das. Und auch nicht deren Familien. Da ist er sehr streng. Ich denke, ich werde es ihm gleich heute beim Abendessen erzählen. Er kann bei solchen Sachen nämlich richtig wütend werden.« Sie hob die Schultern und verzog den Mund. »Ich werde euch alle verpetzen, das verspreche ich euch, wenn ihr uns nicht sofort aus dem Weg geht.« Ich fühlte, wie sie mich mit sich zog. Endlich konnte ich einige Schritte vorwärts machen. »Na also, geht doch«, sagte Leonie, aber ich wusste nicht, ob sie damit mich meinte oder die Mädchen und Jungen, die eilig bemüht waren, uns vorbeizulassen.

Wir waren keine drei Meter weit gekommen, als ich stehen blieb und Leonie musterte. Sie kam mir größer vor als sonst. Wir hielten uns noch immer an den Händen.

»Ach.« Sie machte eine wegwerfende Bewegung, noch ehe ich die richtigen Worte gefunden hatte. »Nicht der Rede wert.«

Ich hielt einen Augenblick inne, dann erklärte ich mit einem schwachen Grinsen in der Stimme: »Ich wusste es doch.«

»Du wusstest was?«

»Du bist doch eine Petze.« Jetzt kicherte ich.

Sie lachte, und ich lachte auch.

Schon als ich die Straße entlang auf unser Haus zustapfte, hörte ich die Musik. Sie klang scheppernd und ein wenig kratzig durch die tauende Winterluft. Und sie wurde lauter, je näher ich kam.

Come on everybody clap your hands
Now you're looking good
I'm gonna sing my song and you won't take long
We gotta do the twist and it goes like this.

»Da bist du ja!«, rief India und tanzte lachend auf mich zu, als ich durch den Eingang trat. Sie hatte Arthur auf den nackten Füßen und glitt mit ihm in wilden Kreisen über den Fußboden. »Wir haben schon auf dich gewartet!« Sie ließ die eine Hand meines Bruders los und fasste meine, zog mich in den Flur und versetzte der Tür einen energischen Tritt, sodass diese schwungvoll ins Schloss fiel.

Come on let's twist again like we did last summer
Yeah, let's twist again like we did last year
Do you remember when things were really hummin'
Yeah, let's twist again, twistin' time is here.

»Was ist hier los?«, fragte ich, während ich hastig meinen Mantel und die Stiefel auszog und meine Schultasche fallen ließ.

»Was soll los sein, Freddi?« India strahlte mich an. »Wir feiern das Leben. Was sonst?«

»Aha«, machte ich gedehnt, konnte jedoch nicht anders, als mich von der guten Laune anstecken zu lassen. »Und warum?«

»Was ist denn das für eine Frage, oder, Arthur? Einfach weil das

Leben das Leben ist«, rief sie überschwänglich und zog mich in Richtung Küche.

Hier war die Musik am lautesten, jeder Zentimeter des Raumes schien von ihr erfüllt. Die Wände vibrierten, der Boden pochte, das Geschirr klirrte und klapperte, spielte sein eigenes Konzert. Dazwischen bewegten sich meine Mutter und Tante Noelle ebenfalls im Takt, die eine unsicher und zögerlich, die andere steif und ungelenk mit Lennon auf dem Arm. Doch ihre Wangen glühten, die Augen leuchteten.

Yeah round 'n around 'n up 'n down we go again
Oh baby make me know you love me so then
Come on let's twist again like we did last summer
Yeah, let's twist again, twistin' time is here.

Im ersten Moment wusste ich nicht, was ich tun sollte, aber India ließ mich nicht lange grübeln. Sie schlang die Arme um mich, bedeckte mein Haar mit Küssen und schob mich vor sich her zu den anderen. Und dann fingen meine Füße von ganz allein an. Und dann meine Beine. Und dann meine Arme. Und dann mein gesamter Körper. Ich hüpfte und sprang, drehte mich und kreiselte, schüttelte, schaukelte, wippte und wiegte.

Come on let's twist again like we did last summer
Yeah, let's twist again like we did last year
Do you remember when things were really hummin'
Yeah, let's twist again, twistin' time is here.

Ich tanzte den Tag von mir ab, die Welt aus mir heraus. Tanzte, tanzte, tanzte, bis ich keine Luft mehr hatte, keine Kraft. Lachend sanken wir auf die Küchenfliesen, japsend, keuchend, glücklich.

Das Lied wechselte und ich atmete aus.

Everyday it's a gettin' closer
Goin' faster than a roller coaster
Love like yours will surely come my way
A hey, a hey hey.

»Wie war die Schule?«, fragte Noelle, die gegen einen der Schränke gelehnt war, Lennon auf ihrem Schoß, auf dessen Gesicht ein breites, zahnloses Lächeln glänzte. Zum ersten Mal war ihr strenger Knoten in Unordnung geraten, er hing ihr nun schräg auf dem Kopf, fliegende Strähnen umrahmten ihr Gesicht, klebten ihr im Nacken und auf der Stirn, doch sie machte sich nicht die Mühe, sie fortzuwischen. Sie sah verändert aus, aber ich konnte nicht genau sagen, woran es lag. Und India schien es ebenfalls nicht entgangen zu sein, denn ich bemerkte ihren Blick, der lange auf Noelle verweilte und auf Lennon, der an ihrer Brust lag. »Wie war die Schule?«, wiederholte meine Tante. Zwischen ihre Worte stahlen sich glucksende Laute.

»Es war …« Ich dachte einen Moment nach und sah nach oben zur Zimmerdecke, als würde sich dort der Himmel wölben. »Es war in Ordnung«, sagte ich schließlich. Und es stimmte.

»Das freut mich.« Sie lächelte mich an.

»Es war … bong. Richtig?«

Sie schmunzelte. *»Oui. C'est correct.«*

»Wir haben über Dinosaurier gesprochen«, berichtete ich. »Die lebten vor über 235 Millionen Jahren auf der Erde.«

»Das nenne ich mal lang«, kicherte India.

»Ja, oder? Und sie konnten zwölf Meter hoch werden und mehr als dreißig Meter lang. Habt ihr das gewusst?«

»Nein«, erwiderte meine Mutter und strich mir über das Haar. »Das habe ich nicht gewusst.«

Ich sah sie an und spürte ein erleichtertes Lachen im Bauch. »Aber so war es! Und wisst ihr, wie schwer sie werden konnten?« Sie und India schüttelten die Köpfe, auch Arthur sah mich mit großen Augen an. »Ratet?«

»Vielleicht …« India zögerte. »Vielleicht dreihundert Kilo?«

»Bis zu sechzig Tonnen, vielleicht sogar mehr!«

»Sechzig Tonnen? Da müssen sie aber ziemlich viel Sahnetorte gegessen haben, um das Gewicht zu halten.« Sie zwinkerte mir zu.

»Viele haben sich sogar nur von Pflanzen ernährt.«

»Nur von *Pflanzen?* Dann mussten sie den ganzen Tag ja nichts anderes machen als fressen. Wie konnten die sich überhaupt fortpflanzen, bei dem ganzen Futterstress? Oder hatten sie vielleicht mehr als einen Kopf?«

»Nein«, kicherte ich. »Nur einen.«

»Weißt du das sicher?«

»Ja, ich habe einen Brontosaurus gemalt. Der hat einen unglaublich langen Hals und einen unglaublich langen Schwanz. Er hat fast nicht auf das Papier gepasst. Ich wollte auch noch einen schwimmenden Dinosaurier zeichnen, aber ich bin nicht mehr dazu gekommen«, sagte ich bedauernd.

»Vielleicht beim nächsten Mal«, erwiderte meine Mutter tröstend.

Ich hob die Schultern. »Ja, vielleicht beim nächsten Mal.«

Everyday it's a getting' faster
Everyone says go ahead and ask her
Love like yours will surely come my way
A hey, a hey hey.

»Und hast du nette Kinder kennengelernt?«, fragte India und ihre Augen blitzten.

»So würde ich das nicht sagen«, murmelte ich und versuchte zu ignorieren, dass ich die Gesichter der Kinder auf dem Schulhof vor mir sah und ihre hämischen Worte hörte.

»Oder vielleicht nette Kinder *wiedergetroffen,* die du schon kanntest?«

»*Oui,* Leonie ist doch mit dir in einer Klasse.« Noelle wog Lennon sanft hin und her, während sie sprach. Mir schien ihre Stimme in seiner Gegenwart leiser, weniger kantig. Und ich sah India lächeln. »*Une fille charmante.* Wirklich ein reizendes Mädchen.«

»Ich dachte eher an einen ...«, India machte eine bedeutungsvolle Pause, wandte den Blick von meiner Tante ab und wieder mir zu, »gewissen Jungen, der Freddi gernhat.«

»Ein *Junge?«,* wiederholte Noelle. Das Wort sprang ihr regelrecht von den Lippen.

»Jaaaa ...« India lachte. »Ein Junge!«

»Was? Nein!«, erwiderte ich hastig, doch die Hitze war mir bereits in meine Wangen gestiegen. Ich senkte das Gesicht, das glühend heiß war, als stünde ich zu dicht an einem Ofen.

»Ein Junge«, sagte Noelle, nun beherrschter, dafür formte sich ihr Mund übertrieben deutlich um die Buchstaben. »Fang damit besser gar nicht erst an.« Als sie Indias Blick auf sich spürte, fügte sie hinzu: »Das meine ich ernst. Frauen sollten Männern aus dem Weg gehen.«

»Du machst Witze!«

»Non!« Noelle schüttelte entschieden den Kopf. »Ganz und gar nicht! Männer bedeuten Ärger. Das ist nun mal so. Ich wüsste nicht, warum man sich das absichtlich antun sollte.«

»Weil man nicht immer die Wahl hat?!«, sagte India, aber meine Tante war nicht überzeugt.

»C'est absurde. Warum sollte man nicht die Wahl haben?«

»Vielleicht weil man sich Hals über Kopf und grenzenlos in jemanden verliebt?«, fragte India.

»Natürlich, *l'amour* … Ich glaube nicht daran, sich zu verlieben«, entgegnete Noelle knapp.

»Du glaubst nicht daran, sich zu *verlieben?«*

»Non! Absolument pas! Ich glaube an Familie und ich glaube an Freundschaft. Ich glaube an die beständige, verlässliche Liebe zwischen Schwestern, zwischen Freundinnen und daran, dass Frauen füreinander mehr sein können, als Männer für sie jemals sein werden.« Sie nickte entschieden. »Ich habe nie einen Mann gebraucht und ich werde nie einen Mann brauchen. Glaub mir, Frederike«, nun sah sie mich eindringlich an, »das Verliebtsein vergeht, aber Freundschaft hält ein Leben lang.«

Ich wusste nicht, was ich sagen sollte, deshalb schwieg ich.

India antwortete für mich: »Aber das eine schließt das andere doch nicht aus.«

»Das denke ich schon. Frauen geben alles auf, wenn sie sich *verlieben.«* Aus dem Mund meiner Tante klang das Wort abschätzig. »Ihre Familien, ihre Freundinnen, ihre Pläne und ihre Zukunft. Ich wusste immer, dass ich das nicht will. Ich wusste immer, dass ich einmal ein Leben führen wollte, das mir gehört, etwas aus mir machen und nicht irgendwo als Hausfrau und Mutter versauern mit einem nichtsnutzigen Ehemann an meiner Seite, weil ich irgendwann einmal ach so verliebt war.«

Everyday seems a little longer
Every way love's a little stronger

Come what may do you ever long for
True love from me.

Ich hörte ein Geräusch und blickte auf. Meine Mutter war gegangen, die Tür schwang hinter ihr zu. Noelle sah ihr ebenfalls nach. Der Ausdruck ihres Gesichts ließ nicht erkennen, was sie dachte.

»Ich möchte nicht eines Tages erkennen«, fuhr sie nach einigen Momenten fort, die nur Buddy Holly für uns gefüllt hatte, »dass ich nicht mein Leben gelebt, sondern meine Zukunft für einen Mann geopfert habe, der nach Alkohol stinkt und dem die Haare, die eigentlich auf dem Kopf sein sollten, nun aus den Ohren wachsen. Ich wollte nicht, dass so etwas Flüchtiges und Unbeständiges wie das Verliebtsein für mich entscheidet, wie der Rest meines Lebens aussieht. Und alles, was ich dafür tun musste, war, mich von den Männern fernzuhalten. *Voilà,* das habe ich geschafft.«

»Dann warst du nie verliebt?«, fragte India.

»*Non,* niemals!«

»Und du hast nicht geküsst? Nicht ein einziges Mal?«

»*Non!* Es gab vielleicht auch nicht viele Angebote«, fügte meine Tante nach einigem Zögern hinzu. »Aber ein paar gab es durchaus. Ich hatte allerdings nie Interesse daran, mich selbst zu verlieren.«

»Aber genau darum geht es doch!«, erklärte India leidenschaftlich. »Wenn du verliebt bist, ist plötzlich alles anders. *Du* selbst bist anders!«

»Wer kann das wollen?«, fragte Noelle zurück, die Augenbrauen ungläubig zusammengezogen.

»Ich!« India machte eine überschwängliche Geste. »Ich will das!« Ihre Augen glänzten vor verzweifelter Begeisterung, die ich niemals zuvor gesehen hatte. »Ich will mich verlieben, immer wieder neu. Ich will mich hineinstürzen in dieses Gefühl. Ich will den Kopf in den Wolken tragen, mein Herz mit dem Wind dahinrauschen lassen, mit den Füßen nicht länger am Boden bleiben. Wenn man verliebt ist, erscheint alles so viel leichter und größer und einfach alles ist möglich.«

»Aber das ist es nicht«, entgegnete meine Tante. »Das ist nur eine Illusion.«

India schüttelte den Kopf und nickte gleichzeitig, so schnell, dass das eine vom anderen nicht zu unterscheiden war. »Das mag sein, aber in diesem Moment fühlst du die grenzenlose Freiheit, das grenzenlose Glück … Was ist also schlimm daran, wenn es dich glücklich macht? Sollten wir nicht alles dafür tun, um glücklich zu werden? Ich meine«, sie atmete geräuschvoll ein, »ist das nicht der Sinn von allem? Ist es nicht das, worauf es im Leben ankommt?« Ihre Stimme hatte sich plötzlich verändert. Sie klang nicht mehr fröhlich, sondern verzweifelt. Aufmerksam sah ich sie an, als sie noch einmal fragte: »Ist es nicht das, worauf es ankommt? Ist das nicht alles, was zählt?«

Ich wusste, sie sprach vom Glücklichsein, doch ich hatte India nie trauriger gesehen. Sie hatte mal gesagt, dass das Glück einem nicht einfach in den Schoß fiel, dass man es wie verrückt jagen müsse. Aber mir kam es vor, als würde India von ihm verfolgt und als säße es ihr unbarmherzig im Nacken.

»Aber es ist nicht von Dauer«, flüsterte Noelle. Ihre Worte klangen flach und zusammengepresst.

»Ich weiß.« India nickte und sprach jetzt sehr leise. »Ich weiß. Aber ich werde das Leben nie wieder nur durch ein Kellerfenster beobachten. Ich will es auskosten, bis zum letzten Tropfen, bis zur allerletzten Sekunde. Ich werde nichts davon verschwenden. Ich darf das Glück nicht entwischen lassen. Egal, wo es sich versteckt und wie lange ich danach suchen muss. Ich werde ihm nachjagen bis ans Ende der Welt. Und deshalb werde ich mich auch verlieben. Ich werde mich verlieben – so oft und so viel wie möglich!«

Everyday it's a gettin' closer
Goin' faster than a roller coaster
Love like yours will surely come my way
A hey, a hey hey.
A hey, hey, hey, hey, hey, hey, hey, hey, hey.

»Hier«, brummte Frau Habermann und schob Frau Merzbacher energisch vor sich durch die Haustür, kaum dass Tante Noelle diese hatte öffnen können. »Herr Habermann und ich haben einen Spion zur Strecke gebracht.«

»Einen *Spion?* Also ich verbitte mir diese Anschuldigungen«, ereiferte sich Frau Merzbacher und versuchte umständlich, sich aus Frau Habermanns Griff zu lösen. »Ich war nur zufällig in der Nähe und …«

»Und da dachtest du, du könntest mal um fremde Häuser schleichen, oder was?«

»Nein … ich …«

»Du kannst froh sein, dass Herr Habermann dich nicht zerfleischt hat.« Frau Habermann wies mit einer knappen Bewegung auf ihren Hund, der es in diesem Moment die Treppe hinauf geschafft hatte und ein lautes und erschöpftes Seufzen von sich gab.

Meine Tante, die bisher geschwiegen hatte und nun ebenfalls auf das Tier blickte, runzelte die Stirn. *»Oui,* das ist ja noch mal gut gegangen«, bemerkte sie so ernst, wie es ihr möglich war, und betrachtete noch ein letztes Mal Herrn Habermann, der bereits wieder aussah, als wäre er im Stehen eingeschlafen. Ich stand an der Treppe und konnte mir ein Lachen kaum verkneifen. »Aber wären Sie trotzdem so freundlich, *madame* Habermann, mir zu erklären, was hier vor sich geht?«

»Das werde ich allerdings.« Frau Habermann nickte entschlossen. »Immerhin haben wir es hier mit einem Verbrechen zu tun.«

»Mit einem *Verbrechen?«,* erwiderte Frau Merzbacher ärgerlich. »Nun machen Sie sich mal nicht lächerlich! Seit wann ist es denn verboten, einen kleinen Spaziergang zu machen?«

»Seit dich dieser *kleine Spaziergang«,* Frau Habermann gab ein verächtliches Grunzen von sich, »ausgerechnet an anderer Leute Saunahäusern vorbeiführt, meine Gute.«

»Das ist doch gar nicht wahr!«

»Ach nein?«

»Nein.« Frau Merzbacher schüttelte den Kopf und wandte den Blick demonstrativ von Frau Habermann ab und meiner Tante zu. Sie versuchte, sich so gerade aufzurichten, wie es ihr Buckel zuließ. »Als würde ich mich auch nur im Geringsten für Ihr Saunahaus interessieren. Tue ich nicht«, erklärte sie in Frau Habermanns Richtung und sah dann wieder zu Noelle hoch, die die Fremde aufmerksam musterte. »Ich halte nichts von derlei Dingen. Nichts gegen Sie, aber Sie glauben doch nicht wirklich daran, dass es wirkt, oder? Ich meine, es soll ja angeblich auch bei Erkältungen helfen. Aber das kann natürlich nicht stimmen.« Sie hielt einen Moment inne. »Oder doch?«, setzte sie dann langsamer hinzu und kratzte sich verlegen am Hinterkopf.

»Nun ja«, antwortete meine Tante gedehnt. »Es ist gut für die Abwehrkräfte, *madame* …« Sie ließ die Pause als Frage zwischen ihnen aufsteigen.

»Merzbacher. Elfriede Merzbacher«, beeilte sich Frau Merzbacher zu erwidern.

»Alors, madame Merzbacher, regelmäßige Saunagänge sollen gut für die Abwehrkräfte sein und natürlich kann sich das auch positiv auf eine Erkältung auswirken. Es gibt dafür keine Garantien, aber …«

»Selbst wenn nicht, ist es zumindest schön warm«, beendete ich Noelles Satz und trat neben sie.

Überrascht sah sie mich an, dann nickte sie.

»Aaaaha«, machte Frau Merzbacher und betrachtete dabei ihre Schuhspitzen. »Und kostet das was? Ich meine, verlangen Sie Geld dafür?«

»Non, madame.«

»Es geht dabei ja nicht um mich. Ich halte nichts davon. Aber es ist wegen meines Bruders, wissen Sie? Er ist … er ist oft krank und …«

»Ich verstehe«, erklärte Noelle.

»Und ich möchte doch wirklich nur, dass es ihm besser geht.«

»Natürlich.« Sie nickte. Einige Augenblicke sahen sie einander an, dann fragte meine Tante: *»Madame* Merzbacher, möchten Sie sich vielleicht unsere Sauna ansehen?«

Frau Merzbacher zögerte und rang offenbar mit sich. »Sehr gerne«, antwortete sie schließlich.

»Bon, dann folgen Sie mir doch bitte.«

7

»Wir wollen niemals auseinandergehn«

Heidi Brühl

Es dauerte noch zwei Tage, dann kam der Frühling und brach das Eis auf. Er machte die Welt weich und matschig, schmolz den Schnee und spülte die Kälte mit den wieder sprudelnden Bächen und Flüssen fort. Das Geräusch dieser Wochen schien ein beharrliches Tropfen zu sein, mit dem sich Bäume, Häuser und die Luft von der viel zu langen und viel zu engen Umklammerung des Winters befreiten. Die Tage wurden heller, die Sonne dehnte den Himmel, der Wald kam mir vor wie ein schlafendes Tier, das langsam seine steifen Glieder streckte.

So wie wir jetzt regelmäßig bei Oma Flora zu Abend aßen, waren auch unsere Saunagänge für uns alle zu einem Ritual geworden, für das wir uns nicht mehr verabredeten, sondern das so selbstverständlich stattfand, als wäre es nie anders gewesen. Manchmal redeten wir währenddessen, meistens schwiegen wir, und anstelle ihres schwarzen Kleides trug Noelle jetzt immer ein Nachthemd, dessen Kragen jedoch genauso gestärkt und genauso reinweiß war und zugeknöpft bis unters Kinn. Mir kam es vor, als hätten die steigenden Temperaturen mehr erwärmt als nur die Luft, die uns umgab. Das Haus war weniger dunkel und weniger still. Ich lief nicht mehr auf Zehenspitzen. Aber ich ahnte, dass daran nicht der Jahreszeitenwechsel schuld war. Unser Frühling hieß India.

Es kam mir in diesen Wochen tatsächlich so vor, als wäre sie wie eine eigene kleine Sonne, um die wir alle uns zu drehen begannen, anfangs noch zögerlich, aber schließlich ganz selbstverständlich. Arthur und ich verbrachten jede freie Minute mit India. An den Vormittagen streifte sie oft mit meinem Bruder durch den Wald, und wenn sie mich anschließend gemeinsam von der Schule abholten, liefen wir den ganzen Weg über Hand in Hand und pfiffen und sangen Lieder so laut wir konnten. Sie dachte sich Spiele für uns aus, lernte von Oma Flora stricken und von Tante Noelle, wie man richtig kochte. Sie flocht meiner Mutter die schönsten Frisuren und verbrachte viele Stunden damit, neben ihr über einem dicken, alten Atlas zu hocken und sich auf den staubigen Seiten die Welt anzusehen, zu zeigen, wo sie überall war und wo sie überall hinwollte. Auch ohne mir weiter Unterricht zu geben, war meine Tante ständig beschäftigt. Sie putzte das Haus, sie las viel, studierte, wie sie es nannte, oder passte auf Lennon auf. Immer öfter verbrachte sie jetzt aber auch ihre Zeit mit meiner Mutter und Oma Flora. Dann saßen sie alle drei zusammen und unterhielten sich so leise, dass niemand anders sie hören, nur sie selbst sich verstehen konnten.

Und auch im Dorf schien sich etwas zu verändern. Doktor Grabes und seine Frau kamen nun regelmäßig jeden Mittwoch und Freitag, die Witwe Bindernagel und Frau Andörfer Dienstag und Donnerstag. An einem Samstag stand der Kohlen-Martin vor der Tür, der uns schon einige Male neugierig ausgefragt hatte, und Frau Merzbacher besuchte die Sauna zum ersten Mal an einem Montagnachmittag. Sie hatte ihren Bruder dabei, der groß wie ein Mann, aber ansonsten uns Kindern ähnlicher war. Ich mochte ihn, weil er viel und gerne lachte, oft auch über Dinge, die nicht lustig waren. Seiner Schwester schien er damit peinlich, aber ich fand, dass es mehr Menschen wie ihn geben sollte, die selbst im Traurigen noch das Lustige entdecken konnten. Einmal bat die Frau des Wirts darum, sich mit ihren Zwillingen einige Zeit in unserem Schwitzhaus aufwärmen zu dürfen, ein anderes Mal war es der alte Herr Friedmann, der im Krieg seine ganze Familie und ein Bein verloren hatte, das jetzt auf dem Friedhof begraben lag und dem er jeden Sonntag frische Blumen brachte, weil das, wie er sagte, der einzige Ort für ihn war, an dem er darüber traurig sein konnte.

Mit jeder Woche, die verging, wurde unser Schuppen voller, und so fing Noelle an, ein Buch zu führen, in das sie gewissenhaft alle Saunatermine eintrug, die Uhrzeiten auf die eine, die Namen auf die andere Seite. Frau Habermann versuchte immer wieder, meine

Tante davon zu überzeugen, auch Herrn Habermann auf die Liste zu setzen, weil sie der Meinung war, dass auch ein Hund das Recht auf ein wenig Wärme hatte, und regelmäßig gerieten sie darüber in Streit. Doch Noelle ließ sich nicht erweichen. »Ein Tier gehört nicht in die Sauna«, erklärte sie jedes Mal entschlossen. »Es hat überall Haare. Das ist unhygienisch. *Un point c'est tout!*«

Natürlich war es nicht zu leugnen, dass es keine Stelle an Herrn Habermanns Körper gab, die nicht über und über mit Fell bewachsen war, aber als Frau Andörfer bei ihrem dritten Besuch ihren Mann mitbrachte, musste selbst Noelle erkennen, dass sie mit ihrem Entschluss nicht ganz richtiglag. Denn Herr Andörfer hatte dichtes Haar auf dem Kopf, an den Armen, auf der Brust und in den Ohren, seine Augenbrauen sahen wie Gestrüpp aus und sein Gesicht versteckte sich in einem gewaltigen Bart. Er schien in allem Frau Andörfers Gegenteil zu sein. Sie war klein und hager, er groß und breit und trug einen mächtigen Bauch vor sich her wie einen falsch aufgesetzten Rucksack. Sie war laut und redete wie ein Zug, er sprach selten ein Wort. Sie schien ständig von ihm verärgert, er nahm alle Zurechtweisungen gelassen entgegen. Und ich überlegte, ob sich manche Menschen nicht nur trotz ihrer Unterschiede gernhatten, sondern gerade deswegen. Vielleicht war es dann gar nicht schlimm, ganz anders zu sein …

»Ich wette, jetzt sitzt er wieder die ganze Zeit da und macht den Mund nicht auf«, ereiferte sich Frau Andörfer und starrte durch das Küchenfenster auf den Schuppen, der so stark schwitzte, dass sich um ihn herum bereits große Pfützen gebildet hatten, als würde es nur über seinem Dach regnen. »Er macht einfach den Mund nicht auf. Er hockt nur stundenlang in seiner Garage, und ich bekomme ihn nicht zu Gesicht. Heute hat er noch kein einziges Wort mit mir gewechselt. Nicht ein einziges! Den ganzen Tag nicht. Können Sie sich das vorstellen?«, fragte sie und wandte sich von der Hütte ab, in der Herr Andörfer und Arthur noch keine fünf Minuten zusammen saßen.

»Tatsächlich?«, fragte Noelle zurück, doch sie wirkte so wenig verwundert, dass India, die neben ihr am Tisch saß, laut aufkicherte. Auch in die Mundwinkel meiner Mutter stahl sich ein zaghaftes Grinsen. India hatte ihr die Haare gebürstet und einen Zopf gebunden, der über ihrer Schulter lag, sie trug noch ihr Nachthemd, aber darunter eine Hose. Und als ich sie nun anblickte, kam es mir vor, als würde ich sie zum ersten Mal seit Langem wieder in Farbe sehen.

Frau Andörfer musterte uns nur kurz und drehte das Gesicht dann wieder zum Fenster. »Ich dachte, wenn der Junge … wie heißt er noch gleich? Wie heißt er?«

»Arthur«, sagte Noelle.

»Ich dachte, wenn Arthür mit ihm im Schuppen sitzt, wird er vielleicht was sagen. Ich dachte, vielleicht spricht er dann mit ihm. Oder glauben Sie, der Junge wird ihm vielleicht Fragen stellen? Fragt er ihn vielleicht was?«

Wir tauschten Blicke. »Eher nicht«, erwiderte meine Tante gedehnt.

»Aber ich habe dem Jungen extra von Herrn Andörfers Arbeit für die Regierung erzählt. Er war nämlich sehr lange für die Regierung tätig, wissen Sie? Und kleine Jungen interessieren sich für solche Sachen brennend. Ist doch so, oder? Ich denke, das ist so.«

»Schon möglich.«

»Dieser Mann …« Plötzlich wurden Frau Andörfers Worte rau. Sie räusperte sich, doch es wurde nicht besser. »Dieser Mann spricht zu wenig«, murmelte sie und klang für einen Moment bedrückt. »Ich weiß nicht, was ich noch tun soll.« Sie schluckte, hielt inne, schluckte wieder, schüttelte den Kopf und fragte schließlich gewohnt laut und hastig: »Und Sie glauben nicht, dass er ihn was fragen wird? Der Junge … wie heißt er noch gleich?«

»Arthur.«

»Sie glauben nicht, dass Arthür Herrn Andörfer zu seiner Arbeit bei der Regierung etwas fragen wird? Wird er nicht?«

»Nein.«

»Und warum nicht? Ich dachte, kleine Jungen interessiert so etwas. Ich dachte wirklich …«

»Arthur ist eher ein schweigsamer kleiner Kerl«, erklärte India in diesem Moment und unterbrach damit Frau Andörfers Redeschwall.

Diese starrte sie überrascht an. »Wirklich? Arthür ist schweigsam?«

»Ja.«

»Ist mir noch gar nicht aufgefallen«, erklärte sie kopfschüttelnd. »Komisch. Da ist der Junge schweigsam. Wie konnte mir das entgehen?« India begann laut zu prusten, und sie lachte sogar noch herzhafter, als sich Frau Andörfer an die Witwe Bindernagel wandte: »Der Junge sagt nichts. Hast du das gewusst?« Ihre Freundin hob nur die Schultern. »Ist mir wirklich gar nicht … Sie kommen!«, rief Frau Andörfer in diesem Augenblick und ihre Stimme kam mir wie ein Blitz vor: hell und leuchtend und ein bisschen schmerzhaft. »Sie kommen, sie kommen, sie kommen.« Sie hüpfte auf und ab, stürzte vorwärts, bremste, hielt inne und riss dann schwungvoll die Tür auf. »Da seid ihr ja, Herr Andörfer. Da seid ihr ja!« Ihre Worte konnten sich nicht entscheiden, ob sie erleichtert oder vorwurfsvoll klingen wollten.

»Hm«, machte Herr Andörfer als Antwort. In seinem Bart glitzerten überall Schweißperlen wie Regentropfen in einer Hecke. Ich fand, dass das sehr schön aussah. Neben ihm stand Arthur. Er wirkte neben dem großen Mann, der den Kopf einziehen musste, um die Küche zu betreten, kleiner als sonst, aber er lächelte mich an und zeigte dabei seine Zahnlücken.

»Und wie war es? Wie fandst du es?«, wollte Frau Andörfer ungeduldig wissen, und die Sätze zischten ihr aus dem Mund, als würde sie mit ihnen schießen. Ich hatte mal gehört, dass man jemanden mit Fragen löchern konnte, und Frau Andörfer schien nichts anderes zu versuchen. »Nun sag schon, Herr Andörfer. Wie war es?«

Bedächtig griff ihr Mann nach zwei Handtüchern, reichte eins meinem Bruder und begann mit dem anderen, sich das Gesicht trocken zu reiben. »Warm«, brummte er, und genauso fühlte es sich auch an, wenn er sprach. Seine Stimme war wie ein Ofen, vor den man sich gerne setzte, um nicht mehr zu frieren.

»Was? Nur *warm?* Das ist alles?« Frau Andörfer schüttelte den Kopf. »Mit dieser Antwort soll ich mich begnügen?« Sie musterte Herrn Andörfer unzufrieden, doch als er keine Anstalten machte, mehr zu sagen, fuhr sie ungerührt fort: »Und was habt ihr da drin gemacht? Worüber habt ihr gesprochen? Hast du ihm Fragen gestellt?«, wandte sie sich an Arthur, der sie mit großen Augen anstarrte. »Über seine Arbeit bei der Regierung?« Sie hatte sich zu ihm nach unten gebeugt. Mein Bruder blickte an ihr vorbei und mich Hilfe suchend an. »Du sprichst wirklich nicht, oder? Er sagt kein Wort«, erklärte Frau Andörfer, drehte sich zu uns um und wies dabei wenig unauffällig hinter sich. »Als hätte er seine Stimme verloren. Hat er seine Stimme verloren?« Sie zuckte die Schultern und sah nun wieder ihren Mann an. »Nun sag doch schon, Herr Andörfer. Was habt ihr gemacht?« Anstelle einer Antwort drückte Herr Andörfer ihr eine Figur aus Holz in die Hand. »Was soll das sein?« Irritiert hielt sie den Gegenstand vor sich und beäugte ihn von allen Seiten. Es war ein kleiner Vogel mit einem spitzen Schnabel. »Geschnitzt?«, fragte sie enttäuscht. »Ihr habt da drin geschnitzt?« Ihre Augen pendelten zu ihrem Mann, dann zu Arthur und wieder zurück. Mein Bruder nickte. »Aber beim Schnitzen spricht man nicht. Beim Schnitzen wird nicht gesprochen.« Frau Andörfer machte ein unglückliches Gesicht.

»Stimmt«, murmelte ihr Mann.

»Aber …«, setzte sie an und entschied sich im nächsten Moment anders. »Na, bitte. Dann nicht. Aber dann zieh wenigstens schon mal dein Hemd aus, Herr Andörfer, damit ich es zum Trocknen aufhängen kann. Du bist so verschwitzt. Du siehst aus wie Wurst in Pelle.«

Gerade als Herr Andörfer anfing, die Knöpfe zu öffnen, hörte ich ein Quietschen neben mir. Tante Noelle hatte sich geräuschvoll von ihrem Stuhl erhoben, blieb stehen, stemmte die Hände in die Hüften und machte ein vorwurfsvolles Gesicht, drehte sich schließlich zur Seite, gab ein missbilligendes Zischen von sich und verließ mit schnellen Schritten die Küche.

»Was hat sie denn?«, fragte Frau Andörfer verwundert. »Mag sie keine Wurst?«

Das Klopfen war zaghaft. Es folgte ein Zögern, dann schob sich mein Bruder ins Zimmer. Das Halbdunkel meines Zimmers umrahmte seinen Körper, allein seine hellen Haare und seine Augen, die mich einige Momente lang ansahen, hoben sich daraus hervor.

»Willst du dich zu mir legen?«, fragte ich. Arthur schüttelte den Kopf, kam jedoch zu mir ans Bett. Er griff nach meiner Hand. »Soll ich mitkommen?« Er nickte nicht, zog aber an mir, bis ich mich aus meiner Decke geschält hatte und aufgestanden war. Während ich mir Socken überstreifte, holte er meine Schuhe und eine Jacke und wartete, bis ich in beides hineingeschlüpft war. »Wohin gehen wir?« Ich musterte ihn. »Ist es ein Geheimnis?« Wieder schlossen sich seine Finger um meine, und schließlich folgte ich ihm hinaus aus dem Zimmer, in den Flur und die Treppe nach unten.

Tante Noelle war bereits schlafen gegangen, und das Haus lag im Dunkel der Nacht. Ich konnte kaum etwas sehen, während ich mit Arthur durch die Diele, dann in die Küche und aus der Tür schlich. »Was hast du vor?«, flüsterte ich, doch mein Bruder wandte sich nicht zu mir um, schob sich stattdessen hinaus in den Garten und in den späten Abend. Ein dichter Vorhang aus schwarzen Wolken hatte sich vor den Mond gezogen, deshalb war es hier draußen so finster, dass ich Arthur am Ende meines Armes kaum sehen, nur fühlen konnte. Es war frisch, und der matschige Boden gab ein schmatzendes Geräusch von sich, als wir in Richtung Schuppen stapften, der nicht mehr als ein großer Schatten umgeben von vielen kleineren war.

»Arthur?!«, murmelte ich, doch da hatte mein Bruder bereits die Tür geöffnet.

Im ersten Moment konnte ich Herrn Habermann nicht erkennen. Erst als sich der Himmel für das Licht der Sterne öffnete und dieses als schmales Band ins Innere der Hütte fiel, schälten sich langsam seine Umrisse aus der Dunkelheit heraus, die tintenschwarz unter der Decke hing. Der Hund lag in der Mitte des Raumes, die Beine so weit nach hinten und vorne gestreckt, dass er mit dem Bauch platt auf dem Boden lag. Die Spitzen seiner Schlappohren waren nach vorne gerutscht, und es sah aus, als hielte er sich mit diesen die Augen zu. Er gab ein durchdringendes Schnarchen von sich.

»Tante No-elle hat gesagt, Herr Habermann darf nicht in die Sauna«, sagte ich und sah meinen Bruder an. »Sie sagt, das ist unhygienisch. Wegen der vielen Haare.« Ich hob die Schultern. Arthur blickte auf den Ofen, dann schweigend zu mir. »Du willst, dass ich ihn anmache?«, fragte ich. Er nickte. »Weil Herr Habermann auch das Recht auf ein bisschen Wärme hat?« Wieder bewegte er zustimmend den Kopf. »Dann muss es aber unser Geheimnis bleiben. Und du darfst niemandem etwas davon sagen.« Arthur lächelte so breit, dass seine Zahnlücken zum Vorschein kamen. »Na gut«, murmelte ich, während ich um Herrn Habermann herum zum Herd ging, der auf den ersten Blick ruhig und still dastand.

Als ich ihn jedoch öffnete, stellte ich fest, dass er noch wach war. Die Feuerreste glühten noch schwach unter der Schicht aus Asche, die mir wie eine Decke vorkam, unter der die Glut heimlich weiterbrannte, obwohl längst Schlafenszeit war. Trotzdem dauerte es einige Momente, bis ich den Ofen dazu überreden konnte, zu so später Stunde seinen Dienst noch einmal aufzunehmen, aber schließlich begann er mit brummiger Gleichgültigkeit seine Arbeit. Gemeinsam mit dem sanft glühenden Licht der Flammen schob sich langsam die Wärme durch den Schuppen und stieß schließlich an die gegenüberliegende Tür. Ich sah Arthur an, der auf einen der Stühle geklettert war und ein zufriedenes Gesicht machte. Auch Herr Habermann schien die dichter werdende Hitze zu genießen, denn keine fünf Minuten später drehte er sich auf den Rücken und streckte die Beine in Richtung Decke, als hinge er in einer Hängematte.

Wir hatten ihn eine Weile dabei beobachtet, als ich die Hand meines Bruders auf meinem Arm spürte. Er hatte sich eng neben mich gesetzt und blickte zu mir auf. Seine Lippen blieben wieder einmal stumm, doch sein Gesicht redete mit mir. Es stellte die Fragen, die er nicht aussprach.

»Ich hab dir doch erzählt, was unser Papa macht«, begann ich schließlich. »Und eigentlich dürfen wir nicht darüber reden.« Ich senkte die Stimme. »Schon gar nicht über seinen neusten Auftrag«, sagte ich ernst. Mein Bruder schwieg, doch es war ein solch lautes Schweigen, dass ich fortfuhr: »Wir dürfen es nicht wissen. Es ist zu unserem Schutz, aber … aber ich werde dir sagen, was ich weiß.« Ich machte eine kurze Pause und rieb mir über die Nase. »Ich habe dir doch vom Kalten Krieg erzählt.« Arthur nickte. »Und du weißt, dass es dabei auch um den Mond geht, um den sich die Amerikaner und die Russen streiten, richtig?« Wieder bewegte er zustimmend den Kopf. Ich zögerte und schluckte. »Die Lage hat sich zugespitzt.« Er sah mich aus großen Augen an. »Am 3. Februar ist die Sonde *Luna 9* auf dem Mond gelandet. Man konnte es überall im Radio hören. Und sie gehört den Russen, weißt du? Deshalb sind jetzt alle furchtbar aufgeregt. Unsere Regierung macht sich vor allem große Sorgen um den Mann im Mond, weil niemand weiß, was als Nächstes passiert und ob die Russen demnächst vielleicht schon Häuser auf dem Mond bauen werden. Für den Mann im Mond könnte es da eng werden.« Mein Bruder presste die Lippen zusammen und drückte sich an mich. »Das ist keine schöne Sache, Arthur«, flüsterte ich, »aber mach dir keine Sorgen.« Ich küsste ihn auf die Stirn. »Unser Papa passt auf, dass ihm nichts passiert. Denn das ist sein Auftrag. Er beschützt den Mann im Mond.« Arthur legte den Kopf in den Nacken und sah mich mit einer großen Frage in den Augen an. »Ich weiß es nicht«, antwortete ich leise. »Ich weiß nicht, ob er dafür zum Mond fliegen wird. Er muss tun, was er tun muss. Und vielleicht kann er dafür nicht am Boden bleiben.«

Es war ein Sonntagnachmittag. Tante Noelle, Frau Habermann, India, meine Mutter, Leonie, Arthur und ich hatten uns gerade in der Küche versammelt und damit begonnen, unsere Kleider auszuziehen, als wir Geräusche von draußen hörten, Stimmen, Rufe, Pfiffe. Wir sahen uns an und zögerten, als hofften wir, der Lärm würde von allein verschwinden, wie er von allein gekommen war, aber das tat er nicht. Wir wussten es und warteten trotzdem. Schließlich richtete sich Noelle gerade auf und ging mit schnellen, energischen Schritten in den Flur. Wir anderen folgten langsamer.

Als meine Tante die Tür öffnete, hatte sich eine Wand aus Worten bereits vor unserem Haus aufgebaut: »Verschwindet!« »Raus aus unserer Stadt!« »Wir wollen keine Sünder hier!« »Wir haben euer Sodom satt!«

»Heilige Scheiße!«, entfuhr es Frau Habermann, die neben Noelle trat, die Fäuste in die Seiten gestemmt. »Aber reimen können die. Das muss man ihnen lassen.« Sie lachte polternd, doch mir war nicht zum Lachen.

Ich fühlte mich erstarrt vor Schreck und zitterte. Trotzdem zwang ich mich, einen Schritt nach vorne zu machen und zwischen den anderen hinauszusehen. Eine Gruppe von zehn oder elf Frauen stand vor unserem Haus mit großen Schildern aus Pappe, auf denen sie das wiederholten, was sie uns bereits mit ihren Stimmen entgegengeschleudert hatten. Es hätte vielleicht lustig sein können. Es hätte lustig sein können, wenn es nicht so schrecklich gewesen wäre.

»Denen werde ich was erzählen«, rief India entschlossen und wollte sich an Noelle und Frau Habermann vorbeischieben, doch meine Tante war schneller.

Mit einer energischen Bewegung drängte sie uns zurück ins Haus, schloss eilig die Tür und stellte sich davor. »Das kommt nicht infrage!«, sagte sie. »Wir werden uns nicht auf eine Diskussion mit diesen … Frauen einlassen.« Sie rang um ihre Fassung, versuchte, sich nicht anmerken zu lassen, dass sie schockiert war, doch ich erkannte, wie schnell ihr Atem ging, wie heftig ihr Herz klopfte.

»Ich dachte auch nicht an eine Diskussion«, erwiderte India aufgebracht. »Ich wollte mir diese Weiber ordentlich zur Brust nehmen.«

»Ganz meine Meinung.« Frau Habermann nickte zustimmend. »Wir können ja auch Herrn Habermann auf sie hetzen.« Sie blickte hinter sich, wo ihr Hund auf dem Läufer am Fuß der Treppe lag und schnarchend döste. Sein rechtes Ohr zuckte. »Er ist kampfbereit. Sobald er ausgeschlafen hat«, fügte sie hinzu.

»Non! Non.« Meine Tante holte geräuschvoll Luft. »Das lasse ich nicht zu! Wir werden uns nicht auf ihr …« Sie wies ungenau und flattrig hinter sich, als könnte sie das, was jenseits der Tür lag, dadurch von sich abschütteln. »Wir werden uns nicht auf ihr Niveau herablassen. Dann wären wir nicht besser als sie.« In dem verzweifelten Versuch, sich selbst zu beruhigen, presste sie eine Hand gegen ihre Rippen. »Auf keinen Fall! Diese Frauen haben keinen Anstand

und kein Benehmen. Man soll nicht Gleiches über uns sagen können. Wir bewahren Haltung und strafen sie mit Missachtung, dann werden sie von selbst gehen.«

»Aber sie haben Klappstühle und Picknickkörbe dabei«, wandte meine Mutter zweifelnd ein. »Ich glaube nicht, dass sie …«

»Doch, *Alice,* du wirst sehen. Sie gehen, wenn wir ihnen die kalte Schulter zeigen.« Noelle überredete ihre Mundwinkel zu einem verkrampften Lächeln, doch dieses entglitt ihr im nächsten Moment: »Was machst du denn da?«, rief sie entsetzt.

»Was soll ich schon machen? Ich zeige ihnen die kalte Schulter, wie du gesagt hast«, bemerkte India unbekümmert.

»Ja, die kalte, nicht die nackte!«

»Oh, pardon! Ich dachte, das wäre dasselbe.« India grinste meine Tante fröhlich an, ließ ihr Kleid zu Boden fallen, griff beherzt zur Tür und riss diese so schnell auf, dass Noelle nicht reagieren konnte. »Mein Fehler«, flötete sie, dann trat sie hinaus.

»Das wird ein Spaß!«, knurrte Frau Habermann anerkennend.

Die Rufe der wartenden Frauen verstummten in dem Moment, als sie India sahen, vollkommen unbekleidet und mit einem strahlenden Lächeln auf den Lippen. Sie schienen zunächst sprachlos vor Überraschung, allein aufgebrachtes Murmeln erreichte uns wie die feinen Ausläufer großer Wellen: »Eine Unverschämtheit!« »Schockierend!« »Unerhört!« »Wie kann sie es wagen?«

»Guten Tag, meine Damen«, rief India ihnen zu. »Ist das nicht ein wunderschöner Sonntag? Viel zu schade, um ihn nicht an der frischen Luft zu verbringen, oder?« Das Tuscheln wurde lauter. »Aber wem sage ich das? Auch Sie sind offensichtlich nur hier, weil Sie es in den eigenen vier Wänden nicht aushalten, richtig?«

»So was Gottloses!« »Was erdreistet sie sich?« »Frechheit!« »Wie geschmacklos!« »Die werden sich noch wundern!« »Und ob, die werden sich noch wundern!«

Ich zögerte einen Augenblick, sah von meiner Mutter zu Frau Habermann und Tante Noelle, dann zu Arthur und Leonie und wieder nach draußen. Ich wollte gerade meine Hose ausziehen, als Noelle mich mit einer entschiedenen Geste innehalten ließ.

»Kommt gar nicht infrage!«, zischte sie. »Kommt nicht infrage, junge Dame!«

»Aber«, stotterte ich verzweifelt, »aber wir können India doch nicht allein lassen.«

»Da hat sie allerdings recht!« Frau Habermann verschränkte die Arme vor der Brust.

Noelle betrachtete uns eine nach der anderen und erklärte schließlich kühl: »Holt die Stühle aus der Küche. Wir trinken unseren Kaffee heute draußen.«

In der folgenden Nacht schienen alle meine Albträume gleichzeitig wahr zu werden. Die Bilder des zurückliegenden Tages brachen über mir herein. Die Frauen verfolgten mich in den Schlaf. Ich sah überall ihre Blicke. Hörte überall ihre Stimmen. Es kam mir vor, als würde ich in ihren Worten ertrinken. In ihren Worten und in ihrer Wut. Ich konnte nicht atmen.

Ich riss die Augen auf, war nass vor Schweiß, das Herz als Trommeln in meiner Brust, die Luft dick zwischen meinen Rippen. Ich brauchte einige Minuten, um zu erkennen, wo ich war. Weitere Momente verstrichen, bis ich die bedrohlichen Schatten meiner Träume nicht mehr sehen musste. Aber abschütteln konnte ich sie nicht. Sie saßen mir im Nacken. Ich konnte unmöglich im Bett bleiben.

Auf dem Flur war es dunkel und frisch, aber irgendetwas war anders. Ich wusste nicht gleich, was es war. Erst als ich die Treppe nach unten ging, verstand ich. Da war dieses Licht. Rot. Gelb. Orange. Es war heiß. Flammend heiß. Es spiegelte sich in der Luft. Seine Hitze? Ein Echo zwischen den Wänden. Meine Schritte? Schneller. Immer schneller. Ich stolperte. Die Stufen. Vorwärts. Nach hinten. Zum Hof. Zur Tür.

Da war es! Das Feuer!

»Feuer!«, schrie ich, ehe ich es denken konnte. »Feuer! Es brennt! Der Schuppen! Es brennt!« Ich stürzte nach draußen. Lief in eine Wand aus Hitze. Und Rauch. Und Flammen. Ich konnte nichts sehen. Qualm überall. In meinem Hals. Auf meinem Gesicht. Ich hustete. Ich würgte. »Feuer! Feuer! Feuer!« Wasser. Ich suchte Wasser. Ein Eimer. Zwei Hände. Dann vier. Dann sechs. Die Glut verschlang den Himmel. Krachen. Brechen. »Feuer!« »Feuer!« »Feuer!« Wir liefen. Wir rannten. Wasser. Immer wieder Wasser. Das Stöhnen von sterbendem Holz. Das Seufzen von Vergeblichkeit.

Und schließlich, schließlich stürzte der Schuppen mit einem langgezogenen Donnern zusammen und hüllte uns in entsetzte, entsetzliche Dunkelheit.

Die Nacht um uns bestand aus schwarzem, klebrigen Qualm, der dick und schwer über den Trümmern der Hütte hing. Der Mond warf sein mildes Licht vom Himmel herab, doch auf schweigend glimmenden Balken und dem letzten Schwelen des ermatteten Brandes wirkte es wenig tröstlich. Ich konnte kaum atmen. Die Luft schmeckte nach beißender Asche. Ich spürte getrocknete Tränen auf meinen Wangen und konnte mich nicht von ihnen befreien.

Irgendwann, ich wusste nicht genau wann, waren meine Beine unter mir eingeknickt, deshalb hockte ich nun auf dem Boden und starrte in die verblassende Glut, die mir vorkam wie ein großes, böses Tier, das langsam seine Augen schließt. Es knisterte. Der Rauch, der in die Luft aufstieg, formte Kringel und malte Wellen in die Dunkelheit.

Ich blickte mich um, musste zwinkern, weil meine Wimpern dick vom Ruß waren. India kniete neben der Eingangstür, meine Mutter saß auf einem Eimer, das Gesicht in den Händen verborgen, Arthur neben sich. Sie alle wirkten erschöpft von den Geschehnissen und ohne Worte. Nur Noelle stand aufrecht, den Rücken durchgedrückt, die Hände ineinander gefaltet, den Kopf gerade, die Züge regungslos, aber entschlossen.

Plötzlich wandte sie sich zu mir und fragte ruhig: »Hast du jemanden gesehen, Frederike? Weißt du, wer das gewesen ist?«

»Nein. Ich …« Meine Stimme war kratzig und tat in meinem Hals weh. Ich versuchte, sie mit einem harten Räuspern von der Schicht aus Asche und Qualm zu befreien, doch es gelang mir nicht. »Ich habe niemanden gesehen.«

»Wer soll das schon gewesen sein?« Indias Gesicht lag im Dunkeln, ich konnte nur ihre Umrisse erahnen, aber ihre Empörung war nicht zu übersehen.

»Das können wir nicht mit Sicherheit sagen.«

»Können wir nicht?«, wiederholte India wütend.

»Nein.« Meine Tante schüttelte den Kopf.

»Also, ich schon!«

»Wir haben keine Beweise.«

»Die brauche ich nicht!«, rief India. Die Worte stürzten in die Nacht. »Das ist doch wohl offensichtlich! Diese frustrierten Schabracken waren das! Wer sonst?«

»Das sind nur Vermutungen«, erwiderte Noelle sachlich. »Es gehört sich nicht, andere Leute zu beschuldigen. Das gebietet der Anstand.«

»Und es gehört sich nicht, anderen die Bude abzufackeln! Was sagt dein ach so feiner Anstand dazu?«, fragte India bissig. Ich hatte nicht gewusst, dass sie so klingen konnte.

Noelles Lippen bewegten sich unablässig, doch sie schwieg.

Das Schmatzen der letzten Feuerreste füllte die Stille, die sich um uns legte. Ich hatte nie zuvor eine Finsternis wie diese gesehen. Ich fühlte mich plötzlich leer und kalt und traurig.

Ich hob ein Stück verkohltes, übrig gebliebenes Holz auf und drehte es in den Händen. »Warum machen Menschen so etwas?« Mein Flüstern schien zu dünn für diese Nacht, doch es gelang mir nicht, lauter zu sprechen. »Warum tun sie das?« Das Zittern entlarvte meine Tränen.

»Weil diese verdammten Weiber, diese widerlichen Zimtzicken, diese nichtsnutzigen Kühe bösartig sind! Deswegen!«, erwiderte India, doch meine Mutter schüttelte den Kopf.

»Kein Mensch ist bösartig«, erklärte sie beschwichtigend, aber ich wusste nicht, ob sie India trösten wollte, mich, sich selbst oder uns alle. »Kein Mensch ist böse. Aber manchen hat das Leben so übel mitgespielt, dass sie vielleicht nichts anderes mehr haben als ihre Wut und ihren Hass. Dann sind sie zu allem fähig. Selbst die Guten«, fügte sie hinzu. »Daran kann man nichts ändern.«

Die Nacht dehnte sich zwischen uns aus. Irgendwann erhob sich meine Mutter von dem umgedrehten Eimer, fasste Arthur bei der Hand und wollte bereits ins Haus gehen, als Noelles Stimme sie innehalte ließ.

»Je suis désolée«, erklärte diese, erst leise, dann lauter. »Es tut mir leid, *Alice,* aber ich muss dir widersprechen.« Selbst durch die Finsternis sahen wir alle meine Tante abwartend an. »Ich denke nicht, dass wir die Welt der Unhöflichkeit preisgeben dürfen. Fehlendes Taktgefühl, Grobheiten, respektloses Verhalten und Geschmacklosigkeiten dürfen nicht über Anstand, Moral, Formgefühl und Etikette triumphieren. *Non,* das lasse ich nicht zu! Uns allen hat das Leben schlimm mitgespielt. Weiß Gott, wir wissen alle, was leiden bedeutet«, sagte sie und atmete geräuschvoll ein. »Aber das ist keine Entschuldigung für ein solch entsetzliches Benehmen. Wir müssen solchen Leuten deshalb unbedingt die Stirn bieten, aufrecht und mit Würde. Nur so können wir die Welt ein weiteres Mal davor bewahren, zu einem Ort der Plumpheit, der Barbarei und der Unkultur zu verkommen.« Sie schien noch einige Zentimeter weiter in den Himmel zu wachsen, so unglaublich gerade stand sie vor den qualmenden Trümmern des Schuppens. »Das mag schwer sein, manchmal sogar aussichtslos scheinen, aber es ändert nichts daran, dass wir mit gutem Beispiel vorangehen und dabei stets Haltung bewahren müssen. Und, India …« Sie wandte sich um. »Ich halte nichts von wüsten Beschimpfungen und ausfallenden Beleidigungen«, erklärte sie tadelnd. »Das ist gewöhnlich.« India wollte etwas antworten, doch Noelle ließ es nicht zu. »Aber wenn es nicht anders geht«, sie sah uns der Reihe nach an, »empfehle ich französische Schimpfwörter. Die klingen zumindest schön.« Damit ging sie ins Haus.

Als sich der Morgen zum Himmel hinaufschwang, klebte mir noch immer die vergangene Nacht in den Augen. Ich hatte versucht, mir den Schrecken aus dem Gesicht zu waschen, doch er haftete fester an mir als der Ruß, den ich dick und schwer auf meiner Haut spürte. Die Geschehnisse der zurückliegenden Stunden hatten Schweigen im Haus ausgebreitet, und nicht einmal India machte Anstalten, es zu durchbrechen. Deshalb aß ich still mein Butterbrot, ehe ich mich genauso still auf den Weg zur Schule machte.

Der Frühling begleitete mich auf meinem Weg ins Dorf. Er schaukelte zwischen den Wolken und in den Baumwipfeln, die Vögel riefen ihn sich gegenseitig zu, die Pflanzen reckten sich ihm entgegen, als buhlten sie um seine Aufmerksamkeit, aber ich hatte an diesem Tag wenig für ihn übrig. Ich hielt die Augen gesenkt, während ich die Straße entlangging, ich hielt die Augen gesenkt, als ich die ersten Häuser passierte und schließlich den Schulhof erreichte. Trotzdem waren die Blicke der anderen für mich nicht zu übersehen. Mir kam es vor, als wäre ich in ein Wespennest getreten, kaum dass ich den Eingang erreicht hatte. »Da ist sie.« »Hast du es schon gehört?« »Meine Mutter sagt, das ist unmoralisch.« »Das haben sie jetzt davon!« »Jeder bekommt, was er verdient.« »Das sagt auch mein Vater.«

Ich zitterte unter den Worten der anderen, zog den Kopf ein, spürte Tränen in den Augen. Ich versuchte, sie fortzublinzeln, ehe jemand sie bemerkte.

»Freddi!«, hörte ich in diesem Moment Leonies Stimme. »Freddi!« In der nächsten Sekunde schlangen sich Arme um meine Schultern. »Dir geht es gut! Zum Glück!« Sie schob mich von sich weg und begutachtete mich kritisch, als wollte sie sich selbst überzeugen, dass ich an keiner Stelle verkohlt war. Sie atmete schnell und flach, ihre Wangen waren hitzig und glänzten. »Ich bin den ganzen Weg gerannt«, erklärte sie und fächerte sich mit der Hand Luft zu. »Ich habe es von meiner Mutter gehört.« Sie warf den umstehenden Mädchen und Jungen, deren Gemurmel uns noch immer umgab, einen bösen Blick zu, dann zog sie mich ein Stück zur Seite. »Ich habe es von meiner Mutter gehört«, wiederholte sie, leiser.

»Warum flüsterst du?«, fragte ich. »Weiß doch sowieso schon jeder.« Ich wollte mich unbeteiligt geben und die Schultern heben, doch sie waren zu schwer. Stattdessen verzog ich den Mund zu einem Grinsen, das vor Anstrengung zitterte.

Leonie musterte mich, dann schlang sie erneut überschwänglich die Arme um mich und legte ihren Kopf an meine Brust. »Ich dachte schon, dir wäre was passiert«, sagte sie. »Ich habe mir Sorgen gemacht!« Ich sah sie überrascht an, kniff misstrauisch die Augen zusammen. »Wie ist das passiert? Du musst mir alles erzählen? Wisst ihr schon, wer es war?«

Ich schüttelte den Kopf. »Nein. Wir haben zumindest keine Beweise«, fügte ich hinzu.

»Und man darf natürlich niemanden zu Unrecht verdächtigen.«

»Richtig«, erwiderte ich gedehnt. »Ich habe nichts gesehen. Als ich aufgewacht und die Treppe runtergekommen bin, hat der Schuppen schon gebrannt. Wir konnten nichts mehr tun.«

Leonie schlug die Hände vors Gesicht. »Großer Gott!«, entfuhr es ihr.

»Wir haben natürlich noch versucht, das Feuer zu löschen, aber es war zu spät.« Sie nickte verständnisvoll. »Wir konnten nichts mehr tun«, wiederholte ich.

»Und wie«, sie räusperte sich, »wie schlimm ist es?«

»Es ist nichts übrig«, antwortete ich tonlos.

»Oh nein!«

»Nur noch ein großer Haufen Asche und ein paar verkohlte Bretter.«

»Das ist ja schrecklich!« Leonie blickte mich entsetzt an. »Was sagt denn die Polizei dazu?«

»Keine Ahnung.« Ich zögerte. »Nichts?!«

»Habt ihr sie nicht gerufen?«

»Wozu?«, fragte ich. »Sie hätten ja doch nichts tun können.«

»Aber vielleicht doch. Ich meine, wer auch immer das getan hat, muss zur Rechenschaft gezogen werden. Immerhin hätte jemand verletzt werden können.«

»Ja«, sagte ich nickend.

»Es hätte sonst was passieren können. Und ihr habt ein Baby im Haus. Ich frage mich wirklich, wer so etwas tut.« Leonie schüttelte den Kopf, immer noch fassungslos. »Ich kann mir nicht vorstellen, wer zu so etwas in der Lage ist.«

»Nein«, murmelte ich und konnte nichts dagegen tun, dass ich leicht spöttisch klang.

Sie sah mich an und senkte sofort die Stimme. »Dann habt ihr eine Vermutung?« Ich konnte spüren, wie sie in meinem Gesicht nach einer Antwort suchte. »Wer ist es? Wenn ihr jemanden in Verdacht habt, müsst ihr es der Polizei sagen. Sie muss euch helfen! Dafür ist sie da.«

Ich gab ein ungläubiges Knurren von mir. »Ich habe doch gesagt, dass wir keine Beweise haben«, sagte ich. »Und ich bezweifle, dass es irgendjemanden überhaupt kümmert, dass unser Schuppen abgebrannt ist. Ich wette, alle sind ganz froh darüber.« Ich bemerkte erst jetzt, wie laut ich gesprochen hatte.

»Aber die Polizei ist unser Freund und Helfer«, wandte Leonie ein.

Ich zog die Augenbrauen zusammen. »Du weißt doch wohl, wie die Polizei bei uns mit Nachnamen heißt ...«

»Reiser«, erwiderte sie, beinahe erschrocken.

»Genau.« Ich nickte. »Das sind nichts als Fieslinge, Gauner und Ganoven. Frau Finster, ihr Sohn, allesamt! Ich denke, von *der* Familie brauchen wir nichts erwarten.«

»Da hast du wahrscheinlich recht.« Leonie wirkte plötzlich nachdenklich. »Aber«, begann sie zögerlich, »was machen wir denn jetzt?«

»Was sollen wir schon machen?« Ich zuckte ratlos die Schultern und fühlte mich plötzlich sehr erschöpft. Mir kam es vor, als würde der fehlende Schlaf der vergangenen Nacht jeden Teil meines Körpers schwer machen.

»Wir müssen den Schuppen wieder aufbauen«, erklärte Leonie entschlossen. »Ist doch klar!« Sie nickte erst sich selbst entschieden zu, dann mir. »Wir bauen ihn wieder auf. Das wäre doch gelacht!« Sie lächelte.

»Und wie sollen wir das machen?«, fragte ich und musste jeden Buchstaben über meine Zunge quälen.

»Das schaffen wir schon!« Sie machte eine wegwerfende Handbewegung. »Wir brauchen nur ein bisschen Holz und Werkzeug.«

»Und wovon sollen wir das bezahlen?« Ich konnte nichts dagegen tun, dass meine Stimme ein wenig ärgerlich klang. »Wovon sollen wir das bezahlen, Leonie? Wir haben kein Geld.« Ich wusste, es war eine von den Gewissheiten, über die zu Hause geschwiegen wurde, die aber an einem dünnen Faden über unseren Köpfen hingen. Niemand sprach darüber und niemand sah nach oben. »Wir haben gerade genug, um über die Runden zu kommen. Und Holz ist teuer. Wir können uns das nicht leisten.«

»Oh«, machte Leonie.

»Ja, *oh*«, gab ich pampiger zurück, als ich beabsichtigt hatte.

Ein betretenes Schweigen entfaltete sich zwischen uns. Ich hätte plötzlich weinen können. Alles kam mir so gemein vor. Gemein und traurig.

»Das wusste ich nicht«, murmelte Leonie und blickte mich mit großen, entschuldigenden Augen an.

Ich konnte nicht sauer auf sie sein. Sie konnte nichts dafür. Nichts davon war ihre Schuld. Aber ich spürte eine so hilflose Wut in mir, dass ich das Gefühl hatte, sie unbedingt loswerden zu müssen. Mein Blick fiel auf Marius, der keinen Meter von uns entfernt an der Wand des Schulflurs lehnte und sich unbeteiligt gab. Ich wusste nicht, wie lange er dort schon gestanden, was er gehört hatte.

»Was guckst du denn so blöd?«, fuhr ich ihn grollend an, dann hakte ich mich bei Leonie unter und zog sie eilig ins Klassenzimmer.

Ich finde, ~~du~~ wir haben uns lange nicht ~~mer~~ mehr gesehen … Ich zögerte, strich den Satz durch und setzte erneut an: *Ich weiß, wir haben uns ~~lange~~ eine Weile nicht mehr gesehen. ~~Viel zu lange~~! Und ~~warscheinlich~~ wahrscheinlich ~~wahtest~~ wartest du schon lange auf eine Nachricht von mir. Aber ich ~~dänke~~ denke oft an dich, ~~weil du mir fälst~~ weil du mir sehr ~~fälst~~ ~~fählst~~ fehlst, ~~Ich will dir schreiben~~ und ich schreibe dir diesen ~~Brieff~~ Brief, um dir zu sagen …*

Ich versuchte, den Füller weiter über das Papier zu schieben, doch es gelang mir nicht. Es war, als wollte sich die Feder nicht mehr bewegen, wie sehr ich mich auch bemühte. Es ging nicht weiter. Kein einziges Wort.

Erschöpft ließ ich den Stift auf das Blatt fallen, Tinte spritzte heraus und verteilte sich als dicke, tiefblaue Tränen über den Zeilen. Ich hatte es mir nicht so schwer vorgestellt. Ich dachte, schreiben wäre einfach, wenn man schreiben konnte. Man müsste nur die falschen Worte weglassen. Aber nun musste ich erkennen, dass das eine mit dem anderen nichts zu tun hatte. Es ließ sich nicht beherrschen und offenbar nicht einmal bitten. Meine Gedanken saßen fest, aber ich konnte nicht sagen, wo. Auf die Seiten flossen sie jedenfalls nicht.

Seit einer Stunde hockte ich am Küchentisch über mein Heft gebeugt, brachte jedoch kaum etwas zu Papier, weil die Sätze bockig waren, selbst die Buchstaben hatten sich gegen mich verschworen. Aus dem reinweißen Blatt war ein fleckiger, zerknitterter Friedhof erlegter Worte geworden, die dicht an dicht lagen. Unter meiner schwitzenden Hand hatten sich die Seiten gewellt, die Schrift war an vielen Stellen ausgelaufen und unleserlich. Ich bemühte mich, das Heft zu glätten, doch ich machte es nur schlimmer.

In diesem Moment klingelte es, und ich fuhr erschrocken zusammen. Ich zögerte, doch als ein Klopfen folgte, stand ich langsam auf und ging in den Flur. Ich lauschte kurz, aber alles blieb still. Meine Tante war nicht zu sehen. Ich blickte mich nach allen Seiten um, wartete, atmete, zögerte wieder. Und als ich schließlich die Tür öffnete, klappte mein Kinn so schnell herunter, dass ich Ähnlichkeit mit einem Nussknacker haben musste.

»Was willst du hier?«, fragte ich. Als Marius nicht gleich antwortete, wiederholte ich gereizt: »Was du hier willst.«

»Ich hab was für euch.« Er sprach leiser als sonst und kam mir fast unsicher, verlegen vor.

»Kein Interesse!« Ich wollte schwungvoll die Tür vor ihm ins Schloss schlagen, doch er schob schnell den Fuß dazwischen. Ich starrte ihn wütend an. »Was soll das?«, knurrte ich. »Schon mal was von Hausfriedensbruch gehört? Dafür kann man ins Gefängnis kommen«, fügte ich hinzu.

»Ich nicht«, antwortete Marius.

»Und warum *du* nicht?«

»Das hast du selbst gesagt.«

»Was soll ich gesagt haben?«, blaffte ich ihn an. Ich hatte keine Zeit für seine Scherze. Ich kämpfte einen aussichtslosen Kampf der Worte und drohte zu verlieren. Da hatte mir Marius gerade noch gefehlt.

»Du hast selbst gesagt, wie die Polizei bei uns mit Nachnamen heißt.« Er sagte das ruhig, fast sachlich, aber ich wurde das Gefühl nicht los, dass er sich über mich lustig machte. »Und zufällig heiße ich genauso«, bemerkte Marius.

»Ach das«, brummte ich zurück.

»Er ist übrigens mein Onkel.«

»Ist ja schön für dich.«

»Ist es tatsächlich.« Er nickte, als würde er auf eine Frage antworten. »Er ist nämlich ziemlich in Ordnung. Außerdem ist er der einzige von meinen Onkeln, der den Krieg überlebt hat. Er ist richtig lustig und immer, wenn …«

»Weshalb bist du hier?«, unterbrach ich ihn und zerschnitt mit der Schärfe in meiner Stimme den Rest seines Satzes.

»Das habe ich doch gesagt«, erwiderte Marius und machte ein Gesicht, als wäre er überrascht, dass ich mich nicht daran erinnerte. »Ich habe etwas für euch.«

»Und ich habe dir erklärt, dass wir daran kein Interesse haben.«

»Woher weißt du das?«

»Woher weiß ich *was?«*

»Dass ihr kein Interesse habt. Du hast mich schließlich noch nicht gefragt, was es ist.«

»Das muss ich dich nicht fragen.«

»Aber dann erfährst du es nicht.«

»Und genau so will ich es haben«, giftete ich zurück und musterte ihn ärgerlich. »Gehst du jetzt?«

»Nein.« Er schüttelte den Kopf.

»Warum nicht?«

»Weil ich etwas für euch habe und …«

»Und?«, fragte ich schnippisch.

»Und weil ich es euch gerne geben möchte.«

»Aber wir wollen es nicht.«

»Woher weißt du das?

»Weil ich es weiß!«, blaffte ich. »Dafür muss ich dich nicht fragen.«

»Aber dann erfährst du es nicht«, bemerkte Marius ungerührt.

Ich seufzte gereizt auf, starrte ihn an, dann seinen Fuß im Türspalt und wieder sein Gesicht. »Und was ist es?«, fragte ich schließlich betont gelangweilt.

»Das kann ich dir nicht sagen«, antwortet er.

»Was?!«

»Das kann ich dir nur zeigen.«

»Das soll wohl ein Scherz sein!«, fuhr ich ihn wütend an.

Er schüttelte ernsthaft den Kopf. »Nein.«

»Und …« Meine Worte kamen vor Ärger ins Trudeln. »Und was … was willst du mir zeigen?«

»Es steht draußen.«

»Es?«, wiederholte ich skeptisch, unschlüssig, was ich tun sollte. Schließlich gab ich ein unwilliges Grunzen von mir, zog meine Schuhe an und folgte Marius die Stufen hinab.

Es war Nachmittag, und die Sonne warf goldene Lichtpunkte auf die Erde, die wie funkelnder Regen wirkten. Die Luft war frisch, aber nicht kalt. Ohne Jacke fröstelte ich leicht. Vom Boden stieg Feuchtigkeit auf, die sich wie eine Daunendecke über die dichter werdenden Grashalme wölbte. Wir waren keine zwei Meter gelaufen, als ich stehen blieb.

»Das soll es sein?«, fragte ich und wies mit dem Finger vor mich. Marius nickte, schien meine Verwunderung nicht zu bemerken. »Eine Plane?« Ich starrte den Pritschenwagen an, der am Straßenrand stand und über dessen Ladefläche eine schmutzige, fleckige Abdeckung gespannt war. »Du bringst uns eine Plane mit!? Toll! Vielen Dank auch, wäre doch nicht nötig gewesen«, fügte ich spöttisch hinzu und wollte mich bereits wieder abwenden.

»Was? Nein!«, rief Marius. »Das ist keine Plane. Also …« Ich hob die Augenbrauen. »Es ist schon ein Plane«, verbesserte er sich rasch, »aber das habe ich euch nicht mitgebracht.«

»Sondern?«

»Das, was darunterliegt.«

»Und das wäre?«

»Holz.«

Als Marius die Plastikplane aufschlug und lange, sorgfältig geschnittene Bretter zum Vorschein kamen, deren helles Braun in der orangegelben Sonne glänzte, klappte zwar mein Mund auf, doch es kamen keine Worte. Ich starrte ihn an, dann wieder den Wagen, dann wieder ihn. Ich konnte nichts sagen. Schließlich schüttelte ich entschieden den Kopf. »Wir können das nicht annehmen«, sagte ich und verschränkte die Arme vor der Brust, trat von einem Fuß auf den anderen. »Wir können das nicht annehmen«, wiederholte ich, als hätte ich mir selbst beim ersten Mal nicht geglaubt. Erst war ich überrascht gewesen, nun hörte ich den Ärger zwischen meinen Silben.

»Warum nicht?« Enttäuschung flimmerte über sein Gesicht.

»Das ist zu viel. Das ist zu teuer.«

»Es hat mich nichts gekostet.«

»Woher hast du es denn?«

Er musterte mich und hob die Schultern. »Ist doch egal«, antwortete er ausweichend.

»Ist es nicht«, gab ich wütend zurück. »Wir können es nicht annehmen. Wir *werden* es nicht annehmen.«

»Aber ihr braucht es.«

»Mag sein.«

»Und ihr wollt es.«

»Nicht von dir«, knurrte ich.

»Warum nicht? Weil ich mit Nachnamen Finster heiße?«, fragte Marius zurück. Er klang verletzt und seine Stimme dick vor unterdrückten Tränen, die schneller in ihm aufgestiegen waren, als er sie hatte herunterschlucken können. Er räusperte sich hart.

Ich schüttelte den Kopf und nickte gleichzeitig. »Schon möglich.«

»Dann verrate ich dir mal was!«, rief er. Nun war er es, dessen Töne unter seinem Zorn schief wurden. »Das ist nicht mein Name!« Er warf mir die Worte schwungvoll entgegen. Seine Unterlippe zitterte. »Und meine Familie heißt auch nicht so. Du wirfst anderen vor, dass sie euch verurteilen, aber du bist nicht besser, Freddi Biller. Du bist keinen Deut besser! Weißt du, wo Lisbeth Morgen schläft, wenn sie wieder einmal von ihrem Mann grün und blau geschlagen wurde? Bei uns! Bei uns auf dem Sofa. So ist das.« Er presste den

Mund fest zusammen. »Und falls du dich fragst, wie eine Mutter über den Tod ihres ältesten Sohnes hinwegkommt, dann kann ich dir sagen: gar nicht!«, erklärte er, die Worte wie Scherben, gebrochen und scharfkantig. »Sie deckt noch immer den Tisch für ihn, bügelt seine Sachen und backt ihm zum Geburtstag einen Kuchen. Daran ändert auch ein zweiter Sohn nichts … im Gegenteil.«

Ich hielt die Luft an und lauschte in die Pause hinein, die Marius ließ. Natürlich kannte ich die Geschichte von seinem Bruder, der vor dreizehn Jahren mit einem Freund bei einem Verkehrsunfall ums Leben gekommen war. Aber ich hatte nie länger darüber nachgedacht, nie überlegt, was es bedeutete.

»Du bist nicht die Einzige, die jemanden vermisst, Freddi.« Ich schluckte. »Und nicht nur du fühlst dich wie eine Aussätzige. Ich bin …«, ich hörte, wie er einatmete, »ein Aussätziger in meiner eigenen Familie. Dabei habe ich meinen Bruder nicht einmal gekannt.« Ich dachte an den Jungen, der ziellos durch den Wald streifte und mit einem Stock auf alles einschlug, was sich ihm in den Weg stellte. Ich musste den Blick senken. Wir hatten mehr gemeinsam, als ich gedacht hatte. »Also sprich nicht von Sachen, von denen du keine Ahnung hast«, brummte er. Ich zögerte, dann nickte ich langsam. »Was ist nun?«, fragte er, nachdem wir eine Weile betreten in die Stille zwischen uns geblickt hatten.

»Was soll sein?«

»Nehmt ihr das Holz nun?«

Ich malte verlegen mit der Schuhspitze einen Kreis in den Boden. »Ja«, erwiderte ich schließlich. Ich brauchte einen Moment, ehe ich leise hinzufügen konnte: »Ja, das ist … sehr … Das ist … nett.«

Für einen Moment kam es mir vor, als wäre es heller zwischen Marius und mir, als fiele das blassgoldene Licht der Sonne allein in den Raum zwischen unseren Fußspitzen. Es wärmte meine Wangen und machte mich gleichzeitig verlegen. Ich konnte Marius nicht ansehen, obwohl ich immer wieder spürte, wie sein Blick über mein Gesicht huschte. Ich starrte auf den Boden, wo die Strahlen sich fingen, kaute auf meiner Unterlippe.

»Und wie sollen wir das Holz in den Hof bringen?«, fragte ich. Es kostete mich Anstrengung, mich nicht in meinen eigenen Worten zu verheddern. »Das schaffen wir wohl kaum allein.«

»Tobi wird uns helfen.«

»Wer?«

In diesem Moment öffnete sich die Fahrertür des Wagens und ein großer, schlaksiger junger Mann in einem karierten Hemd stieg aus, keine dreißig Jahre alt, die Haare so dunkel wie seine Augen. Er blieb am Straßenrand stehen, unschlüssig, eine Hand auf die Ladefläche gelegt. Ich hatte ihn schon mal gesehen, irgendwann irgendwo im Dorf. Er arbeitete für Marius' Vater, aber sonst wusste ich fast nichts über ihn. Er hatte etwas von einer Sprungfeder aus Metall, sein Rücken schien nicht gerade, nicht fest, sondern bog sich mal in die eine und mal in die andere Richtung.

»Er wird uns helfen«, erklärte Marius und ging nun auf das Auto zu. Ich folgte ihm. »Tobi, das ist Freddi«, stellte er mich vor.

»Hal-lo, Fre-fred-di«, sagte Tobi stotternd und reichte mir eine große Hand, in der meine eigene verschwand.

Seine Art zu sprechen kam mir vor, als würde er einen riesengroßen, schweren Stein einen Felsen hinaufwälzen, immer in der Gefahr, dass ihn die Kraft verlassen und er von diesem Brocken überrollt werden würde. Angestrengt hielt Tobi jeden einzelnen Ton fest und klammerte sich an ihn, doch immer wieder entglitten ihm die Silben.

»Hallo, Tobi«, erwiderte ich. »Nett, dass du uns hilfst.«

»Is-st do-och kei-ei-n Pro-pro-ble-em.« Er schüttelte lächelnd den Kopf und seine Lippen entspannten sich für einen Moment, ehe sie wieder mit den Worten kämpften. »Wo-hin so-so-oll da-as Ho-ho-lz?«

»In den Hof«, erklärte ich und wies mit der Hand um das Haus herum.

Tobi faltete die Plane zusammen, und die langen, kräftigen Bretter schimmerten in der Sonne. Ich wusste nicht, warum, aber erst in diesem Augenblick verstand ich, dass Marius uns tatsächlich Holz mitgebracht hatte. Echtes Holz. Ich sah zu, wie Marius auf die Ladefläche kletterte und einen der Balken zum Rand schob. Tobi wollte danach greifen, aber ich kam ihm zuvor.

»Ich mach das schon«, sagte ich entschlossen.

Tobi musterte mich kurz. »Bi-ist du-u si-sich-er?«

Ich nickte, fasste das Ende des Bretts mit beiden Händen und ging rückwärts. Erst als die gesamte Länge des Stücks über die Kante geschoben war, Marius heruntersprang und die andere Seite festhielt, spürte ich, wie schwer das Holz tatsächlich war. Ich presste den Mund zusammen, um keinen Laut von mir zu geben, doch ein heftiger Schmerz schoss meinen Rücken hinab.

»Geht es?«, fragte Marius.

Ich biss die Zähne zusammen, konnte nicht antworten, bewegte mich hastig, ruckartig, nickte aber zustimmend mit dem Kopf, zu verkrampft, um überzeugend zu wirken.

»Das ist schwer«, wollte er selbstgefällig sagen, doch ich unterbrach ihn.

»Für dich doch auch«, zischte ich, die Worte flach, weil sie anders nicht zwischen meine Lippen passten. »Geht schon.«

»Aber was ist mit deinem Gips?«, wandte er ein. Ich funkelte ihn an. Erst jetzt fiel mir auf, dass mein Arm noch immer einen Verband trug und mir schon lange nicht mehr wehgetan hatte. »Wie du willst.« Marius und Tobi tauschten Blicke, doch keiner von ihnen sagte etwas.

Der Weg am Haus vorbei in den Hinterhof war mir nie länger vorgekommen. Allein die Schweißperlen auf Marius' Gesicht, seine leuchtend roten Wangen und der hervortretende Kiefer entschädigten mich für meine eigenen Qualen. Er wollte sich keine Blöße geben und ich ebenso wenig, deshalb schleppten, zerrten, zogen und schleiften wir das Brett an sein Ziel. Am Ende fiel es uns kraftlos aus den Händen, wir sahen uns an und mussten lachen. Eilig wandte ich den Blick ab.

Wir wollten gerade erneut aufbrechen, als Tante Noelle in der Tür erschien, den Blick streng wie ihre Worte: »Was, bitte, macht ihr da, *si je peux me permettre?«,* fragte sie.

»Was?«, flüsterte Marius mir zu.

Ich hob die Schultern und antwortete ebenso leise: »Das ist Französisch.«

»Und was heißt es?«

»Keine Ahnung. Einfach nicken.« Ich grinste ihn an.

»Frederike, nicke nicht wie ein Huhn, das pickt«, wies Noelle mich zurecht. Ich hörte Marius kichern. »Gib mir bitte eine Antwort. Was macht ihr da?«

»Wir …«, begann ich zögerlich.

In diesem Moment kam Tobi um die Ecke, drei lange Bretter auf seine Schultern gestemmt. Er pfiff vor sich hin, obwohl auch sein Gesicht vor Anstrengung fleckig war.

»Und wer sind Sie, *monsieur?«* Mir kam es vor, als versuchte meine Tante, mit ihren Blicken Löcher in Tobi zu bohren.

Er stellte die Balken so schnell auf dem Boden ab, als wären sie ihm in dieser Sekunde zu schwer geworden, wischte sich verlegen über das Gesicht, zog unter Noelles Musterung den Kopf noch tiefer zwischen die Ohren und machte den Rücken rund wie einen Buckel. Er hustete verhalten in die hohle Hand.

Ich hatte schlagartig Mitleid mit ihm. »Das ist Tobi, Tante Noelle. Er hilft uns beim Tragen.«

»Das sehe ich«, entgegnete sie spitz, »beantwortet aber nicht meine erste Frage. Was tut ihr da? Wofür das ganze Holz?«

»Wir ba-bau-en ei-nen Schu-up-pen«, antwortete Tobi schwerfällig. Schweiß rann ihm die Schläfen hinab.

»Pardon?« Die Augenbrauen meiner Tante schnellten nach oben.

»Wir bauen den Schuppen wieder auf. Unsere Sauna«, fügte ich hinzu, als sie weiter ungläubig und abwartend von mir zu Marius zu Tobi und wieder zu mir sah.

»Und woher habt ihr das Holz?«

»Von Marius.«

»Und woher hat *er* es?«

»Das …« Ich warf Marius einen hastigen Blick zu. »Das will er nicht sagen.«

»Comment? Das will er nicht sagen?«

»Nein.« Ich schüttelte für ihn den Kopf.

Noelle wandte sich ihm zu und betrachtete ihn, als würde sie ihn mit einer Kneifzange untersuchen. »Ist das Holz gestohlen?«, fragte sie ihn und trennte dabei sorgsam jedes Wort vom nächsten ab.

»Nein.«

»Ist es illegal geschlagen?«

»Auch das nicht.«

»Woher stammt das Holz dann?«

»Ist doch egal«, wollte Marius sagen, und ich hielt bereits die Luft an, als India neben meine Tante in den Türrahmen trat.

»Oh, Marius!«, rief sie fröhlich. »Was machst du denn hier? Wie schön, dich zu sehen.« Sie strahlte ihn an. »Und du hast sogar einen Freund mitgebracht.« Mit wenigen Schritten war sie aus dem Haus und lief barfuß über das noch spärliche Gras auf Tobi zu.

Dieser richtete sich leicht auf, rieb seine Hand verstohlen an der Hose sauber und streckte sie ihr hin, doch India nahm sie nicht, schlang stattdessen die Arme um ihn. »Es freut mich, dich kennenzulernen!« Sie drückte ihn kurz und heftig. Sein Gesicht verlor sich in der Woge ihrer blonden Haare und des Kranzes aus Blumen, den sie heute trug. »Ich bin India! Und du?«

»To… To…«, stammelte Tobi und brachte seinen eigenen Namen nicht über die Lippen. Jeder Ton schien sich mit Widerhaken in seinem Hals verfangen zu haben. Sein Gesicht glühte. »To-o…«

»Tobi«, kam Marius ihm zu Hilfe. »Er heißt Tobi.«

»Tobi also.« India lächelte breit und berührte Tobis Schulter. »Wie schön, Tobi. Und was macht ihr hier?«

»Das würde ich auch gerne wissen«, warf meine Tante dazwischen.

»Wi-ir … Wi-ir …«

»Wir bauen die Sauna wieder auf.« Dieses Mal war ich es, die für Tobi antwortete.

»Was?«, rief India begeistert. »Das ist ja eine tolle Idee! Wunderbar! Wunderbar! Wunderbar!« Sie klatschte in die Hände und erinnerte mich dabei an einen Seehund. »Habt ihr noch mehr Holz?«

»J-j-a-a … a-au-uf …«

»Auf dem Wagen.« Ich wies um das Haus.

»Worauf warten wir dann noch?« India griff nach Tobis Hand. »Machen wir uns an die Arbeit!«, sagte sie entschlossen und zog ihn hinter sich her in Richtung Straße.

Als sich die Sonne langsam senkte, breitete sie einen orangeroten Schleier aus Licht über das Holz, das sich in unserem Garten stapelte, und floss darüber hinweg wie Wasser. Wir alle waren müde und erschöpft, doch der Anblick der schimmernden, glänzenden Bretter war zu schön, um sich gleich von ihm loszureißen. Stattdessen sahen wir schweigend dabei zu, wie sich die Farben um den Himmel stritten. Erst als die aufziehende Dunkelheit schließlich die entscheidende Schlacht für sich gewinnen konnte, erhoben auch wir uns.

India umarmte Tobi und Marius zum Abschied und warf ihnen Küsse zu, die sie über ihre Handfläche blies, ehe sie ins Haus ging. Ich wollte ihr folgen, aber Marius hielt mich zurück.

»Ich …«, sagte er so leise, dass ich ihn kaum verstehen konnte. »Ich möchte dir noch etwas geben.« Er räusperte sich.

Ich wollte antworten, konnte aber nicht und sah stumm zu, wie Marius für einen Moment im Auto verschwand und dann mit etwas zurückkam, das ich im vergehenden Tag nicht gleich erkennen konnte. Erst, als er wieder vor mir stand, stellte ich fest, dass es ein Glas war. Ein großes Einmachglas mit einigen wenigen Knöpfen darin.

»Nein«, murmelte ich, aber er schob es mir entschlossen entgegen. »Ich …« Die Worte versandeten irgendwo zwischen uns. Ich beobachtete, wie sich die letzten Strahlen der Sonne in die Oberfläche des Gefäßes drückten und dort zarte Formen malten, ehe sie sich langsam auch daraus zurückzogen.

Als ich den Blick hob, war Marius verschwunden.

Am nächsten Morgen, einem Samstag, begannen wir mit der Arbeit, noch bevor der Tag den Himmel vollständig für sich erobert hatte. Die letzten Fäden der Nacht webten sich durch die Streifen des entschlossenen Morgens und hatten erst begonnen, sich aufzulösen, als wir bereits vor dem Haus standen und Bretter und Werkzeuge sortierten. Wir hatten nichts abgesprochen, nicht ein Wort darüber verloren, doch pünktlich um neun hatten Marius und Tobi den Wagen am Straßenrand geparkt, kurze Zeit später war Frau Habermann herübergekommen, und um halb zehn klingelten Leonie und ihre Eltern.

Oma Flora hatte ihren Sessel nah ans Fenster gerückt und dieses weit geöffnet. So konnte sie in den Hof blicken und uns bei unserer Arbeit zusehen. Ich stellte ihr Marius und Tobi vor, die beide etwas verlegen, aber höflich die Hauswand hinaufwinkten, und obwohl sie so weit von uns entfernt war und obwohl sie eigentlich nicht viel mehr tat, als uns zu beobachten, hatte ich trotzdem das Gefühl, sie wäre dabei. Jedes Mal, wenn ich im Verlauf des Tages zu ihr blickte, lächelte sie. Und dann lächelte ich auch.

Ich wusste nicht, wieso Tobi sich mit dem Bauen von Hütten auskannte und warum India so geschickt mit Werkzeugen umgehen konnte, doch niemand von uns stellte seine knappen Anweisungen und ihre ausschweifenden Erklärungen infrage. Er wies uns Aufgaben zu, oft nur mit einfachen Handbewegungen, die schneller verstanden wurden als die Felsbrocken von Worten, die auf seiner Zunge lagen und die in Indias Nähe noch schwerer schienen. Sie zeigte uns, welche Nägel wir wofür verwenden mussten, worauf wir beim Bearbeiten des Holzes achten sollten und wie wir unserem Schuppen einen festen Untergrund verschaffen konnten. Meine Mutter hatte ein Händchen für Schrauben, Tante Noelle sägte langsam, aber sehr gewissenhaft beeindruckend gerade Kanten, Doktor Grabes hatte genug Ruhe für knifflige Dinge, und seine Frau schmiergelte Bretter, bis sie glatt und weich waren und kein Splitter mehr hervortrat. Wir Kinder halfen, wo wir konnten, und waren die meiste Zeit mit dem schlafenden Herrn Habermann beschäftigt, der immer im Weg lag und meist ausgerechnet auf den Sachen, die wir dringend brauchten, und sich nicht rührte. Frau Habermann zog sich nach einigen verhaltenen Versuchen, Nägel in eine Latte zu schlagen, ebenfalls zurück, auf einen Stuhl in der Sonne, von dem aus sie alles beobachten konnte.

Sie fing Tobis Blicke auf, ehe dieser etwas sagen konnte, und setzte sie in brummig-polternde Befehle und Ratschläge um: »Das steht schief! Siehst du nicht, dass das schief steht? Das erkennt ja ein Blinder mit Krückstock.« »Das ist das falsche Brett. Guck doch richtig hin. Die sind nicht mal gleich lang.« »Vorsicht mit dem Hammer. Das gibt 'nen blauen Daumen. Hab ich's nicht gesagt?« »Kopf einziehen!« »Und da ist es passiert!« »Ich gehöre ja nicht zu den Menschen, die sagen, ich hab's dir ja gesagt. Aber: Ich hab's dir ja gesagt.« »Willste das nicht aufheben?« »Nein, nein, ich sehe das von hier aus besser!« »Dann musst du dich eben ein bisschen mehr anstrengen, meine Gute!«

»*Excusez-moi, madame* Habermann.« Meine Tante tupfte sich mit einem Taschentuch den Schweiß von der Stirn, schob es ordentlich in ihren Ärmel und faltete die Hände zusammen.

Der Tag hatte die Sonne mittlerweile bis in die Mitte des Himmels hinaufgezogen, dort hing sie golden und hell. Ich spürte ihre Wärme auf der Haut, zum ersten Mal in diesem Jahr war mir nicht kalt, und ich nutzte kleine Pausen, um ihr mein Gesicht entgegenzustrecken und zu genießen, wie ihre Strahlen unter den geschlossenen Lidern kitzelten.

»Ach, zum Französischquatschen haste Zeit, was?«, knurrte Frau Habermann und lehnte sich in ihrem Stuhl zurück, ihr Schmuck klirrte.

Um Noelles Mund zuckte es, doch sie räusperte sich nur kurz. »Da Sie es offenbar vorziehen, uns auf *passive«,* sie zögerte bedeutungsvoll, »Weise zu unterstützen.«

»Eine muss den Job ja machen.«

»*Bien sûr, bien sûr!*« Das kühle Lächeln meiner Tante erinnerte mich an die aufgemalten Lippen einer Holzpuppe.

»Will ich auch meinen.«

»Ich dachte nur, da Sie sich nicht aktiv an den Arbeiten beteiligen, könnten Sie vielleicht ...«

»Was soll das heißen?«, fragte Frau Habermann bissig zurück. »Dass ich hier auf der faulen Haut liege und es mir gut gehen lasse? Eine muss das Ganze doch beaufsichtigen, sonst endet das alles in einem riesigen Chaos. Oder täusche ich mich da?«

»*Non, absolument pas!*«

»Was sagste da wieder?«

»Sie täuschen sich keineswegs, *madame* Habermann. Ich dachte nur, ob Sie vielleicht in die Küche gehen könnten und ...«

»Und *was?*«

»Es ist schon bald Mittag. Wir alle haben Hunger.«

»Und da soll ich jetzt die Köchin für euch spielen?«

»Wenn es Ihnen nichts ausmacht«, sagte Noelle förmlich, ihr Blick war kühl.

»Und ob es das tut!«, bellte Frau Habermann zurück. »Ich hab meinem Verlobten damals nicht den Arsch nachgetragen und damit fange ich in meinem Alter ganz sicher nicht mehr an. Wer etwas will, kann es sich doch holen. Wo liegt das Problem?«

Ich hielt die Luft an. Wir alle starrten meine Tante und Frau Habermann an, wagten es nicht, ein Geräusch zu machen, und hatten das Hämmern, Sägen und Schrauben eingestellt.

»Kein Problem«, erwiderte meine Tante mit spitzen Lippen, und ich bemerkte eine Ader, die an ihrem Hals pochte. Sie drückte die Finger fest ineinander, um die Fassung zu bewahren. »Kein Problem, *madame* Habermann. Ich dachte, Sie möchten vielleicht …«

»Will ich nicht.«

»Non, natürlich nicht«, murmelte Noelle. Sie zögerte, musterte Frau Habermann und wandte sich dann zu uns um. »Hat jemand von euch Hunger? Ich mache uns Butterbrote.« Sie wollte sich bereits auf den Weg ins Haus machen, als Frau Habermann sie aufhielt.

»Aber denkst du bei mir dran, dass ich keinen Schinken mag? Es sei denn, es ist dieser geräucherte, den ich so gernhab. Dann ja. Ansonsten nehme ich Käse.«

»Aber natürlich«, zischte Noelle und bemühte sich um ein liebenswürdiges Lächeln, was ihr gründlich misslang.

»Ach, und vergiss nicht, die Rinde abzuschneiden. Wenn ich Brot mit Rinde essen muss, esse ich lieber gar nichts.«

Sie nickte, langsam, mechanisch. *»Bien sûr«,* sagte sie, aber es klang wie eine Drohung.

»Und was zu trinken«, fügte Frau Habermann hinzu. »Ich brauche dringend eine Erfrischung. Ich gehe in der Sonne hier sonst kaputt.« Sie zupfte an ihrer Bluse und brachte damit die vielen Lagen Schmuck zum Klimpern.

Ich sah deutlich, wie meine Tante ein- und wieder ausatmete, ein und wieder aus. Sie strich sich über die Haare, obwohl ihre Frisur unter den Anstrengungen der vergangenen Stunden nicht gelitten hatte, glättete sorgfältig ihr Kleid. Ihr Mund öffnete sich, und wir alle erwarteten, dass sie etwas sagen würde, doch stattdessen schlossen sich ihre Lippen, ohne dass ein Ton sie verlassen hatte. Noelle presste sie fest aufeinander und nickte schließlich.

»Bist ein gutes Mädchen«, erklärte Frau Habermann trocken und klopfte mit der einen Hand auf die Armlehne ihres Stuhls. »Wenn du jetzt noch diese elendige Sache mit dem Näseln und Quieken lassen würdest, wäre ich dir sehr verbunden.«

»Pardon?« Das Wort schoss aus Noelle heraus wie ein Pfeil, der sich gleich neben Frau Habermanns Kopf in die Hauswand bohrte.

Diese schien davon nichts bemerkt zu haben, denn sie hob gleichmütig die Schultern. »Genau das meine ich. Na ja«, sie machte eine wegwerfende Geste, »wir haben wahrscheinlich alle unsere kleinen Macken, oder?«

»Oui«, erwiderte meine Tante steif, richtete sich auf und reckte den Kopf. »Wir haben alle unsere kleinen Macken, *madame* Habermann. Manche *mehr«,* sie hielt kurz inne, brach die Silbe in zwei Teile, »manche weniger, *n'est-ce pas?«*

»Wie du meinst, meine Gute. Wie du meinst.« Frau Habermann blinzelte.

Einige Augenblicke blieb Noelle im Türrahmen stehen, ihr Hals war fleckig vor Fassungslosigkeit. Schließlich schüttelte sie den Kopf. *»Impertinence!«,* murmelte sie. *»Effronterie! C'est inacceptable. Cette femme … C'est inacceptable!«* Damit verschwand sie im Haus.

Wir anderen konnten uns ein amüsiertes Kichern nicht verkneifen, und auch Frau Habermann schien zufrieden. Als Noelle jedoch im nächsten Moment wieder in der Tür erschien, kippte Frau Habermann das Grinsen aus dem Gesicht. Denn meine Tante hatte einen großen Eimer in der Hand. Holte einmal Schwung. Und schüttete Frau Habermann einen Schwall Wasser ins Gesicht.

»Was zur Hölle!«, japste diese, prustete, schnappte nach Luft. »Wie …? Was …? Du …!« Die Worte stoben ihr mit unzähligen Tropfen aus dem Mund. Sie starrte Noelle an. Überrascht und fassungslos.

»Sie wollten doch eine Erfrischung, *non?«*, fragte meine Tante ungerührt. Ihrem Gesicht war nicht anzusehen, was sie getan hatte. Es war glatt und beherrscht wie immer. »Da haben Sie sie. Dann gehen Sie auch nicht mehr … *kaputt«*, fügte sie übertrieben freundlich hinzu. »Bei Ihrer schweren Arbeit.«

Frau Habermann verengte den Blick und musterte Noelle. Die unerwartete Dusche hatte ihre Schminke fortgespült. Schwarze, blaue und rote Rinnsale, einige breit wie Flüsse, stürzten sich in Richtung Kinn. Frau Habermann ignorierte sie und ließ weiter meine Tante nicht aus den Augen. Ich wusste nicht, was als Nächstes passieren würde. Wir alle waren erstarrt und bewegten uns nicht.

Und in diesem Moment brach Frau Habermann in lautes, polterndes Gelächter aus. Es war so dröhnend, dass ich im ersten Moment nicht wusste, dass es ein Lachen war. Doch das war es – und es war ansteckend. Meine Mutter, India, Tobi, Doktor Grabes und seine Frau, Leonie, Marius und ich, wir alle lachten so lange und so ausgiebig, bis wir nicht mehr konnten. Herr Habermann bellte einige Male, als wollte er einstimmen, ehe ihm das zu anstrengend schien und er sich wieder zum Schlafen zusammenrolle. Noelle grinste breit und versuchte nicht, es zu verbergen. Stattdessen tauschten sie und Frau Habermann Blicke, die aussahen, als würden sie sich zum ersten Mal verstehen.

Dann jedoch wandte sich Frau Habermann zu uns um, musterte uns und fragte schließlich: »Und was ist mit euch? Habt ihr nichts zu tun?«

Als der Abend bereits mit großen, breiten Strichen erste dunkle Töne von Orange über den Himmel malte, trugen wir Stühle und den Küchentisch nach draußen in den Garten. Die Sonne hatte im Verlauf des Tages eine zarte Wärme in Richtung Boden gedrückt, die sich nun langsam wieder auflockerte und begann, in unsichtbaren Wölkchen aufzusteigen.

Noelle hatte Brot gebacken, das wunderbar duftete, während sie es in Scheiben schnitt, dazu gab es Lumpensuppe, über die sich eine Kuppel aus hitzigem Dunst wölbte. Wir hatten viel geschafft, meine

Arme fühlten sich schwer und müde an, und mein Gesicht glühte. Trotzdem konnte ich in dem Bretterhaufen und den verschraubten Balken bisher keine Hütte erkennen. Es lag noch viel Arbeit vor uns. Aber ich blickte in die Gesichter der anderen und irgendwie war das ein schöner Gedanke.

Meine Mutter verteilte Schüsseln, Arthur und ich das Besteck. Frau Habermann war die Erste, die sich ihren Teller füllen ließ, und fing vor allen anderen mit dem Essen an. Ich saß zwischen Leonie und meiner Mutter, konnte jedoch Marius' Augen spüren, die meine suchten. Als ich den Blick hob, lächelte er mich an. Ich zögerte, dann lächelte ich zurück, senkte aber hastig den Kopf und tauchte meinen Löffel tief in die Suppe.

India hatte Lennon auf dem Schoß, der zufrieden in den Himmel blinzelte und dann und wann ein schmatzendes Grunzen von sich gab, das wie ein Kichern klang. Ich fragte mich, was er wohl dachte, und wünschte mir manchmal, dass er mich ansehen und es mir sagen würde. Vielleicht erzählte er sich selbst Witze. Und vielleicht hätte ich ebenfalls darüber lachen können.

Geschirrklappern, leises Schlürfen, Stimmen und Gelächter füllten den beginnenden Abend. Es waren Stunden, die sich wie ein Prickeln anfühlten, ein Prickeln bis in die kleinen Zehen. Doktor Grabes scherzte mit seiner Tochter, immer wieder lachten die beiden und er strich ihr liebevoll über die Stirn. Ihre Vertrautheit hatte für mich etwas Schönes und etwas sehr Trauriges. Ich beobachtete sie, bis ich den Blick meiner Mutter bemerkte, der auf meinem Gesicht lag. Hastig wandte ich die Augen ab, und auch meine Mutter nahm ihr Gespräch mit Frau Grabes wieder auf. Tobi unterhielt sich mit Arthur, und vielleicht lag es am abwartenden, geduldigen Schweigen meines Bruders, doch mir kam es vor, als würden sich Tobis Silben in seiner Nähe endlich entwirren und die Zunge nicht länger über sich selbst stolpern. Er sah trotzdem immer wieder India an, als wollte er sich vergewissern, dass sie noch da war, aber India schien es kaum zu bemerken. Sie war in das Gesicht ihres Sohnes versunken, lauschte seinem kindlichen Gebrabbel, als würde er ihr von einer spannenden Geschichte berichten. Es kam mir vor, als betrachtete sie ihn konzentrierter als sonst, als wollte sie sich jeden Teil seines Lächelns merken. Ihre Augen schimmerten in einem weichen Moosgrün, das vergehende Licht verfing sich in ihren Haaren und floss über ihren Rücken. Frau Habermann und Noelle verhedderten sich einmal mehr in ihren kleinen Streitereien, aber nicht einmal die konnten diese kostbaren Momente trüben, von denen ich mir wünschte, ich hätte sie zu meinen anderen wertvollen Habseligkeiten in die oberste Schublade legen und dort für immer bewahren können.

»Willst du uns nicht etwas vorlesen?«, fragte meine Mutter neben mir, als sich Schweigen wie eine Decke über dem Tisch ausbreitete. Sie lächelte mich an und drückte meine Hand, deshalb stand ich eilig auf und holte mein Märchenbuch aus der Küche.

»Und was soll ich lesen?«, fragte ich, sobald ich mich wieder gesetzt hatte, und blickte in die Runde, blätterte dabei unschlüssig durch die Seiten. Alle sahen mich an.

Ich war erleichtert, als India antwortete: »Die Geschichte von der Nachtigall«, sagte sie mit einem Lächeln. »Das ist meine Lieblingsgeschichte.«

Ich lächelte ebenfalls, dann nickte ich, schluckte und begann schließlich zu lesen: *»In China, müsst ihr wissen, ist der Kaiser ein Chinese, und alle, die um ihn sind, sind auch Chinesen.«* Ich hob kurz die Augen. Alle hörten zu und warteten darauf, dass ich die Worte aus der Luft pflückte, deshalb fuhr ich fort: *»Es ist schon viele Jahre her, aber gerade deshalb ist es gut, diese Geschichte zu hören, bevor sie ganz vergessen wird. Das Schloss des Kaisers war das herrlichste der ganzen Welt, aber von Porzellan, und so war es eine missliche Sache, daran zu rühren, man musste sich sehr in Acht nehmen. Im Garten standen die wunderbarsten Blumen, und an den schönsten hingen kleine silberne Glocken. Diese läuteten immer, wenn man vorbeiging, damit man sie ja bemerken möchte. Ja, des Kaisers Garten war sehr schön, und er war so groß, dass der Gärtner selbst nicht einmal wusste, wo er aufhörte. Aus dem Garten kam man in einen herrlichen Wald mit hohen Bäumen und tiefen Seen. Der Wald erstreckte sich bis zum blauen Meer, das sehr tief war.«*

»*Bon*«, hörte ich Noelle murmeln. »Sehr schön machst du das.«

»Die größten Schiffe konnten bis dicht heran unter die Zweige der Bäume fahren. In den Zweigen wohnte eine Nachtigall, die so herrlich singen konnte, dass selbst der arme Fischer, der doch gewiss wenig Zeit hatte, immer stillhielt, wenn er in seinem Boote vorbeifuhr, und dem Gesange des kleinen Vogels lauschte.«

Ich hielt einen Moment inne, weil mir über die Geschichte von der Nachtigall eine andere eingefallen war, die ich mir am Abend zuvor ausgedacht hatte. Sie handelte von einem jungen Mann, der sich seit frühester Kindheit nichts anderes wünschte, als Fischer zu werden und seine Zeit auf dem Meer zu verbringen. Doch als er endlich alt genug war und sich ein Boot kaufen konnte, musste er erkennen, dass er unter unheilbarer Seekrankheit litt. Ich sah mich verstohlen um, doch niemand hatte den Blick von mir abgewandt, alle lauschten, deshalb erzählte ich danach von dem Schmetterling, der Angst vorm Fliegen hatte, und dem Regentropfen, der unbedingt die Wolke wiederfinden wollte, aus der er gefallen war.

Und als diese Geschichte endete, berichtete ich von den Erfahrungen der Nachtigall am Hofe des Kaisers, bis ich schließlich wieder vollständig ins Buch zurückkehrte: *»›Du musst immer bei mir bleiben‹, sagte der Kaiser, ›du brauchst nur zu singen, wenn du Lust hast, und den Kunstvogel lasse ich in tausend Stücke schlagen.‹ – ›Das tue nicht‹, sagte die Nachtigall, ›er hat so lange gesungen wie er konnte, behalte ihn nur. Ich aber kann in einem Schlosse nicht wohnen.‹«*

Ich hörte ein Geräusch und sah auf. India hatte den Blick von uns allen abgewandt, und ihr Gesicht sah seltsam, irgendwie verändert aus. Langsam las ich weiter: *»›Ich werde jedoch bisweilen zu dir kommen und dir etwas vorsingen, damit du dich an meinem Gesange erfreuen kannst. Ich werde dir von den Glücklichen und von den Unglücklichen singen, von dem Guten und von dem Bösen, was dir verborgen bleibt, denn ich komme weit herum, zu dem armen Fischer und zu der Hütte des Landmannes, zu allen, die fern von dir sind. Ich liebe dein Herz mehr als deine Krone, obgleich deine Krone ein Heiligtum ist. Ich komme und singe dir vor – aber eins musst du mir versprechen!‹ – ›Alles verspreche ich dir‹, sagte der Kaiser und stand da in seiner kaiser-*

lichen Tracht, die er angelegt hatte, und drückte seinen goldenen Säbel gegen sein Herz. – ›Nur um eines bitte ich dich – erzähle niemand, dass du einen kleinen Vogel hast, der dir alles sagt, dann wird es noch besser gehen!‹ Dann flog die Nachtigall fort.«

Als ich geendet hatte, blickte ich die anderen an. Erst jetzt bemerkte ich, dass der Abend einen großen Schritt auf uns zugemacht hatte. Er hing bereits in den Baumwipfeln.

»Eine wunderbare Geschichte«, sagte India mit trauriger Stimme. Sie legte den Arm um mich und drückte mich an sich. Und ich war mir sicher, Tränen in ihren Augen zu sehen.

»Alors … aber genau genommen«, bemerkte Noelle mit steifen Worten, »geht sie ein bisschen anders, oder nicht, Frederike?« Sie musterte mich aufmerksam.

Ich wollte antworten, doch India kam mir zuvor: »Mag sein, dass eine andere Geschichte anders geht.« Sie lächelte mich an. »Aber *diese* Geschichte geht so.« Sie strich mir liebevoll eine Strähne aus der Stirn.

»Und es ist 'ne verdammt gute Geschichte«, knurrte Frau Habermann so brummig, dass ich ihr Lob nicht gleich als solches erkannte.

Auch meine Mutter und Frau Grabes nickten.

»Ich habe auch nicht gesagt, dass sie nicht … gut wäre.« Meine Tante räusperte sich. Sie strich ihren Kragen glatt, obwohl dieser wie immer perfekt gestärkt war. »Und ich sehe deine Fortschritte beim Lesen«, fügte sie schließlich mit einem schnellen, aber anerkennenden Lächeln hinzu, dann wandte sie sich eilig von mir ab, blickte sich um und drehte sich zu Tobi. »Wollen Sie noch etwas Brot?«, fragte sie.

»Ja-a … da-as wä-är-re ne-ett«, erwiderte dieser.

India musterte erst ihn, dann meine Tante, und lehnte sich dabei leicht zurück. »Noelle ist Lehrerin«, sagte sie schließlich und schob jede Silbe sorgfältig in Tobis Richtung, der sie mit einer Mischung aus Freude und Nervosität ansah. »Wusstest du das?« Er schüttelte langsam den Kopf. »Aber so ist es. Sie ist wahrscheinlich die intelligenteste Frau, die du jemals kennenlernen wirst. Das meine ich ganz ehrlich.«

»A-ab-ber du-u …«, murmelte Tobi, doch sie unterbrach ihn.

»An welcher Schule unterrichtest du noch mal?«, fragte sie meine Tante.

Diese zögerte und warf India einen misstrauischen Blick zu. »An einer Privatschule für Mädchen.« Die Silben verließen ihre Zunge, als wären sie in Stein geschlagen. »Sie zählt zu den besten Bildungseinrichtungen Frankreichs, und viele meiner Schülerinnen gehen anschließend an die *ENA,* die *Sorbonne* oder die *École normale supérieure* in *Paris,* an der auch Simone de Beauvoir studiert hat.«

»Ist das nicht beeindruckend?«, fragte India an Tobi gewandt. »Und sie spricht fließend Französisch. Kannst du dir das vorstellen?«

»Ne-ein?!«, gab er zögerlich zurück.

»Sag etwas auf Französisch, Noelle.« India klatschte fröhlich in die Hände. »Sag etwas, damit Tobi hören kann, wie wundervoll es klingt.«

Noelle verengte die Augen und presste die Lippen aufeinander. *»Non, merci«,* erwiderte sie scharf, jeder Ton schnitt sich durch die Luft.

»Was heißt das?«

»Nein … danke.« Ich hörte das Gewitter in Noelles Stimme.

»Aber klingt es nicht viel schöner?« India strahlte Tobi an, dieser lächelte zaghaft zurück.

»Ja-a.«

»Das finde ich auch«, sagte sie mit einem Seufzen.

Meine Tante erhob sich ruckartig, stand gerade wie ein Mast am Ende des Tischs und starrte India kalt an. Ihre Hand glitt über den Stoff ihres Rockes, einmal, zweimal. Selbst im sich vergoldenden Licht des Sonnenuntergangs wirkte sie blass, ihre Lippen fast weißlich. Einige Sekunden lang dachte ich, sie wollte etwas sagen, doch sie entschied sich anders und ging wortlos ins Haus.

»Non!«, rief Noelle wütend, als ich gerade hinaufgehen und Oma Flora ihr Essen bringen wollte. Ich hielt erschrocken inne, als hätte sie mich gemeint, doch ihre Worte kamen aus dem Wohnzimmer

und hatten mich durch Räume und Wände erreicht. Ich zögerte, sah mich um, dann schlich ich auf die Stimme zu. *»Non, non, non!«* Meine Tante stand am Fenster, die Arme abwehrend vor der Brust verschränkt, das Gesicht undurchdringlich, die Augen hart. »Das ist ungeheuerlich!« Sie schüttelte den Kopf, wieder und wieder.

»Ich dachte, ihr könntet euch vielleicht mögen«, hörte ich India beschwichtigend sagen, sehen konnte ich sie von meinem Platz aus nicht.

Ich hatte mich hinter die Tür gekauert, spähte durch einen schmalen Spalt und machte kein Geräusch.

»Wozu, India? Wozu?«

»Einfach nur, weil es nett wäre.«

»Nett?«, zischte Noelle zurück. »Nett?!«

»Ja, Tobi ist ein lieber Bursche. Ich dachte einfach, du könntest ... ihr könntet ...«

»Wir könnten *was?«* Das letzte Wort brach aus ihr heraus wie ein Beben, das den Raum erschütterte und klirrend gegen die Scheibe stieß. Sie funkelte India an.

»Vielleicht ...« India seufzte. »Ich dachte, vielleicht ... Du hast gesagt, du warst noch nie verliebt, und ...«

»Und da dachtest du, du hilfst mir ein bisschen auf die Sprünge?!«

»Ja.« Ich musste sie nicht sehen, um zu wissen, dass sie zaghaft lächelte, ich erkannte es in ihrer Stimme. »Jeder Mensch sollte sich mindestens einmal im Leben verlieben.«

»Pourquoi?«

»Um zu wissen, wie es ist, wenn du deinen Kopf in der Brust spazieren trägst«, sie lachte hell, »wenn deine Stirn plötzlich nicht mehr der höchste Punkt von dir zu sein scheint, deine Beine länger und kürzer zugleich sind«, ich sah die Schatten ihrer überschwänglichen Gesten, »alles um dich herum mit einem Mal unscharf wird, als hättest du vergessen, deine Brille aufzusetzen, dein Herz plötzlich schneller rennt, als deine Füße es jemals könnten, du ...«

»Kein Bedarf«, schlug Noelle entschieden dazwischen.

»Aber ...«

»Nichts aber! Ich glaube, du hast mich nicht verstanden. Ich brauche das nicht. Ich *will* es nicht! Ich habe keinerlei Interesse an solchen … *Dingen.«* Sie machte eine abschätzige Handbewegung.

»Woher willst du das wissen, wenn du es nie versucht hast?«

»Ich muss es nicht versuchen, um es zu wissen«, entgegnete sie barsch. »Ich will keine alles verändernden Gefühle, keine Liebe, die mich im Innersten erschüttert, keinen Mann, der mein Leben auf den Kopf stellt. Ich will ich selbst sein. Ich *muss* ich selbst bleiben!«

»Um jeden Preis?«, fragte India leise.

»Um jeden Preis«, bestätigte Noelle.

»Auch um den Preis der Einsamkeit?«

»So ist es.« Sie sagte das hastig, als fürchtete sie sich, zu lange darüber nachzudenken. Die Worte stürzten aus ihr heraus, doch ich glaubte, ein brüchiges Zögern herauszuhören, das ihre Silben leicht schief werden ließ. Sie schluckte und rang mit sich und dem beherrschten Ausdruck ihres Gesichts, den sie zu verteidigen suchte.

Sie erinnerte mich in diesem Moment an India, als diese über das Glück gesprochen hatte. Und ich fragte mich, was meine Tante so unbarmherzig verfolgte. Vielleicht war es ihre eigene Freiheit, von der sie mir erzählt hatte und von der ich wusste, dass sie grenzenlos sein sollte, die mir in diesem Moment jedoch kaum größer als eine Streichholzschachtel vorkam. Mit trauriger Entschlossenheit wiederholte Noelle: »Ich muss ich selbst bleiben.«

Plötzlich stürzte etwas in ihr ein. Ich war mir sicher, es zu sehen, war mir sicher, es zu hören. Da war ein scharfer Riss, der durch sie hindurchging. »Ich muss ich selbst bleiben … Was habe ich denn sonst?«, fragte sie leise, die Stimme erschütternd zerbrechlich, eine hoffnungslose Verzweiflung in den Worten, die mich betroffen machte.

Und dann ging alles ganz schnell. Da war India. Drei große Schritte. Sie stand vor Noelle. Fasste ihre Hände. Zog sie an sich. Reckte sich ihr entgegen. Auf Zehenspitzen. Ihre Lippen. Berührten sich. Erst flüchtig. Wie Schmetterlinge. Dann entschlossener. Wellen brandeten auf. Schlugen zusammen. Rauschend. Tosend. Brachten beide ins Taumeln. Der Boden war rutschig wie nasser Sand. Atmen. Kichern. Luftholen. Blicke. Herzschlagen. Zittern. Lächeln.

Als India wieder auf ihren Füßen stand, als Noelle sich wieder gerade aufgerichtet hatte, glitzerte etwas zwischen ihnen, das ich nicht benennen konnte. Es war zart und doch unübersehbar, es war leise und doch nicht zu überhören. Ich war Zeugin von etwas geworden, das ich nicht vollkommen verstand.

»Nun mach nicht so ein Gesicht«, kicherte India. »Jeder Mensch sollte in seinem Leben einmal geküsst haben. Das andere«, sie machte eine Geste, die so viel mehr einschloss, als ich mir vorstellen konnte, »ist nicht so wichtig. Aber das Küssen …« Sie lachte hell und fröhlich. »Das Küssen, Noelle, das Küssen!«

8

»Schwimmen lernt man im See«
MANUELA

»Wie viele Knöpfe sind das jetzt?«, fragte Marius, als er zögerlich an meinen Nachttisch trat, auf dem mein Einmachglas stand, das mittlerweile mehr als halb gefüllt war.

»Achtundneunzig«, antwortete ich und blickte unbeteiligt aus dem Fenster, hinter dem sich die Welt in die Nacht verabschiedete. Ich versuchte zu übersehen, dass er sich im Glas spiegelte, versuchte, ihn nicht zu beobachten.

Leonie saß auf meinem Bett. Ihre Augen gingen von Marius zu mir und wieder zurück.

»Warum sammelst du sie?«

Ich wollte ihm antworten, doch Leonie war schneller: »Warum nicht?« Sie hob die Schultern.

»Ja, schon klar.« Er sah zu ihr, doch dann heftete sich sein Blick auf mich.

»Es ist wegen dem Kalten Krieg«, antwortete ich ungenau und sah Leonie aus dem Augenwinkel an. Wir grinsten uns verschwörerisch zu.

»Dem *Kalten Krieg?* Wieso?«

»Wegen dem Kalten Krieg und dem zu erwartenden Schmelzen der Goldreserven«, erklärte Leonie an meiner Stelle, und ihr Lächeln wurde breiter. »Aber mehr darf sie dir nicht sagen. Es ist ein Geheimnis. Ein Geheimnis zwischen ihrem Vater und ihr. Richtig?«, fügte sie hinzu.

Ich nickte. »Richtig.« Und dann lachten wir.

»Ich verstehe euch nicht«, sagte Marius. Er schien unsicher, ob er amüsiert oder verärgert sein sollte. Eine Weile schwiegen wir. »Arbeiten wir morgen weiter?«, durchbrach er schließlich die Stille.

»Morgen ist Sonntag«, antwortete Leonie.

»Ja, und?« Er schüttelte den Kopf.

»Sonntag ist der Tag des Herrn.«

»Und was soll das heißen?«, gab Marius gereizt zurück.

»Da wird nicht gearbeitet.« Sie sah ihn ernsthaft an. »Die Ruhe am Sonntag ist ein Geschenk Gottes«, fügte sie belehrend hinzu.

»Wie du meinst.« Er verzog den Mund und wandte sich dann mir zu. »Arbeiten wir morgen weiter?«, wiederholte er seine Frage und ignorierte Leonies Seufzen.

Ich zögerte. Schließlich drehte ich mich um und sah erst sie und dann ihn an. »Ich weiß es nicht«, sagte ich. »Vielleicht.«

»Leonie! Marius!«, drang es in diesem Moment von unten zu uns herauf.

»Wir müssen los.« Leonie rutschte von meinem Bett, lächelte mich an, hob die Hand und ging dann zur Tür. »Wir müssen los«, erklärte sie ein weiteres Mal, als Marius sich nicht rührte.

»Sicher.« Er zuckte gleichgültig die Schultern.

»Also …?!« Sie wartete, doch er machte keine Anstalten, vorzugehen, deshalb gab sie einen Ton der Missbilligung von sich und wandte sich noch einmal zu mir um. »Bis dann«, sagte sie.

»Bis dann«, sagte ich und sah zu, wie sie sich an Marius vorbeischob, ihn mit einem letzten tadelnden Blick bedachte und schließlich mein Zimmer verließ. Wir hörten ihre Schritte, die langsam leiser wurden.

»Ich fand den Tag heute sehr schön«, murmelte er.

»Ja. Ich auch.«

»Hm …« Er schluckte. »Also, bis morgen?!«

»Ja, bis morgen.« Er wollte sich umdrehen, doch meine Stimme hielt ihn zurück. »Marius?«

»Ja?«

»Danke«, flüsterte ich.

»Ja.« Er zögerte, lächelte verlegen und drehte sich dann zur Tür.

»Marius?«, setzte ich erneut an, sein Name eine Frage. Ich zitterte.

»Hm?«

Es schien Ewigkeiten zu dauern, bis er mich ansah, doch als sein

Blick mein Gesicht abermals berührte, machte ich einen Schritt nach vorne und küsste ihn.

Ich wusste nicht, wer von uns überraschter war. Vielleicht er. Vielleicht ich. Vielleicht wir beide. Unsere Lippen trafen sich für einen Moment, der sich über uns aufspannte wie ein Regenschirm. Ich konnte nicht sagen, wie es sich anfühlte … wie *ich* mich fühlte … nicht währenddessen, nicht danach. Es war mit nichts zu vergleichen. Als wir uns wieder voneinander gelöst hatten, uns mit großen Augen anstarrten, konnte ich nichts sagen. Stattdessen schielte ich in Richtung meiner Beine. Waren sie länger? Waren sie kürzer? Mir kam es nicht so vor. Was war mit meiner Stirn? War sie noch der höchste Punkt? Es schien so. Und mein Kopf? Trugen ihn meine Schultern oder trug er sie? Wirkte alles um mich herum plötzlich unscharf? Und war mein Herz meinen Füßen voraus?

»Warum hast du das getan?«, fragte Marius mit rauer Stimme.

Ich überlegte, dann antwortete ich: »Ich wollte wissen, wie es ist.«

»Und?«

»Keine Ahnung.«

Die Dunkelheit hatte sich über mir geschlossen, doch sie war nicht kalt und schwer, sondern zart und weich wie ein Tuch. Endlich war der Frühling auch in der Nacht angekommen. Das Mondlicht verfing sich in ihr und glitzerte. Ich lag im Bett, starrte zur Decke meines Zimmers, sah aber eigentlich zum Himmel hinauf und stellte mir vor, ich würde die Sterne sehen und die vorbeiziehenden Wolken wie silberne Dunststreifen, flüchtig und fein und seidig glänzend. Ich konnte nicht schlafen, ich wollte nicht schlafen, aber zum ersten Mal fürchtete ich mich nicht vor Albträumen, zum ersten Mal wollte ich einfach wach bleiben, weil mir der Abend zu schade vorkam.

Ich hielt mein Glas mit Knöpfen in der Hand und betrachtete es im sanften Schimmern, das durch mein Fenster fiel. Achtundneunzig Knöpfe hatte ich, und der Winter war vorbei. Es fehlten noch zwei zur Hundert. Was würde dann sein? Es wurde wärmer, die Temperaturen stiegen, aber war der Kalte Krieg deshalb auch bald zu Ende? Und was war mit den schmelzenden Goldreserven? Ich war mir nicht sicher, fühlte jedoch bereits eine euphorische Aufregung, die wie Sprudelwasser durch meinen Körper prickelte. Hundert Knöpfe! Damit würde ich die Welt kaufen können. Die Welt und den Mond gleich dazu. Denn das hatten mein Papa und ich uns versprochen. Wenn wir genug Geld hätten, würden wir den Mond kaufen, um ihn zu beschützen, damit sich niemand mehr um ihn streiten müsste. *Luna 9* war bereits gelandet, und uns lief die Zeit davon. Ich hatte mich nicht abschließend entschieden, ob ich an den Mann im Mond glaubte. Seine Geschichte kam mir sehr fantastisch vor. Aber war sie deshalb unwahr oder gerade deshalb wahr? Und wenn es nur die winzigste Chance gab, dass dort oben jemand wohnte, unbehelligt von den Menschen, auf seiner Sichel wippend wie auf einem Schaukelstuhl, dann wollte ich alles dafür tun, dass er nicht gestört wurde.

Ich schüttelte das Glas vorsichtig. Die Knöpfe klimperten. Ich bewegte es fester und schneller. Die Knöpfe begannen zu rauschen.

Ich würde mir ein Pony kaufen. Ein Pony hatte ich mir immer gewünscht. Und mehr Klebeblumen für Oma Flora, vielleicht sogar ein paar echte, die sie auf ihre Fensterbank stellen konnte. Für Arthur wollte ich eine Schachtel mit Käfern. Ich wusste, er liebte Krabbeltiere, und vielleicht noch mehr Holz zum Schnitzen. Tante Noelle würde ich eine Schallplatte mit französischer Musik schenken, dann musste sie vielleicht nicht wieder nach Paris zurück. India sollte ein Schmetterlingsnetz bekommen, weil ich glaubte, dass man damit das Glück am besten einfangen konnte. Lennon war noch klein, er brauchte nicht viel, aber gerade deshalb würde ich ihm eine Karte der Sterne besorgen. Niemand lag so oft und so lange auf dem Rücken wie ein Baby, da sollte er zumindest wissen, was er anstarrte. Frau Habermann hatte im Grunde alles. Wenn ich an ihr vollgestopftes Haus dachte, konnte ich mir nicht vorstellen, was ihr noch fehlen könnte. Trotzdem wollte ich ihr Ringelblumensalbe und Verbandszeug kaufen. Damit konnte ich zwar nicht ihr gebrochenes Herz wieder gesund machen, aber vielleicht würde zumindest die Wunde in ihrer Brust etwas schneller heilen, wenn sie sich wieder einmal daran verbrannte. Herrn Habermann wollte ich ein großes, flauschiges Kissen schenken. So oft, wie er tot umfiel, um seine Ruhe zu haben, sollte er es wenigstens weich haben. Für Tobi wollte ich jede Menge Honig, damit die Worte nicht länger in seinem Mund feststeckten, sondern über seine Zunge flutschten. Marius sollte feste, dicke Handschuhe aus Leder bekommen. Ich wusste, er streifte gern durch den Wald und schlug mit Stöcken auf Bäume und Büsche ein. Er sollte sich nicht dabei verletzen. Mit Leonie würde ich mein Pony teilen. Bei ihr war es ein bisschen wie mit Frau Habermann. Es gab nichts mehr, was man ihr schenken konnte, doch vielleicht würde sie sich freuen, wenn wir das Pferd gemeinsam versorgen würden. Ich würde den vorderen Teil nehmen und sie den hinteren, und reiten konnten wir abwechselnd oder zusammen. Gut möglich, dass ihr das gefallen würde. Gut möglich, dass wir beide daran Spaß hätten.

Blieben noch meine Mutter und mein Vater. Früher hatte ich ihnen zu Weihnachten meist ein gemeinsames Bild gemalt oder Kastanien in einem Körbchen gesammelt, aber ich ahnte, dass es damit vorbei war. Meiner Mutter wollte ich eine Taschenlampe schenken, damit sie nicht mehr im Dunkeln sitzen und alles endlich hell genug für sie sein würde, und meinem Vater die gelben Bonbons, die nach Sommer schmeckten. Ich war mir nicht sicher, ob ich alles verstand, was ich von ihm wusste, aber vielleicht konnten die Süßigkeiten zumindest eine Weile seinen inneren Winter vertreiben. Und niemand konnte am Leben leiden, wenn er Bonbons aß.

»Absolument pas!«, sagte Noelle entschieden und schüttelte den Kopf. »Sonntag ist der Tag des Herrn.«

»Von welchem Herrn?« India machte ein verständnisloses Gesicht, bei dem ich mir nicht sicher war, wie ernst sie es meinte.

Der Mund meiner Tante klappte auf, wieder zu und wieder auf. *»Dieu* … unser Vater?! *Seigneur?!«* Sie machte eine Bewegung mit den Händen, die wie das Flügelschlagen eines aufgeregten Huhns aussah. »Unser Herrgott. Der Allmächtige.«

»Ach, der«, gab India mit einem leichten Grinsen zurück.

Noelle starrte erst Arthur, meine Mutter und mich, dann sie entsetzt an. »Ja, *der.*«

»Und Sonntag ist wirklich *sein* Tag?«

»Oui.«

»Na, von mir aus.« India hob die Schultern und ein kleines Lachen stahl sich zwischen ihre Worte. »Ich will mich nicht mit ihm darüber streiten.«

»Nicht *streiten?«*

»Nein, er kann den Tag haben. Kein Problem. Ich weiß zwar nicht, wofür er einen ganzen Tag für sich allein braucht, aber ...«

»Er braucht keinen ganzen Tag für sich allein«, erklärte Noelle mit spitzen Lippen. »Gott hat die Ruhe am Sonntag den Menschen zum Geschenk gemacht.«

»Ach, so ist das.«

»Oui, so ist das!«

»Das ist aber ziemlich großzügig von ihm.«

»Allerdings!«, erwiderte sie mit verengtem Blick.

»Dann können wir das Geschenk doch nutzen, um an unserer Sauna weiterzuarbeiten. Ich meine, geschenkt ist geschenkt und wiederholen ...«

»Papperlapapp!«, unterbrach meine Tante India ärgerlich. »Papperlapapp, sei nicht albern! Wir bauen am Sonntag nicht weiter. *Un point c'est tout!«* Damit stand sie vom Küchentisch auf und ging zur Spüle.

India sah mich an. »Gut«, murmelte sie. »O pua sä tu.« Wir kicherten. »Und was machen wir dann?«

»Alors, ich weiß nicht, was *ihr* macht.« Noelle fügte eine Pause ein. »Ich habe längst aufgegeben, diesen Haufen Heiden dazu zu überreden, den heiligen Sonntag im Hause Gottes zu verbringen.« Sie warf uns einen tadelnden Blick zu und seufzte theatralisch. »Obwohl ich denke, dass ... wie auch immer.« Mit einer knappen Bewegung schüttelte sie den Kopf. »Aber was mich angeht, ich gehe in die Kirche. Du hast nicht zufällig Lust, mich zu begleiten?« Der letzte Satz kam mir vor wie das Ende einer Nadel – sehr spitz.

»Ich?«, fragte India überrascht zurück und hob abwehrend die

Hände. »Ich würde die Kirche nicht einmal betreten, wenn ich an La Signöra glauben würde, aber …«

»Mon Dieu!«, fiel meine Tante ihr erschrocken ins Wort. »Du willst mir doch nicht sagen, dass du nicht an Gott glaubst!«

»Sagen wir …«, India grinste, »ich habe erhebliche Zweifel.«

»Und Lennon?«

»Bisher hat er sich noch nicht dazu geäußert«, erwiderte sie leichthin. Ich lachte. »Aber er darf glauben, was er möchte.«

»Non! Ich meine«, Noelle schnappte nach Luft, »er ist doch wohl getauft, oder nicht?«

»Dann nehme ich … oder nicht.«

»Ich … ich … ich bin schockiert!«, sagte sie, bleich im Gesicht. »Der arme Kleine!« Sie betrachtete Lennon sorgenvoll, der in Indias Arm schlief. »Ich meine, meine liebe Schwester«, Noelle blickte auf meine Mutter, »und ihr Mann haben es zwar versäumt, ihren Kindern die Treue zur Kirche beizubringen, aber du kannst doch nicht zulassen, dass dein Sohn ohne den Segen Gottes durchs Leben geht.« Sie war wieder näher an den Küchentisch herangetreten und schüttelte den Kopf.

»Warum nicht? Lennon hat für alles *meinen* Segen. Egal, was er tut.« India zögerte kurz. »Und egal, wo er ist. Mehr braucht er nicht.«

»Das kann doch nicht dein Ernst sein!« Noelle ließ sich auf den Stuhl fallen. »Ich glaube, ich höre nicht richtig.«

India sah sie mit einer Mischung aus Belustigung und Mitleid an. »Wie gesagt, ich würde eine Kirche nicht einmal betreten, wenn ich an Gott glauben könnte, denn mit Religion habe ich noch weniger am Hut als mit dem unermesslichen Vater …«

»Allmächtiger.«

»Was?«

Meine Tante schloss einen Moment die Augen, antwortete dann langsam und beherrscht: »Allmächtiger Vater. Es heißt *allmächtig.«*

»Von mir aus auch das.« India lächelte sie an. »Aber vielleicht solltest du auch noch einmal überlegen, ob du dir das heute wirklich antun willst.«

»Ich verstehe nicht.«

»Ich meine«, sie legte den Kopf schräg, »da werden all diese Frauen sein.«

»Welche Frauen?«

»Du weißt schon … diese Frauen, die einen Narren an uns gefressen haben«, sagte India und verzog dabei den Mund.

»Was hat das damit zu tun?«, fragte Noelle.

»Ich sage nur, es könnte unangenehm werden. Vor allem, wenn diese Frau Finster …«

Sie richtete sich gerade auf ihrem Stuhl auf und faltete die Hände vor sich auf der Tischplatte. »Ich möchte dir etwas sagen, India. Ich bin keine Schönwetterchristin. *Absolument pas!* Und ich lasse mich nicht davon abhalten, am Sonntag in die Kirche zu gehen. Nicht von dieser Frau Finster – von niemandem!«

»Aber sie hat unseren Schuppen abgefackelt!«

»Vielleicht war sie es gar nicht«, murmelte ich dazwischen. »Der Ofen war uralt und hat gerülpst und gespuckt und immer nur so getan, als würde er nachts schlafen … Vielleicht ist sie es gar nicht gewesen.« Doch weder meine Tante noch India beachteten mich. Nur meine Mutter schien mich gehört zu haben. Sie sah mich mit einem Ausdruck in den Augen an, den ich nicht zu deuten wusste, und legte mir in einer liebevollen Geste eine Hand auf die Schulter.

»Und wenn sie im Alleingang für die Kuba-Krise verantwortlich gewesen wäre«, erklärte Noelle entschlossen, »ich lasse mich davon nicht einschüchtern!« Sie schüttelte den Kopf, dann nickte sie sich selbst zu. »Ich gehe am Tag des Herrn in die Kirche. Ich werde dort beten, die Beichte ablegen und einige Lieder singen. Wem das nicht passt – Pech gehabt!« Sie zuckte die Schultern. *»Un point c'est tout!«*

»O pua sä tu«, erwiderte India lachend.

»O pua sä tu«, stimmte ich ebenfalls zu.

Noelle musterte uns einige Momente, dann erhob sie sich und ging erneut zur Spüle. Sie ließ Wasser in das Becken laufen und begann damit, das Geschirr abzuwaschen.

»Und was machen wir Hübschen?«, fragte India, blickte von Arthur zu mir und wieder zurück. »Habt ihr Lust auf einen Spaziergang durch den Wald? Wir könnten nach eurem Staudamm sehen.«

Mein Bruder nickte, doch ich antwortete: »Eigentlich gern, aber ich muss noch einen Brief schreiben.«

»Einen *Brief?«* Nicht nur India sah mich interessiert an, ich spürte auch den Blick meiner Mutter.

Hastig senkte ich das Gesicht, obwohl ich nicht genau wusste, warum. »Ja, ich … Ja.«

»An wen schreibst du?«

»Das … das …«

»Ist es ein Geheimnis?« India zwinkerte mir zu.

Ich nickte dankbar. »Ja. Es ist ein Geheimnis. Aber …« Ich hob den Kopf und sah in Noelles Richtung. »Aber vielleicht bräuchte ich bei dem einen oder anderen Wort deine Hilfe, Tante No-elle?!«

Sie blickte mich an und kam mir einige Augenblicke lang überrascht vor, dann verschwand dieser Ausdruck aus ihren Zügen, und sie antwortete mit einem zaghaften Lächeln: *»Bien sûr, Frederike. Bien sûr!«*

Nachdem Noelle zur Kirche und India mit Arthur und Lennon in den Wald aufgebrochen waren, setzte ich mich mit meinem halb fertigen Brief zu meiner Mutter in den Garten. Sie hatte sich ein Buch mit nach draußen gebracht, doch es lag aufgeschlagen auf ihren Knien, während sie ihr Gesicht mit geschlossenen Augen der Sonne entgegengestreckt hatte. Sie trug kein Nachthemd mehr. Das fiel mir erst jetzt auf. Es war ein richtiges Kleid, weiß mit einem bestickten Kragen. Sie hatte den Rock nach oben geschlagen und hielt die nackten Beine in die Wärme. Es war still um uns, ich hörte die Gesänge der Vögel, einen leichten Wind, der durch die Baumwipfel glitt, und ich beobachte ein Eichhörnchen, das auf seinem Weg über den Rasen überrascht die Balken und Bretter umkreiste und dabei ein Gesicht machte, als könnte es nicht fassen, dass es nicht um Erlaubnis gefragt worden war, bevor wir mit dem Bau begonnen hatten.

Ich musterte meine Mutter aus dem Augenwinkel. Ihre nackten Füße standen auf dem spärlichen Rasen, die Fersen zerdrückten das Gras, und auf eine alberne Art fand ich das erleichternd. So viele

Wochen war sie mir flüchtiger vorgekommen als ein Schatten. Die wenigen verbogenen Halme kamen mir nun wie eine Versicherung vor, dass es ihr besser ging, dass sie endlich wieder … da war.

Ich blickte auf mein Papier. Viele Sätze waren es noch nicht, doch sie waren sorgfältig geschrieben, ohne Flecken, kein Durchstreichen. Ich war mir nicht sicher, ob sie das aussagten, worum ich sie gebeten hatte, aber sie kamen zumindest nah dran.

»Es ist Frühling«, sagte meine Mutter plötzlich. »Ist das nicht herrlich?« Sie wandte mir das Gesicht zu.

Ich schluckte, nickte dann. »Ja«, antwortete ich mit kratziger Stimme und räusperte mich.

Sie streckte die Hand nach mir aus, ergriff meine Finger, drückte sie und lächelte mich dabei an. »Ja«, murmelte sie. »Endlich ist der Winter vorbei. Ich dachte schon, er würde ewig bleiben.« Ich erwartete, dass es zwischen uns wieder still werden würde, doch stattdessen sagte meine Mutter: »Freddi?!« Und mein Name klang wie eine Frage, auf die sie die Antwort nicht kannte. Sie wandte den Blick der Sonne zu, schloss die Augen, aber als ich befürchtete, sie würde sich einmal mehr für das Schweigen entscheiden, drehte sie sich zu mir: »Freddi.« Sie schluckte. »Ich muss mich bei dir entschuldigen«, flüsterte sie. Ich sah sie verständnislos an, dann schüttelte ich den Kopf, wollte etwas erwidern, brachte aber keinen Ton heraus. »Ich muss mich bei dir entschuldigen. Für diese Sache«, sie deutete rasch auf meinen Arm, »für einfach alles. Ich«, sie räusperte sich, »ich glaube, du hast eine Erklärung verdient.«

Ich wartete, während ich beobachtete, wie sie sich ihre Worte zurechtlegte. Es vergingen einige Minuten, und je größer der Moment wurde, desto schlechter konnte ich atmen. Endlich beendete sie die Stille zwischen uns: »Mütter«, sagte sie leise. »Ich glaube, Mütter möchten so gerne alles richtig machen. Aber manchmal wird es nur schlimmer, je mehr sie es versuchen. Und manchmal wissen sie auch einfach nicht, wie. Verstehst du, was ich meine?«, fragte sie.

»Ich … ich weiß nicht«, antwortete ich zögerlich und schüttelte leicht den Kopf.

Meine Mutter strich sich eine Strähne aus der Stirn. »Dein Vater und ich haben geheiratet, als ich gerade zwanzig und er nur ein wenig älter war.« Sie hielt inne, kniff die Augen zusammen und sah für einige lange Sekunden sehr nachdenklich aus, ehe sich ihre Züge wieder lockerten. »Ich habe meinen Vater, deinen Großvater, kaum gekannt. Er war Soldat, da waren Noelle, Tristan«, der Name klang unsicher auf ihren Lippen, »und ich noch klein. Und er ist …«

»Nicht aus dem Krieg zurückgekommen«, beendete ich ihren Satz. Meine Mutter sah mich überrascht an, deshalb erklärte ich: »Ich weiß. Oma Flora hat es mir erzählt. Es bedeutet, dass er gestorben ist, oder?«

Ihr Gesichtsausdruck veränderte sich wieder und langsam schüttelte sie den Kopf. »Nein, er ist nicht gestorben.«

»Nicht?«, fragte ich.

»Nein.« Meine Mutter atmete einige Male tief ein und aus. »Er ist nicht im Krieg gefallen. Er ist einfach nicht zurückgekommen«, sagte sie.

»Warum nicht?«

»Vielleicht weil …«, setzte sie an, doch dann hob sie in einer ratlosen Geste die Schultern. »Ich weiß es nicht«, sagte sie. »Ich weiß es nicht.«

»Weiß Oma Flora es?«

»Nein … vielleicht. Ich bin mir nicht sicher.« Meine Mutter legte sich die Hände auf den Mund und blies Luft zwischen ihre Finger. »Deine Tante Noelle hat ihn eine Zeit lang gesucht. Sie hat sehr an ihm gehangen, weißt du? Sie wollte einen Grund, warum er nicht zurückgekommen ist. Sie wollte die Wahrheit. Das war sehr wichtig für sie. Aber sie hat ihn nie gefunden. Ich glaube, das hat sie sehr getroffen. Ich habe mir früher auch manchmal gewünscht, ich könnte ihn fragen. Ich wollte das alles irgendwie verstehen. Das wünsche ich mir noch jetzt hin und wieder, aber … Was würde das ändern? Für uns. Was würde das für uns ändern? Vielleicht sind die Gründe gar nicht immer wichtig. Vielleicht gibt es nicht immer eine Wahrheit.«

»Das verstehe ich nicht.«

»Es ist auch schwer zu verstehen«, erwiderte sie und sah mich an. »Und es ist auch schwer zu erklären.« Sie lächelte entschuldigend. »Wie gesagt, ich habe meinen Vater kaum gekannt. Ich war noch sehr klein, als er fortmusste. Es war gleich zu Beginn des Krieges, und ich meine, mich zu erinnern, dass er danach noch einmal bei uns war. Für einige Tage. Heimaturlaub nannte man das damals. Aber danach … Wir haben ihn nicht wiedergesehen.«

»Dann ist er einfach weggeblieben?«, fragte ich und schüttelte ungläubig den Kopf. »Ohne etwas zu sagen? Nicht einmal zu Oma Flora? Er war doch ihr Mann …«

»Wenn sie etwas wusste, dann hat sie es nie gesagt. Nicht zu uns Kindern. Zu niemandem. Wir wussten nur, dass er im Krieg war, und dann, als er nicht zurückkam, als Monate vergingen, ohne einen Brief, ohne eine Nachricht, erzählte sie uns immer neue Geschichten über ihn. Dass er verwundet worden wäre und erst wieder auf die Beine kommen müsste. Dass er einen geheimen Einsatz leiten würde, der über den Ausgang des Krieges entscheiden könnte. Oder dass er und seine Leute einer Gruppe von Soldaten zu Hilfe kommen müssten.«

»Aber das stimmte nicht«, sagte ich heiser. Ich war mir selbst nicht sicher, ob es eine Frage oder eine Feststellung sein sollte. Mir wurde schwindlig, und ich hatte plötzlich einen komischen Geschmack auf der Zunge, der sich nicht herunterschlucken ließ.

»Nein.«

»Sie hat gelogen«, wiederholte ich die Worte meiner Tante.

Meine Mutter zögerte. »Ja. In gewisser Weise … Aber sie hat es für uns getan.«

»Tante No-elle sagt, dass man für niemanden lügen darf. Sie sagt, dafür gibt es keine Entschuldigung.«

»Ich weiß.« Meine Mutter nickte. »Ja, ich weiß, dass sie das sagt. Aber Oma Flora wollte uns nur beschützen. Sie hatte Angst. Um uns. Um sich.« Sie bewegte leicht den Kopf, als wollte sie ihre eigenen Gedanken wiegen. »Immer, wenn wir gefragt haben, wann unser Vater wiederkommt, hat sie nur ›bald‹ gesagt. Bald. Vielleicht hat sie es sogar geglaubt. Vielleicht wollte sie es auch nur glauben. Aber …« Meine Mutter rieb sich in einer erschöpften Geste über die Augen. Das Erzählen und das Erinnern schienen sie anzustrengen.

»Aber dann kam der 10. Januar 1943 und … und plötzlich stand die Polizei vor unserer Tür.«

»Die *Polizei?«,* stieß ich entsetzt hervor und augenblicklich wurde mir eiskalt.

»Sie haben ihn gesucht. Sie dachten, wir würden ihn verstecken. Sie wollten wissen, wo er ist.« Der Schrecken dieses Moments glitt über ihr Gesicht. Ich konnte ihn deutlich sehen und spürte ihn in meiner eigenen Brust. Ich schluckte. »Da haben wir zum ersten Mal erfahren, dass keine der Geschichten gestimmt hat. Dass sie alle nur erfunden waren. Noelle konnte Oma Flora das nicht verzeihen«, fügte sie sehr leise hinzu und schloss für einige Sekunden die Augen. Als sie sie wieder öffnete, fuhr sie mit rauer Stimme fort: »Ich weiß noch, wie diese Männer alles durchsucht haben. Jedes Zimmer, jeden Winkel, jeden Schrank. Sie hatten Waffen und haben so laut geschrien, dass ich mir die Ohren zugehalten und geweint habe. Nie zuvor hatte ich so große Angst. Sie hat sich wie ein riesiger Schmerz angefühlt. Wie ein Schmerz, der überall im Körper sitzt.« Sie atmete geräuschvoll aus. »Aber wir wussten ja selber nicht, wo er war. Wir wussten gar nichts. Und selbst wenn …«

»Habt ihr deshalb im Morgengrauen eure Sachen gepackt und den ersten Zug genommen?«, fragte ich und wiederholte ein weiteres Mal die Worte meiner Tante. »Seid ihr deshalb hierhin«, ich machte eine undeutliche Geste zum Haus, »zurückgekommen?«

Meine Mutter antwortete nicht sofort, sondern fuhr einige schweigende Minuten mit den Handflächen übereinander, als wollte sie etwas zwischen ihnen zerreiben. »Deine Oma hat uns geweckt, als es draußen noch dunkel war«, erzählte sie schließlich. »Sie sagte, jetzt wüssten es alle. Sie sagte, wir könnten nicht mehr bleiben. Also haben wir das Nötigste zusammengepackt und sind zum Bahnhof. Ich weiß noch, wie still es in unserem Abteil gewesen ist und wie schön das Licht hinter den Fenstern ausgesehen hat, als die Sonne aufgegangen ist. Und ich weiß noch, wie fest ich Noelles Hand gehalten habe. Wir haben nicht viel geredet. Irgendwie wussten wir wohl, dass es nicht der richtige Moment zum Reden war. Aber als wir aus dem Zug ausgestiegen sind, hat Oma Flora uns Kinder um sich versammelt. Sie hat die Arme um uns gelegt und uns so ernst angesehen, wie sie uns noch nie zuvor ernst angesehen hatte. Und dann hat sie gesagt: ›Wenn irgendjemand fragt, wo euer Vater ist, dann sagt ihr, dass er nicht aus dem Krieg zurückgekommen ist. Habt ihr verstanden? Ihr sagt, dass er nicht aus dem Krieg zurückgekommen ist.‹ Und das taten wir.«

»Auch Tante No-elle?«, fragte ich.

»Nein.« Meine Mutter schüttelte den Kopf. »Nein, Tante Noelle nicht. Und das haben sie einander nicht verzeihen können. Noelle konnte nicht vergeben, dass deine Oma nicht die Wahrheit gesagt hat. Und Oma Flora konnte nicht vergeben, dass deine Tante nicht einmal für die Familie bereit war, die Unwahrheit zu sagen. Sie haben sich gegenseitig schwere Vorwürfe gemacht. Ich meine«, sie zögerte, »es war keine Lüge. Und es war nicht die Wahrheit«, erklärte sie. »Alle haben einfach angenommen, dass dein Großvater gefallen wäre. Wie so viele andere Männer. Hier und überall. Niemand hat nachgefragt. Auch weil die Menschen nicht viel geredet haben. Nicht zu dieser Zeit und auch danach nicht. Deine Oma hat es gesagt, weil sie Angst hatte, weil sie sich geschämt hat und vielleicht auch, weil sie es selbst nicht glauben wollte. Jeder erzählt seine Geschichte anders, weil jeder seine Geschichte anders erlebt. Aber so erkläre ich es mir: Sie stand plötzlich ganz allein mit drei Kindern da, die sie durchbringen musste. Ohne Mann und ohne Hilfe. Ohne Geld. Sie wollte nicht, dass die Leute noch schlechter über uns reden, als sie es ohnehin schon getan haben. Sie wollte uns noch mehr Schande ersparen. Aber Noelle … Sie konnte die Lügen nicht ertragen«, sagte meine Mutter und sie klang hilflos und traurig. »All die Lügen.«

»Waren Tante No-elle und Oma Flora deshalb sehr lange sehr zornig aufeinander?«, wollte ich mit belegter Stimme wissen und hörte mein eigenes Herz in meinen Ohren.

Sie nickte. »Sobald sie alt genug war, ist Noelle nach Frankreich gegangen, um zur Schule zu gehen, um zu studieren und vor allem …«, sie schluckte schwer, »um nicht mehr hier sein zu müssen.«

»Aber sie ist zurückgekommen. Als Tristan …«, ich kratzte mir verlegen an der Nase, »als Onkel Tristan gegangen ist.«

»Ja, aber es stand so viel zwischen ihnen. So viele Vorwürfe und so viel Zorn. Und dann auch noch die Traurigkeit.« Ich sah Tränen in den Augen meiner Mutter glitzern. »So viel Traurigkeit«, murmelte sie. »Es gibt Tragödien, die die Menschen wieder zueinanderführen. Und es gibt Tragödien, die sie nur noch mehr voneinander entfernen und jeden Einzelnen entsetzlich einsam machen. So schrecklich es ist.«

»Dann ist Tante No-elle einsam?«, fragte ich betroffen.

Meine Mutter streichelte mir über den Kopf. »Ich denke, das war sie. Das war sie sehr lange. Und wahrscheinlich ist es auch die Einsamkeit, die sie in Frau Habermann wiedererkennt. Ich glaube, das hält sie manches Mal davon ab, Frau Habermann den Kopf abzureißen.« Sie zwinkerte mir zu.

»Ich möchte nicht, dass Tante No-elle einsam ist.«

Meine Mutter musterte mich. »Jetzt hat sie ja uns, richtig?«

»Richtig.« Ich lächelte sie an.

»Na, siehst du.« Sie tippte mit dem Zeigefinger auf meine Nase, und einige Minuten lang sahen wir einander schweigend an. »Habe ich dir je erzählt, wie dein Vater und ich uns kennengelernt haben?«, fragte sie.

»Nein.« Ich schüttelte den Kopf.

»Dein Vater war schon immer unglaublich klug und belesen, er war witzig, charmant und geistreich. Und er sah so gut aus«, fügte sie mit einem verschmitzten Lächeln hinzu. »Alle Frauen in der Gegend hatten es auf ihn abgesehen.«

»Abgesehen?«, fragte ich.

Meine Mutter kicherte. »Ja, sie hätten ihn wohl vom Fleck weg geheiratet, wenn er ihnen die Chance gegeben hätte. Frauen, die schöner waren als ich, älter, reizvoller. Ich hätte nie gedacht, dass er sich tatsächlich für mich interessieren würde, weißt du? Er hatte die freie Auswahl, und wann immer er seine Reden von einer kommenden Weltrevolution gehalten hat, hing eine ganze Traube von Verehrerinnen an seinen Lippen.« Sie legte den Kopf schräg, und es stahl sich erneut ein Grinsen in ihre Mundwinkel. »Ich weiß nicht, wie, ich weiß nicht, warum, aber dein Vater wurde auf mich aufmerksam. So unwahrscheinlich es mir vorkam, er schien sich nur für mich zu interessieren. Er machte mir den Hof. Zwei Monate lang kletterte er jeden Abend den Baum am Haus nach oben, um mir vor dem Schlafengehen aus dem *Steppenwolf* vorzulesen. Das war sein Lieblingsbuch«, fügte sie hinzu. »Er überhäufte mich mit Komplimenten und kleinen, manchmal ganz einfachen Geschenken, zu denen er sich jedoch die fantastischsten Geschichten ausdachte. Ich bewahre sie noch heute in der obersten Schublade meines Nachttischs auf.«

Ich sah sie aus großen Augen an. »Wegen der Diebe?«, flüsterte ich. »Damit sie sicher sind?«

»Was sagst du?«

»Nichts«, erwiderte ich hastig, spürte jedoch ein Lächeln auf meinen Lippen.

»Dein Vater versprach mir eine Zukunft«, erzählte meine Mutter weiter, »die aus seinem Mund bunt und aufregend und wie ein Abenteuer klang. Ich war einfach«, sie atmete aus und lachte, »hin und weg.« Ich bemerkte einen hitzigen, rosigen Glanz in ihren Wangen, sie senkte verlegen das Gesicht. »Natürlich hat Noelle alles getan, um mich davon abzuhalten, ihn zu heiraten. Sie hat mir fast täglich einen Brief geschrieben, um mich umzustimmen. Sie war sich sicher, dass wir keine Zukunft hatten. Aber ich wusste es besser. Ich wollte ihr das Gegenteil beweisen. Ich war überzeugt, dass etwas Großes aus deinem Vater werden könnte, wenn er nur wollte. Das glaube ich noch, aber …«

Meine Mutter hielt inne, eine tiefe kummervolle Enttäuschung fiel über ihr Gesicht. Sie wischte sich über die Augen, schluckte, leckte sich unsicher über die Lippen. Ihr Blick huschte für einige Sekunden in meine Richtung, dann nach oben zu den Wolken. Sie schwieg.

»Dein Vater ist ein außergewöhnlicher Mann«, sagte sie schließlich mit gedrückter Stimme. »Aber das hat seinen Preis.« Sie musterte mich, streckte die Hand nach mir aus und strich mir über die Wange. »Er ist ein warmherziger, liebevoller, intelligenter, witziger und faszinierender Mensch, der einen mit seinen Geschichten und

Plänen mitreißen kann.« Sie nickte mir zu. »Und er kann kindisch sein, verantwortungslos und schrecklich unerreichbar. Er spürt eine große Schuld, die Schuld seines Vaters, die Schuld unserer Geschichte, unserer Generation, die größer ist als er, größer als wir alle. Und er spürt eine Traurigkeit, eine so große Traurigkeit. Das kannst du jetzt noch nicht verstehen, aber eines Tages wirst du das. Eines Tages wirst du das müssen. Ich will damit sagen, Freddi«, sie sah mich eindringlich an. »Er trägt diese beiden Seiten in sich. Wir alle tun das. Niemand ist nur das eine und niemand ist nur das andere. Jeder Mensch ist …«, sie legte den Kopf schräg, »wie ein Tag im Sommer. Zu ihm gehört nicht nur das helle Mittagslicht, sondern auch die Nacht und alle Stufen dazwischen, vom Sonnenaufgang bis zum Sonnenuntergang. Wir alle sind diese Summe aus Licht und Schatten. Wir wollen es oft nicht wahrhaben. Ich …«, sie legte eine Hand auf ihre Brust, *»ich* wollte es nicht wahrhaben, aber Licht kann es nun einmal nicht ohne Dunkelheit geben, und ähnlich ist es mit deinem Vater. Kannst du das verstehen?« Ich nickte sehr langsam. Meine Mutter betrachtete mich einige Augenblicke nachdenklich, dann erklärte sie: »Es ist ein bisschen wie mit dem Regenbogen. Er zeigt sich nicht, wenn immer nur die Sonne scheint. Und genauso wenig sieht man ihn, wenn es unablässig regnet. Ein Regenbogen entsteht nur dann, wenn sich Sonne und Regen den Himmel teilen. Wir Menschen sind …«, sie hielt kurz inne, dann fügte sie mit einem vorsichtigen Lächeln hinzu: »ein bisschen wie Regenbögen, Freddi. Ich möchte, dass du daran immer denkst. Ich möchte, dass du daran denkst, dass dein Vater diese bodenlose Finsternis in sich trägt, bei der man aufpassen muss, dass man nicht hineinfällt. Aber auch daran, wie viele Farben er dir geschenkt hat, die dir niemand wieder nehmen kann. Egal, was andere über ihn sagen. Er ist nicht nur das eine. Du weißt es besser.« Sie schluckte einige Male trocken.

»Puh, es ist verdammt schwer, die richtigen Worte zu finden«, sagte sie mit einem vorsichtigen Lachen. »Aber vielleicht gibt es sie ja auch gar nicht und wir können nur versuchen, ziemlich nah ranzukommen, oder?« Sie strich sich mit der Handfläche über die Stirn, als würde sie sich Schweiß fortwischen wollen. Einige Sekunden vergingen, in denen sie ihre Gedanken nicht aussprach, dann räusperte sie sich schließlich und fuhr entschlossen fort: »Nur weil man die Sonne hinter dunklen Wolken nicht sehen kann, heißt das nicht, dass sie nicht da ist. Und in dem Moment, in dem sie sich endlich zeigt, malt sie vielleicht den schönsten Regenbogen von allen. Aber …« Nun griff sie nach meinen beiden Händen und drückte sie fest. »Aber wir können auch nicht ewig darauf warten, dass das schlechte Wetter vergeht, hörst du? Wenn es so lange regnet, wäre es dumm, sich keinen Schirm zu kaufen. Und …« Wieder brauchte sie einige Momente, ehe sie weitersprechen konnte. »Und ich bin dein Schirm, Freddi. Ich bin dein Schirm und ich bin Arthurs Schirm. Ich muss euch davor beschützen, dass ihr nicht nass werdet. Das wird mir nicht immer gelingen, aber ich muss zumindest mein Bestes versuchen. Ich weiß, ich habe das viel zu lange viel zu schlecht gemacht.« Sie schluckte hart und biss sich auf die Unterlippe. »Ich hätte dich besser beschützen müssen. Ich bin deine Mutter, aber ich … ich konnte es nicht.« Tränen stürzten über ihre Worte, sie schluchzte, zog geräuschvoll die Nase hoch. »Ich wollte so unbedingt diese Zukunft, die dein Vater für uns gemalt hatte. Ich wollte eine Familie mit ihm. Vielleicht wollte ich sogar recht behalten.« Sie zuckte mit den Schultern und schüttelte dabei den Kopf. »Aber wenn dein Vater traurig ist, dann trinkt er zu viel. Das weißt du. Und Alkohol verfinstert alles, Freddi. Alkohol verfinstert selbst die Sonnentage.« Sie atmete tief ein. »Als Kind glaubt man vielleicht, Erwachsene hätten vor gar nichts Angst, aber das stimmt nicht. Oft haben sie sogar noch viel größere Angst als Kinder. Ich …« Sie legte sich selbst eine Hand auf die Wange, während sie mit der anderen weiter meine Finger hielt. »Ich war noch nicht ganz erwachsen und schon die Frau deines Vaters. Und die war ich fast mein halbes Leben lang. Ich habe nie gelernt, etwas anderes zu sein, verstehst du? Es klingt vielleicht blöd, aber ich glaube, ich weiß gar nicht, wer ich bin, wenn ich das nicht bin. Und das …«, sagte meine Mutter plötzlich lauter, »das macht mir eine Heidenangst!«

Im ersten Moment war ich nur erschrocken und hielt die Luft an. Dann jedoch löste ich meine Finger aus ihren und legte sie tröstend auf ihren Oberarm, zögerte, rutschte schließlich von meinem Stuhl und kletterte auf ihren Schoß, schlang die Arme um sie. »Ist schon gut, Mama«, murmelte ich. »Ist schon gut.« Ich spürte das Schluchzen in ihrer Brust, das Zittern ihrer Hände und ihre nassen Wangen an meinen. Ich wusste nicht, was ich tun sollte, hatte keine Worte.

»Nein, Freddi«, sagte meine Mutter plötzlich, schob mich ein Stück von sich weg und blickte mir ins Gesicht. »Nein, Freddi, es ist nicht gut.« Sie klang beinahe ärgerlich. »Das alles …« Sie machte eine Geste, als würde sie ein Spültuch ausschütteln. »Das alles ist keine Entschuldigung. Ich möchte, dass du weißt, dass dein Sturz ein Unfall war. Dein Vater hat das nicht mit Absicht getan. Er hatte zu viel getrunken. Wir haben uns gestritten. Er wollte das nicht. Aber es ändert nichts daran, dass es geschehen ist und dass es nicht hätte geschehen dürfen. Deinem Vater nicht. Und auch mir nicht. Es ist keine Entschuldigung. Ich hätte dich besser beschützen müssen. Ich hätte nicht … Ich muss … Ich …« Meine Mutter brach ab.

Ich wollte etwas sagen, doch sie ließ es nicht zu, räusperte sich grob und fuhr eilig fort: »An diesem Abend, als dein Vater betrunken und traurig und wütend gewesen ist, hätte ich ihn sofort aus dem Haus werfen müssen. Dann wäre das alles nicht passiert. Es ist meine Schuld. Nur meine.« Zum ersten Mal berührte sie vorsichtig, beinahe ängstlich meinen Gips, strich über die fleckige, sich langsam ablösende Oberfläche des Verbands, beugte sich schließlich über ihn und küsste ihn zaghaft. Ich hielt still. »Du glaubst nicht, wie sehr ich mich dafür schäme«, flüsterte sie nach einigen Minuten des Schweigens.

»Das musst du nicht.«

»Doch, Freddi. Das muss ich. Ich kann dich nicht genug um Verzeihung dafür bitten. Ich war nicht stark genug. Eine andere Erklärung habe ich nicht.« Sie verzog den Mund. »Ich hatte Angst, ich hatte so große Angst. Ich wollte das alles nicht wahrhaben, hatte keine Ahnung, wie es jetzt weitergehen sollte … mit uns … mit mir. Und gleichzeitig habe ich mich so schuldig gefühlt, so entsetzlich schuldig. Ich konnte dir einfach nicht ins Gesicht sehen.«

»Weil ich wie Papa bin«, sagte ich leise und sprach endlich aus, was ich so lange als festen, harten Stein in mir gespürt und mit mir herumgetragen hatte. Meine Worte waren kaum zu hören, doch sie kamen mir unbeschreiblich laut vor. »Du bist mir böse, weil ich wie Papa bin.«

Meine Mutter antwortete nicht gleich und sah aus, als würde sie überlegen. Schließlich schüttelte sie den Kopf. »Nein, das ist nicht wahr!«, erklärte sie entschieden. »Das ist nicht wahr!« Sie nahm mein Gesicht in ihre warmen Hände.

»Du hasst mich nicht, weil ich wie Papa bin?«

»Oh, großer Gott, Freddi, nein! Nein! Wie kommst du denn darauf?« Sie wischte mit den Daumen meine Tränen fort, doch es kamen immer neue. »Ich könnte dich nie hassen! Und ich hasse auch deinen Vater nicht. Glaub mir, das wird nie passieren. Ich hab dich lieb. Ich werde euch *beide* immer lieb haben.« Sie bedeckte meine Stirn mit Küssen. »Wie kannst du nur so etwas denken?« Sie sah mich entsetzt an, schluckte, rang mit Worten und ihrer Stimme. »Du hast recht, Freddi, du hast so viel von ihm. Du bist schlau und fantasievoll, du hast ein gutes Herz und einen scharfen Verstand, du kannst andere mit deinen Geschichten Dinge sehen lassen, die sie nie für möglich gehalten hätten. Und wenn ich in dein Gesicht sehe«, sie strich mir über die Stirn, die Wange, das Kinn, »erkenne ich so viel von ihm.« Sie legte eine entschlossene Eindringlichkeit in ihren Blick. »Aber du hast auch so viel, was er nicht hat. Du bist so viel, was er nicht ist, hörst du?« Sie lächelte mich an, ich konnte nicht zurücklächeln. »Du bist immer für die Menschen da, die du lieb hast und die dich brauchen. Du kümmerst dich um sie, egal, wie schlecht es dir selbst geht. Und deshalb … deshalb bin ich so unglaublich stolz auf dich, mein Schatz. Ich habe mir früher immer gewünscht, dass ich in meiner Tochter etwas von mir erkennen würde, aber heute bin ich froh und dankbar, dass du in dieser Hinsicht nicht nach mir kommst«, erklärte sie mit einer Mischung aus Erleichterung und Bitterkeit.

»Aber wir haben dieselben Augen«, murmelte ich. »Das sagt zumindest India.«

»Ja«, lachte meine Mutter noch etwas zittrig zurück. »Ja. Das ist ein Anfang, oder?« Sie zog mich in ihre Arme und drückte mich eng an sich.

Ich wollte mich von ihrer Wärme einschließen lassen wie von einer Decke, doch eine Frage musste ich noch stellen. Ich biss mir auf die Unterlippe, sah meine Mutter an, zögerte und schluckte. »Wird er wiederkommen, Mama? Wird er wiederkommen?«

Die folgende Pause fühlte sich unerträglich lang an. Ich wusste nicht, ob ich eine Antwort wollte, und gleichzeitig spürte ich, wie dringend ich sie brauchte. Schließlich sagte meine Mutter leise: »Ich weiß es nicht, Freddi. Ich weiß es nicht.«

Ich war erleichtert, dass sie ehrlich war, dass sie mich nicht anlog und mir eine Wahrheit schenkte, an die wir beide nicht glauben konnten. Doch gleichzeitig machte mich die Erkenntnis, dass mir niemand sagen konnte, ob mein Vater jemals zurückkommen würde, unerträglich traurig. Ich brach in verzweifeltes Schluchzen aus. Tränen stürzten über mein Gesicht. Ich weinte und weinte und weinte.

»Ich hab Angst«, sagte ich, und meine Worte erzitterten. »Ich habe Angst, dass ihm was passiert, dass ich ihn nie wiedersehe. Und er fehlt mir so.«

»Ich weiß, Freddi, ich weiß«, flüsterte meine Mutter und zog mich in ihre Arme. Ich legte den Kopf an ihre Schulter, und zum ersten Mal hatte ich das Gefühl, ich könnte ein wenig von dem Gewicht, das ich spürte, an sie abgeben und mir selbst wieder leichter werden. Wir saßen lange so da, hielten uns fest.

Irgendwann hörten wir Schritte. Und kurz darauf kam erst Herr Habermann um die Ecke geschlurft, dann Noelle mit India, Arthur und Frau Habermann.

»Was ist denn hier los?«, fragte meine Tante als Erste. »Ist was passiert?« Sie blickte von meiner Mutter zu mir, die wir eilig bemüht waren, uns die Tränen aus den Gesichtern zu wischen.

Die Augen meiner Mutter suchten meine, dann erwiderte sie: »Freddi und ich hatten einige Dinge zu besprechen. Nicht wahr, Schatz?« Als ihr Blick auf meinen Bruder fiel, der neben India stand und ihre Hand hielt, lächelte sie ihn an. »Es ging dabei auch um euren Vater. Und ich denke, wir beide sollten …«

»Ach, hör mir mit dem auf«, wurde sie in diesem Moment von Frau Habermann unterbrochen, die ärgerlich die Augen verdrehte. »Ihr könnt von Glück reden, dass ihr den losgeworden seid.«

»Pardon? Wer hat Sie denn um Ihre Meinung gebeten?«, fragte Noelle dazwischen, doch Frau Habermann wischte ihren Einwand achtlos zur Seite.

»Ich mich selbst«, brummte sie zurück. »Hört mir mal gut zu!« Sie wandte sich an Arthur und mich. »Ich sag es euch ganz deutlich: Euer Vater ist ein ziemlicher Halunke. Er ist weg und das ist auch gut so. Seid nicht traurig drum.«

»Jetzt reicht es aber!«, rief meine Mutter in dieser Sekunde und erhob sich von ihrem Stuhl. Sie funkelte Frau Habermann wütend an. So hatte ich sie noch nie zuvor gesehen. »Was fällt Ihnen ein?«

»Ich will den Kindern doch nur Kummer ersparen. Besser, sie erfahren es …«

Frau Habermann sprach noch weiter, doch ich hörte ihre Worte nicht, denn ich spürte ein Zupfen an meinem Ärmel, Finger um mein Handgelenk. Und als ich aufblickte, stand mein Bruder vor mir und sah mich an. Die Augen groß. Das Gesicht blass.

»Ich weiß es nicht«, murmelte ich und versuchte der Frage auszuweichen, die er nicht gestellt hatte, die ich jedoch überall in seinen Zügen lesen konnte. Ich hob entschuldigend die Schultern.

»Sei froh, dass du ihn los bist«, bemerkte Frau Habermann an meiner Mutter vorbei. Sie sprach ruhig, als handle es sich um eine sachliche Feststellung, nicht mehr.

»Madame Habermann!« Noelle starrte sie entrüstet an.

»Was denn? Es stimmt doch. So einen braucht die Welt nicht.«

»Das ist nicht wahr!«, schrie Arthur in diesem Moment. »Das ist nicht wahr!« Aus seinen Worten sprach sein Entsetzen, seine Verzweiflung.

Wir sahen in seine Richtung, doch da war er bereits verschwunden.

»Und?«

Marius schüttelte bedauernd den Kopf. »Bei Frau Andörfer und der Witwe Bindernagel war er nicht. Und Frau Merzbacher und

Lisbeth Morgen haben ihn auch nicht gesehen«, antwortete er, noch außer Atem, weil er den Weg zu uns gerannt war.

Betreten sahen wir uns an. Wir standen in der Küche, Frau Habermann, Noelle, India und Lennon, Tobi, Herr und Frau Grabes, Marius, Leonie, meine Mutter und ich, einige mit hitzigen Wangen und klopfenden Herzen, andere bleich und stumm. Seit Stunden waren wir auf der Suche nach meinem Bruder, niemand hatte ihn gesehen, an keinem Ort hatten wir ihn finden können. Ich spürte eine beklemmende Angst, die mir wie ein dickes Tier auf der Brust saß. Wo sollten wir noch gucken? Wo konnte er sein?

»Was ist mit dem Wald? Wart ihr noch mal am Staudamm?«, fragte India, »oder eurem geheimen Unterschlupf?«

Ich nickte und schüttelte im nächsten Augenblick den Kopf. »Nein, da war er auch nicht.«

»Gibt es vielleicht Freunde oder noch andere Verwandte, bei denen er sein könnte?«, schlug Doktor Grabes vor, der mit Leonie und seiner Frau die Straßen in der Umgebung abgefahren war.

»Non!« Noelle presste die Lippen aufeinander und wischte sich mehrmals über die Haare, weil sie mit einer unsichtbaren Strähne kämpfte.

»Alle Freunde und Verwandten, die wir haben, befinden sich in diesem Raum«, fügte meine Mutter hinzu.

»Sprich nur für dich!« Noelle warf Frau Habermann einen zornigen Blick entgegen.

»Was?«, bellte diese zurück. »Haste mir was zu sagen?«

»Allerdings! Das habe ich in der Tat.«

»Na, dann raus damit!« Sie funkelte meine Tante herausfordernd an. »Oder trauste dich nicht?«

»Worauf Sie sich verlassen können, *madame* Habermann. Worauf Sie sich verlassen können.« Noelle lachte gekünstelt. »Falls Sie es nicht wissen, Takt und Feingefühl haben nichts mit fehlendem Mut zu tun. Aber davon haben Sie natürlich keine Ahnung, *madame.«*

»Was soll das nun wieder heißen?«

»Das soll heißen, dass *Arthur* noch hier wäre, wenn Sie einmal nachdenken würden, bevor Sie sprechen. Das soll es heißen!«

Frau Habermann starrte sie an, schien aber einen Moment unfähig, etwas zu erwidern. Ich konnte sehen, dass sie schwer schluckte. »Du kannst froh sein, dass ich über dich nicht alles sage, was ich denke«, presste sie schließlich zwischen zusammengebissenen Zähnen hervor. »Das kannste aber glauben.«

»Oh, glauben Sie mir, das tue ich. Das tue ich!«, zischte Noelle erbost. »Aber *Arthur* ist ein lieber kleiner Junge, der Ihnen immer hilft, egal, wie oft Ihr verdammter Köter auch tot umfällt …«

»Wie bitte?«, flüsterte Leonies Mutter leise, doch ihre Tochter schüttelte eilig den Kopf.

»Hätten Sie nicht einmal mit Ihrer Meinung hinter dem Berg halten können? Nur ein einziges Mal? Ist das zu viel verlangt?«

»Es geht dich zwar nichts an, aber ich hab Arthur gern. So ist das! Ich hab ihn sogar sehr gern«, fügte Frau Habermann hinzu und nickte zur Bestätigung einige Male ruppig mit dem Kopf. Sie schien ungewohnt unruhig, zupfte einige Male an ihrer Kette und kratzte sich mit einer energischen Bewegung über den Arm.

»Ist das so, ja?«, fragte meine Tante zurück. »Dann haben Sie eine sehr seltsame Art, das zu zeigen!«

»Das mag sein.« Die Lautstärke von Frau Habermanns Worten fiel so plötzlich herab, dass wir alle sie überrascht ansahen. Sie hustete. »Und wenn schon. Dann hab ich's eben nicht so mit diesen Gefühlsduseleien. Als man mir meinen Mann damals *weggenommen* hat, bin ich auch nicht rumgelaufen und habe mich bei den Leuten ausgeheult. Ich hab's runtergeschluckt. Und gut war«, erklärte sie, doch es klang nicht, als würde sie sich selber glauben. »Ich halte auch nix davon, den Leuten was vorzumachen.« Sie nickte sich zu. »Ich sag's, wie es ist, und nicht anders. Warum soll man sich falsche Hoffnungen machen? Das hilft niemandem. So ist es und nicht anders. Es war meine Pflicht, dem Jungen zu sagen, was sein Vater für einer ist.«

»Und wer sind Sie, dass Sie das einfach entscheiden dürfen?«, fragte meine Tante scharf.

»Wenigstens bin ich nicht irgendeine Tante aus Frankreich«, gab Frau Habermann jetzt wieder gewohnt bissig zurück, »die hier plötzlich hereingeschneit ist und uns genauso schnell …« Sie brach ab und biss einige Male die Zähne aufeinander, ehe sie fortfuhr: »Die genauso schnell wieder dahin verschwinden wird, wo sie hergekommen ist, während wir hier die Scherben auffegen dürfen.«

»*Non,* ich bin nicht *irgendeine* Tante«, entgegnete Noelle nicht weniger wütend. »Ich bin *die* Tante! Aber Sie sind nur *irgendeine* Nachbarin, die kein Recht hat …«

»Wollen wir uns nicht wieder beruhigen?«, fragte India in diesem Moment, machte einen Schritt vor und wedelte energisch zwischen den beiden Frauen hin und her, als versuchte sie, den Zorn zwischen ihnen wie Rauch zu verteilen.

»India hat recht«, sagte auch meine Mutter. Sie hatte bisher geschwiegen, ihre Stimme war vor Sorge schwach, doch sie zwang sich, deutlich und laut zu sprechen. »Ein Streit hilft uns nicht weiter. Wir sollten lieber überlegen, wo wir noch suchen könnten. Es wird bald dunkel«, fügte sie hinzu, »und dann …« Die Silben entglitten ihr, hastig schlug sie die Hand vor den Mund.

Frau Grabes warf ihr einen mitfühlenden Blick zu. »Wir werden Ihren Sohn finden«, sagte sie tröstend und lächelte aufmunternd. »Bestimmt.«

»Vielleicht sollten wir noch einmal alle Orte durchgehen, an denen er sein könnte.« Ihr Mann blickte in die Runde. »Irgendwo muss er ja sein.«

»Vi-iel-lei-eicht«, brachte Tobi stockend hervor und hustete, schien ärgerlich, dass die Buchstaben nur widerwillig über seine Lippen krochen. »Vi-iel-lei-eicht … i-ist … e-er be-ei«, er hielt kurz inne, »se-sei-ne-em … Va-at-te-er …?!«

»Wo könnte der sein?«, fragte nun Doktor Grabes und sah meine Mutter aufmerksam an.

Ich hörte nicht, was sie antwortete, denn ich hatte mich bereits rückwärts, leise und unbemerkt aus der Tür geschoben und die Küche verlassen. Jetzt wusste ich, wo mein Bruder war! Jetzt wusste ich, was ich zu tun hatte!

»Freddi?«, sagte eine Stimme hinter mir, als ich die Haustür bereits geöffnet hatte. »Freddi?« Ich blieb widerwillig stehen und drehte mich langsam um. Leonie stand vor mir, nur wenige Meter trennten uns. Sie sah mich aufmerksam an, die Klinke in der Hand. »Darf ich mitkommen?«, fragte sie.

Ich zögerte. Das war keine gute Idee. Sicher war das keine gute Idee. Ich musste das allein machen. Ich hatte Arthur diese Sache eingebrockt … ihm … und mir. Ich musste sie auch auslöffeln. Allein.

Trotzdem bemerkte ich, dass ich nickte: »Ja«, antwortete ich. »Ja, du kannst mitkommen.«

Wir rannten über die Straße. An Frau Habermanns Haus vorbei. Dann in den Wald. Hier war es kühler. Hier war es dunkler. Ich wusste, das war der kürzeste Weg. Leonie lief hinter mir. Äste schlugen mir ins Gesicht. Wurzeln ließen mich stolpern. Als ich fiel, half Leonie mir auf. Als sie ins Straucheln geriet, hielt ich sie fest. Wir rannten und rannten. Doch irgendwann konnten wir nicht weiter. Irgendwann mussten wir stehen bleiben.

»Wohin laufen wir?«, fragte Leonie japsend. »Wo wollen wir hin?«

Ich konnte nicht gleich antworten, stemmte mir die Hände in die Hüften und rang nach Luft. Ich wischte mir den Schweiß von der Stirn. »Andörfer«, brachte ich schließlich hervor.

»Zu Frau *Andörfer?«,* wiederholte Leonie. »Da war Marius doch schon.«

»Nein.« Ich schüttelte den Kopf. »Nein … zu ihrem … zu ihrem Mann.«

»Zu ihrem *Mann?«* Sie klang beinahe ungläubig.

»Ja.« Ich nickte, was mich große Anstrengung kostete. »Ich glaube, er ist da«, fügte ich hinzu. »Ich hoffe, Arthur ist in Herrn Andörfers Garage.«

»Warum? Wie kommst du darauf?«

»Weil …« Ich schüttelte den Kopf, ballte die Hände zu Fäusten und drückte sie gegen meine Augen. Es war alles meine Schuld. Ich und meine blöden Geschichten. Wenn Arthur etwas passiert war … »Es war alles meine Schuld.«

»Wie kommst du darauf?«, fragte Leonie noch einmal.

»Weil Herr Andörfer für die Regierung gearbeitet hat und ich …«

Ich schluckte. »Ich habe Arthur so eine Sache erzählt. Über … über unseren Vater und dass er … Das hätte ich nicht tun dürfen, aber …« Ich brach ab und plötzlich spürte ich Leonies Hand auf meinem Rücken. Ich blickte zu ihr auf. Und mit einem Mal kam mir ihre Nähe unbeschreiblich tröstlich vor. Das war mir vorher nie aufgefallen, doch ich war mir plötzlich sicher, dass ich es schon die ganze Zeit gespürt hatte. »Warum bist du da?«, fragte ich.

»Wie bitte?«

»Warum bist du da?«, wiederholte ich, ließ Leonie nicht aus den Augen und forschte in ihrem Gesicht nach der Antwort, ehe ihre Lippen sie mir geben konnten.

»Weil wir Arthur finden müssen«, erklärte sie.

»Nein.« Ich schluckte, hustete. »Das meine ich nicht. Warum bist du da? Warum willst du meine Freundin sein?« Ich erinnerte mich an das letzte Mal, als ich Leonie diese Frage gestellt hatte. Ich war misstrauisch gewesen, abwartend und lauernd, das war jetzt anders. Es interessierte mich. Ich wollte es einfach wissen.

»Weil ich dich mag«, sagte sie, ohne zu zögern. »Weil ich dich gernhab. Du bist anders als die anderen.«

Ich gab ein abfälliges Geräusch von mir. »Ja«, machte ich, »das bin ich. Ich bin mit nur neun Zehen zur Welt gekommen. Ich bin komisch … Aber nicht zum Lachen«, fügte ich mit einem Seufzen hinzu und versuchte zu grinsen, damit sie nicht bemerkte, wie weh es tat, das zu sagen.

»Mag sein.« Leonie hob gleichgültig die Schultern. »Aber was ist daran falsch? Ich wäre gerne ein bisschen merkwürdiger. Niemand schreibt Bücher über die gewöhnlichen Menschen. Und kein gewöhnlicher Mensch schreibt Bücher.«

»Du hast keine Ahnung, wovon du redest.«

»Vielleicht … aber vielleicht du auch nicht«, sagte sie.

Ich musterte sie nachdenklich. Gut möglich, dass sie recht hatte. Gut möglich, dass wir uns gerade deshalb anfreunden mussten. Gut möglich, dass wir gerade deshalb längst Freundinnen waren.

»Abgesehen davon«, Leonie sah mich an, »eine Cousine von mir hatte bei der Geburt elf Zehen, aber mein Vater hat den einen abgeschnitten.« Sie hob die Schultern. »Ich denke, Zehen werden überbewertet«, erklärte sie mit einem Grinsen. Und für einen Moment lag nichts zwischen uns außer einem Lächeln. »Wollen wir weiter?«, fragte Leonie schließlich.

Ich senkte den Blick. »Ich kann nicht«, flüsterte ich und erkannte aus dem Augenwinkel, dass sie nickte.

»Darf ich dich dann was fragen?«

»Natürlich«, erwiderte ich gedehnt.

»Wenn der Kalte Krieg vorbei ist, dann schmelzen die Goldreserven und dann sind deine Knöpfe viel wert, richtig?«

Ich zögerte und sah sie an, dann hob ich die Schultern. »Keine Ahnung«, erwiderte ich langsam. »Ich weiß nicht, ob das stimmt. Vielleicht ist das nur … Vielleicht kommt es ganz anders.«

Leonie musterte mich. »Kann sein«, sagte sie. »Aber falls doch …«

»Was dann?«

»Was machst du dann mit dem ganzen Reichtum? Ich meine, wofür willst du ihn ausgeben?« Als ich nicht gleich antwortete, fragte sie noch einmal: »Was würdest du kaufen, Freddi?«

Ich rieb mir unsicher über die Stirn, dann erklärte ich: »Den Mond. Ich würde den Mond kaufen.«

»Den *Mond?* Warum?«

»Weil … weil er dringend unsere Hilfe braucht«, sagte ich und verzog den Mund. »Ich meine, die Amerikaner und die Russen streiten sich um ihn wie um das letzte Stück Kuchen. Und der Mann im Mond ist ganz allein. Irgendwer muss ihm doch helfen. Irgendwer muss ihn beschützen.« Ich hob die Schultern. »Das ist nur gerecht, schließlich macht er jede Nacht das Licht an. Oder kannst du dich daran erinnern, dass er das jemals vergessen hätte?«

»Nein.« Leonie schüttelte den Kopf.

»Na, siehst du. Ich denke, da ist es nicht zu viel verlangt, dass wir mal etwas für ihn tun.«

»Da hast du wahrscheinlich recht.«

»Aber der Mond ist nicht das Einzige, was ich von dem vielen Geld kaufen würde.«

»Und was noch?«

»Ich würde echte Blumen für meine Oma Flora kaufen, Krabbeltiere für meinen Bruder und ein Pony für dich und mich.«

»Für dich und *mich?«*, wiederholte Leonie mit einem überraschten Lächeln.

»Für dich und mich«, bestätigte ich und nickte. »Allerdings unter einer Bedingung.«

»Und die wäre?«

»Ich kümmere mich um den vorderen und du dich um den hinteren Teil. Ist das in Ordnung?« Ich sah sie abwartend an.

»Aber klar. Klar ist das in Ordnung! Ich finde den Schwanz ohnehin viel schöner. Den kann man flechten und zu Locken drehen und ...«

»Dann hätten wir das ja geklärt«, fiel ich ihr kichernd ins Wort.

»Und ob.« Leonie grinste zurück.

Und beinahe gleichzeitig brachen wir in Gelächter aus.

Das Haus der Andörfers lag auf der anderen Seite der Stadt. Es war klein, kaum größer als die Garage, die direkt daneben stand, und sein Dach duckte sich unter die tiefhängenden Äste einer großen Eiche, die ihre kräftigen Wurzeln in die Höhe hob, als wollte sie mit den Zehen wackeln. Die Fenster waren so groß wie ein Blatt Papier und dahinter hingen halbe Gardinen, die ihnen einen verschlafenen Blick gaben. Es war von einem alten Holzzaun eingefasst, dessen Reihen an einigen Stellen schräg wie Zähne waren. Ein kleines Mäuerchen an der Rückseite wurde von Efeu überwuchert, das mich an eine Welle erinnerte, die versuchte, die Felsen einer Küste zu überspringen. Es glänzte dunkelgrün im ausbleichenden Licht des Tages. In dem kleinen Garten, der sich wie ein Graben um das Haus schloss, erkannte ich Kräuter und vereinzelt Blumen. Die Scheiben waren von innen erleuchtet und drückten ihren Schein in den nun rasch dunkler werdenden Abend. Es war nichts zu hören, bis auf die letzten Rauchschwalben, die sich noch nicht in ihre Nester zurückgezogen hatten, und die ersten Käuze, die bereits ihren klagenden Ruf anstimmten.

»Was sollen wir jetzt tun?«, fragte Leonie. »Sollen wir bei Frau Andörfer klingeln?«

»Nein.« Ich schüttelte den Kopf. »Ich denke …« Ich wies auf die Garage. »Ich denke, wir gehen einfach rein, oder?«, fügte ich etwas unsicher hinzu.

»Ja«, erwiderte Leonie, doch auch sie klang nicht überzeugt.

Wir zögerten, dann fassten wir uns an den Händen. »Ich glaube, er ist nett. Herr Andörfer, meine ich«, flüsterte ich.

»Ja, ich glaube auch.« Ihre Finger schlossen sich noch fester um meine. »Aber er macht mir immer ein bisschen Angst.«

»Mir auch«, antwortete ich und wir tauschten Blicke.

»Er spricht nie.«

»Und man kann sein Gesicht fast gar nicht sehen.«

»Weil er diesen riesigen Bart hat.«

»Und er ist so groß.«

»Ja. Er ist riesengroß, oder?« Sie kicherte leise. »Ich finde, er sieht ein bisschen wie ein Troll aus.«

Ich grinste. Mittlerweile hatten wir die Garage erreicht und standen vor der Tür, die von einem schmalen Streifen Licht umrahmt war, das sich durch die Ritzen schob. »Trolle können nett sein«, murmelte ich, während ich angestrengt auf das Holz vor mir starrte und mich nicht überwinden konnte zu klopfen.

»Ja, manchmal«, bestätigte Leonie, trotzdem rührte sie sich ebenfalls nicht.

»Was sollen wir sagen?«, fragte ich.

»Keine Ahnung.«

»Was, wenn Arthur gar nicht hier ist?«

»Das weiß ich auch nicht.«

»Wo sollen wir noch suchen? Wo könnte er dann sein?«

Leonie zuckte die Schultern. »Aber vielleicht ist er ja hier«, sagte sie leise.

»Ja, vielleicht.«

»Vielleicht sollten wir klopfen.«

»Ja, vielleicht«, wiederholte ich.

Und endlich tat ich es auch.

Es folgte Stille, und es kam mir elendig lang vor, bis ich ein Geräusch im Inneren hörte, das Schlurfen von Schuhen, ein dumpfes

Husten, dann ein Quietschen, und die Tür öffnete sich. Groß und breit stand Herr Andörfer im Rahmen. Sein Schatten fiel auf uns und schien mir noch größer als er selbst. Ich versuchte herauszufinden, ob er verwundert war, uns zu sehen, vielleicht sogar verärgert, aber sein voller Bart ließ nichts erkennen.

Einige Augenblicke vergingen, in denen wir uns abwartend anstarrten. Was sollte ich sagen? Sollte ich mich vorstellen? Wusste er, wer ich war? Ich nestelte nervös mit der freien Hand am Saum meines T-Shirts herum.

»Sag was«, hörte ich Leonie flüstern.

»Nein du«, gab ich zurück. Schließlich schluckte ich und sagte viel zu hastig: »Hallo, Herr Andörfer. Guten Abend. Das wollte ich sagen. Guten Abend. Es ist schon spät.« Die Worte purzelten so schnell aus meinem Mund wie Murmeln, die sich gegenseitig anstießen. »Fast dunkel.« Ich verrenkte mir den Hals und blickte zum Himmel, dann wieder auf Herrn Andörfer. »Frederike Biller. Das ist mein Name. Ich meine, so heiße ich. Frederike Biller. Freddi. So heiße ich. Das ist mein … mein Name.« Ich hörte selbst, wie meine Worte leiser und leiser wurden, doch ich konnte nichts dagegen tun. »Und das ist meine Freundin.« Ich wies ungenau neben mich. »Meine Freundin Leonie … Leonie Grabes.«

»Guten Abend, Herr Andörfer«, sagte nun Leonie. Ihre Stimme klang ruhig und kein bisschen hektisch. »Bitte entschuldigen Sie unseren späten Besuch. Wir möchten Sie bestimmt nicht stören. Wir sind auf der Suche nach Arthur Biller.«

»Meinem Bruder«, warf ich ein. »Ist er vielleicht bei Ihnen? Wir dachten, er wäre vielleicht hier, weil … Es hat mit meinem Vater zu tun, wissen Sie? Nein, natürlich wissen Sie das nicht. Woher auch?« Ich schüttelte den Kopf. »Aber es hat mit ihm zu tun. Und mit einer Geschichte, die ich Arthur über ihn erzählt habe. Es war keine Lüge, obwohl es auch nicht die Wahrheit war. Es hätte wahr sein können, aber … das war es nicht«, gab ich zu, trat nervös von einem Fuß auf den anderen. Herr Andörfer zeigte weiter keine Reaktion. Sein Gesicht blieb ausdruckslos und im Bart versteckt. »Wahrscheinlich hätte ich das nicht tun sollen. Diese Geschichte erzählen, weil sie ja doch nicht ganz wahr gewesen ist. Gar nicht, um genau zu sein. Aber das tue ich manchmal, wissen Sie? Ich erzähle Geschichten, weil die Wahrheit keine schöne Geschichte ist. Sie ist ziemlich traurig. Nicht immer, aber hin und wieder. Manchmal sogar ziemlich oft. Und niemand erzählt gerne traurige Dinge und niemand hört sie gern, deshalb … deshalb erzähle ich was anderes. Etwas, das ich gern erzählen und das andere gern hören wollen. Ich finde nichts Schlimmes dabei, weil die Welt schon traurig genug ist.« Ich holte tief Luft. »Meine Tante Noelle sagt, ich würde lügen und dass sich das nicht gehört, und vielleicht hat sie ja recht, aber ich wollte meinem Bruder eine Freude machen. Deshalb habe ich ihm diese Geschichte erzählt. Damit er die Wahrheit nicht hören und damit ich sie nicht sagen muss. Aber vielleicht hätte ich das nicht tun sollen. Manchmal muss man vielleicht auch traurige Dinge sagen und manchmal muss man vielleicht auch traurige Dinge hören. Es ist nur: Ich rede zu viel. Das passiert mir hin und wieder, wissen Sie?« Ich hob die Schultern. »Nein, natürlich wissen Sie das nicht. Woher auch?« Ich seufzte erschöpft.

Und für einen Moment wurde das Schweigen zwischen uns wieder groß, als Herr Andörfer plötzlich fragte: »Möchtet ihr reinkommen?« Er klang nicht mürrisch, doch seine Stimme war tief und dunkel. Sie erinnerte mich an den Ton eines Instruments, dessen Namen ich nicht kannte.

Leonie und ich sahen uns an und nickten. Ich spürte ihre Hand um meine, als Herr Andörfer einen Schritt zur Seite machte und wir zögerlich die Garage betraten.

Hier war es warm und angenehm hell. Es duftete nach Holz, nach Schmieröl und Leder. Es gab nicht viel Platz. Wir mussten uns an einem ockerfarbenen Auto vorbeischieben, das den Großteil des Raumes einnahm.

»Das ist ein Opel Olympia«, murmelte Herr Andörfer, als wir ihm am Wagen vorbei in den hinteren Teil der Garage folgten. Hier standen die Wände voller Regale und davor ein wuchtiger Tisch. Und an diesem saß Arthur.

»Arthur!«, rief ich laut. »Arthur, Arthur, Arthur!« Ich sprang auf ihn zu, schlang die Arme um ihn, drückte ihn an mich und mich an ihn. Lachte und weinte gleichzeitig. »Arthur«, wiederholte ich. »Wir haben überall nach dir gesucht! Wir haben uns solche Sorgen gemacht! Es tut mir so leid. Ich hätte nicht … Ich habe dir nicht die Wahrheit gesagt! Es ist meine Schuld. Es ist alles meine Schuld!« Ich schluchzte, einmal, zweimal, dreimal, wischte mir die Tränen aus dem Gesicht, doch es kamen immer neue.

»Na, na, na«, machte Herr Andörfer. »So schlimm wird es schon nicht sein. Setzt euch erst mal.« Langsam löste ich mich von meinem Bruder und ließ mich auf einen Hocker in der Nähe sinken. Erst jetzt spürte ich, wie müde und erschöpft ich war. »Arthur und ich haben recht prächtige Buchstützen geschnitzt.« Er wies auf zwei Holzstücke, in denen man die Umrisse eines lesenden Mädchens und eines lesenden Jungen erkennen konnte.

»Sie reden ja!?«, platzte es aus mir heraus, noch ehe ich wusste, was ich sagte. Erschrocken schlug ich mir die Hand auf den Mund.

Herr Andörfer sah mich an, dann lachte er ein dröhnendes Lachen. »Hin und wieder passiert mir das.« Ich glaubte, ein Grinsen unter seinem Bart zu erkennen, aber sicher konnte ich mir nicht sein. »Wenn es sich nicht vermeiden lässt.«

»Wie meinen Sie das?«, fragte Leonie. »Wieso nur, wenn es sich nicht vermeiden lässt?«

»Ich …«, setzte Herr Andörfer an, doch die Worte schienen zu schwer, um sie auszusprechen. Er ließ sie sinken wie seinen Blick, und zwischen uns vergingen einige langsame Minuten des Schweigens. Ich wagte es nicht, ihn anzusehen, denn ich wurde das Gefühl nicht los, er würde mit Dingen ringen, die größer waren als ich, größer als er, größer als wir alle. Und es kam mir nicht richtig vor, ihn dabei zu beobachten. Als er schließlich zu sprechen begann, wirkte es, als wälzte er nicht nur Silben vor sich her. Er versuchte Erinnerungen zu bewegen, die sich jedoch kaum vom Fleck rührten. »Das Leben kann einem einen Schrecken einjagen«, sagte Herr Andörfer leise. »Davon erholt man sich nicht so leicht. Vielleicht sogar nie«, fügte er langsam hinzu. »Ich habe zwei Weltkriege erlebt. Ich habe Dinge gesehen und ich habe Dinge getan. Und ich wüsste nicht, woher ich Worte für all das nehmen sollte.« Mir kam es vor, als würde sein Gesicht für einige Augenblicke in seinem eigenen Bart verschwinden, und ich fragte mich, ob er ihn sich deshalb so dicht hatte wachsen lassen, um sich hinter ihm zu verstecken. »Vielleicht hast du recht, Frederike Biller.« Ich war überrascht, als er mich ansah. »Vielleicht muss man auch die traurigen Dinge aussprechen, aber ich habe nie einen Weg gefunden. Ich hab meine Stimme verloren. Der Schrecken hat mich stumm gemacht.« Er rieb sich erst über die Nase, dann über die Haare, schließlich legte er beide Hände um die Kante des Tisches, als wollte er sich festhalten.

»Aber Sie haben zwei Kriege überlebt.« Ich sprach sehr leise, weil ich Sorge hatte, seine zögerlichen Sätze zu vertreiben. »Manche kehren nicht einmal aus einem einzigen zurück. Das ist doch ein großes Glück«, fügte ich hinzu.

Herr Andörfer betrachtete mich lange schweigend. »So habe ich das nie gesehen«, sagte er.

»Vielleicht sollten Sie das.«

»Ja«, er hob die Schultern, »vielleicht.«

»Und was man verliert, kann man auch wiederfinden, oder nicht?«

»Natürlich.« Er nickte. »Vielleicht habe ich aber auch einfach schon zu lange geschwiegen. Zu lange und zu oft. Vielleicht wären die Dinge ja tatsächlich«, er schluckte und zögerte, »anders gekommen, wenn ich nicht …« Er atmete aus. Ich sah es daran, dass einige Stellen seines Barts zu flattern begannen. »Es ist so viel passiert, zu viel, als dass ich Worte dafür hätte finden können. Einfach zu viel …« Er schwieg einen Moment, der mir still und laut zugleich vorkam. Ich hätte ihn gern gefragt, was er meinte, was geschehen war, aber ich wagte es nicht. Ich verstand, dass die Antworten nur ihm allein gehörten. Stattdessen wartete ich mit Arthur und Leonie darauf, dass er weitersprechen würde. »Es gibt auch einfach nichts mehr, was ich der Welt noch sagen möchte«, erklärte er nach einer Weile. »Vielleicht ist es auch das. Ich wüsste nicht, was ich dieser Welt noch zu sagen hätte.« Er gab ein Seufzen von sich, das so dunkel und tief klang, als wäre es von sehr weit unten in ihm aufgestiegen.

»Aber Sie müssen doch auch nicht mit der Welt sprechen«, sagte ich. »Es reicht doch, wenn Sie mit den Leuten hier reden. Man sagt vielleicht, dass die Welt ein Dorf ist, aber dieses Dorf ist sie bestimmt nicht.«

Herr Andörfers Blick richtete sich auf mich. Sein Bart bewegte sich, und ich war mir sicher, ein verstecktes Lächeln darin zu erkennen.

Einige Minuten verstrichen, in denen die Stille neben uns Platz nahm. Herr Andörfer hatte die Arbeit an einer der Buchstützen wiederaufgenommen und bearbeitete das Holz mit einem kleinen Messer. Leonie und Arthur sahen ihm dabei zu, während ich durch das einzige Fenster nach draußen blickte. Der Abend hatte die Garage bereits fest umschlossen. Schwarz war die bestimmende Farbe hinter der Scheibe, und wieder einmal fragte ich mich, wohin das ganze Rot und Blau und Grün und Gelb in der Nacht verschwand. Legte es sich ebenfalls schlafen?

»Ich glaube, wir sollten langsam gehen«, sagte ich, nachdem weitere Augenblicke zwischen uns zerronnen waren, und sah Leonie an, dann Arthur. Beide nickten.

»Haben Sie vielen Dank für die Gastfreundlichkeit«, erklärte Leonie, während wir uns erhoben.

»Ja, vielen Dank«, sagte ich ebenfalls.

Herr Andörfer nickte. »Ich hab gehört, ihr baut euren Schuppen wieder auf.«

»Ja, das tun wir.«

»Vielleicht komme ich mal vorbei, um zu helfen.«

Ich lächelte. »Meine Oma Flora sagt: viele Hände, schnelles Ende.«

»Ich befürchte, ich habe aber nur zwei.« Er zwinkerte mir zu.

»Das wird schon gehen«, erwiderte ich und lachte.

Damit gingen wir zur Tür und wollten gerade in die sich zuziehende Nacht hinaustreten, als ich mich noch einmal umwandte: »Ich weiß nicht, was alles passiert ist. Und ich hab mal gehört, dass Schweigen Gold sein soll. Wenn das stimmt, sind Sie bestimmt längst steinreich, aber …« Ich machte eine kurze Pause. »Sie sollten öfter reden. Sie haben eine so schöne Stimme.«

»Danke«, sagte Herr Andörfer leise.

»Sie klingen wie ein Instrument. Ganz ehrlich.« Ich lächelte ihn an. »Nicht wie eine Mundharmoniker oder ein Akkordeon, sondern wie ein ganz besonders schönes und großes.«

»Ich muss dir etwas sagen.« Ich sprach in die Dunkelheit vor mir, obwohl ich Arthurs Schritte hinter mir hörte. Der Wald war mittlerweile ein Tintenfass, die Finsternis dicht und zäh. Wir konnten nicht weit blicken, weil sich die Nacht bereits hinter unseren Schuhspitzen schloss. »Unser Papa ...«, ich musste schlucken, »er ist vielleicht gar kein Held. Er ist vielleicht einfach nur ... unser Vater ... nicht mehr und nicht weniger.« Ich hob die Schultern, obwohl ich wusste, dass mein Bruder es nicht sehen konnte. »Ich weiß nicht, warum ich das erzählt habe«, murmelte ich, aber dann schüttelte ich plötzlich den Kopf. »Doch, ich weiß es ... Es war gelogen. Ich hab dich angelogen, weil die Wahrheit selten eine gute Geschichte ist, weißt du? Deshalb sollte man es mit ihr vielleicht nicht immer ganz genau nehmen. Denn manchmal ist sie einfach nur«, ich zögerte, »igitt!« Ich verzog das Gesicht. »Aber ... aber es tut mir wirklich leid. Ich wollte dich nicht ... Ich wollte nicht, dass du ...«

Arthurs Berührung ließ mich verstummen. Er hatte seine Hand auf meine gelegt und stand so dicht, dass ich seinen Atem auf meinem Arm spürte. »Du wusstest es?«, fragte ich. Ich konnte in der Schwärze zwischen uns eine Bewegung erkennen, die wie ein Nicken aussah. »Du wusstest es. Auch dass er gar nicht den Auftrag hat, den Mond zu retten?« Ich starrte in das Dunkel. »Das wusstest du auch«, stellte ich fest. Ich griff nach seinen Fingern. »Ich wollte einfach etwas Besseres für dich als die Wahrheit«, flüsterte ich. »Ich finde, du hast etwas Besseres verdient. Und ich finde, ich auch.«

Als Antwort schloss mein Bruder seine Arme um mich. Ich lächelte und strich ihm über die Haare. »Gern geschehen«, sagte ich leise.

9

»Lady Sunshine und Mr Moon«

Conny

Wie Herr Andörfer versprochen hatte, erschien er zwei Tage später in unserem Garten und machte sich mit uns an den Aufbau unseres Schuppens. Manchmal waren seine Frau und die Witwe Bindernagel dabei, manchmal kamen Herr und Frau Grabes. An einem Freitag stand plötzlich Lisbeth Morgen mit einer Schale Bonbons vor der Tür, in der folgenden Woche brachte Frau Günther einen Kuchen, und als die Hütte immer mehr Gestalt annahm, lud der Kohlen-Martin mehrere Säcke Kohle in unserem Hof ab. Jeden Tag wuchs unsere neue Sauna ein bisschen mehr. Erst standen die vier Wände, auf die Leonie, Marius, Arthur und ich in grüner Farbe Gras und große Blumen pinselten. Dann machten sich Tobi, India und Herr Andörfer an das Dach, das wir in der Farbe des Himmels strichen. Es folgten eine Tür, die wir rot bemalten, und anschließend die Fenster, die wir mit gelber Farbe umrandeten. Im Keller von Frau Habermann fanden wir einen alten Ofen, den sie uns zähneknirschend überließ, von der Witwe Bindernagel bekamen wir zwei Stühle, aus der Kneipe ein paar Hocker, die nicht mehr gebraucht wurden, und der einbeinige Herr Friedmann schenkte uns eine dreibeinige Bank. Beinahe täglich fanden wir Postkarten in unserem Briefkasten. Manche waren brandneu und hatten nicht einen Knick, andere waren beschrieben und sahen aus, als hätten sie eine weite Reise hinter sich. Sie alle klebten wir an die Wände unserer Sauna bis hinauf zur Decke, und so wurde sie zu einem Ort vieler Orte, zu einem Ort vieler Orte vieler Menschen. Und an einem Sonntag im Juni veranstalteten wir schließlich ein großes Fest. Denn die Sauna war so gut wie fertig. Und es war fast Sommer.

Wir stellten Tische in die Sonne, deren Licht den Himmel wie hellblaues Transparentpapier leuchten ließ und deren Wärme sich wie ein Zelt über uns spannte. Anschließend trugen wir Schüsseln mit Eintopf, mit Nudel- und Kartoffelsalat, Würstchen und Frikadellen nach draußen. Es gab Saft und kalten Tee, Limonade und Bier mit funkelndem Schaum, der sich als kleine Wattekissen in Herrn Andörfers Bart verfing. India legte Schallplatten auf, und ich tanzte erst mit ihr, dann mit meiner Mutter, mit Leonie, Arthur und Noelle und am Ende mit Marius. Wir drehten uns so lange und so wild im Kreis, bis uns schwindlig war und wir nicht mehr stehen konnten. Die Sache mit dem Küssen hatte ich nicht verstanden, aber als wir uns schließlich ins warme Gras fallen ließen und uns einen Moment ansahen, während die Welt weiter um uns kreiselte, kam mir sein Gesicht plötzlich scharf und unscharf zugleich vor. Vielleicht hatte India dieses Gefühl gemeint. Vielleicht war küssen wie tanzen ohne Füße. Vielleicht hatten wir uns aber auch nur zu lange um uns selbst gedreht. Ich kniff die Augen zusammen und runzelte die Stirn, dann boxte ich Marius in den Arm, ehe ich aufstand und zu meiner Mutter lief.

Sie hatte sich auf den Boden gesetzt, eine Wand des Schuppens im Rücken. Arthur saß neben ihr, und ich ließ mich auf ihre andere Seite sinken. Sie strich mir eine Strähne hinters Ohr, betrachtete mich einige Momente, küsste mich schließlich auf die Stirn, und als sie den Arm um mich legte, lehnte ich meinen Kopf an ihre Schulter.

Während der Abend langsam zu uns heruntersank und alles mit seinen Schatten zudeckte, ließ ich den Blick schweifen. Frau Habermann hatte sich einen Stuhl neben die Gartentür gerückt und fütterte ihren Hund mit den letzten übrig gebliebenen Würstchen. Wir hatten Herrn Habermann zur Feier des Tages ein Papphütchen aufgesetzt, das verrutscht war und ihm jetzt wie die Ketten seines Frauchens um den Hals hing. Er nahm es gelassen, stützte seine Schnauze auf Frau Habermanns Knie, und jedes Mal, wenn ein neues Stück Fleisch in seinem Maul verschwunden war, schloss er die Augen, kaute bedächtig und schmatzte so müde vor sich hin, dass ich mir nicht sicher war, ob er nicht längst wieder eingeschlafen war. Leonie saß bei Frau Günther und der Witwe Bindernagel, während ihre

Eltern im vergehenden Tag und den letzten Klängen der Musik tanzten. Zum ersten Mal trug Frau Grabes keinen auffälligen Hut. Sie schien in diesem Augenblick keinen zu brauchen. Herr und Frau Andörfer standen etwas abseits, trotzdem konnte ich hören, wie sie auf ihn einredete. Er nickte hin und wieder, sprach aber nicht. Doch ich hatte den Eindruck, dass sie beide erleichtert waren, dass sie einmal mehr die Stille zwischen ihnen füllte. Tobi und Marius schienen sich über den Schuppen zu unterhalten. India und Noelle hatten sich auf einer Holzbank niedergelassen, die unter dem Küchenfenster stand, India die nackten Beine und Füße von sich gestreckt, meine Tante aufrecht und gerade sitzend, die Knie geschlossen. Sie hielt Lennon in den Armen, der einmal mehr zum Himmel hinaufsah. Ich wusste nicht, worüber sie sprachen, doch zwischen ihnen lagen eine sonderbare Ruhe und das Licht der letzten Stunden, und plötzlich kamen sie mir nicht mehr so vollkommen verschieden vor. Ich wusste nicht, woran es lag, aber ich hatte das Gefühl, dass wir manche Unterschiede am Ende des Tages nicht mehr so klar sehen können. Vielleicht weil sie dann einfach nicht mehr wichtig sind.

Oma Flora stand über uns am Fenster und beobachtete, wie der Himmel sein Schwarz in den Garten goss, bis es den Hof vollständig ausfüllte. Sie sah mich, und ich winkte ihr zu, und obwohl es jetzt fast dunkel war, konnte ich ihr Lächeln sehen.

Die Nacht war bereits sehr finster, als alle aufbrachen. Während Frau Grabes und Leonie zum Auto vorgingen, blieb Doktor Grabes noch einen Moment neben mir stehen und sah mich an.

»Ich möchte dir danken, Fred«, sagte er und hatte mich nie zuvor deutlicher an einen polierten Pfennig erinnert.

»Mir?«, fragte ich überrascht zurück und musterte ihn irritiert.

»Ja.« Er nickte. »Ich möchte dir danken, dass du Leonie eine so gute Freundin bist. Sie hat dich wirklich gern, weiß du?« Ich senkte den Blick. »Und sie tut sich schwer, Freundschaften zu schließen.«

»Tut sie?« Ich wollte Leonie nachsehen, doch die Dunkelheit hatte sie bereits verschluckt.

»Es ist nicht leicht, die einzige Tochter des einzigen Arztes zu sein«, erwiderte er. »Schon gar nicht in einer so kleinen Stadt wie unserer, wo jeder jeden kennt. Ich mache mir manchmal Sorgen, dass Leonie ein bisschen zu vernünftig und zu erwachsen ist. Sie will immer einen guten Eindruck machen. Das hat sie von meiner Frau. Aber seit sie mir dir zusammen ist, blüht sie auf. Und das macht mich sehr glücklich. Du bist ein tolles Mädchen, Fred.« Er legte mir in einer liebevollen Geste die Hand auf den Kopf, wie ich es schon bei ihm und Leonie gesehen hatte. »Dein Vater ist sicher sehr stolz auf dich.«

Ich schluckte, wusste nicht, was ich sagen sollte, und nickte deshalb schließlich zögernd, obwohl ich nicht so überzeugt war wie er. Doktor Grabes wollte sich gerade umwenden und ebenfalls in der Nacht verschwinden, als ich ihn zurückhielt: »Doktor Grabes?«

»Ja.«

»Wegen dem Gips … Ich meine …« Ungenau wies ich meinen Arm hinab.

Doktor Grabes schüttelte den Kopf. »Lass dir Zeit, Fred. Du entscheidest, wann alles wieder heil ist. Sag einfach, wenn du ihn nicht mehr brauchst, in Ordnung?« Er lächelte mich an.

»In Ordnung«, flüsterte ich zurück.

»So, jetzt muss das nur noch trocknen«, erklärte India und betrachtete zufrieden die Kugel aus Zeitungspapier, die in der Mitte des Tisches auf den Rändern einer Salatschüssel thronte.

Sie hatte schon früh an diesem Morgen in meinem Zimmer gestanden und Arthur und mich geweckt, ehe die Sonnenstrahlen aus ihrem Schlaf erwacht waren und sich durch die Fenster nach uns strecken konnten. Noch müde und mit halb geschlossenen Augen waren wir India in die Küche gefolgt, während sie munter und gut gelaunt auf uns eingeplappert hatte. Mit Blattschnipseln und Kleister bewaffnet, hatten wir uns an die Arbeit gemacht und einen großen Luftballon Schicht für Schicht beklebt, bis er nun als dicker Pappmascheeball vor uns lag.

Erst jetzt stellte ich fest, dass es um uns hell geworden war, der Tag begonnen hatte. Ich blickte auf die Uhr, es war kurz nach halb sieben. In einer Stunde würde ich mich auf den Weg in die Schule machen.

»Jetzt muss das Ganze nur noch trocknen, dann könnt ihr es bemalen. Und dafür« India bückte sich nach unten, »habe ich was für euch«, fügte sie hinzu, den Kopf halb unter dem Tisch verborgen. Als sie wieder auftauchte, stellte sie eine kleine Dose gelber Farbe vor uns. »Ein kleines Geschenk für eure Sonne. Damit sie schöner und heller wird als alle anderen. Im Leben«, sie sah uns eindringlich an, »scheint sie nicht immer. Es gibt auch viele Regentage, und manchmal kommt es uns vielleicht so vor, als bestünde es nur noch aus schlechtem Wetter. Es ist deshalb umso wichtiger, dass man lernt, wie man sich seine eigene Sonne bastelt, wisst ihr?« Nachdenklich betrachtete ich erst India, die seltsam ruhelos wirkte, dann die feuchte Pappkugel. »Die Sache mit Kleister und Papier habt ihr schon sehr gut raus. Und jetzt habt ihr auch noch die richtige Farbe.« India tippte auf den Deckel der Dose. »Damit sollte eigentlich nichts mehr schiefgehen. Außerdem ist die Sauna fast fertig«, sie wies mit den Augen zur Gartentür hinaus, »und da braucht ihr doch endlich auch eine Sonne, die ihr über euren Köpfen aufhängen könnt. Wie du dir das gewünscht hast, Freddi.«

Ich folgte ihrem Blick. Hinter der Scheibe, zwischen den Blümchengardinen, zeichneten sich die Umrisse des Schuppens ab. Wir würden unser Schwitzhaus an diesem Wochenende zum ersten Mal benutzen, und obwohl es draußen Sommer und die Luft warm war, gab es für die nächste Woche bereits eine lange Liste.

»India?«, fragte ich leise und fühlte mich schlagartig traurig. Sie sah mich an, das Braun ihrer Augen wechselte an den Rändern in einen zarten Grauton. »India, kannst du nicht doch für immer bleiben?«

»Ach, Freddi, Schätzchen …« Sie zog mich in ihre Umarmung und bedeckte meine Wangen und die Stirn mit vielen leichten Küssen. »Du bist süß, weißt du das? Versprichst du mir, dass du niemals ganz erwachsen wirst? Von denen haben wir nun wirklich schon genug.« Sie zwinkerte mir zu.

»Geht das denn?«

»Einen Versuch ist es zumindest wert, denkst du nicht?« Sie strich mir liebevoll die Haare aus dem Gesicht und sortierte die einzelnen Strähnen hinter meine Ohren.

»Kann ich nicht wie du sein, India?«, fragte ich plötzlich und so laut, dass ich selbst überrascht war. In derselben Sekunde wurde mir jedoch bewusst, wie lange ich diesen Wunsch bereits in mir gespürt hatte, ohne ihn benennen zu können. Seit dem Moment, da India unser Haus betreten hatte, vielleicht sogar schon länger.

India betrachtete mich eine Weile nachdenklich. »Du möchtest nicht wie ich sein«, erwiderte sie dann so leise, dass ich sie kaum verstehen konnte.

»Doch«, widersprach ich entschieden. »Doch das will ich!«

Sie lächelte, aber es war nicht Freude, die dabei in ihren Mundwinkeln glitzerte. Es war Traurigkeit. »Ich bin nicht … Ich …« Sie brach ab. »Deine Tante ist eine außergewöhnliche Frau, Freddi. Sie ist klug und belesen, sie hat ein gutes Herz und sie will für euch immer nur das Beste. Ich weiß nicht, wie sie das macht, aber sie scheint immer zu wissen, was das Richtige ist, auch wenn ich mir wünschen würde, dass sie es für sich selbst ebenfalls erkennen könnte.« India legte den Kopf schräg. »Sie ist der aufrechteste Mensch, den ich je kennengelernt habe. Und das nicht nur, weil ihr Rücken so unglaublich gerade ist«, fügte sie mit einem Zwinkern hinzu, wurde gleich darauf aber wieder ernst. »Und deine Mutter … *eure* Mutter«, verbesserte sie mit einem Blick auf Arthur. »Es gibt niemanden auf der Welt, der mitfühlender und liebevoller ist als sie. Sie hat ein ganz besonderes Verständnis für andere Menschen, für deren Schmerz und für deren Bedürfnisse. Sie muss aufpassen, dass sie die Traurigkeit anderer nicht zu ihrer eigenen macht, aber ich glaube, ich habe selten warmherzigere Worte gehört als die eurer Mutter. Und wenn ihr zwei euch auf eins verlassen könnt, dann darauf, dass eure Mutter euch verteidigen wird wie eine Löwenmama ihre Jungen. An ihr kommt keiner vorbei.« Sie grinste uns an. »Und selbst wenn doch, habt ihr immer noch eure Oma. Was hätte ich als Kind für einen Menschen in meinem Leben gegeben, der so verständnisvoll und fürsorglich ist wie eure Oma Flora? Sie wird ihre schützende Hand immer über euch halten. Und selbst auf Frau Habermann, so ruppig sie auch sein mag, könnt ihr euch verlassen. Sie wird Herrn Habermann auf jeden hetzen, der euch ein Haar krümmen will.«

Nun kicherte sie hell, und Arthur und ich konnten uns das Lachen ebenfalls nicht verkneifen.

»Ihr seid von so vielen wunderbaren Menschen umgeben. Ihr wisst nicht, was für ein Glück ihr habt. Sie alle sind auf ihre Weise einzigartig und von ihnen könnt ihr so unglaublich viel lernen, aber …« India wurde ernst und musterte uns aufmerksam. »Trotzdem solltet ihr immer versuchen, ihr selbst zu sein. Alle anderen gibt es nämlich schon.« Sie lächelte.

»Aber …«, wollte ich einwenden, doch sie schüttelte den Kopf.

»Du bist die beste Freundin, die ich je hatte, Freddi«, sagte sie, und ich schluckte. »Ich halte dich für etwas ganz Besonderes. Ich halte euch *beide* für etwas ganz Besonderes«, erklärte sie lachend und zog nun auch Arthur zu sich heran. »Ihr seid einfach wunderbar. Wisst ihr das eigentlich? Lasst euch niemals etwas anderes einreden! Normalerweise …« Sie senkte die Stimme. »Normalerweise darf man das Kindern eigentlich gar nicht sagen, weil sie noch viel zu lernen haben, reifen und nicht arrogant und überheblich werden sollen … und natürlich ist kein Kind besser als das andere … also offiziell … aber …«, India machte ein verschwörerisches Gesicht, »ihr seid schon ziemlich perfekt. Wirklich! Ich sag das nicht nur, weil ich euch so unverschämt gernhab, sondern weil es die Wahrheit ist. An euch ist eigentlich nichts mehr zu verbessern.« Sie drückte uns noch enger an sich. »Also solltet ihr einfach bleiben, wie ihr seid.« Sie sah erst meinen Bruder eindringlich an, dann mich. »Denn so seid ihr genau richtig! Und ich kann nur hoffen, dass Lennon viel von euch lernt.«

Es war kurz vor halb acht, und mir zitterten die Hände. Ich wusste, Tante Noelle würde jeden Moment mahnend nach mir rufen, damit ich mich nicht zu spät auf den Weg zur Schule machte, aber das hier war wichtiger, das hier musste ich erledigen. Vorsichtig, zaghaft klopfte ich an Oma Floras Tür, wartete und betrat dann das Zimmer.

»Oma Flora?«, fragte ich mit rauer Stimme.

Sie saß in ihrem Sessel, dem Fenster gegenüber, blickte jedoch auf, als ich neben sie trat. »Freddi, Schätzchen, guten Morgen.« Sie lächelte mich an und tätschelte meinen Unterarm.

»Oma Flora? Ich habe etwas für dich.« Ich strich mit dem Finger die Kanten des Umschlags entlang, als versuchte ich, seine Größe zu ermessen. Dabei ahnte ich, dass dafür nicht einmal Hände reichten, die größer waren als meine.

»Was ist es?«

»Ein Brief«, antwortete ich.

»Ein *Brief?*« Ich konnte sehen, dass sie schluckte.

»Ja … von Tristan.« Ich hielt ihr das Kuvert hin, damit sie den Namen selbst lesen konnte. »Ein Brief von deinem Sohn.« Ich ließ diesen Satz lose zwischen uns hängen.

»Oh«, machte meine Oma überrascht. Ihre Lippen zitterten dabei, noch mehr jedoch ihre Bewegungen, als sie sich das Schreiben schließlich geben ließ. Sie hielt es vor sich wie einen kleinen, verwundbaren Vogel, behutsam und auch ein wenig ängstlich, abwartend, ob er von alleine würde fliegen können.

Ihre Augen folgten den blauen Linien, mit denen die Adresse gemalt war, keine Klekse, keine Flecken, alles war ordentlich und fehlerfrei. Oma Flora war sichtlich überrascht, aber weniger erleichtert und weniger glücklich, als ich gedacht hatte.

»Soll ich ihn dir vorlesen?«, fragte ich deshalb.

Sie blickte zu mir auf, als hätte sie meine Worte nicht verstanden, ihr Mund öffnete sich und schloss sich unverrichteter Dinge. Dann nickte sie langsam. Ich rutschte auf die Armlehne ihres Sessels, die Wärme ihres Körpers eng an meinem. Ich griff nach dem Brief, öffnete ihn gewissenhaft, zog das Blatt heraus und strich es sorgfältig glatt.

Ich warf meiner Oma einen letzten Blick zu, dann begann ich zu lesen: »Liebste Mutter, liebe Flora, wie geht es dir? Mir geht es gut. Was machen deine Blumen? Blühen sie, selbst wenn es regnet, stürmt oder schneit? Ist dein Zimmer immer noch der schönste Ort der Welt? Ich weiß, wir haben uns eine Weile nicht mehr gesehen. Und du wartest bestimmt schon lange auf eine Nachricht von mir. Aber ich denke oft an dich.« Ich hielt einen Moment inne, betrachtete meine Oma, doch die hatte sich von mir ab- und dem Fenster zugewandt. Ich konnte nicht erforschen, was sie dachte. Schließlich fuhr ich fort: »Ich lebe seit einer Weile an einem Ort, der Abwandragatur heißt. Hier mussten wir sehr lange auf den Sommer warten, doch endlich ist Schluss mit der Kälte, und alles fängt an zu blühen. Gestern bin ich an einem Haus vorbeigekommen. Da wuchsen überall *La Reine Victoria*-Rosen. Das sind doch deine Lieblingsblumen, richtig? Jetzt gerade sitze ich in meinem Garten. Es ist fast ganz still. Ich höre nur die Vögel singen. Die Sonne kitzelt mich in der Nase. Bestimmt muss ich gleich niesen. Über den Rasen läuft ein Eichhörnchen und sieht mich an. Ich glaube, es will mir sagen, dass ich es um Erlaubnis hätte fragen müssen, bevor ich mich hier hinsetze. Vielleicht wünscht es mir aber auch einen schönen Tag. Ich weiß es nicht. Wir sagen nicht immer, was wir meinen. Und wir tun es auch nicht. Da ist es schwer zu entscheiden, was stimmt und was nicht.

Ich habe deshalb beschlossen, dass ich dir aufschreibe, was ich dir sagen will, damit du es weißt, damit du es immer wieder lesen kannst und damit du es nie vergisst: Ich bin froh, dich zu haben. Ich bin froh, dass du immer für mich da bist. Und ich bin froh, dass du mich liebhast.« Wieder machte ich eine kurze Pause, wieder tat Oma Flora, als würde sie es nicht bemerken. »Denn ich hab dich auch von Herzen lieb. Das sollst du unbedingt wissen! In Liebe …« Ich zögerte, dann setzte ich leise hinzu: »Dein Tristan.«

Das Lesen hatte meine Stimme rau gemacht, sie fühlte sich sandig an und kratzte in meinem Hals. Doch das war nicht der einzige Grund, warum die Worte am Ende dünn und brüchig geworden waren. Ich wagte es zunächst nicht, meine Oma anzusehen, doch als ich schließlich aufblickte, hatte sie ihr Gesicht in den Händen verborgen, weinte und schluchzte, während die Tränen zwischen ihre Finger liefen.

»Oma Flora?«, fragte ich bestürzt. »Oma Flora?«

»Ist schon gut, Freddi«, flüsterte sie. Ich musste genau hinhören, um sie zu verstehen. »Du musst jetzt in die Schule gehen.« Der Schmerz umschloss ihre Worte. Ich berührte sanft ihren Rücken, der sich vor Kummer wölbte. »Geh jetzt, Freddi. Du musst in die Schule«, wiederholte sie.

Schließlich glitt ich von meinem Platz, legte den Brief auf die Lehne und ging hinaus. Als ich die Tür hinter mir schloss, hörte ich ihr lautes Weinen.

Es wurde bereits unruhig. Die ersten Kinder begannen zu tuscheln, das allgemeine Kratzen der Stifte ließ nach. Jeden Augenblick würde die Schulglocke das Ende des Unterrichts ankündigen und uns ins Wochenende entlassen. Hastig notierte ich die letzten Sätze meiner Geschichte in das Heft vor mir, setzte einen Punkt, ließ den Füller fallen und atmete auf.

In der letzten Stunde hatte ich so schnell und so konzentriert geschrieben, dass ich kaum Luft geholt hatte. Die Worte waren aus mir herausgeflossen und hatten sich auf den leeren Seiten gesammelt. Ich hatte sie erlebt, als sie in meinem Kopf entstanden waren, vor meinen Augen, die eigentlich etwas anderes sehen sollten, und dann noch einmal, als sie sich auf den Blättern niedergelassen hatten, bunt und beweglich und wirklicher als die Wirklichkeit des Klassenzimmers, in dem die Luft nach Ungeduld auf das Schulende schmeckte. Meine Hand tat mir weh, sie hatte den Gedanken so hastig folgen müssen, dass sich nun ein schmerzhafter Krampf von den Fingerspitzen den Arm hinaufarbeitete bis in meine Schulter. Mein Herz klopfte, und Schweiß stand mir auf der Stirn. Ich hatte so viel gesehen, so viel gehört, so viel erfahren. Ich fühlte mich vollkommen erschöpft, doch ein mattes Lächeln ließ meine Mundwinkel schweben.

Es war geschafft! Ich hatte meine erste Geschichte aufgeschrieben. Stolz blickte ich auf die Buchstaben, Worte und Sätze, tauchte an einigen Stellen immer wieder in die Handlung ein, als bestünde die Oberfläche aus glitzernden Wellen. Ich blätterte zum Anfang und sah dann auf mein Märchenbuch, das ebenfalls aufgeschlagen auf meinem Tisch lag.

Auf der rechten Seite stand: *Das große Märchenbuch. Eine Sammlung schöner Märchen von Grimm, Bechstein, Hauff, Andersen und aus*

»Tausendundeine Nacht«. Unten war das Zeichen des Verlags aufgedruckt, gerahmt von einem lesenden Mädchen und einem lesenden Jungen. *A. Weichert Verlag Hannover · Berlin,* las ich stumm.

Aber nicht von diesen Seiten aus war mein Abenteuer gestartet. Den Anfang hatte das Bild links gemacht. Dieses zeigte eine kleine Ente mit flauschigem Gefieder, die auf einem Stein stand, einen Fuß erhoben, als würde sie tanzen. Hinter ihr erstreckte sich etwas, das wie ein gefrorener See aussah. Sie weinte, und dicke Tränen tropften herab. Ich musste den Titel nicht lesen, um zu wissen, dass diese Zeichnung zu Hans Christian Andersens *Das hässliche junge Entlein* gehörte, denn es zählte zu meinen Lieblingsmärchen und ich kannte die Geschichte mittlerweile fast auswendig. Dabei ging es um ein kleines graues Küken, das unansehnlicher, tollpatschiger und unbeholfener war als die anderen Entenkinder und deshalb von den Tieren verspottet und ausgelacht wurde. Seine Tränen kamen mir bekannt vor. Und auch seine Sehnsucht danach, wie alle anderen zu sein, verstand ich nur zu gut. Als es nach einem langen, harten Winter sein eigenes Spiegelbild erblickte, erkannte es sich jedoch kaum wieder, weil aus ihm ein wunderschöner Schwan geworden war.

Vorsichtig strich ich mit dem Finger über die Farben, die mir etwas blass und unscheinbar vorkamen, dann wandte ich den Blick auf die Seiten, die ich gefüllt hatte. Ein einfaches Blau auf einfachem Weiß und trotzdem kam es mir so viel bunter vor. Mit der Handfläche glättete ich Knicke und folgte dann der Geschichte noch einmal über das Papier. Ich lernte ein weiteres Mal die Geschwister Anton und Ada kennen, die auf der Suche nach Ungewöhnlichem waren, weil sie von allem Gewöhnlichen genug hatten. Sie reisten über Wiesen und durch Wälder, zu Schlössern und Burgen und machten an abgelegenen Bauernhöfen Halt. Jedes Mal fragten sie nach etwas, das sie noch nie zuvor gesehen hatten. Doch es stellte sich heraus, dass das gar nicht so leicht zu finden war. Bis sie eines Tages ein Küken trafen, das noch winziger und unscheinbarer, noch farbloser und zerrupfter als die meisten seiner Artgenossen war. Und dieses kleine Tier fing plötzlich an zu tanzen. Es tanzte voller Freude und ausgelassen vor Begeisterung. Es tanzte, wie Anton und Ada nie zuvor ein anderes Wesen hatten tanzen sehen.

Als die Geschwister das Küken jedoch fragten, wie es heiße, schien es im ersten Moment zu überrascht, um zu sprechen, und brach dann in Tränen aus. Es weinte und schniefte und schluchzte, dass es einem weh ums Herz wurde, und schließlich erzählte es, dass es keinen Namen habe und deshalb auch nicht wisse, wer es sei. Dabei konnten Anton und Ada dem armen Kleinen auch nicht helfen, schließlich hatten sie es gerade erst kennengelernt und wussten nur zu gut, dass niemand eine solche Frage für einen anderen beantworten konnte. So unglücklich wollten sie das Küken aber auch nicht zurücklassen, deshalb beschlossen sie, sich mit ihm gemeinsam auf die Suche nach Hinweisen zu machen, wer das Küken sein könnte und wer ganz sicher nicht.

Und ehe die Schulglocke endgültig das Ende dieses Schultages ankündigte, las ich noch einmal den letzten Abschnitt: »›Allerdings gibt es dabei ein kleines Problem‹, sagte Anton.

›Und das wäre?‹, wollte das Küken wissen.

›Nun ja …‹, er zögerte, weil er nicht recht wusste, wie er es sagen sollte.

›Genau genommen‹, begann auch Ada, ›leben wir nur in einer Geschichte.‹

›In einer *Geschichte?*‹ Das kleine Entlein runzelte verdutzt die Stirn. So etwas hatte es noch nie gehört.

›Man könnte auch sagen, wir reisen von einer Geschichte zur nächsten, wenn man das Buch eher als eine Sammlung von Erzählungen sieht, oder von Kapitel zu Kapitel, wenn man die Überzeugung vertritt, dass es im Großen und Ganzen doch als zusammenhängender Roman erzählt wird … Oh, jetzt habe ich mich schon wieder durch zu viel denken selbst verwirrt.‹ Ada kniff das Gesicht zusammen.

›Das *Buch?*‹ Das Küken verstand kein Wort.

›Das Buch des Lebens‹, half Anton weiter, aber das machte es nicht besser.

›Und was genau soll das nun bedeuten?‹, fragte die junge Ente.

›Es soll bedeuten, dass wir nicht in der Wirklichkeit leben. Und wir dachten, das solltest du wissen, bevor du mit uns kommst.‹

›Hm‹, machte das Entlein, dann noch einmal: ›Hm.‹ Schließlich hob es die Flügel. ›Das kommt mir gerade recht.‹

›Ach ja?‹ Die Geschwister sahen erst sich an, dann das Küken. ›Und warum?‹

Darüber musste das Entlein nicht lange nachdenken, sondern antwortete sogleich: ›Es kommt mir gerade recht, weil die Wirklichkeit nicht der beste Ort zum Tanzen ist.‹«

In diesem Moment klingelte es, und ich sah aus meiner Geschichte auf. Leonie stand bereits neben meinem Tisch und zupfte ungeduldig an meinem Ärmel, doch ich brauchte einige Augenblicke, ehe ich vollständig ins Klassenzimmer zurückkehren und meine Bücher zuschlagen konnte. Dann nahm ich mein Knopfglas und folgte Leonie nach draußen. Als wir das Schulgebäude verließen, stand meine Mutter am Tor, winkte mir schon von Weitem zu und lächelte.

Ich drehte mich zu Leonie. »Wir sehen uns später?«, fragte ich.

Sie nickte. »Ja, wir sehen uns später.«

Ein letztes Mal sahen wir uns an und lachten, dann lief ich mit großen Schritten zum Ausgang, wurde schneller und schneller und rannte meiner Mutter entgegen. Als ich nur noch wenige Meter von ihr entfernt war, breitete sie die Arme aus.

»Mama!«, rief ich. »Mama!«

»Freddi! Freddi!«

Wir purzelten ineinander, fielen zu Boden, lachten, japsten und lachten noch mehr. Am Ende bekamen wir keine Luft, setzten uns schwer atmend und immer noch breit grinsend auf, die Hände in die Hüften gestemmt, sahen uns an und kicherten.

»Du läufst ja schneller als ein Rennpferd«, bemerkte meine Mutter belustigt.

Ich gluckste eine unverständliche Antwort zurück. »Du holst mich ab?«, fragte ich schließlich, doch es war eher eine Feststellung.

»Wir alle«, erwiderte meine Mutter und wies hinter sich.

Dort stand Frau Habermanns Auto, und ich erkannte Noelle,

Frau Habermann, Lennon und Arthur hinter den schmierigen Fenstern.

»Wo ist India?« Ich kniff die Augen zusammen, um besser sehen zu können. »Wo ist India, Mama?«

»Darüber wollte ich mit dir reden.« Meine Mutter streckte die Hand nach mir aus, zögerte und räusperte sich. »India ist weg, mein Schatz. Sie ist gegangen, gleich heute Morgen.«

»Was? Sie ist weg? Aber … aber …«, stammelte ich. »Wohin? Wieso? Ich … sie …« Verzweifelte Schluchzer teilten meine Worte.

»Sie konnte nicht bleiben, Freddi.«

»Aber wieso nicht? Wieso?«

Meine Mutter machte ein trauriges Gesicht. »Weil India ist, wie sie ist. Weil sie erlebt hat, was sie erlebt hat. Glaub mir, mein Schatz, sie hat ihre Gründe.«

»Nein!« Ich schüttelte heftig den Kopf. »Nein. Sie hätte es nur versuchen müssen.«

»Ich denke, das hat sie.«

»Dann hätte sie es *mehr* versuchen müssen!« Tränen stürzten meine Wangen hinab. Ich schluchzte auf, konnte mich nicht beruhigen.

»Hör zu, Freddi …« Meine Mutter legte tröstend den Arm um mich. »Ich weiß, es ist schwer zu verstehen, aber India gehört zu den Menschen, die nicht lange an einem Ort bleiben können. Sie muss immer weiterziehen.«

»Warum denn?«

»Weil …« Sie zögerte.

»Ist es wegen dem Glück?«, schniefte ich und wischte mir mit dem Handrücken über die Augen und die Nase.

»Wegen dem *Glück?*« Meine Mutter sah mich fragend an.

»Ja, sie sagt«, wieder drängte sich ein Schluchzer zwischen meine Worte, »dass es einem nicht in den Schoß fällt. Dass man es jagen muss.«

Sie strich mir über die Haare, dann eine Träne von der Wange. »India hatte keine leichte Kindheit, weißt du?«

»Ja … ja, ich weiß. Ihr Papa war kein guter Mensch.«

»Nein«, erwiderte meine Mutter, »war er nicht.« Sie schüttelte den

Kopf. »Er hat sie sehr schlecht behandelt, weißt du? Und auch ihre Mutter hat ihr nicht geholfen. Sie hatte niemanden.« Ich sah, dass sie ebenfalls schlucken musste. »Schon als kleines Mädchen ist sie immer wieder von zu Hause weggelaufen.«

»Woher weißt du das?«, fragte ich.

»Weil sie es mir erzählt hat. Wir haben uns viel und lange unterhalten.«

»Das wusste ich nicht.«

»Du musst auch nicht alles wissen«, sagte meine Mutter mit einem Lächeln und stupste mir mit dem Zeigefinger auf die Nase. Dann wurde sie wieder ernst. »India wollte immer weg«, fuhr sie fort. »Und ich glaube, wenn man so lange nur davonlaufen will, verlernt man das Stehenbleiben. Als sie ein Kind war, hat ihr Vater sie bei jedem Versuch gefunden und sie als Strafe in den Keller gesperrt. Sie hat sich deshalb in den Kopf gesetzt, beim nächsten Mal einfach noch weiter wegzulaufen, damit er sie nicht mehr finden konnte und sie nie wieder zurückmusste. Und in gewisser Weise ist sie wahrscheinlich immer noch auf der Flucht. Deshalb kann sie nicht stehen bleiben. Sonst wird sie eingeholt.«

Ich brauchte einige Minuten, um über die Worte meiner Mutter nachzudenken. Ich war mir nicht sicher, ob ich das alles verstand, aber vielleicht war das mit den meisten Dingen so. Vielleicht konnten wir nie alles verstehen. »Ich glaube nicht«, sagte ich schließlich und kaute auf meiner Unterlippe. »Ich glaube nicht, dass India das Glück verfolgt. Ich glaube, das Glück verfolgt sie.«

»Vielleicht hast du recht.« Meine Mutter nickte. »Vielleicht sind wir manchmal so verzweifelt auf der Suche nach etwas, dass wir nicht bemerken, dass es längst angefangen hat, uns hinterherzujagen.«

»Und was machen wir jetzt?«, fragte ich nach einer Weile und konnte nichts dagegen tun, dass ich mutlos klang.

»Wir können nichts machen. Wir können nur darauf warten, dass India wieder zu uns zurückkommt. Und bis dahin sollten wir dankbar sein. Dankbar für die Zeit, die wir mit ihr hatten. Denn es war doch wirklich eine tolle Zeit, oder nicht?« Sie lächelte mich an.

Ich nickte langsam, betrachtete den Abdruck von Indias Lippen auf meinem Gipsverband, der langsam verblasste, und dachte dabei an unseren ersten Abend zurück. Den Abend, als sie gesungen und mir die Haare geflochten hatte. »Ja«, sagte ich leise, »es war toll.«

»Na, siehst du.« Sie küsste mich auf die Stirn. »Das finde ich auch.«

»Und was wird aus Lennon?«, fragte ich plötzlich und wandte mich halb in Richtung Auto, wo Indias Sohn auf Noelles Schoß saß.

»Er bleibt bei uns.«

»Sie hat ihn einfach hiergelassen?«

»Einfach?«, wiederholte meine Mutter. »Nein. Ganz und gar nicht. Aber ein Kind braucht ein Zuhause, es braucht Sicherheit, Geborgenheit.«

»Aber sie ist seine Mutter.«

»Und genau deshalb will sie, dass er an einem Ort ist, wo es ihm gut geht, wo man sich um ihn kümmert und ihn liebhat.«

»Selbst wenn dieser Ort nicht bei ihr ist?«

»Ja …« Die Stimme meiner Mutter begann zu bröckeln. »Selbst dann. Manchmal bedeutet Muttersein eben genau das«, erklärte sie so leise, dass ich sie kaum verstehen konnte. »Zu erkennen, dass das eigene Kind bei jemand anderem besser aufgehoben ist als bei einem selbst, egal, wie sehr es einem das Herz bricht.«

»Aber dann ist sie doch jetzt ganz allein. Wird er ihr nicht schrecklich fehlen?«

»Natürlich! Natürlich wird er das«, antwortete meine Mutter. »Aber manchmal müssen wir das Richtige für diejenigen tun, die wir lieben, selbst wenn es nicht das Richtige für uns ist.«

Ich erinnerte mich plötzlich wieder an Indias Worte und fragte. »Weil wir es ihnen schuldig sind?«

Meine Mutter nickte. »In gewisser Weise … Ja. Weil wir es ihnen schuldig sind.«

Ich schwieg, betrachtete meine Mutter nachdenklich. Sie sah traurig aus, so traurig, wie ich mich fühlte – nicht nur für mich, für uns alle, für Lennon, aber ganz besonders für India, die jetzt wieder allein war und niemanden hatte. Vielleicht war es das, was sie wollte, aber traurig war es trotzdem. Und ich verstand, dass das, was wir wollten, nicht immer das war, was wir brauchten. Aber manchmal bekamen wir vielleicht nichts anderes.

»Wann kommt sie wieder?« Ich flüsterte, weil ich mich vor der Antwort fürchtete.

Meine Mutter hob die Schultern. »Vielleicht weiß sie das selbst nicht so genau.«

»Aber sie kommt wieder?!«

»Sie hat viele gute Gründe, es zu tun.«

»Hat sie das gesagt?«

»Das hat sie. Und ich soll dir ausrichten, dass es manchmal gar nicht so dumm ist, dorthin zurückzugehen, woher man gekommen ist, und dass manchmal ein Schritt zurück auch einer nach vorne sein kann. Sie meinte, du wüsstest, was das bedeutet.« Ich nickte. »Vielleicht führt Indias Flucht sie früher wieder zu uns zurück, als wir alle denken. Und vielleicht findet ihre Flucht eines Tages hier sogar ihr Ende. Wir werden einfach warten, denkst du nicht?«

»Ja«, sagte ich entschieden. »Ja, wir werden warten.« Ich drückte mich in ihre Umarmung, als mir etwas einfiel: »Wird Tante Noelle bis dahin Lennons Mutter sein?«

»Nein, mein Schatz«, lachte sie. »Nein, India wird immer seine Mutter bleiben. Aber jetzt kümmert sich erst einmal Noelle um ihn. Er braucht eine Familie. Und das sind wir.« Sie strich mir sanft eine Haarsträhne aus der Stirn. »Denkst du nicht auch?« Ich nickte. Meine Mutter hielt einen Moment inne und wandte sich ebenfalls zum Wagen. »Aber ich denke, dass Lennon für Noelle ein besonderes Geschenk ist. Ein Geschenk, mit dem sie sicherlich nicht gerechnet hat.«

Ich dachte an die vielen Momente zurück, in denen ich Indias Sohn in den Armen meiner Tante gesehen hatte. Momente, in denen sich ihr Gesicht verändert hatte, als wäre es nicht länger ihr eigenes. Und obwohl ich es nicht richtig verstand, erkannte ich, dass meine Mutter recht hatte. Lennon war ein besonderes Geschenk für Noelle – und für uns alle. Doch er war nicht das Einzige, was India uns dagelassen hatte. Da war die Sonne. Und da war unendlich viel mehr.

»Dann bleibt Tante Noelle bei uns?! Sie fährt nicht zurück nach

Frankreich?«, fragte ich hoffnungsvoll, nachdem wir einige Minuten geschwiegen hatten.

»Nein, sie bleibt hier. Sie sucht sich eine Stelle hier in der Gegend, und ich denke, das mache ich auch. Wir können ja nicht ewig von gestern leben, oder?« Sie zwinkerte mir zu und ich grinste zurück. »Das tut niemandem gut. Wollen wir dann fahren?«

Meine Mutter wollte sich bereits erheben, als ich sie zurückhielt: »Mama?«

»Ja?« Sie blickte mich aufmerksam an.

»Kann ich dich was fragen?«

»Sicher, Schatz.«

»Ist Freddi ein Name?«

»Wie bitte?«

»Na ja ...« Ich rieb mir über die Nase. »Tante Noelle denkt, Freddi wäre kein Name.«

»Und was denkst du?«

Ich überlegte und erinnerte mich an den Moment, als India zum ersten Mal in unserem Flur gestanden hatte. Schließlich erwiderte ich: »Ich denke, dass es *mein* Name ist.«

»Na, siehst du?« Meine Mutter küsste mich und lächelte mich an. »Ich glaube, wir müssen beide lernen, mehr auf das zu vertrauen, was wir für richtig halten, mein Schatz. Und nicht nur dabei«, sie tippte mir wieder auf die Nasenspitze, »kann ich noch viel von dir lernen.«

»Können wir noch bei Frau Finsters Laden vorbeifahren?«, fragte ich, nachdem meine Mutter und ich mit Arthur und dem schlafenden Herrn Habermann hinten auf der Rückbank von Frau Habermanns Wagen Platz genommen hatten.

Noelle drehte sich zu mir um, während Frau Habermann mit einem mürrischen Brummen das Auto startete. *»Oui, bien sûr!«*, erwiderte sie über das ärgerliche Gemurmel hinweg. Sie hatte Lennon auf ihrem Schoß und wiegte ihn sanft hin und her. »Ich wollte dort ohnehin noch eine Erledigung machen.« Sie strich ihm zärtlich über die Stirn.

»Nett, dass ich das auch mal erfahre«, polterte Frau Habermann zurück. »Als hätte ich nichts Besseres zu tun, als euch den ganzen Tag durch die Stadt zu kutschieren.«

»Sie könnten auch mich fahren lassen, *madame* Habermann.« Meine Tante machte ein unbekümmertes Gesicht und küsste Lennon auf die Wange.

»Und das Risiko eingehen, dass du mir meinen teuersten Besitz in Einzelteilen zurückbringst? Niemals!«

»Absolument pas! Ich bin eine ausgezeichnete Autofahrerin«, zischte Noelle zurück.

»Wer's glaubt!«, gab Frau Habermann unbeeindruckt zurück.

»Aber dann müssten Sie Ihre Zeit nicht mehr mit uns vergeuden.«

Sie zögerte. »Ich hab nicht gesagt, dass …«, murmelte sie mit seltsam belegter Stimme und räusperte sich dann kurz. »Wann und mit wem ich meine Zeit vergeude, entscheide ich immer noch selbst.« Sie machte ein grimmiges Gesicht. »Ist das klar?«

»Clair comme du cristal«, antwortete meine Tante heiter.

»Was soll das nun wieder heißen?«

»Es bedeutet: glasklar.«

»Und warum kannste das dann nicht sagen? Genau wie mit diesem … Wie heißt es noch gleich? O pua …«

»Un point c'est tout?«

»Genau! Was zum Geier soll das bedeuten?«

Überrascht starrte Tante Noelle Frau Habermann an, wandte sich dann zu Arthur und mir. Als wir die Schultern hoben, runzelte sie die Stirn. »Es heißt … Und Schluss. Aus«, erklärte sie. »Und damit basta!«

»Dann sag das doch«, brummte Frau Habermann. »Oder willste nicht, dass man dich versteht? Musst du immer …?« Der Rest ihres Satz verschwand im Knattern des Motors.

»Was möchtest du denn in Frau Finsters Laden?«, fragte meine Mutter.

»Ich wollte Klebeblumen kaufen, für Oma Flora«, fügte ich hinzu. »Ich glaube, ich muss mich bei ihr entschuldigen.«

»Entschuldigen? Wieso?«

»Weil ich«, begann ich langsam, »sie sehr traurig gemacht habe.«

»Bist du dir sicher?« Meine Tante sah mich überrascht an.

»Ja … bin ich.« Ich senkte das Gesicht und schlang die Arme um mich. Allein der Gedanke an die Tränen meiner Oma, für die ich verantwortlich gewesen war, verursachten mir Bauchschmerzen.

»*Alors,* ich frage, weil Oma Flora gesagt hat, dass sie vielleicht zum Abendessen nach unten kommt.«

»Was?« Ich starrte erst Noelle an, dann meine Mutter. Beide nickten. »Sie will zum Abendessen kommen?«, wiederholte ich. »Zu uns runter in die Küche?«

»So ist es!« Noelle hob die Schultern. »Manchmal überraschen einen die Menschen.«

»Aber …«

»Warum, Freddi?« Meine Mutter berührte meinen Arm und wartete, bis ich sie ansah. »Was ist passiert? Warum denkst du, dass du Oma Flora traurig gemacht hast?«

»Weil …« Ich schluckte. »Weil ich ihr einen Brief geschrieben habe.«

»Einen *Brief?*«

»Einen Brief von Tristan.«

»Oh …«, machte meine Mutter und wirkte so bestürzt, dass sich meine Kehle verengte. Sie und Noelle tauschten Blicke.

»Ich wollte ihr eine Freude machen«, presste ich verzweifelt hervor. »Sie wartet schon so lange auf einen Brief von ihm. Jeden Tag. Ich wollte … Ich wollte ihr einfach eine Freude machen!«

Die folgende Stille war groß und schwer. Ich konnte nicht atmen. Ich versuchte, die Tränen, die in meinen Augen brannten, fortzublinzeln, aber es gelang mir kaum. Die Welt vor mir ertrank in ihnen. »Ich wollte ihr nur eine Freude machen«, flüsterte ich leise schluchzend.

»Na, das haste gründlich versaut!«, bemerkte Frau Habermann grob und erntete dafür ein strafendes Zischen aus Noelles Richtung.

»Das wollte ich wirklich nicht.« Unglücklich sah ich meine Mutter an, die verständnisvoll nickte.

»Das weiß ich doch, mein Schatz. Das wissen wir alle. Es ist nur so …« Sie blickte zu ihrer Schwester, dann zu mir zurück.

»Was?«, fragte ich.

»Es ist nur so«, begann meine Mutter erneut. »Tristan ist schon lange … tot.«

»Wie bitte?«, rief ich entsetzt.

»Vor dreizehn Jahren«, setzte Noelle an, doch ihr versagte die Stimme. Sie räusperte sich energisch, ehe sie so ruhig wie möglich erklärte: »Er ist vor dreizehn Jahren bei einem Verkehrsunfall ums Leben gekommen.« Meine Mutter sah mich mitfühlend an und drückte tröstend meine Hand. »Mit einem Freund«, fügte Noelle hinzu. Ich musste unwillkürlich an die Geschichte denken, die mir Marius von seinem Bruder erzählt hatte.

»Und seitdem hat sie ihr Zimmer nicht mehr verlassen?«

»Nein«, erwiderte meine Mutter.

»Aber … aber das wusste ich nicht!«

»Ich weiß …«

»Sonst hätte ich ihr doch nie diesen Brief geschrieben.«

»Ich weiß, mein Schatz!«

»Ihr habt immer nur gesagt, dass er gegangen ist.«

»Ja.«

»Ihr habt nie gesagt, dass er gestorben ist. Das ist doch nicht dasselbe.«

»Nein.« Meine Mutter schüttelte den Kopf. »Aber …«

»Erwachsene geben den Dingen manchmal andere Worte, weil …«

»Weil die Wahrheit zu traurig ist«, beendete ich Noelles Satz.

Sie sah mich lange an, und so viele unterschiedliche Gefühle schienen ihr Gesicht zu streifen, dass ich sie nicht einzeln benennen konnte. Dann nickte sie. »Ja.« Ihre Stimme hatte einen seltsamen Klang. »Ja.«

»Weil sie andere davor beschützen wollen.«

»C'est correct.«

»Und sich selbst.«

»Nicht nur, aber auch …«, sie rieb sich über die Stirn, *»oui.«*

»Wi.« Wir blickten uns einige Momente schweigend an. Und ich wusste, wir verstanden uns. »Aber was muss sie denn gedacht haben?«, fragte ich schließlich.

»Wahrscheinlich, dass ihr Sohn von den Toten auferstanden ist, um ihr eine Nachricht zukommen zu lassen … aus der Hölle«, erklärte Frau Habermann grimmig.

Ich starrte sie entsetzt an.

»So ein Unsinn!«, wies Noelle sie tadelnd zurecht. »Erzählen Sie dem Mädchen doch nicht so einen Unsinn, *madame!*« Sie wedelte ärgerlich mit der Hand durch die Luft, als wollte sie Frau Habermann wie eine Fliege verscheuchen. Dann sah sie mich eindringlich an. »Sie hat nichts dergleichen gedacht, *Frederike!* Ich bin mir ziemlich sicher, sie wusste, dass der Brief von dir ist.«

»Denkst du, Tante Noelle?« Der Zweifel zerbröselte meine Worte.

»Bien sûr, bien sûr!« Noelle nickte entschlossen. »Da bin ich mir absolut sicher … Freddi«, fügte sie mit einem Lächeln hinzu.

»Sie hat recht«, erklärte auch meine Mutter und zog mich in ihre Arme. »Und ich glaube, Oma Flora hat vor allem deshalb geweint, weil sie so gerührt war, dass du das für sie getan hast. Das war eine wunderbare Idee von dir! Wirklich. Ich glaube, du hast ihr damit eine große Freude gemacht!«

»Zumindest hat es sie vielleicht endlich aus ihrem Zimmer getrieben«, bellte Frau Habermann, doch es klang versöhnlicher und weniger bissig als zuvor.

Meine Tante stimmte ihr zu: *»Tout à fait!* Würde sie sonst überlegen, vielleicht zum Abendessen nach unten zu kommen? Das denke ich nicht. Vielleicht war es genau das, was sie gebraucht hat, um endlich wieder einen Schritt ins Leben zu machen.«

»Einen *Schritt ins Leben?«,* wiederholte Frau Habermann spöttisch. »Geht es nicht noch gefühlsduseliger?«

»Pardon, madame?«

»Jetzt geht das wieder los!«

»Also wirklich, *madame* Habermann, haben Sie noch nie etwas von Anstand gehört? Ich sollte …«, ereiferte sich meine Tante, doch ich hörte nicht länger zu.

Unsicher blickte ich von einer zur anderen, konnte mich nicht entscheiden. Sollte ich ihnen glauben? Hatten sie recht? Ich presste die Lippen zusammen und hob schließlich die Schultern. »Ja, vielleicht …«, erwiderte ich gedehnt. »Aber ich werde mich trotzdem bei ihr entschuldigen.«

»Mach das, Freddi«, sagte meine Mutter und drückte mir einen liebevollen Kuss auf die Stirn.

»Und vielleicht dürfen wir den Brief dann auch mal sehen?«, warf Noelle fragend ein und musterte mich interessiert. »Ich würde ihn zu gerne lesen. Ich habe dir ja gesagt, wenn du erst richtig schreiben kannst, kannst du schreiben, was du willst.« Sie wandte sich wieder nach vorne, ohne eine Antwort abzuwarten. »Und ich bin wirklich gespannt, wie sich deine Orthografie entwickelt hat.«

Ich sah sie, noch bevor die helle Glocke über der Tür verklungen war. Während meine Mutter und Noelle zu den Lebensmitteln gingen, steuerte ich auf sie zu, die Knöpfe in der Hand. Es waren nun einhundertdreizehn, und der Mond schien nicht mehr weit.

»Hallo«, sagte ich und stellte das Einmachglas auf die Theke.

Lisbeth Morgen sah mich erschrocken an. Ihr Blick glitt an meinem Gesicht vorbei. »Was kann ich für dich tun?«, fragte sie so leise, dass ich sie kaum hören konnte.

»Gar nichts«, erklärte ich.

»Oh.« Ihre Lippen zitterten. Um ihren Arm war ein Verband gewickelt, ähnlich wie bei mir.

»Ich möchte Ihnen etwas schenken.«

»Wie bitte?« Ihr Gesicht drückte Ratlosigkeit aus.

»Ich schenke Ihnen meine Knöpfe.« Ich nickte entschlossen und schob das Gefäß ein Stück auf sie zu. Ich hatte lange darüber nachgedacht, aber ich war mir nun sicher, der Mann im Mond würde schon auf sich aufpassen. Für den Moment musste eine andere gerettet werden.

»Ich … ich verstehe nicht.« Ihre Blicke kreisten wie Propeller durch den Raum.

»Es hat mit dem Kalten Krieg zu tun«, erwiderte ich. »Und mit den schmelzenden Goldreserven und …« Ich zögerte, schüttelte leicht den Kopf und erklärte schließlich: »In diesem Glas sind einhundertdreizehn Knöpfe. Vielleicht machen diese Sie eines Tages reich. Vielleicht werden Sie sich damit nie den Mond kaufen können. Ich weiß es nicht«, gab ich zu. »Aber«, nun lächelte ich sie an, »ich bin mir trotzdem ziemlich sicher, dass sie irgendwann mehr wert sein werden, als man auf den ersten Blick sieht. Vielleicht sogar schon morgen.«

»Und … und warum gibst du sie dann *mir?«* Sie sprach, als würde sie auf Scherben gehen, und ich ahnte, dass sie genau das tat.

Ich zögerte, musterte sie und antwortete schließlich: »Damit Sie nicht mehr ungeschickt sein müssen. Damit Sie nicht mehr bei Frau Finster auf dem Sofa schlafen müssen. Damit Sie gehen können, wohin Sie wollen. Und weil Sie es dringender brauchen als der Mann im Mond.«

»Hm …« Ich sah, dass sie schwer schluckte. »Ich … ich danke dir.« Ein Lächeln, so leicht wie ein Schmetterling, huschte in ihre Mundwinkel.

Ich war mir in diesem Augenblick nicht ganz sicher, was ich ihr geschenkt hatte. Vielleicht war es nichts. Vielleicht war es alles.

»Wir Einarmigen müssen doch zusammenhalten, oder?«, lachte ich und wies auf ihren Verband und meinen Gips. Dann drückte ich ihr entschieden das Glas in die Hand und drehte mich um.

»Sie sollten sich wirklich schämen«, zischte Frau Finster gerade, als ich Noelle und meine Mutter erreichte. Sie sah uns nicht direkt an, warf uns die Worte jedoch vor die Füße, während sie unsere Einkäufe in eine Papiertüte packte.

»Pardon?« Meine Tante lächelte sie freundlich an.

»Sie haben mich schon verstanden«, gab Frau Finster knirschend zurück.

»Natürlich hat meine Schwester Sie verstanden, Frau Reiser«, erwiderte meine Mutter schnippisch, »aber sie hat viel zu gute Manieren, um Sie genauso unverschämt und herablassend zu behandeln wie Sie uns.« Sie sah mich an, als ich neben sie trat, atmete geräuschvoll aus und zwang sich zur Ruhe. »Hören Sie«, sagte sie schließlich mit einem Blick auf mich, und ihre Lippen wurden schmal vor Anstrengung, »denken Sie nicht, dass wir das Kriegsbeil begraben können? Ich meine, wir alle haben Sachen gesagt, die wir nicht so meinen. Vielleicht haben auch wir Sie vorschnell verurteilt und waren Ihrer Familie gegenüber nicht ganz gerecht. Das tut mir wirklich leid.« Ich beobachtete Frau Finster, die so angestrengt und konzentriert um einen unbewegten Gesichtsausdruck bemüht war, dass ihre Mundwinkel zitterten. Sie schien es vor sich selbst verstecken zu wollen, indem sie die Lippen noch fester aufeinanderpresste. »Wir müssen ja keine Freundinnen werden«, erklärte meine Mutter, »aber müssen wir uns denn gegenseitig das Leben so schwer machen? Wir hatten es doch alle in der Vergangenheit nicht leicht.« Frau Finster schluckte. »Wir haben bei diesem Unfall damals …«, meine Mutter ließ eine kleine Pause, »unseren Bruder verloren, unsere Mutter ihren Sohn. Genau wie Sie.« Frau Finster blinzelte heftig. »Und hat es nicht schon genug Leid gegeben? In diesem Dorf, in diesem Land, überall? Sollte das nicht ein Ende haben? Sollten wir daraus nicht lernen und es endlich besser machen? Können wir da nicht …«

»Sie vergleichen meine Familie mit Ihrer?«, unterbrach Frau Finster meine Mutter schrill. Ihre Züge waren wieder glatt und scharf. »Das ist ja wohl die Höhe! Mein Mann ist kein nichtsnutziger Trunkenbold, meine Mutter keine arme Irre, ich umgebe mich nicht mit Gesindel und in meinem Garten befindet sich auch nicht das Tor zur Hölle. Was also sollten *wir* miteinander gemein haben?« Sie kniff die Augen zusammen.

Meine Mutter starrte sie an und musste einige Male hart schlucken. »Ich wollte eigentlich nur sagen«, erklärte sie und schien mir in diesem Moment fast ein wenig enttäuscht, »dass meiner Schwester Höflichkeit über alles geht, aber wissen Sie was? Sie wollen sich wie eine verbitterte alte Vettel benehmen? Bitte! Tun Sie sich keinen Zwang an.«

»Wie können Sie es wagen?«

»Wie *ich* es wagen kann?«, gab sie zurück.

»*Je suis désolée,* ich muss mich für meine Schwester entschuldigen«, bemerkte Noelle steif, die Worte sorgfältig wiegend, als wollte sie zunächst deren Wert abschätzen.

»Noelle«, wollte meine Mutter protestieren, doch sie wischte ihren Einwand mit einer energischen Geste zur Seite.

»Ich bin doch von Ihrer schamlosen Familie noch Schlimmeres gewöhnt, wie Sie wissen«, fauchte Frau Finster zurück und bedachte uns der Reihe nach mit giftigen Blicken. »Da ist diese neuste Unverfrorenheit keine Überraschung für mich!«

»Non, pardon.« Noelle machte ein bedauerndes Gesicht. »Sie missverstehen mich.« Sie griff nach der Tüte, jede Bewegung beherrscht. »Ich muss Sie für den *Irrtum* meiner Schwester um Verzeihung bitten. Denn leider hat sie in einem entscheidenden Punkt unrecht. Anstand und gute Manieren sind mir tatsächlich außerordentlich wichtig, aber ...« Sie lächelte und nahm den Einkauf an sich. »Aber auch Höflichkeit hat ihre Grenze, *madame* Finster. Deshalb möchte ich Ihnen eines sagen«, sie machte eine kurze Pause und richtete sich gerade auf wie ein Lineal, den Kopf hocherhoben. *»Mon Dieu,* es sind doch nur Titten, meine Gute! Kleben Sie Ihrem Mann zwei Rosinen auf die Pobacken, dann wissen Sie, wie welche aussehen!«

Damit verließ sie den Laden.

Es war ein Sommertag, an dem Arthur und ich uns auf den Weg machten. Die Luft war so warm und weich, dass die Vögel sich hoch oben am Himmel auf ihr gleiten ließen wie auf Wellen. Alles um mich herum hatte sich der Sonne zugewandt, die Blumen und Bäume, die Tiere, selbst der Bach schien nur in ihre Richtung fließen zu wollen. Wir waren am Staudamm vorbeigegangen, wo das Wasser über die Ufer getreten war und matschige Pfützen in den Waldboden drückte. Der Schlamm glänzte satt und braun und verlockend, doch heute hatten wir keine Zeit. Wir mussten weiter.

Wir beschrieben einen weiten Kreis durch den Wald, vorbei an unserem geheimen Unterschlupf, in dem wir bereits Kräuter und Blätter für den Herbst trockneten. Von dort aus hielten wir uns rechts, mein Bruder sah mich fragend an, doch ich schüttelte den Kopf.

»Vielleicht auf dem Rückweg«, fügte ich hinzu, während wir einem schmalen Trampelpfad folgten, der an einer Gruppe Buchen vorbei- und dann hinausführte.

Hier ergoss sich die Hitze über uns wie ein goldener Regen, und ich musste blinzeln, um etwas sehen zu können. Wir standen auf einer kleinen Anhöhe, von der aus wir ins Tal blicken konnten. Es gab keinen Ort, an dem ich mehr das Gefühl hatte, den Himmel berühren zu können, wenn ich nur ein paar Zentimeter größer gewesen wäre. Sein Blau war so weit, dass es mir vorkam, als könnte man nach allen Seiten bis zum Anfang der Welt sehen. Die Sonnenstrahlen funkelten und glitzerten auf den Feldern, die sich wie Tücher aus gelber und grüner und orangefarbener Seide vor uns ausrollten. Keine Wolke war zu sehen, doch ich wusste, dass ihre Traurigkeit deshalb nicht verschwunden war.

Das Dorf wirkte von hier oben sehr weit weg, die Leute winzig und ihre Leben noch kleiner. Doch gleichzeitig hatte ich das Gefühl, sie alle nie klarer gesehen zu haben. Ich hatte in den letzten Wochen erkannt, dass jeder in dieser Stadt etwas verloren hatte, einen Menschen zum Beispiel oder viele, aber auch Hoffnungen und Träume, manche ihr Herz, ihr Leben und andere sogar den Verstand. Ich lebte an einem Ort der leeren Stühle, der verstummten Stimmen, der verlorenen Zehen, der betrauerten Beine und unbeantworteten Briefe, des Versteckens und des Versterktwerdens, des Schmerzes über die Dinge, die man getan hatte, und über die Dinge, die man nicht getan hatte. Dieses Dorf war ein Dorf voll fehlender Leute. Und die, die noch da waren, konnten nicht mehr mit ihnen leben, aber auch nicht ohne sie. Es gab Momente, in denen ich mir vorstellte, dass es irgendwo auf der Welt einen Ort wie unseren gab, in dem sich alle fanden, die hier vermisst wurden. Ein bisschen wie ein Fundbüro unserer Stadt. Aber gleichzeitig ahnte ich, dass es zu weit entfernt war, um es jemals zu erreichen, weiter entfernt, als ein einzelner Mensch gehen konnte.

Manchmal erinnerte mich unser Dorf an Arthur, wenn er lachte, und ich fragte mich, ob vielleicht das ganze Leben so war – das Lächeln eines Fünfjährigen, ein Lächeln voller Lücken.

Ich blickte auf die Ansammlungen der Häuser, die wie kleine Pappschachteln aussahen, die dem nächsten Wind nicht standhalten konnten, und ich verstand plötzlich, dass all diese Menschen dort unten aus sehr ähnlichen Gründen traurig waren. Aber ihre Traurigkeit unterschied sich wie die Streifen eines Zebras, von denen ich einmal gehört hatte, dass sie wie Fingerabdrücke waren. Und vielleicht war es mit der Traurigkeit nicht anders. Sie machte uns zu der Person, die wir waren. Und trotzdem konnte man am Fingerabdruck eines Menschen nicht erkennen, wie der Rest von ihm aussah. Immerhin waren sie nur ein Teil von uns, nur das äußerste Ende unserer Hand, und wir setzten uns noch aus so viel mehr zusammen. Aus Beinen zum Beispiel, aus Armen, einem Kopf und einem Herz.

Für einen Moment blickte ich zurück und überflog die vergangenen Wochen und Monate. Viel hatte sich verändert, mehr als nur das Wetter und die Jahreszeit. Anfangs hatte ich mich selbst oft dabei ertappt, wie ich die Augen zusammengekniffen, in die Ferne gestarrt und nach India Ausschau gehalten hatte. Doch dann musste ich daran denken, was sie über das Sehen gesagt hatte und darüber, dass sie wie ein Blatt wäre, das allein von der Luft getragen wurde, und ich beschloss, darauf zu vertrauen, dass der Wind sie eines Tages wieder auf unsere Fußmatte wehen würde. Es gab immer wieder Augenblicke, in denen ich meinen Vater schrecklich vermisste und mich fragte, wann er wiederkommen würde, in denen ich vor Angst um ihn nicht sprechen konnte oder ihm einfach gerne einen Witz erzählt hätte, doch es wurde besser. Es war Sommer – und genauso fühlte es sich an.

»Hier entlang«, sagte ich und wollte voraus- und den Abhang hinuntergehen, doch Arthur hielt mich zurück.

»Wohin gehen wir?«, fragte er leise. Er sprach noch immer nicht viel. Aber ich fragte mich, ob seine Worte vielleicht gerade deshalb umso schöner waren, weil er sie sich für die besonderen Momente aufbewahrte.

»Zu Doktor Grabes«, erwiderte ich.

»Warum?«

Ich zögerte, atmete tief ein und aus. »Weil … weil ich möchte, dass er mir den Gips abnimmt«, erklärte ich. »Ich brauche ihn jetzt nicht mehr.«

Ich sah meinen Bruder an, abwartend, etwas unsicher. Er trat neben mich, schob seine Hand in meine und lächelte mich an. Schließlich stiegen wir gemeinsam den Weg hinab, nebeneinander, und ich fragte ihn: »Habe ich dir eigentlich die Geschichte von den zwei Bienen erzählt und wie sie in einem Winter den Tod ausgetrickst haben …?«

Dónde está el niño que yo fui,
sigue adentro de mí o se fue?

Sabe que no lo quise nunca
y que tampoco me quería?

Por qué anduvimos tanto tiempo
creciendo para separarnos?

Wo ist das Kind, das ich gewesen,
wohnt es in mir oder ist es fort?

Weiß es, dass ich es nie geliebt hab
und es mich auch niemals gemocht?

Warum sind wir denn dann so lange
gewachsen – nur um uns zu trennen?
PABLO NERUDA

Danke

Viel hat sich verändert in den letzten Monaten. Dinge, die ich nicht für möglich gehalten hätte. Dinge, die mir manchmal noch immer vollkommen unwahrscheinlich vorkommen. Mein aufrichtiger und herzlicher Dank gilt deshalb den Menschen, die daran – in unterschiedlichsten Formen – wesentlichen Anteil hatten. Und bei ihnen allen bedanke ich mich für die viele und vielfältige Unterstützung, für Mühe und Engagement und die gute Zusammenarbeit, für Vertrauen, Möglichkeiten, Zuversicht und Zuspruch, für wunderbare Mails und wunderschöne Momente, für Verlässlichkeit und Anregungen, für aufmunternde Worte, offene Gedanken und Herzen, für ihre Hilfsbereitschaft, ihre Freundschaft und ihre Liebe

Literatur

Seite 6 und 311 – Pablo Neruda: *Libro de las preguntas.* Buenos Aires, Losada, 1974, S. 58.

Seite 6 und 311 – Pablo Neruda: *Buch der Fragen.* In: Das lyrische Werk (Band 3). Hrsg. v. Karsten Garscha. München, Luchterhand Literaturverlag, 2009 (1974), S. 717–755 (hier S. 740).

Seite 106 f. – Gebrüder Grimm: *Der Wolf und die sieben jungen Geißlein.* In: Das große Märchenbuch. Eine Sammlung schöner Märchen von Grimm, Bechstein, Hauff, Andersen und aus »Tausendundeine Nacht«. Mit Bildern von Else Wenz-Vietor. Hannover, Berlin, A. Weichert Verlag, o. J., S. 7–11 (hier S. 7).

Seite 134 – Heinrich Heine: *Die Loreley.* In: Frankfurter Anthologie: Gedichte und Interpretationen (Band 20). Hrsg. v. Marcel Reich-Ranicki. Frankfurt, Insel-Verlag, 1997, S. 63.

Seite 172 ff. – Hans Christian Andersen: *Die wilden Schwäne.* In: Das große Märchenbuch. Eine Sammlung schöner Märchen von Grimm, Bechstein, Hauff, Andersen und aus »Tausendundeine Nacht«. Mit Bildern von Else Wenz-Vietor. Hannover, Berlin, A. Weichert Verlag, o. J., S. 291–310 (hier S. 292 u. 304).

Seite 175 f. – Hans Christian Andersen: *Die Prinzessin auf der Erbse.* In: Das große Märchenbuch. Eine Sammlung schöner Märchen von Grimm, Bechstein, Hauff, Andersen und aus »Tausendundeine Nacht«. Mit Bildern von Else Wenz-Vietor. Hannover, Berlin, A. Weichert Verlag, o. J., S. 246–247 (hier S. 246 f.).

Seite 195 f. – Chubby Checker: *Let's Twist Again.* Geschrieben von Kal Mann und Dave Appell. Parkway Records 824, 1961.

Seite 196 ff. – Buddy Holly: *Everyday.* Geschrieben von Buddy Holly und Norman Petty. Coral, 1957.

Seite 239 ff. – Hans Christian Andersen: *Die Nachtigall.* In: Das große Märchenbuch. Eine Sammlung schöner Märchen von Grimm, Bechstein, Hauff, Andersen und aus »Tausendundeine Nacht«. Mit Bildern von Else Wenz-Vietor. Hannover, Berlin, A. Weichert Verlag, o. J., S. 233–245 (hier S. 232 u. 245).

»Ich dachte, ich kenne Greta Garbo …«

33 Briefe von Greta waren Mimis wertvollster Schatz, sie trug sie immer bei sich. Der Briefwechsel zwischen Mimi Pollak und Greta Garbo begann, als die Garbo noch Greta Lovisa Gustafsson hieß und auf die Schauspielschule ging. Dort lernt sie Mimi kennen und lieben. Beide ahnen nicht, dass ihr Leben auf den Kopf gestellt wird, als Greta ihre erste Hauptrolle bekommt …

Mitreißende Romanbiografie über die prägenden Jahre der jungen Greta Garbo